강신재

젊은 느티나무

Published by MINUMSA

For information address Minumsa Publishing Co.
506 Shinsa-dong, Gangnam-gu, 135-887.
www.minumsa.com

Second Edition, 2005

ISBN 89-374-2004-X(04810)

오늘의 작가총서 4

강신재

젊은 느티나무

민음사

차례

젊은 느티나무 · 7

임진강의 민들레 · 34

황량한 날의 동화 · 259

해방촌 가는 길 · 277

달오는 산으로 · 304

상(像) · 320

강물이 있는 풍경 · 338

작가 연보 · 349

젊은 느티나무

1

그에게서는 언제나 비누 냄새가 난다.

아니, 그렇지는 않다. 언제나라고는 할 수 없다.

그가 학교에서 돌아와 욕실로 뛰어가서 물을 뒤집어쓰고 나오는 때면 비누 냄새가 난다. 나는 책상 앞에 돌아앉아서 꼼짝도 하지 않고 있더라도 그가 가까이 오는 것을—— 그의 표정이나 기분까지라도 넉넉히 미리 알아차릴 수 있다.

티셔츠로 갈아입은 그는 성큼성큼 내 방으로 걸어 들어와 아무렇게나 안락의자에 주저앉든가, 창가에 팔꿈치를 짚고 서면서 나에게 방긋 웃어 보인다.

"무얼 해?"

대개 이런 소리를 던진다.

그런 때에 그에게서 비누 냄새가 난다. 그리고 나는 나에게 가장 슬프고 괴로운 시간이 다가온 것을 깨닫는다. 엷은 비누의 향료와 함께 가슴속으로 저릿한 것이 퍼져나간다……. 이런 말을 하고 싶었던 것이다.

"뭘 해?"

하고 한마디를 던져놓고는 그는 으레 눈을 좀 더 커다랗게 뜨면서 내 얼굴을 건너다본다.

그 눈동자는 내 표정을 살피려는 것 같기도 하고 어쩌면 그보다도 나에게 쾌활하게 웃고 떠들라고 권하고 있는 것 같기도 하다. 또 어쩌면 단순히 그 자신의 명랑한 기분을 나타내고 있는 것에 불과한지도 모른다.

어느 편일까?

나는 나의 슬픔과 괴롬과 있는 대로의 지혜를 일점에 응집시켜 이 순간 그의 눈 속을 응시하지 않을 수 없다.

나는 알고 싶은 것이다.

그의 눈 속에 과연 내가 무엇으로 비치는가?

하루해와, 하룻밤 사이, 바위를 씻는 파도 소리같이 가슴에 와 부딪고 또 부딪고 하던 이 한 가지 상념에 나는 일순 전신을 불살라 본다.

그러나 매일 되풀이하며 애를 쓰지만 나는 역시 알 수가 없다. 그의 눈의 의미를 헤아릴 수가 없다. 그래서 나의 괴롬과 슬픔은 좀 더 무거운 것으로 변하면서 가슴속으로 가라앉아 버리는 것이다.

그리고 다음 찰나에는 나는 그만 나의 자연스러운 위치—그의 누이동생이라는, 표면으로 보아 아무 스스럼도 불안정함도 없는 나의 위치로 돌아가 있지 않으면 안 될 것을 깨닫는다.

"이제 오우?"

나는 이렇게 묻는다. 그가 원한 듯이 아주 쾌활한 어투로. 이 경우에 어색하게 군다는 것이 얼마만 한 추태인가를 나는 알고 있다.

내 목소리를 듣고는 그도 무언지 마음 놓았다는 듯이,

"응, 고단해 죽겠어. 뭐 먹을 거 좀 안 줄래?"

두 다리를 쭈욱 뻗고 기지개를 켜면서 대답을 한다.

"에에, 성화라니깐. 영작 숙제가 막 멋지게 씌어져 나가는 판인데……."

나는 그렇게 투덜거려 보이면서 책상 앞에서 물러난다.

"어디 구경 좀 해. 여류 작가가 될 가망이 있는가 없는가 보아 줄게."

그는 손을 내밀며 몸까지 앞으로 썩 하니 기울인다.

"어머나, 싫어!"

나는 노트를 다른 책들 밑에다 잘 감추어 놓은 후 아래층으로 내려가서 냉장고 문을 연다.

뽀오얗게 얼음을 내뿜은 코카콜라와 크래커, 치즈 따위를 쟁반에 집어 얹으면서 내 가슴은 비밀스러운 즐거움으로 높다랗게 고동치기 시작한다.

그는 왜 늘 내 방에 와서 먹을 것을 달라고 할까? 언제나 냉장고 앞을 그냥 지나버리고는 나에게 와서 달라고 조른다.

어떤 게으름뱅이라도 냉장고 문을 못 열 까닭은 없고, 또 누구를 시키는 것이 좋겠다면 부엌 사람들께 한마디 하는 편이 나을 것이다.

군소리를 지껄여대거나 오래 기다리게 하거나 그러지 않더라도 줄곧 먹을 것을 엎지르거나 내려뜨리거나 하는 나를 움직이기보다는 쉬울 것이 확실하다.

(어쩐 셈인지 나는 이런 따위 일이 참말 서툴다. 좀 얌전하고 재빠르게 보이려고 하여도 도무지 그렇게 되질 않는다.)

쟁반을 들고 돌아와 보면 그는 창밖의 덩굴장미께로 시선을 던지고 옆얼굴을 보이며 앉아 있다.

무엇을 생각하는지, 내가 곁에 있을 때는 보이지 않는 조용히 가라앉은 눈초리를 하고 있다. 까무레한 피부와 꽤 센 윤곽을 가진 그의 얼굴을 이런 각도에서 볼 때 나는 참 좋아진다. 나에게는 보이려 하지 않는 혼자만의 표정도 무언지 가슴에 와 부딪는다.

그의 머리통은 아폴로의 그것처럼 모양이 좋다. 아주 조금 곱슬거리는 머리카락이 몇 올 앞이마에 드리워 있다.

"곱슬머리는 사납다던데."

언젠가 그렇게 말하였더니,

"아니, 그렇지 않아. 숙희, 정말 그렇지 않아."

하고 그는 진심으로 변명을 하려드는 것이었다. 나는 그저 농담을 하였을 뿐이었는데…….

오늘도 그는 그렇게 내 방에서 쉬고 나더니,

"정구 칠까?"

하며 자리에서 일어섰다.

"응."

"아니 참, 내일부터 중간시험이라구 하잖았던가?"

"괜찮아, 그까짓 거…….."

사실 시험이고 무엇이고 없었다. 나는 옷서랍을 덜컹거리며 흰 쇼트와 감색 셔츠를 끄집어내었다.

"괜히 낙제하려구."

하면서도 그는 이내 라켓을 가지러 방을 나갔다.

햇볕은 따가웠으나 나뭇잎들의 싱싱한 초록 사이로 서늘한 바람이 지나가곤 한다. 우리는 뒷산 밑 담장께로 걸어갔다. 낡은 돌담의 좀 허수룩한 귀퉁이를 타고 넘어서 옆집 코트로 미끄러져 들어간다.

옆집이라고 하는 것은 구왕가에 속한다는 토지의 일부인데 기실 집이라고는 까마득히 떨어져서 기와집이 두어 채 늘어서 있고 이쪽은 휘영하니 비어 있는 공터였다. 그 낡은 기와집에 사는 사람들은 이 공터를 무슨 뜻에선지 매일 쓸고 닦고 하여서 장판처럼 깨끗이 거두어 오고 있었다.

"아깝게시리……. 테니스 코트나 만들면 좋겠는데. 응, 그러면 어떨까?"

어느 날 돌담에 가 걸터앉아서 내려다보던 끝에 그런 제의를 했다.

처음에는 그는 움직이려 들지 않았으나 결국 건물께로 걸어가서 이야기를 해보았다.

이튿날 우리는 석회를 들고 가 금을 그었다. 또 며칠 후에는 네트를 치고 땅을 깎아내어서 아주 정식으로 코트를 만들어버렸다.

그렇게까지 할 줄은 몰랐을 주인이 야단을 치면 걷어버리자고 주춤거리며 일을 했는데 호호백발의 할아버지인 그 집 주인은 호령을 하지 않을 뿐더러 가끔 지팡이를 끌고 나와 플레이를 구경하는 것이었다.

이렇게 나이 많은 노인네의 표정은 언제나 나에게는 판정하기 어려운 것이지만 특히 이 할아버지의 경우는 그러하였다. 구태여 말한다면 웃고 있는 것 같기도 하고 신기해하고 있는 것 같기도 했지만, 또 동시에 하늘 밖의 일을 생각하는 듯 아득해 보이기도 하였으니 기묘했다.

한두 번은 담을 넘는 나의 기술을 적이 바라보고 분명히 무슨 말을 할 듯이 하더니 그만 입을 봉하고 말았다. 말을 해봤자 들을 법하지도 않다고 짐작을 대었는지 알 수 없었다. 어쨌든 그곳은 아주 좋은 우리의 놀이터인 것이었다.

물리학 전공의 그는 상당히 공부에도 몰리고 있는 눈치였으나 운동을 싫어하는 샌님도 아니었다.

테니스를 나는 여기 오기 전에도 하고 있었지만 기술이 부쩍 느는 것은 대부분 그의 덕분이다. 그가 내 시골학교의 코치보다도 훌륭한 솜씨를 갖고 있음을 알았을 때의 나의 만족이란 이루 말할 수도 없는 것이었다.

머리가 둔한 사람을 나는 도저히 좋아질 수 없지만 또 운동을 전혀 모른다는 사람도 매력적이라고 생각할 수 없다. 스포츠는 삶의 기쁨을 단적으로 맛보여 준다. 공을 따라 이리저리 뛰면서 들이마시는 공기의 감미함이란 아무것에도 비할 수 없다.

나는 오늘 도무지 컨디션이 좋지가 못하였다. 이렇게 엉망진창인 때는 엉망진창인 대로, 또 턱없이 좋으면 좋은 그대로 적당히 이끌고 나가주는 그의 솜씨가 적이 믿음직해질 따름이었다.

"와아, 참 안 된다. 퇴보일로인가 봐."

"괜찮아. 아주 더워지기 전에 지수랑 불러서 한번 시합을 할까?"

하늘이 리라빛으로 물들 무렵 우리는 볼들을 주워 들고 약수터께로 갔다.

바위틈으로 뿜어 나오는 물은 이가 시리도록 차갑고 광물질적으로 쌉쓰름하다.

두 손으로 표주박을 만들어 떠내 가지고는 코를 틀어박고 마신다. 바위 위로 연두색 버들잎이 적이 우아하게 늘어지고 빨간 꽃을 다닥다닥 붙인 이름 모를 나무도 한 그루 가지를 펼친 것으로 보아, 이런 마심새를 하라는 샘터는 아닌 모양 같지만 우리는 늘 그렇게 하여 왔다.

"약수라니까 많이 마셔. 약의 효험이나 좀 볼지 아나."

"뭣 땜에?"

"뭣 땜에는. 정구 좀 잘 치게 되나 보려구 그러지."

이렇게 시끌덤벙 떠들던 샘가였다.

그런데 오늘 바위 언저리에는 조그만 표주박이 하나 놓여 있었다. 필시 그 할아버지가 갖다 놓아준 것이 분명하였다.

"오늘부터 얌전히 마셔야 해."

"산신령님이 내다보신다."

정말 한동안 음전하게 앉아서 쉬었다. 그리고 그는 허리를 굽혀 표주박으로 물을 떴다. 그는 그것을 내 입가에 대어주었다. 조용한, 낯선 표정을 하고 있었다. 나에게는 보이는 일이 없는 자기 혼자만의 얼굴의 하나인 것 같았다.

나는 아주 조금만 마셨다. 그리고 얼굴을 들어 그를 바라보고 있었다. 그는 나머지를 천천히 자기가 마셨다.

그리고 표주박을 있던 자리에 도로 놓았으나 아주 짧은 사이 어떤 강한 감정의 움직임이 그 얼굴을 휘덮은 것 같았다. 그는 내 쪽을 보지 않았다.

나는 돌연 형언하기 어려운 혼란 속에 빠져 들어갔으나 한 가지의 뚜렷한 감각을 놓쳐버리지는 않았다. 그것은 기쁨이었다.

나는 라켓을 둘러메고 담장께로 걸어갔다.

'오빠'

그는 나에게는 그런 명칭을 가진 사람이었다.

'오빠'

그것은 나에게 있어 무리와 부조리의 상징 같은 어휘이다.

그 무리와 부조리에 얽힌 존재가 나다.

나는 키보다 높은 담장 위에서 뛰어내렸다. 그리고 뒤도 안 돌아보고 정원 안을 걸어갔다.

운동화를 벗어 들고 맨발로 걷는다. 까실까실하면서도 부드러운 잔디의 촉감이 신이나 양말을 신고 디딜 생각은 나지 않게 한다.

"발바닥에 징을 박아줄까? 어디든지 구두 안 신고 다니게 말야."

그는 옆에 있는 때면 이런 소리를 한다.

"맨발로 풀 위를 걸으면 고향에 온 것 같아. 아니, 내가 나 자신에게 돌아온 것 같은 그런 맘이 드는걸……."

나는 중얼중얼 그런 소리를 지껄이는 것이나 저녁 이맘때가 되면 별안간 거의 수습할 수 없을 만큼 감정이 엉클리곤 하므로 그 뒤로는 완고덩어리 할멈처럼 입을 봉하고 아무런 대꾸도 하질 않는다.

시무룩해 가지고 테라스 앞에 오면——그 안 넓은 방에 깔린 자색 양탄자, 여기저기에 놓인 육중한 가구, 그 속에 깃들인 신비한 정적, 이런 것들을 넘겨다보면 그리고 주위에 만발한 작약, 라일락의 향기, 짙어진 풀내가 한데 엉켜 뭉긋한 이곳에 와서 서면——나는 내 존재의 의미가 별안간 아프도록 뚜렷이 보랏빛 공기 속에 떠 있는 것을 보는 것이다.

내가 잠시 지녔던 유쾌함과 행복은 끝내 나의 것일 수는 없고, 그것은 그대로 실은 나의 슬픔과 괴로움이었다는 기묘한 도착(倒錯)을 나는 어떻게도 처리할 길이 없다.

오누이…….

동생…….

이런 말은 내 맘속에서 혐오와 공포를 자아낸다.

싫다.

확실히 내가 느껴온 기쁨과 즐거움은 이런 범주 내에서 허용될 수 있는 것이 아니었다.

날마다 경험하는 이 보랏빛 공기 속에서의 도착은 참 서글픈 감촉을 갖고 있었다. 나는 그의 곁에 더 오래 머무를 용기조차 없어진다.

검은 눈을 껌뻑이면서 그는 또 농담이라도 할 것이다. 내게 더 웃고 더 쾌활해지라고 무언중에 명령할 것이다.

그가 내게 해줄 수 있는 일은 그것뿐이다.

오늘 나는 가슴속에 강렬한 기쁨을 안았던 까닭에 비참함도 더 한층 큰 것만 같았다.

나는 그곳에 한동안 서 있었다. 그리고 볼을 불룩하니 해가지고 마루로 올라갔다.

번들거리는 마룻바닥에 부연 발자국이 남아난다. 그렇게 마루가 더럽혀지는 것이 어쩐지 약간 기분 좋다. 몸을 씻고는 옷을 갈아입으면서 창으로 힐끗 내다보았더니 그는 등나무 밑 걸상에 앉아 있었다. 무릎 위에 팔꿈을 짚고 월계 숲께로 시선을 던진 모양이 무언지 고독한 자세 같아 보였다. 그도 조금은 괴로운 것일까? 흠, 그러나 무슨 도리가 있담? 까닭 없이 그에 대해 잔인해지면서 나는 그렇게 혼잣말을 하였다.

나는 방에 불도 켜지 않고 밖에서 보이지 않을 구석에 가만히 앉아 내다보고 있었다. 주위가 훨씬 어두워진 후에 그는 벤치에서 일어났다. 그리고 사라지기 전에 한참 내 창문께를 보며 서 있었다.

나는 어느 때까지나 불을 켜지 않았다.

저녁을 먹으러 내려가지도 않았다.

그 대신에 그가 마시다 둔 코크의 잔을 집어 들었다. 그리고 가만히 입술을 대었다. 아까 그가 내가 마신 표주박에 입술을 대었듯이……

2

'그'를 무어라고 부르면 마땅할까.

오빠라고 불러야 한다는 것이 나의 운명이다.

재작년 늦겨울 새하얀 눈과 얼음에 뒤덮여서 서울의 집들이 마치 얼음사탕처럼 반짝이던 날, 무슈 리에게 손목을 끌리다시피 하며 이곳에 도착한 나에게 엄마는 그를 이렇게 소개했다.

"숙희의 오빠예요. 인사를 해. 이름은 현규라고 하고."

저 진보랏빛 양탄자 위에 서서 나는 그의 얼굴을 바라보았다.

"이과 대학의 수재란다. 우리 숙희두 시골서는 꽤 재원이라고들 하지만 서울 왔으니까 좀 어리벙벙할 테지. 사이좋게 해줘요."

엄마의 목소리는 가벼웠으나 눈에는 두려움이 어려 있는 것 같았다. 엄마는 열심히 청년의 두 눈을 주시하고 있었다.

V넥의 다갈색 스웨터를 입고 그보다 엷은 빛깔의 셔츠 깃을 내보인 그는, 짙은 눈썹과 미간 언저리에 약간 위압적인 느낌을 갖고 있었으나 큰 두 눈은 서늘해 보였고, 날카로움과 동시에 자신(自信)에서 오는 너그러움, 침착함 같은 것을 갖고 있는 듯해 보였다. 전체의 윤곽이 단정하면서도 억세고, 강렬한 성격의 사람일 것 같았다. 다만 턱과 목 언저리의 선이 부드럽고 델리킷하여 보였다.

'키도 어깨폭도 표준형인 듯하고…… 흐응, 우선 수재 비슷해 보이기는 하는걸…….'

하고 나는 마음속으로 채점을 하였다. 물론 겉보매만으로 사람을 평가할 만큼 나는 어리석은 계집애는 아니었지만.

내가 그의 눈을 쏘아보자, 그는 눈이 부신 사람 같은 표정을 하면서 입술 한쪽으로 조금 웃었다. 그것은 약간 겸연쩍은 것 같기도 하였지만 혼자 고소하고 있는 것같이도 보였다. 자기를 재어보고 있는 내 맘속을 환히 들여다보는 때문일까? 그러자 나는 반대로 날카로운 관찰을 당하고 있는 듯한 긴장을 느꼈다.

그러나 그는 지극히 단순한 태도로,

"참 잘 왔어요. 집이 이렇게 너무 쓸쓸해서 아주 좋지 못했는데……."

하고, 한 손을 내밀어서 내 손을 잡았다.

나를 도무지 어린애로만 보았다는 증거일 게고, 또 아마 엄마의 감정을 존중한 결과였을 것이다.

아닌 게 아니라 엄마의 얼굴에는 일순 안도와 만족의 표정이 물결처럼 퍼져갔다. 나는 이 청년이 엄마에게 어떤 존재인지를 짐작하였다. 말하자면 그들 인공적(?)인 모자관계에서는 항상 세심한 배려가 상호 간에 베풀어져야 하는 것이다.

무슈 리는 매우 대범한 성질이어서 만사를 복잡하게 받아들이지는 않는 것 같았다. 그는 그저 미소를 띠고 우리를 바라다볼 뿐이고, 내가 고단할 게라는 소리를 몇 번이나 하였다.

어쨌든 그는 그로부터 나를 숙희라고, 쉽고도 간단하게 불러오고 있다.

"헤이, 숙!"

하기도 한다. 그리고 나에게 무조건 관대하였다. 지나칠 만큼. 그래서 때로는 섭섭할 만큼.

그러므로 그가 이즈음 내 방에 와서 배가 고프다고 한다거나 손 같은 데에 약을 발라달라고 하게 된 것은 나에게는 대단히 귀중한 변화인 것이다.

그것은 어쨌든 내 편에서는 그를 오빠라고는 도저히 부를 수 없었다. 처음에는 너무 생소하여서, 그리고 나중에는 또 다른 이유들로.

이것은 무슈 리를 아버지라고 부르기 어렵기보다는 몇 갑절이나 힘든 일이었다. 나는 자기가 대단한 고집쟁이인지, 또는 부끄럼쟁이인지 분간할 수 없다. 나의 이런 곤란을 그도 엄마도 어느 정도 알고는 있는 모양으로 요즈음은 내가 그 말을 피하려고 이리저리

애를 쓰지 않고도 적당한 대답을 할 수 있도록 저편에서 고려하여 말을 걸어준다. 이런 의미에서 사양 없이 나를 곤경에 몰아넣곤 하는 것은 그러니까 무슈 리 한 사람뿐이다.

서울 와서 일 년 남짓 지내는 새에 나는 여러 모로 조금씩 달라진 것 같다. 멋을 내는 방법도 배웠고, 키가 커지고 살결도 희어졌다. 지난 사월에는 '미스 E여고'에 당선되어서 하루 동안 학교의 퀸 노릇을 하였다. 바스트가 약간 모자랄 거라고 나는 생각하고 있었는데 압도적으로 표가 많이 나와서 내가 오히려 놀랐다. 엄마는 좋아서 어쩔 줄 몰랐고, 무슈 리는 기막히게 비싼 팔목시계를 사주었다.

그는 별말을 하지 않았다. 농담조차 하지 않았다. 축하한다고 한 번 그것도 아주 거북살스러운 투로 말하고는 무언지 수줍은 것 같은 얼굴을 하고 있었다. 그런 것을 보니까 나는 썩 기분이 좋았다.

나는 성질도 조금 달라져온 것 같다. 동무도 많았고 노래도 잘 부르던 시골 시절보다 조용한 이곳에서 더 감정이 격렬해진 것 같다.

삶의 기쁨이란 말을 나는 이제 이해한다.

이 집의 공기는 안락하고 쾌적하고, 엄마와 무슈 리와의 관계로 하여 약간 로맨틱한 색채가 감돌고 있기도 하다.

서울의 중심에서 떨어진 S촌의 숲 속의 환경도 내 마음에 들고 무슈 리가 오래전부터 혼자 살아왔다는, 담쟁이덩굴로 온통 뒤덮인 낡은 벽돌집도 기분에 맞는다.

그는 엄마에게 예절 바르고 친절하고, 무슈 리는 내가 건강하고 행복스러운 얼굴만 하고 있으면 어느 때고 지극히 만족해하고 있다. 그는 어느 사립대학의 경제학 교수인데 약간 뚱뚱하고 약간 호인다워 보인다. 불란서와 아무 관계도 없는 그를 무슈라고 내가 속으로 부르고 있는 까닭은 어느 불란서 영화에서 본 한 불쌍한 아버지의 모습과 그가 닮아 있기 때문이다. 무슈 리는 불쌍하지는 않다.

오히려 지금은 참 행복하다. 그러나 이렇게 호의덩어리 같은 사람은 자칫하면——주위가 나쁘면——엉망으로 불행해질 것같이 보이는 것이다.

괴테의 베르테르 같은 청년의 비극에는 날카로운 아름다움이 있다. 그러나 우리 무슈 리 같은 타입의 슬픔에는 오로지 비참만이 있을 듯하다…….(우리 엄마가 그의 곁에 와준 것은 하니까 얼마나 다행한 일이었을까!)

엄마는 줄곧 집에만 들어앉아 있으나 행복해 보였고 예부터의 특징이던 부드러운 목소리가 한층 더 부드러워진 것 같다. 다만 엄마는 엄마의 행복에 대해서 한편으로 죄스러움 같은 것을 느끼고 있는 듯한 눈치로서, 그래서 바깥으로 나다니지도 않고 큰소리로 웃는 일도 없는 것 같았다. 그러나 그녀는 늘 고운 옷을 입고 있었고 엷게 화장을 하고 있었다. 이 일도 내 마음에 흡족하였다.

그러나 이곳에는 뜻하지 않은 괴로움이 또한 있었다. 현규에 대한 감정은 언제나 내 맘을 무겁게 하고 있다. 너무나 고통스럽게 여겨질 때에는 여기 오지를 말았더라면 하고 혼자 중얼대는 일도 있다. 그러나 그 생각은 오래가지 않는다. 나는 만약 내 생애에서 한 번도 그를 만나는 일이 없이 죽고 말 경우라는 것을 생각해 보면 가슴이 서늘해지기까지 한다. 아무 일도 이루어지지 않아도 좋았다. 나는 그를 만났다는 일만으로 세상의 어느 여자보다도 행복한 것이다. 그의 곁에서 호흡하고 있는 기쁨을 무엇으로 바꿀 수 있을까?

그러나 나는 여전히 슬프고 초조한 것도 사실이다. 정직히 말한다면 내 기분은 일 분마다 달라진다.

무슈 리가 요즘 외국을 여행 중인 것은 내게는 하나의 구원과도 같다.

아침마다 행복 그것 같은 얼굴로 인사를 하지 않아도 좋고 저녁

마다 시간에 식당에 내려가지 않아도 좋기 때문이다.

"들어오실 때까지 눈감아 줘, 응 엄마. 시간 지키는 거 나 질색인 줄 알잖우? 먹고 싶은 때 먹고 안 먹고 싶은 때 안 먹고 그럴게, 응?"

무슈 리가 떠나는 즉시로 나는 엄마에게 이렇게 교섭을 하였다. 사실 현규의 얼굴을 보는 일이 두려운 때가 점점 잦아오는 것만 같다.

그는 대개 엄마와 함께 저녁을 드는 모양이었다.

3

예절 바른 그가 식당에서 엄마의 상대를 하고 있을 동안 나는 멍하니 창가에 앉아서 저물어가는 하늘을 바라다보고 있다.

군데군데 작은 집들이 몰려 있는 촌락과, 풀숲과 번득이는 연못 같은 것들이 있는 넓은 들판 너머에 무디게 빛나며 강이 흐르고 있다. 강은 날씨와 시간에 따라 플래티나같이 반짝이기도 하고 안개처럼 온통 보얗게 흐려버리기도 한다. 하늘이 보랏빛으로부터 연한 잿빛으로 변하여 가는 무렵이면 그 강도 부드러운 회색 구름과 한 덩이가 되었다.

나는 여러 가지 감정이 뒤범벅이 된 혼란 상태에서 자기를 건져 내야 한다고 어두운 강물을 바라보며 늘 생각하는 것이었다. 마음 가는 대로 몸을 내맡길 수 없는 것이 나의 입장이고, 또 그 마음 가는 일 자체에 대해서도 분열된 생각을 수습할 수가 없었다.

현규를 사랑한다는 일 가운데에 죄의식은 없다. 그런 것은 있을 수 없었다. 그러나 엄마와 무슈 리를 그런 의미에서 배반하는 것은 곧 네 사람 전부의 파멸을 의미하는 것이었다. 파멸이라는 말의 캄 캄하고 무서운 음향 앞에 나는 떨었다.

이곳에 오기 전에 나는 시골 외할아버지의 집에 있었다. 삼사 년 전까지는 엄마와도 함께, 그리고 그 후로는 할머니 할아버지와 단 셋이서. 일하는 사람들은 여럿 있었고 과수원을 지키는 개도 여러 마리, 그중에는 내가 특별히 귀여워한 진돗개 복동이도 있었지만 나는 언제나 못 견딜 만큼 적적하였다. 엄마가 서울로 떠난 후에는 마음이 막 쓰라린 것을 참아야 했지만 그 엄마가 같이 있었을 때에라도 나는 우리의 생활에서 마음 든든하다거나 정말로 유쾌하다거나 하는 느낌을 가져본 일은 없다.

젊고 아름다운 엄마가 언제나 조용히 집안에서 세월을 보내고 있는 일은 내게 어떤 고통을 주었다. 그 무릎 위에는 늘 내게 지어 입힐 고운 헝겊 조각이나 털실 같은 것이 얹혀 있었지만, 그리고 그 입에서는 늘 나에 관한 이야기가 흘러나왔지만 나는 그것이 불만이고 불안하기조차 하였다.

그런 걸 만들어주지 않아도 좋으니 다른 애들 엄마처럼 집안 살림에 볶이어서 때로는 악도 쓰고 나더러 야단도 치고 어린애도 둘러업고 다니고—말하자면 그녀 자신의 생활을 하고 있으면 나도 흐뭇할 것 같았다. 할머니도 할아버지도 나에게와 마찬가지로 엄마에게도 그저 유하고 부드럽기만 하였다.

엄마의 그림자 같은 생활은 언제부터 시작되었는지 기억할 수 없다. 사변과 함께 우리가 시골 할아버지 댁으로 내려가던 때, 그러니까 지금부터 십 년쯤 전에도 이미 그랬었고 또 그보다 전 서울서 국민학교에 입학하던 즈음에도 역시 그런 느낌이던 것을 잊지 않고 있다.

'아버지'에 관하여 나는 아무것도 모른다. '돌아가셨다'는 설명을 언젠가 들은 적이 있었으나 어쩐지 정말 같지 않다는 인상으로 남아 있었다. 사변 후에,

"너의 아버지는 돌아가셨다."

하고 할머니가 일러주셨는데, 이때의 말투에는 특별한 것이 깃들어 있어서 그 후로는 그것이 진실이거니 여기고 있다. 아마 나의 엄마와 아버지는 내가 아주 어릴 때부터 별거하고 있었고 그러는 사이 그들은 다시 만나는 일도 없이 사별하고 만 모양이었다. 어쨌든 나는 내 부친에 관해서 아무런 지식도 관심도 감정도 갖고 있지 않다. '윤'이라는 내 성이 그로부터 물려받은 유일의 것이지만 흔한 성이라고 느낄 뿐이다.

무슈 리가 피난지에서 할아버지의 과수원을 찾아온 것은 어떤 경위를 거친 뒤였는지 나는 알 수 없다. 그날 나뭇가지에 걸터앉아서 사과를 베어 먹고 있노라니까 좀 뚱뚱한 낯선 신사가 걸어왔다. 대문 앞에서 망설이듯이 멈추었다가 모자를 벗어 들고 걸어 들어왔다. 나무 밑을 지나갈 적에 사과씨를 떨구었더니 발을 멈추고 쳐다보았으나 웃지도 않고 그냥 가버렸다. 도무지 어수선하기만 하다는 얼굴이었다. 나중에 방 안에서 정식으로 인사를 하였는데 그때의 판단으로는 나무 위로부터 환영받은 일을 까맣게 기억하지 못하는 것 같았다.

그는 하룻밤 체류하지도 않고 되돌아갔다. 그리고 할아버지와 할머니에게는 대단한 중요히 의논거리가 생긴 모양이었다. 밤에 가끔 사과밭 사이를 혼자 걷는 엄마를 보게 되었다.

무슈 리는 한 번 더 다녀갔다. 그리고 얼마 후에 엄마는 상경하였다.

"애초에 그렇게 혼인을 정했더라면 애 고생을 안 시키는 걸……."

어느 날 옆방에서 할머니가 우시며 수군수군 그런 소리를 하시는 걸 듣고 놀랐다.

"그럼 우리 숙희는 안 태어났을 것 아뇨? 공연한 소릴……."

“그저 팔자소관이죠. 경애가 생각을 잘못 먹었었다느니보다
도……."

애어멈이라고 하지 않고 그렇게 엄마의 이름을 대는 것을 듣고
나는 엄마의 젊은 시절을 생각하여 미소 지었다.

그림자처럼 앉아서 내 블라우스 같은 것을 매만지는 엄마를 보
는 서글픔은 이제는 없어졌다. 엄마가 그럭저럭 행복해진 듯한 것
은 기뻤으나 뼈저리게 쓸쓸한 것도 사실이었다. 나는 밤낮 커단 소
리로 노래를 부르고 있었다. 산모퉁이 길을 학교에서 돌아오는 때
에도 사과나무의 흰 꽃 밑에서도 또 빨간 봉선화가 핀 마당에서도.

“이애야, 그렇게 큰 소릴 내면 남들이 웃는다."

할머니는 가끔 진정으로 그런 소리를 하셨다. 재작년 늦은 겨울
무슈 리가 내려와서 나를 데려가겠다고 우겨댔을 때에 제일 놀란
사람은 나 자신이었다. 두 분 노인네도 더러 망설였다. 그러나 무슈
리의 끈기 있는 태도에 양보를 하는 수밖에 없는 눈치여서 노인네
들은 그만 풀이 없었다. 나는 무슈 리가 할머니 할아버지에게,

“무엇보다 엄마가 그걸 원하고 있으니까요. 말은 안 하지만 절실
히 바라고 있는 걸 내가 아니까요."

하고 열심히 이야기하는 것을 보다가 그만 싱그레 웃고 말았다. 나
보기에 할아버지 할머니는 이미 설복되어서, 무슈 리가 만약 그 연
설을 잠시 끊기만 한다면 이내 대답을 할 것 같은데 그는 마치 그들
이 결단코 나를 놓지는 않으리라고 굳이 믿는 사람처럼 애걸복걸을
하는 것이었다. 그가 말을 하면서 나를 흘깃 보았을 때 나는 조그맣
게 끄덕여 보였다. 그랬더니 그는 말을 뚝 끊고 벙글 웃더니 손수건
을 꺼내서 이마를 닦았다.

이래서 나는 서울 E여고로 전학을 하였다.

나는 생각한다.

무슈 리와 엄마는 부부이다. 내가 그를 아버지라고 부르기 어려운 것은 거의 그런 말을 발음해 본 적이 없는 습관의 탓이 크다.

나는 그를 좋아할 뿐더러 할아버지 같은 이로부터 느끼던 것의 몇 갑절이나 강한 보호 감정——부친다움 같은 것도 느끼고 있다.

그러나 나는 그의 혈족은 아니다.

현규와도 마찬가지다. 그와 나는 그런 의미에서는 순전한 타인이다. 스물두 살의 남성이고 열여덟 살의 계집아이라는 것이 진실의 전부이다. 왜 나는 이 일을 그대로 알아서는 안 되는가?

나는 그를 영원히 아무에게도 주기 싫다. 그리고 나 자신을 다른 누구에게 바치고 싶지도 않다. 그리고 우리를 비끄러매는 형식이 결코 오누이라는 것이어서는 안 될 것을 알고 있다.

나는 또 물론 그도 나와 마찬가지로 같은 일을 생각하고 있기를 바란다. 같은 일을——같은 즐거움일 수는 없으나 같은 이 괴로움을.

이 괴롬과 상관이 있을 듯한 어떤 조그만 기억, 어떤 조그만 표정, 어떤 조그만 암시도 내 뇌리에서 사라지는 일은 없다. 아아, 나는 행복해질 수는 없는 걸까? 행복이란, 사람이 그것을 위하여 태어나는 그 일을 말함이 아닌가?

초저녁의 불투명한 검은 장막에 싸여 짙은 꽃향기가 흘러든다. 침대 위에 엎드려서 나는 마침내 느껴 울고 만다.

4

"숙희야, 나 이런 것 주웠는데……."

일요일 아침, 아래층으로 내려가니까 소파에 앉아 있던 엄마가 손에 쥐었던 봉투 같은 것을 들어 보였다.

“뭔데?”

나는 가까이 갔다.

그리고 좀 겸연쩍어졌지만 하는 수 없이,

“어디서 주웠수, 이걸?”

하면서, 손을 내밀어 그것을 잡으려고 하였다.

“잠깐…… 거기 좀 앉아보아.”

엄마는 짐짓 긴장한 낯빛을 감추려고 하면서 앞의 의자를 가리켰다.

나는 속으로 픽 하고 웃음이 나왔으나 잠자코 거기에 가 걸터앉았다.

지수는 K장관의 아들이다. 언덕 아래 만리장성 같은 우스꽝한 담을 둘러친 저택에 살고 있다. 현규랑 함께 정구를 치는 동무이고 어느 의과대학의 학생인데 큼직큼직하고 단순하게 생겨 있었다. 지프차에다 유치원으로부터 고등학교까지의 동생들을 그득 싣고 자기가 운전을 하여 학교에 가곤 한다.

나도 두어 번 그 차를 얻어 탄 일이 있다. 한 번은 현규와 함께였으니까 사양할 것도 없었고, 다른 한 번은 시내에서 돌아오는 길목이라 굳이 싫다는 것도 이상할 것 같아서 탔다.

“작은 학생들이 오늘은 하나도 없군요.”

“나 있는 데까지 시간 안에 오는 놈은 태워가지고 오고 그 밖엔 뿔뿔이 재주대로 돌아오깁니다. 기차나 마찬가지죠.”

그러한 그가 걸맞지 않게 적이 섬세한 표현으로 러브 레터를 써 보냈다고 해서 나는 우습게 생각하는 것은 아니다. 그러나 엄마의 엄숙한 표정은 역시 약간 난센스가 아닐 수 없었다.

“글쎄 이게 어디서 났을까?”

“등나무 밑 걸상에서.”

“오오라, 참 게다 놨었군.”

“오오라 참이 아니야. 숙희는 만사에 좀 더 조심성이 있어야 해요. 운동을 하구 난 담에두 그게 뭐야? 라켓은 밤낮 오빠가 치워 놓던데.”

흐흥 하고 나는 웃었다.

“편지 보낸 사람에게 첫째 미안할 일 아니야?”

“참 그래. 엄마 말이 옳아.”

그리고 나는 편지를 잡아채었다.

“귀중한 물건인가? 엄마 좀 읽어봄 안 되나?”

“읽어봐두 괜찮아. 안 되는 거라면 게다 놔둘까? 감추지.”

나는 조금 성가셔졌다.

“그럼 안심이군. 사실은 벌써 읽어봤어.”

“아이, 엄마두.”

“그런데 엄마가 얘기하고 싶은 건 숙희가 자기 주위에 일어나는 일들을——이런 편지에 관한 거라든지 또 그 밖의 일들을, 혼자 처리하지 말고 그 요점만이라도 엄마한테 의논해 주었으면 좋겠어. 그건 그렇게 해야만 하는 거야.”

들고 있는 사이에 나는 점점 우울해져서 잠시라도 속히 이 자리에서 떠나고 싶은 생각밖에는 없어졌다.

“엄마가 언제나 숙희 편에 서서 생각하리라는 건 알고 있겠지?”

“응.”

나는 선대답을 해놓고 천천히 밖으로 걸어 나갔다.

‘엄마의 아들을 사랑하고 있어요.’

이렇게 말한다면 엄마는 어떤 모양으로 내 편에 서줄까?

엄마 힘에는 미치지 않는 일이었다. 무슈 리의 힘에도 미치지 않는 일이었다.

　나는 편지를 주머니에 구겨 넣고 아침 이슬로 무릎까지 폭삭 적시면서 경사진 풀밭을 걸어 내려갔다. 되도록 사람을 만나지 않을 방향으로——멀리 늪이 바라다 보이는 쪽으로 천천히 걸음을 옮겨 갔다. 아카시아의 숲이니 보리밭이니 잡목 옆을 지나갔다.

　현규와의 사이는 요즘 어느 때보다도 비관적인 상태에 놓여 있는 것 같았다. 나는 그와 마주치기를 피하고 있었다. 웃고 농담을 하고 아무것도 아닌 체 헤어지는 고통이 참기 어려운 것이다. 그가 예사 얘기를 해도 나는 공연히 화를 냈다. 그러면 그는 상대를 안 해주었다.

　머리 위에서 새들이 우짖었다. 하늘은 깊은 바닷물 속같이 짙푸르고 나무 잎새들은 빛났다. 여름이 무르익어 가고 있었다. 상수리 숲이 늪의 방향을 가려버렸으므로 나는 풀 위에 앉아 턱을 괴고 생각에 잠겼다.

　세계적인 발레리나가 되어 보석처럼 번쩍이면서 무대 위에서 그를 노려보아 줄까? (한 번도 귀담아 들은 적은 없지만 내 발레 선생은 늘 나에게 야심을 가지라고 충동을 한다.) 그러면 그는 평범한 못생긴 와이프를 데리고 보러 왔다가 가슴이 아파질 터이지. 아주 짧은 동안 그것은 썩 좋은 생각인 듯 내 맘속에 머물렀다. 그러고는 물거품처럼 사라져 없어졌다. 그러고는 이어 그에게 아무것도 바라지를 말고 식모처럼 그저 봉사만 하는 일에 감사를 느끼자는 생각이 떠올랐다. 그러나 슬픈 마음이 들기도 전에 발등 위로 눈물이 한 방울 굴러 떨어졌다.

　나는 일어나서 돌아가려고 하였다. 그때 와삭거리고 풀 헤치는 소리가 등 뒤에서 나며 늘씬하게 생긴 세터가 한 마리 나타났다. 그 줄을 쥐고 지수가 걸어왔다. 건강한 체구에 연회색 스포츠 웨어가 잘 어울린다. 그의 뒤에서 열 살 전후의 사내애와 계집아이가 둘 장

난을 치면서 달려나왔다. 지수는 나를 보고 좀 당황한 듯하였으나
이내 흰 이를 보이고 웃으면서 다가왔다.

"안녕하셨어요? 산봅니까?"

"네, 돌아가는 길이에요."

아이들은 우리를 새에 두고 떠들어대면서 잡기 내기를 한다. 지
수는 한 아이를 붙들어 세터를 맨 줄을 들려주고는 어서 앞으로들
가라고 손짓하였다.

우리는 잠자코 한동안 함께 걸었다. 아카시아의 숲새 길에서 그
는 앞을 향한 채 불쑥,

"편지 보아주셨죠?"

하고 겸연쩍은 듯한 소리를 내었다.

"네."

"회답은 안 주세요?"

나는,

"네, 어떻게 써야 할지 모르겠어요."

했다.

그는 성급하게 고개를 끄덕거렸다. 귀가 좀 빨개진 것 같았다.

"그러나 여하간 제 의사를 알아주시긴 했겠죠?"

나는 그렇다고 하였다. 그리고 이야기를 끝맺기 위해서 현규가
가까이 또 정구를 치자고 하더라는 말을 했다.

"네, 가죠."

그도 단번에 기운을 회복하며 대답하였다.

그는 휘파람을 불기 시작했다. 그의 휘파람을 들으며 집 가까이
까지 왔다.

"오늘 대단히 기뻤습니다. 감사합니다."

그는 조금 슬픈 어조로 인사를 하였다. 그리고 내 어깨로 기어오

르는 풀벌레를 떨구어주었다.

"안녕히 가세요. 그리구 연습 많이 하세요. 저희들 팀은 아주 세졌으니깐요."

그는 다른 일을 생각하고 있는 듯 입술을 문 채 끄떡끄떡하였다.

잡석을 접은 좁단 층계를 뛰어오르자 나는 곧장 내 방으로 올라갔다. 지수가 하듯이 휘파람을 불고 있었다. 어쨌건 기운을 잃어서는 안 된다는 생각이었다. 내 팔뚝이나 스커트에는 아직도 풀과 이슬의 냄새가 묻어 있는 듯했다. 나는 기운차게 반쯤 열린 도어를 밀치고 들어섰다.

뜻밖에도 거기에는 현규가 이쪽을 보며 서 있었다. 내가 없을 때에 그렇게 들어오는 일이 없는 그라 해서 놀란 것은 아니었다. 그는 몹시 화를 낸 얼굴을 하고 있었다. 너무도 맹렬한 기세에 나는 주춤한 채 어떻게 할지를 모르고 있었다.

"어딜 갔다 왔어?"

낮은 목소리에 힘을 주고 말한다.

"……."

"편지를 거기 둔 건 나 읽으라는 친절인가?"

그는 한발 한발 다가와서, 내 얼굴이 그 가슴에 닿을 만큼 가까이 섰다.

"……."

"어디 갔다 왔어?"

나는 입을 꼭 다물었다.

죽어도 말을 할까보냐고 생각했다.

별안간 그의 팔이 쳐들리더니 내 뺨에서 찰깍 소리가 났다.

화끈하고 불이 일었다. 대번에 눈물이 빙글 돌았으나 그는 거들떠보지도 않고 방을 나가버렸다.

나는 멍청하니 창밖으로 시선을 던졌다.

연회색 서츠를 입은 지수가 숲새 길을 걸어가고 있는 것이 보였다. 그리고 조금 전에 지수가 풀벌레를 털어주던 자리도 손에 잡힐 듯이 내려다보였다.

전류 같은 것이 내 몸속을 달렸다. 나는 깨달았다. 현규가 그처럼 자기를 잃은 까닭을. 부풀어오르는 기쁨으로 내 가슴은 금방 터질 것 같았다. 나는 침대 위에 몸을 내던졌다. 그리고 새우처럼 팔다리를 꼬부려 붙였다. 소리 내며 흐르는 환희의 분류가 내 몸속에서 조금도 새어나가지 못하도록.

5

나는 어떻게 하면 좋을까?
밤에 우리는 어두운 숲 속을 산보하였다.
어두운 숲 속에서 우리는 손을 잡고 걸었다.
그리고 나는 그에게 안겨버렸다.
나는 어떻게 하면 좋을까?
어떻게 해야 할지 점점 더 알 수 없어진다.
여하간 나는 숲 속에 가는 일을 그만두어야 한다.
지금 확실히 말할 수 있는 일은 그것뿐이다.
학교에서 돌아오니까 엄마가 기다린다고 안방으로 가라고 했다. 요즈음 인사도 않고 나가고 들어오던 나는 우선 가슴이 철컥 내려앉았다.
"인제 오니? 그런데 얼굴이 파랗구나. 어디 아픈 것 아닌가?"
엄마는 내 이마에 손을 얹어보았다.

"오빠는 밤늦어야 돌아오고 숙희도 이렇게 부르지 않음 보기 어렵고……."

엄마는 조금 웃었다. 아무것도 알지 못하는 웃음 같았다.

"……편지가 왔는데 어쩌면 엄마가 미국엘 가야 할지 모르겠어. 그렇게 되면 일 년이나 아마 그쯤은 못 돌아올 것 같은데 숙희하고 오빠를 버리고 가기도 어렵고…… 그래 싫다고 몇 번이나 회답을 냈지만……."

엄마는 조금 외면을 하였다.

"어떨까? 오빠는 찬성을 해주었는데."

그러면서 내 눈 속을 들여다보았다.

"나도 좋아요."

우리는 그러면 어떻게 되는 걸까 하고 멍하니 생각하면서 나는 대답하였다.

"고맙다. 그럼 구체적으로 어떻게 할지는 내일이라도 또 의논하지. 큰댁 할머니더러 와 계셔달랄까? 그래도 미덥잖긴 마찬가지고……."

큰댁의 꼬부랑 할머니는 사실 오나마나 마찬가지였다. 엄마가 없는 이 집에서 어떤 일이 일어나려고 하는 걸까?

현규와 단둘이 있어야 할 일을 생각하니 얼굴에서 핏기가 가시었다. 아무도 막아낼 수 없는 운명적인 사건이 이미 숲 속에 가지 않는 것쯤으로는 어찌할 수도 없는 벅찬 일이 생기고야 말 것이다.

잠을 잘 수 없었다. 내 온 신경은 가엾은 상처처럼 어디를 조금만 건드려도 피를 흘렸다. 며칠이 지나니까 나는 더 견딜 수 없어졌다. 할머니한테 갔다 온다고 우겨대어서 서울을 떠났다.

다시는 그곳에 돌아가지 않으리라고 결심하였다. 다시는 학교에

다니지도 않으리라고 마음먹었다. 내 삶은 일단 여기서 끝막았다고 그렇게 생각을 가져야만이 모든 일이 수습될 것같이 여겨졌다.

그것은 칼로 살을 도려내는 듯한 아픔이었다. 그러나 다른 무슨 일을 내 머리로 생각해 낼 수 있었을까?

날이면 날마다 나는 뒷산에 올라갔다. 한 시간 남짓한 거리에 여승들의 절이 있다. 나는 절이라는 곳이 싫었으나 거기를 좀 더 지나가면 맘에 드는 장소가 나타났다. 들장미의 덤불과 젊은 나무들의 초록이 바람을 바로 맞는 등성이였다.

바람을 받으면서 앉아 있곤 하였다. 젊은 느티나무의 그루 사이로 들장미의 엷은 훈향이 흩어지곤 하였다.

터키즈 블루의 원피스 자락 위에 흰 꽃잎을 뜯어서 올려놓았다. 수없이 뜯어서 올려놓았다. 꽃잎은 찬란한 하늘 밑에서 이내 색이 바라고 초라하게 말려들었다.

그러고 있다가 시선을 들었다. 다음 찰나에 나는 나도 모르게 일어서 있었다.

현규였다.

그는 급한 비탈을 올라오고 있었다. 입을 일자로 다물고 언젠가처럼 화를 낸 것 같은 얼굴이었다. 아니 일자로 다문 입은 좀 슬퍼 보여서 화를 낸 것 같은 얼굴은 아니었다.

그가 이삼 미터의 거리까지 와서 멈추었을 때 나는 내 몸이 저절로 그 편으로 내달은 것 같은 착각을 느꼈다. 사실은 그와 반대로 젊은 느티나무 둥치를 붙든 것이었다.

"그래, 숙희, 그 나무를 놓지 말어. 놓지 말고 내 말을 들어."

그는 자기도 한두 걸음 뒤로 물러서면서 말하였다. 그 얼굴에는 무언지 참담한 것이 있었다.

"숙희는 돌아와서 학교에 가야 해. 무엇이고 다 잊고 공부를 해

야 해. 나도 그렇게 할 작정이니까. 우리는 헤어져 있어야 해, 헤어
져서 공부해야 해, 어머니가 떠나시려면 비용도 들 테니까 집은 남
빌려주자고 말씀드렸어. 내가 갈 곳도 생각해 놓고. 숙희도 어머니
친구 댁에 가 있으면 될 거야. 그렇게 헤어져 있어야 하지만, 숙희,
우리에겐 길이 없는 것은 아니야. 내 말을 알아들어 줄까?"

그는 두 발로 땅을 꾹 딛고 서서 말하였다. 나는 느티나무를 붙
들고 가늘게 떨고 있었다.

"그때 숲 속에서의 일은 우리에게는 어찌할 수도 없는 진실이었
다. 우리는 이 일을 잊을 수도 없고 이제 이 일을 부정하고는 살아
가지도 못할 게다. 우리는 만나기 위해서 헤어지는 것이야. 우리에
겐 길이 없지 않아. 외국엘 가든지……."

그는 부르쥔 손등으로 얼굴을 닦았다.

"내 말을 알아줄까 숙희?"

나는 눈물을 그득 담고 끄덕여 보였다. 내 삶은 끝나버린 것이
아니었다. 나는 그를 더 사랑하여도 되는 것이었다.

"이제는 집에 돌아오겠다고 약속해 주겠지? 내일이건 모레건 되
도록 속히……."

나는 또 끄덕여 보였다.

"고마워, 그럼."

그는 억지로처럼 조금 미소하였다.

그리고 빙글 몸을 돌려 산비탈을 달려 내려갔다.

바람이 마주 불었다.

나는 젊은 느티나무를 안고 웃고 있었다. 펑펑 울면서 온 하늘로
퍼져가는 웃음을 웃고 있었다. 아아, 나는 그를 더 사랑하여도 되는
것이다…….

임진강의 민들레

구름이 낮고 후터분한 날씨가 계속되었다. 그러다가 한줄기 내리붓고 걷히고 나면, 한결 푸르러진 하늘엔 뭔지 낭만한 반짝임이 더해진 것 같고, 산봉우리처럼 흰 구름들이 삼각산 저편에 솟구쳐 올랐다.

1950년의 여름이 다가오고 있었다.

길거리에서 팔리기 시작한 밀짚모자를 바라다보면서 사람들은 또 여름이 왔구나 생각하는 것이었다. 눈가림을 당한 사람들은——태곳적부터의 그들의 숙명에 따라——그저 그날을 살기에만 부심하고 있었다.

이화(梨花)네 집——그 네 귀가 번쩍 들린 고래등 같은 기와채의, 푸른 기운이 감도는 낡은 처마 밑에도, 무심하고 평화로운 새벽이 찾아들고 있었다.

이화의 아버지, 우태갑(禹泰甲) 씨는 문살이 회색으로 밝아오자

34

일어나서 마당으로 걸어 나갔다. 칵 칵 하고 아무 데에나 가래침을 뱉어가며 뒤뜰로 한 바퀴 비잉 돌아본다. 그러고는 뒷짐을 지고 또 한 번 담장 안을 슬슬 돌아가는 것이었다.

우태갑 씨는 오십 줄에 든, 거무튀튀하고 커단 얼굴이 좀 조야해 보이는 양반신사(兩班紳士)였다. 좀처럼 말을 하는 일이 드물고, 표정도 움직이질 않았기 때문에 그가 맘속에 무엇을 느끼고 있는지를 알아내기는 지극히 어려웠다. 그는 꽤 심하게 얽어 있었지만, 하도 태연하고 움직임이 없는 얼굴로 일관해 오고 있기 때문에, 아무도 우습다는 감정을 일으킬 수는 없었다. 만약 그가 곰보가 아니었다면 오히려 기이할 것 같은 느낌조차 들었다.

그는 집 둘레를 몇 번 돌고 채송화 씨가 뿌려진 안마당이며, 뒤뜰 모란의 화단가 등에 수없이 가래침을 뱉고 난 뒤에, 사랑 마당으로 들어서며 고개를 들어 그 건물의 윤곽을 바라다보았다.

안채도 그렇지만 그 사랑채 지붕은 워낙이 차분한 곡선을 가진 운치 있는 건물이었다. 통풍이며 바깥 경치와의 조화도 충분히 살펴서 세워져 있었다.

그러나 지금은 그의 장남인 동근(東根)이 한켠에 대고 뚱딴지같은 양옥을 덧붙여 놓았기 때문에 모든 걸 아주 망쳐버린 꼴이었다. 양실은 번들거리는 허여스름한 타일로 덮였고, 네모지게 집 한켠에 턱 붙은 모양은 꼭 커단 세탁비누를 모로 세워놓은 것 같았다.

덕분에, 지금은 집들이 빽빽이 들어서기는 하였으나 그래도 더러는 남산 줄기의 송림도 엿보이고 하던 담 밖으로의 시야는 완전히 끊어지고 시원한 바람도 잘 들어오지 않게 되었지만 우태갑 씨는 별로 불만스럽게 여기고 있는 것 같지도 않았다.

적어도 그것을 바라다보는 그의 표정은 그저 덤덤하기만 하였고, 동근이가 돈을 처들여서 시작한 승마(乘馬)를 이내 집어치우고 양실을 짓는다고 법석을 댄 그때서부터, 이에 대해 특별히 무슨 말을 한 일은 없는 것이다.

다만 동근이는 그 적지 않은 비용을 타내기 위해서 다른 때보다 좀 더 애를 먹기는 하였었다. 말하자면 시일이 좀 걸린 것이었다.

"아, 아버지, 네?"

"어이 씨, 좀 주심 어때요."

날마다 사랑방 댓돌 위에 와서 바지 주머니에 두 손을 찌르고 비스듬히 서서는 되풀이하였다.

"승마는 글쎄 위험해서 못써요. 웬 사람은 접때 발목이 부러진 걸요."

"……."

"까딱하면 목까지 삘 뻔했어요."

어떤 날은 고등학교에서 돌아오는 걸음으로 책가방을 든 채로 사랑에 나갔다.

"아버지!"

그날, 우태갑 씨는 눈을 들고 아들을 내다보았다.

무슨 말이──적어도 무슨 표적이 있을 징조였다. 아니나 다를까, 우태갑 씨는 수표를 떼어서 내준 것이다. 아무 말도 없이.

동근이는 몇 달을 두고 목수를 데리고 뚱땅거리더니 그 두부모 같은 양실을 세워놓았다. 그러고는 언젠가 사들여 놓기는 하였어도 아무도 치는 일이 없던 피아노를 내다 놓고 『바이엘』을 치기 시작하였다.

도무지 느는 것 같지가 않더니 피아노 소리도 뜨음해지고 요즘은 아예 뚜껑도 열지 않게 되어버렸다. 그것도 역시 신통한 일거리가 못 된다고 깨달았는지, 싱겁고 심심하다는 얼굴만 하고 있는 것이다.

이윽고 그 우스꽝스럽게 조화를 잃은 사랑채 안으로 들어간 우태갑 씨는 그의 일과를 시작하였다.

화류 책상 앞에 앉아 맞은편 벽에 가로 걸린 액자의 붓글씨를 한동안 유심히 쳐다보고, 또 족자의 「비파행(琵琶行)」을 천천히 음미하여 읽어 내려갔다.

넓은 온돌방에는 그것 말고는 아무 장식품도 놓여 있지 않았다. 검게 빛나는 마루 끝에 커단 자연석의 신돌이 있고, 처마에 청동으로 만든, 붕어 모양의 풍경이 달려 있을 뿐이다. 그것도 한 짝은 세탁비누 같은 양실 때문에 잘려버려서, 단 하나가 바람에 건들거리며 가다가다 빙그르르 돌기도 하였다.

우태갑 씨는 「비파행」의 한 대문을 감상하고 나서, 마루와 연결된 양실 쪽으로는 눈을 돌리지도 않고, 벼루 그릇을 잡아당겼다. 청록색 돌의 매우 커단 벼루였다.

"여봐라, 물 좀 가져오너라!"

그는 고개를 돌려서 소리쳤다.

둘째딸 옥엽(玉葉)이 깼을 무렵이라는 걸 알고 있기 때문이었다.

더 가까이서 서성대는 다른 인간들이 하나도 듣지 못하고 넘기는 목소리일지라도 옥엽이만은 반드시 알아듣는다. 만약 두어 번 불러보아도 그녀가 나타나지 않는다면 그것은 그녀가 집 안에 있지 않다는 것을 뜻하였다. 그래서 그는 벽에 붙은 벨을 누르려 하지 않고 말로 불렀다. 옥엽이만은 벨을 누르는 방법으로 부르기가 싫은 것이었다.

"네, 아버지, 안녕히 주무셨어요?"

이내 옥엽이 사랑 대문가에 나타났다. 앵두색 적삼의 소매 끝을 걷고 흰 행주치마를 두르고 있다.

"오냐, 벌써 일어났느냐?"

우씨는 이렇게 말하였다.

그는 가끔 옥엽이에게 이런 투로 말하였다. 다른 사람이 아침 인사를 하면 그는 어느 때나 아무 소리도 못 들은 사람같이 대꾸가 없는 것이었다.

옥엽은 곧 수적에 물을 담아 가지고 와서 벼루에 몇 방울 떨구고는 먹을 갈아 놓았다. 그러고는 살풋이 일어나 방을 나갔다.

'이상한 애로다…….'

하는 듯이 우씨는 잠시 그 뒷모습을 바라보았다.

옥엽이에게 학교를 쉬게 한 것은 물론 그녀에게 살림을 돌보라는 뜻에서가 아니었다. 부엌에는 안잠자기도 있고 심부름하는 계집애도 있었다. 그녀는 폐문임파(肺門淋巴)가 도지지 않도록 몸을 쉬면서 게으름을 피우고 있으면 되는 것이다. 그러나 옥엽이는 누구보다도 부지런할 뿐더러 어느 사이엔가 가정생활의 중심처럼 되어 있었다.

누구나가 무엇을 찾을 때면 그녀에게로 달려갔다. 와이셔츠·속옷·양말 따위를 몇 개씩 사들여야 하는지, 누구의 나들이옷을 새로 장만해야 하는지, 그것을 아는 것은 어머니 심(沈)씨가 아니고 옥엽이었고, 명절·생신·제삿날을 기억했다가 미리 준비하는 것도 그녀였다.

할멈은 찬거리에 대해서 그녀의 지시를 바랐고, 할아범은 납세 통고, 동회에서 나오는 쪽지까지 그녀에게로 가지고 왔다. 또 닭을 몇 시에 잡을까, 갈비를 어느 만한 길이로 토막 지을까 하는 것도 이루 '작은아가씨'에게 물어야 하는 것이었다.

이화도 동근이도, 끝의 동생 신경질인 동훈(東勳)이도, 게으른 심씨는 말할 것도 없이, 때로는 우태갑 씨까지도 하루에 몇 번씩은 새삼스러운 감사를 그녀에게 느끼지 않을 수 없게 생겨 있었다. 누가 다급해서 쩔쩔매는 경우이건, 이 열여덟 살의 소녀의 투명하도록 맑은 손끝은 조용하게, 그리고 단번에 해결을 지어주는 때문이었다.

"작은누나!"

하고 부를 때, 소년들은 어리광스러운 음성을 내었다. 심씨는 한없이 만족스럽게, 하인들은 신뢰에 차서, 그리고 이화는 좀 교활스러운 웃음을 담고 그녀를 부르곤 하였다. 이화가 그렇게 하는 것은 옥엽에 대한 미안쩍음 때문이었고, 또 더러는 이상스러워서였다.

봉사나 희생의 정신을 이화는 물론 아름다운 것이라고 알고 있었지만, 그러나 그녀 자신에게 있어서는 자기를 위해서 산다는 일이 훨씬 더—비교할 수도 없을 만큼 더—중요하였다. 뭔지 모를 내부적인 명령이 이화에게 그것이 정당하다고 항상 속삭이고 있는 것 같았다.

'한 쉰 살쯤 되거든—좀 더 일러도 괜찮지만—그때쯤 되거든 남을 위해서 살아도 괜찮지. 하지만 지금은……'

생기에 찬, 탄력 있는 몸이 금세 어디로 튀어 달아나려는 것을 억제하듯 두 팔로 제 몸을 뿌듯이 안으면서 이화는 생글생글 생각하는 것이었다.

자기 생각에도 차츰 자아(自我)의 덩어리처럼 되어가고 있는 것이 우습기도 했지만, 그러나 어쩔 수 없는 일이었다. 즐거운 일이, 벅찬 일이, 인생에는 너무나 많은 듯이 보이지를 않는가! 때로는 동생에게 연민 같은 것조차 느끼지 않을 수 없었다.

우태갑 씨는 책상 위에 하얀 종이를 펼쳐놓고 굵직한 붓에 먹을 담뿍 먹였다.

그의 첫 일과이며 유일한 취미인—누구의 눈에도 그를 다소 고상히 비치게 할 것이 틀림없는 유일한 도락인—서도(書道)의 세계에 잠시 몸을 잠겨보는 것이었다.

이화는 스무 살이 되어 있었다.

그해 봄은 그녀에게 특별한 의미를 가져다주고 있었다. 그녀에게 애인이 생긴 것이다.

지운(志雲)은 이화의 이성에 대한 막연한 꿈 같은 것을 충족시키고도 남을 것 같은 청년이었다. 그는 항상 이화의 앞에, 이화보다 높은 곳에 위치하고 있었다.

만약 이화가 자기의 아름다움에 어지간히 자신을 갖고 있지 않았다면——지운이 자기에게 여지없이 사로잡혀 있는 것을 알지 못했다면——어깨가 오므라져 쳐다볼 수도 없을 만큼 우수한 것을 그는 그 두뇌와 심장 속에 갖고 있는 것 같았다. 적어도 이화에게는 그렇게 여겨졌다.

그러나 실상 그녀는 사랑이라는 감정이 잘 새겨지지 않아서 애를 쓰고 있기도 하였다.

지운의 수려한 생김생김, 건장한 체구, 손 모양이며 걸음걸이까지도 이화에게는 지대한 문젯거리였고, 그녀는 그것들에 깊이 애착하고 있었으나, 그러나 그녀의 이성의 육체에 대한 이러한 동경은, 실제 문제 앞에서 언제나 주춤하고 뒷걸음을 치고 마는 것이었다.

지운의 성숙한 섹스가 그녀를 매번 놀라게 하였다. 그의 난폭한 포옹이나 어른들의 그것 같은(그럴 것이라고 이화가 짐작하는) 맹렬한 키스를 그녀는 늘 끝까지 참아내지 못하였다. 뭔지 알 수 없는 불안에 사로잡혀 그를 밀어 내던지거나, 그렇지 않으면 미리부터 이리저리 피하려 드는 것이었다.

그래서 때때로, 서로 골이 나서 헤어지는 일도 있었다.

그러나 이화가 초조와 불안에 잠겨서 앉아 있노라면 지운은 거의 비극적인 양상이 되어 그녀 앞에 나타났다. 그러면 이화는 후회와 기쁨으로 좀 더 그의 팔을 다정하게 느꼈고, 그는 훨씬 조심스레 그녀를 안는 것이었다.

어쨌든 이화의 세계가 지운으로 하여 활짝 넓어진 것은 사실이었다. 감미로움과 감격에 차서 이화는 그 큰 반짝이는 두 눈으로 세상을 둘러보았다. 지운과 함께 이 장밋빛 구름 속을 헤치고 나간다는 것은 얼마나 감동적인 일일까!

지운은 어느 정도 이상주의자여서,

"인류를 위해서——좁게 말한다면 우리의 이웃을 위해서 조금이라도 도움이 되지 않는 삶은 의미가 없어요."

가끔 그런 소리를 했다.

"난 사람이 날 때부터 착하다는 성선설(性善說)을 온전히 믿지는 않지만 실제로는 결국 그런 계산이 되고 말아요. 누구든지 역사나 사회에서 완전히 놓여날 수는 없는 거니까요, 행복을 느끼기 위해서는 선할 필요가 있도록 오랫동안 훈련이 되어 있어요. 선하게 행복하기 위해서 우리 함께 향상해 나갑시다."

"나도 알구 있어요, 도학자님. 그래 진작 의과대학에 들어가 두었지. 의술은 인술이라고, 인류애에로 아주 직통으로 연결되거든요."

"흠, 흠, 그러나 이화가 의과대학생이라는 건 도무지 이상해. 암만해두 실감이 나질 않는걸."

"무엇 같으면 어울리겠어요?"

"글쎄…… 외국이라면 배우학교의 생도나…… 음악학교의 낙제꾸러기 아가씨라면 똑 맞을 것 같애."

"아이 지독해."

"하지만 이환 제법야. 힘든 공부지만 하겠다고 뛰어들었으니. 어때요? 길바닥의 자갈들이 전부 뼉다귀로 보이기 시작했어요? 그래야만 의과학생 자격이 생긴다던데."

"놀리지 말아요. 뼈 이름은 아담의 늑골밖에는 몰라요. 어학을 하느라구 날마다 법석인걸……."

"좋아, 좋아요. 뭘 하든지…… 다만 내가 골격 표본으로 보이지
않도록만 주의를 해줘."

지운은 코끝으로 이화의 볼을 건드렸다. 그 자신은 정치학과의
학생이었다.

"야심덩어리같이 생겼어요."

"내가?"

"그럼. 입은 고집쟁이가 분명하고, 눈은 웅크음하고……."

이화는 제 소리에 웃고 만다.

"귀는, 귀는 소용없지만 목은, 굵다란 목이 그렇게 앞으로 내민
사람은 투쟁적이래요, 이를테면 좋게 말하면 말이죠."

지운은 빙그레한다.

"순하디순하다고들 그러던데……."

"어디가? 어느 부분이요?"

이화는 한동안 웃음을 그치지 않았다. 아닌 게 아니라 지운은 유
순하기보다 정한(精悍)한 느낌에 치우쳐 있었다.

어제 오후 데이트에 지운은 삼십 분 가까이나 지각을 했다. 이화
는 약간 기분이 상하려던 참이었으나 그는 학생연맹의 일로 늦은
거라고 변명을 하였다. 그는 우익 학생단체인 학생연맹의 간부의
한 사람이었다. 거리는 저물기 시작하고 있었다. 그들은 덕수궁 옆
돌담을 끼고 정동 골목께로 천천히 걸어 올라갔다.

"정치운동이라는 게 재미있어요?"

"재미라기보다……."

뭔가 무거운 투로 지운은 대답했다. 말끝을 흐려버린 것은 이화
가 콧노래라도 하듯 그런 질문을 한 때문인지도 몰랐다.

"좌익에서 하는 말이 이론으로써는 훌륭한 것 아녜요? 학문적인

체계도 갖추어져 있고……."

지운은 잠자코 눈을 들어 이화를 보았다. 이화는 웃었다.

"그런 게 아니라요, 좌익의 서클 활동이 우리 학교 안에서도 활발해져서요, 나더러도 나오라는 유혹이 심해서……."

지운의 얼굴은 이제 아주 굳어지며 걸음을 멈추고 서버렸다.

"설마 그런 데 휩쓸려 다닐 작정은 아닐 테지?"

"숙자가 하두 성화를 해서 한두 번 참석해서 얘길 들어볼까도 싶어요. 어떤 식으로 그 사람들 일이 전개되어 가고 있는지 아는 것은 반대편에게도 흥미 있는 일 아녜요?"

"무슨 얘기들을 하는 것쯤 모를 것 같아요? 쓸데없는 짓 말아요. 내가 반대하더라도 기어이 가야겠다면 그건 별문제지만……."

"화낼 건 없잖아요? 공부가 되리라고 생각했을 뿐예요."

이화 쪽에서도 볼멘소리가 나왔다. 꼭 가야겠다고 생각한 것도 아니었다. 더구나 공산당의 테러 정치와 세계의 평화로운 발전을 머릿속에 잡거(雜居)시킬 수 없다는 것쯤은 알고 있었다. 이를테면 그저 그래 본 것이다. 다만 지운의 너무 폭군적인 태도에 화가 났을 뿐이었다.

"여러 가지 책을, 유물사관과 함께 읽지 않았어요? 칸트나 헤겔이나 후설이나…… 어느 편의 논리나 방대하고 치밀한 체계를 가지고 극히 심오한 일점으로 다루어지고 있는 일이니까 좌익 사상보다 이론에 약하다느니 하는 소릴 그렇게 간단히 할 수 있는 게 아니에요. 다만 마르크시즘이 하나의 경제이론으로서 그것대로의 존재 이유를 주장하는 것은 인정하지만, 그러나 그것도 각 부분에 걸친 하나하나의 논점에 대해 하나하나의 반대 입장이 있는 것이구…… 그것은 냉정히 연구적인 태도로 검토될 일이지, 사이비 종교단체의 모임같이 열광적인 찬미나 도취 속에서 추구될 노릇은 아니에요.

그런 걸 꼭 좌익 학생들과 휩쓸려 다니면서——숨어 다니며 토론을
해야만 한다는 건 무슨 의밉니까?"

지운은 얼굴을 검붉게 하며 흥분하고 있었다. 그는 어째서랄 것
도 없이 김오식의 모습을 눈앞에 그리고 있었다. 김오식은 남로당
(南勞黨)의 당원이었다. 머리도 좋고 씩씩한 데다가 멀끔하게 생겨
있었다.

전혀 아무런 건덕지도 없는 일이면서 이 순간 지운은 그에게 격
렬한 질투 같은 것을 느끼고 있었다. 이화는 한두 번 그것도 자기와
동행인 노상에서 김오식을 보았을 뿐이었는데도.

이화는 대답을 안 했다. 그들은 또 걷기 시작하였다. 마지막 놀
이 한적한 길 위에 어두운 분홍빛 그림자를 깔아놓고 있었다.

"단 하나밖에 없는 생명을 프롤레타리아 독재의 정치체제 형성
의 제물로 올리는 게 옳은 일입니까? 지금 실제로 존재하지도 않는
계급 간의 투쟁이나, 또 실제로 그렇지도 않은 착취자로서의 국가
의 박멸을 위해서……."

초조해진 듯이 이마를 찌푸리며 그는 지껄여대었다.

"누구나 굶지 않는 게 좋고, 누구나 착취당하지 않는 게 옳다는
것쯤 당연한 노릇이죠. 희랍시대의 예부터 싫도록 되풀이된 이야기
예요. 어쨌든 지금 와서는 모든 사람의 머리가 실제로 거기까지 와
있는 것은 사실이지요. 보다 많은 사람을 위해서 보다 살기 좋은 세
계로——이건 역사의 지표입니다. 보세요, 세상이 어디 그들의 말대
로 되어가고 있나요? 자본주의가 극도로 발달하면 그것은 필연적
으로 붕괴되고 프롤레타리아의 승리가 온다지만, 그렇게 발달한 나
라에선——말하자면 영국 같은 데에선——사회주의적인 방향으로
질서 있는 변혁을 해가고 있잖아요. 조용히 말입니다. 자유진영에
서 말하는 복지사회의 정신이 이거죠. 피의 혁명이 그들의 말대로

자본주의가 극도로 발달한 나라에 오지 않고 미개한 약소국가를 휩쓸고 있는 건 아이러니입니다. 또 말입니다. 인류의 역사를 계급투쟁의 역사라고 하는 관점에서만 보더라도 부르주아지와 프롤레타리아트의 투쟁이 전개되는 지금의 단계를 역사의 최종의 단계라고, 종이 한 장 저편은 파라다이스라고 생각하는 것은 독단이랄 수 있지 않아요? 그런 게 아니라 인류는 언제나 진보를 원하고 세계는 언제나 개혁이 요구되는 것이라면, 피의 세례에 의한 과격한 개조가 제일 좋은 방법이랄 수는 없단 말예요. 질서 있는 진보가 요망되는 거죠.”

그는 조금 마음을 가라앉힌 듯하였다.

“뒤에 올 무산대중을 위해서 지금 살아 있는 무산대중은 피 묻어 쓰러져야 한다는 논리도 우습지. 암만 쓰러져야 그들은 천당에는 못 갈 것이 뻔하고 희생정신의 가치──정신 따위는 애초부터 있지도 않았을 건데.”

지운은 입술 끝에 쓴웃음을 담았다.

“요컨대 난 파시즘이건 코뮤니즘이건 테러 독재는 싫어요. 자유를 헌납하고 쇠사슬 끝에 달린 훈장을 목에 거는 건 거절야.”

그리고 그는 다른 생각이 떠오른 듯 걸음을 멈췄다.

“그런 것보다도 이것 봐, 좀 더 중요한 얘길 합시다.”

바지 주머니에 두 손을 찌르고 그는 이화를 내려다보았다.

“이화는──단적으로 말해서──내가 싫은 게 아녜요?”

꺼멓고 큰 눈이 의혹에 차서 이화의 동자에 부어지고 있었다.

이화는 방긋 웃고 말았다. 실상이지 그녀에게 정치 따위가 문제일 수 있을까? 지운이 소련을 싫어하면 이화도 그것이 싫은 것이고, 그가 붉은 기를 증오하면 이화도 거기에 맞추어 심장이 고동치게 될 뿐인 것이다. 그런데 어쩌면 그 큰 눈이, 그 깊숙한 빛을 간직한 눈이, 이화가 자기를 싫어할지도 모른다는 어리석은 근심으로 저렇게 흔들리고 있는 것인가. 이화는 방긋 웃을 수밖에 없었다.

이화의 왼편 볼에 조그만 보조개가 패고 진주알 같은 이가 반짝인 것을 보자, 지운은 거기가 길 한가운데인 것도 개의치 않고 두 팔을 돌려 그녀의 허리를 끌어안았다. 그 팔에 힘을 주며 숨이 차도록 가슴으로 누른다.

"이런 데서…… 길에서…… 사람이 볼 텐데……."

이화는 가까스로 그의 입술에서 놓여나며 중얼대었다. 지운은 빙그레 웃고 있었다.

"사람은 없어. 그러나 그럼 저리로 들어가 좀 앉았다 갈까?"

오래된 교회당이 옆에 보였다. 찔레 덩굴에 휘감긴 조그만 측문은 열려 있었다.

그들은 교회당 뒤뜰로 걸어 들어갔다. 안에는 찔레 덤불들이 있었고 예배당의 창들은 캄캄하였다.

그들은 조그만 돌층계에 걸터앉았다.

주위는 어느덧 회색 어둠에 잠기고, 하늘에 물빛같이 맑은 별이 하나 둘 반짝였다.

"사랑하고 있어. 이화……."

지운은 다시 그녀를 포옹하였다.

"어느 때라도 나를 슬프게 해줘서는 못써. 이화가 날 지켜보아주지 않으면 난 아무 일도 할 수가 없으니까. 고독이란 참 무서운 것이었어……."

그의 뜨거운 입김, 까실까실한 수염 자국, 육중한 압박감 밑에서 이화는 숨을 죽이고 옴짝도 하지 않고 있었다. 그녀의 체내에서 기쁨과 그리고 두려움이—그 끝닿은 곳에는 무엇이 있는지 알 수 없는 두려움이, 한데 섞여서 줄달음을 치고 있었다.

이화는 그렇게 가만히 있었다. 두려움이 그 한계에 이르러 저도 모르게 지운을 밀어내게 되기까지는 언제나 그렇게 가만히 눈도 뜨지 않고 있는 것이다.

하지만 오늘은 지운이 먼저 몸을 떼었다. 그리고 별안간 말하였다.

"이화는 때때로—늘 그렇다는 게 아냐, 가다가다 내가 갑자기 징그러워지곤 하는 게지? 그렇지?"

이화는 놀라서 조그맣게 입을 벌리고 그리고 급히 고개를 옆으로 저었다.

"그런 소릴…… 아이 참…….

그러나 그것은 어쩜 정말일지도 몰랐다. 그런 맘이 들어 어깨로 그의 가슴에 기대면서,

"지운 씨 같은 이를—지운 씨와 비슷한 남자를 가까이서 본 일이 없었던 탓이에요. 꼭 그 때문일 거야, 내가 서툰 건…….

그리고 그녀는 아버지 우태갑 씨를 눈앞에 그려보았다.

참말이지, 이화는 아버지를 남의 앞에 내보이고 자랑스레 여길 수 있으리라고는 믿지 않았다. 그를 남성으로서 멋있다고는 도무지 생각할 수 없었다. 동생 동근이도 마냥 두리펀펀한 것이 지운의 느낌과는 딴판이었다. 동훈이는 머리도 날카롭고 말쑥하게 생긴 것이 제법 매력적인 면을 갖고 있었지만 워낙 어린애이고 보니…….

생각하는 동안에, 이화는 지운의 출현은 참 충격적이고 기적과 같은 일이었다고 새삼 느끼지 않을 수 없었다. 그녀는 다정한 눈초리로 지운을 지켜보며 그의 목 언저리를 손으로 어루만졌다.

"서로가 서로를 행복하게 만들 수 있는 사람끼리 이 넓은 세상에서 만나진다는 건 참 어려운 일이야. 우리는 행복해집시다. 그리고 성장할 수 있는 곳까지 서로 성장해 봐."

지운이 말했다. 그들은 언제까지나 소곤소곤하고 있었다. 풀내

를 실은 향긋한 바람이 지나갔다.

찌거억 하고 예배당의 무거운 문이 열리며 촛불을 켜 든 남자가 안에서 나왔다. 문지기같이 보이는, 몸집이 큰 노인이었다. 검은 한복을 입고 나막신을—배 모양으로 통나무를 도려낸 그 환상적인 옛 신을—덜그럭덜그럭 끌며 돌층계를 내려왔다.

연인들은 나란히 앉은 채 몸을 비켰다. 나막신을 신은 노인은 무심한 눈으로 이들을 바라보고, 찔레 덤불 저편으로 천천히 사라졌다.

"돌아가요."

이화가 일어섰다.

"조금만 더 있어."

하늘도 이제는 공단같이 까맣고, 보석을 뿌린 듯이 찬란히 많은 별이 빛나고 있었다.

우태갑 씨가 자기의 붓글씨를 몇 장이나 차례로 손에 집어 올려, 어떤 소감을 가지는지 옆에서 보아서는 도저히 알 수 없는 무표정한 얼굴로 음미하고 있을 즈음, 안채에서는 아직도 잠들이 한창이었으나, 그래도 차차 하나씩 일어나서 뒤뜰로 세수하러들 나왔다.

모란의 화단에 가려 이편에서는 잘 보이지 않지만, 담 밑에 산에서 흘러내리는 가는 물줄기가 있어 가운데를 도려낸 자연목 홈을 통해 작은 바위 웅덩이에 졸졸 흘러내리고 있었다. 물은 차고 강철 빛깔이었다.

"이가 저려서 무슨 맛인지 전혀 알 수가 없어."

이화는 그렇게 말했지만, 심씨는 이처럼 단 물은 세상 어디를 뒤져도 없다고 단언하였다. 우태갑 씨는 아무 말도 안 했으나 하루에 몇 번씩 샘가에 가서 표주박으로 떠서 마셨다. 나무 홈에는 새파란 물이끼가 비로드같이 덮여 있어 이화는 아름답다고 생각하였으나, 동훈이만은 세수할 때도 마실 때도 결코 이 물을 사용하지 않고 수

돗물을 썼다. 이끼가 싫다고 했다.

아침에 제일 늦잠을 자고, 따라서 샘가에도 맨 꼴찌로 나타나는 것은 언제나 이화였다. 이화가 잠을 깰 무렵에는 그 게으른 심씨조차 세수를 마치고 슬금슬금 이화의 차지인 뒷방 앞에 와서 미닫이를 조금씩조금씩 밀치면서 들여다보는 것이었다.

이화가 눈을 뜬 것을 알면 공연히 반가워서 웃음을 지었다.

이 모친은 나이보다 젊어 보였고, 아직도 예쁘장한 티가 남아 있었다. 모처럼 곱게 손질이 된 스란치마를 그녀는 노상 허리께에다 걸쳐 입었다. 가슴이 답답해서 그렇다는 것이었다. 그래 그 치마들은 항상 육간대청이나 온돌방을 문자 그대로 쓸고 돌아다녔지만 동글납작한 작은 얼굴은 언제나 뽀얗게 화장이 베풀어져 있고, 머리도 반지르르 윤기가 흐르면서 붉은 댕기와 옥비녀로 예쁘게 쪽이 찌어져 있는 것이었다.

그녀는 아무것도 할 일이 없으므로 아침마다 정성 들여 몸단장을 하는데, 입술연지만은 다룰 줄 몰라서 입 한가운데에만 불그레하니 마치 어린아이가 크레용을 빨아먹은 것처럼 물들여 놓곤 하는 것이었다. 그 입술의 모양도 그녀의 다른 부분들——귀엽게 생긴 눈이나 오뚝한 코나 조그만 손이나 자그마하고 날씬한 몸매나——에 비하면 가장 빠지는 것이어서, 좀 어리석은 느낌으로 앞으로 내민 데다 가는 줄이 몇 개나 세로로 주름 잡혀 있는 것이었다. 이화는 이 무지하고 게으른, 그러나 애기처럼 선량한 어머니를 그런대로 사랑하고 있었지만, 이 입술의, 특히 그 윗입술의 주름만은 언제나 마땅찮게 여기고 있었다. 그것은 입을 열 때마다 번쩍거리는 아버지의 금니들과 꼭 같은 효과를 갖고 있다 생각했다.

"일어나라 얘, 이게 대체 웬 잠이냐 잠이……."

심씨는 문설주에 기대서서 내려다보며 그런 소리를 한다.

이화는 눈을 가느스름히 하고 어머니를 바라다본다. 옥색 치마에 짤따란 흰 저고리를 받쳐 입고, 비취 비녀를 낀 조그마한 여인은 아름다웠다. 젊었을 때는 그림에 그려논 각시 같았을 게다. 빛깔이 검고 얽었고 금이빨을 한 아버지에게(그 당시에도 벌써 금니가 있었는지 어쩐지는 분명치 않았지만)——부잣집 아들이고 음전한 총각이었을 아버지에게 시집을 때 기분은 어떠했을까?

심씨는 깔깔거리고 참 잘 웃는다. 이화가 얌전해 보이고 새침데기 같으면서도 본질적으로 말괄량이 같은 데가 있는 것은 그녀를 닮은 것이 분명하였다. 무표정한 우태갑 씨의 옆에 앉아서라도 그녀는 얼마든지 까르르거렸다.

'하지만 얼마나 나약하고 믿음직하지 못한 인간상일까!'

심씨의 행복은 순전히 우연의 비호 하에 존재하는 것 같았다. 마치 영아(嬰兒)의 그것같이. 심씨뿐이 아니었다. 흥미의 초점을 쉽사리 여기저기에 옮기면서 또 이내 싱거워지곤 하는 동근의 성질에서도 이화는 믿음직하지 못한 면을 발견하고 있었다. 그는 무엇에 집착하거나 무엇에게 의미를 부여하려는 노력을 전혀 안 한다. 사물은 그의 개성에 의해 각색(脚色)되거나 분식(粉飾)이 베풀어지는 일은 거의 없이, 그저 평면적으로 그의 눈에 비칠 뿐이었다. 그는 잠시 바라보고, 그것 역시 별 감동을 주는 것은 아니라고 생각하고, 고개를 돌려버리고 만다.

"그 무쪽같은 소리 좀 하지 말아!"

심씨는 노상 아들에게 이런 말을 하고 웃었다. 싱거운 관찰, 싱거운 비평을 하는 것이 모친을 웃기는 것이었지만, 동근으로 보면 웃기자고 해서뿐이 아니라 그의 세계관이 말하자면 그러한 것이었다.

'그 애는 너무 싱겁지.'

이화는 그렇게 규정을 내리고 있었다.

그럼 아버지는 강한 인물일까?

우씨도 위태위태해 보였다. 그의 직물회사가 그런대로 지금까지 명맥을 이어온 것은 별로 그의 수완에 의한 노릇이 아니었다. 그것은 말하자면 조상으로부터의 유물들이 그 자체의 수명을 갖고 있었다는 말로 설명될 듯하였다. 재산은 가만히 지키고 앉아 있어주기만 하면, 그렇게 하루 이틀에 날아가 버리지는 않는 물건이었다. 우태갑 씨의 경우, 그것은 적어도 수십 년의 시일을 요하였다. 그리고 아직도 이 네 귀가 번쩍 들린 크나큰 기와집은 그의 소유이고, 직물회사는 빚투성이의 실정일망정 그의 명의로 남아 있는 것이었다. 근래에 와서는 사업은 급속도로 기울어져 가고 있는 판이었지만, 우태갑 씨가 주로 정력을 쏟아넣고 있는 일은 회사의 만회책이 아니었고, 시답잖은 소송사건에 관한 것이었다. 이화는 그에게서도 굳세고 믿음직한 무엇을 찾아낼 수는 없었다.

그녀는 자신이 강해지고 싶다고 느꼈다. 눈에 보이게 자기의 힘이라고 인식할 수 있는 뭔가가 그녀는 필요했다. 기계가 돌면 생산품이 쏟아져 나오는, 그 기계를 돌리는 기술 같은 것…… 병균과 맞싸우면 이길 수 있는 그 힘 같은 것…… 의과대학을 그녀는 그래서 선택했다.

부단히 불타는 것을 가슴에 안고 있었다. 그것이 어떤 모양으로 피어나야 할 것인지 잘 알 수는 없었지만.

집안에서는 누가 하나 이화가 의사가 될 필요가 있다고는 생각지 않았다. 더구나 내면적인 이유 같은 것은 알려고 한 사람도 없었다.

지운이 그 의의를 인정해 주었을 때 이화는 가장 기뻤다. 그가 세상에 흔한 사내애들처럼 그저 그녀의 아름다움을 찬양할 뿐이었다면 그녀는 지운에게서도 또한 같은 불안을 느꼈을지 모른다.

"오늘 일요일이죠? 뭣 하러 벌써 일어나?"

이화는 누운 채 심씨를 쳐다보며 생글거렸다.

"벌써가 뭐냐? 지금 몇 신데?"

밤낮 심심하고 한가한 심씨는 아이들과 이러고 장난을 치는 것이 무척 즐겁다. 얼른 방으로 한 발짝 들여놓으면서,

"안 일어날 테냐? 간질여 줄 테다."

두 손을 펴며 다가왔다.

"아냐, 일어날게요."

'어머니가 안 이러심 좀 더 지운의 일을, 엊저녁 일을 맘속에 되새겨보는 건데……'

할 수 없는 노릇이었다. 심씨는 이화를 깨워 일으키고는 기쁜 듯이 벙긋벙긋하였다.

이화는 뒤꼍에 나가 세수를 하고는 급히 자기 방으로 되돌아왔다. 오늘 지운과 서울운동장에 갈 약속을 한 일이 떠올라서, 나가기 전에 노트 정리를 끝내 놓자고 생각한 것이었다.

대청에서는 어머니와 동근이 투닥투닥 장난을 치고 있었다.

"애, 그 무쪽같은 소리 좀 그만둬라!"

"헷, 칫, 알지도 못하면서……."

재잘재잘하는 웃음소리와 동근의 낄낄거리는 목청이 함께 들렸다.

찬간 유리로 옥엽의 앵둣빛 소맷부리가 보였다. 할멈이 높다란 부엌 문지방을 앞치마 자락으로 닦으면서 들락거리고 있었다.

이화는 방의 미닫이를 환하게 열어젖혔다. 방은 동쪽 마당을 향해 있었다. 담장 밖은 산기슭이므로 풀과 이슬에 젖은 듯한 공기가 흘러들었다. 늦게 핀 모란의 소담한 붉은 송이들에서 오묘한 향기가 후끈 몰려왔다. 아침 바람 그것같이 상쾌한, 또 동시에 뜨거운 속삭임처럼 뇌쇄적(惱殺的)이기도 한 이상한 향기…….

책상 위에 팔꿈치를 짚고 이화는 또 어느덧 지운을 생각하고 있었다.

지운의 집은 경상도에 있었다. 그의 아버지는 도립병원의 원장이라 하였다. 그의 어머니는 옛날에 미국에 유학하였던 인텔리이고.

그는 외아들이었다.

그의 주변에는 어릴 때부터 상당히 지적(知的)인 분위기가 흐르고 있었을 것이다…… 여하간 그것은 우리집의 그것과는 판연히 다른 공기일 것이다…….

뒷대문이 덜그럭거리는 소리가 나고, 동훈이 담장 밖 풀밭으로부터 걸어 들어오는 것이 보였다. 그는 한 손에 라디오의 내부 같은 전기기구를 들고 있었다. 그런 것을 만지는 것이 그의 취미였다.

그는 동근이처럼 이리저리 둘러보지 않는다. 기계의 신비 속에 만족과 기쁨을 발견하고 있는 것 같았다.

"벌써 나갔다 오니? 그 가이거 탐지기로 금광이라두 찾아냈어?"

이화가 소리쳤다. 동훈은 조금 웃고 그러나 아무 말도 없이 자기의 연구실인 골방 쪽으로 사라졌다. 그가 말이 없는 것은 우태갑 씨의 피를 이어받은 증거가 분명하였다. 하나 그의 표정은 잘 움직였다. 결벽한 데가 있어 밤낮 몸을 씻었고, 공부방에도 자 하나 비뚤게 놓여 있는 법이 없었다. 이화는 이 동생을 제일 좋아했다.

"상 가져오너라. 김변호사에게 갔다 와야겠다."

우태갑 씨가 대청으로 올라오며 말하고 있는 것이 들렸다. 그는 낮고 굵은 음성으로 억양이 없이 말했으나 그 소리는 멀리까지 울렸다.

"일요일인걸요. 어디서 그 양반을 찾아내시겠어요?"

"오늘이 며칠이냐?"

"유월 이십오일이요."

동근이 느릿느릿한 말씨로 대꾸하고 있었다.

이화는 흰 스커트와 하늘색 블라우스로 갈아입고 서울운동장을 향하여 떠났다.

한시라는 약속이었으니까 정오를 조금 지나서 집을 나섰는데, 거리의 느낌은 어쩐지 해 저물녘의 그것 같았다. 하늘은 납색으로 온통 흐리고, 북쪽 나라의 우울한 바다를 보는 것 같았다. 눅진한 바람이 빌딩 사이로 불어왔다.

번화가에는 거리를 즐기러 나온 사람들이 번잡을 이루고 있었으나 조금 떨어진 큰길에는 기묘한 살벌함이 흐르고 있었다. 왠지 언밸런스한 느낌이었다. 무서운 속력으로 질주해 오곤 하는 군용차량의 통과 때문에 그런 느낌이 들었는지도 몰랐다.

전차를 갈아타다가 이화는 걸음을 멈추고, 탄환같이 눈앞을 스쳐가는 지프가 나뭇가지며 잎사귀로 위장(僞裝)한 모양을 바라보았다. 신기했다. 타고 있는 군인들은 철모를 쓰고 총대를 세워들고 있었다. 뿌옇게 먼지가 덮이고, 군인들은 충혈된 눈을 똑바로 앞에 쏟고 있었다.

실제로 총격전 비슷한 것이 있었나 보다고 이화는 그렇게 생각했다.

38선에서의 소요는 놀라운 사건이 아니었고 종래에도 종종 있어 온 일이었다. 신문은 귀퉁이에 조그맣게 그런 기사를 취급하였다. 공산 괴뢰병이 몇 명 경계선을 침범하였다든가, 소총을 가지고 격퇴하였다든가, 소요는 삼십 분 후에 진압되었다든가 하는 유의 보도들이었다.

사람들은 무심하였다. 군부가 무심하니까——적어도 그렇게 보이니까——아무도 크게 걱정하지는 않는 것이다.

지프들은 살기를 띠고 질주해 와서는 남쪽 가도로 사라지고 또 사라지곤 하였다. 어디로 가는 걸까? 어디 본부 같은 곳으로 향하는 거겠지.

사람들은 아주 짧은 순간 불안한 낯빛이 되기도 하였지만 이내 마음을 고쳐먹고 걸어가 버렸다. 국제적인 견제라는 것이 큰 힘을 가지고 누르고 있어, 경계선에서 이북 병정들이 장난을 해보아야 별일이 있을 수는 없는 것이다. 그렇게들 믿었다.

휴가병인 듯한 군인이 하나 벽보 앞에 서서 생각에 잠긴 눈을 하고 있었다. 그는 팔목시계를 들쳐보고 곤혹에 찬 얼굴로 걷기 시작했으나 이내 다시 멈춰 섰다.

이화는 서울운동장 입구께에 서서 지운을 기다렸다. 안에서는 럭비며 육상 경기가 벌써 진행되고 있을 시간인데, 함성도 들리지 않고 그곳에도 뭔가 무거운 공기가 괴어 있는 것 같았다.

지운은 정각에 나타났으나 땀에 젖어 상기한 얼굴을 하고 있었다.

"기다리게 해서 미안했어요. 38선의 사태가 좀 시끄러워지고 있는 것 같아. 잠깐 갔다 와야겠는걸……."

그는 미안쩍은 듯이 그러나 급한 말씨로 주워섬겼다.

"38선에? 지금 곧?"

"응, 학교 마당에서 레이션을 실은 트럭이 떠날 모양인데—하지만 골 안 내겠죠?"

그는 벌써 몸을 돌려 걷기 시작하면서 그렇게 물었다. 이화는 고개를 젓고 그의 빠른 보조를 맞추느라고 반달음질이 되었다.

"위험하지 않아요?"

"괜찮을 테죠. 연락이 잘 안 돼서 도무지 진상을 알 수가 없어요. 식량을 우선 싣고 가는데요……."

지운은 손을 들어 지나가는 택시를 잡으려고 하였다. 하나 운전수는 못 본 체하고 속력을 내어 지나가 버렸다.

“학교 앞에서 전화를 했었어요. 벌써 나갔다기에 달려왔죠.”

또 다른 차를 손짓했으나 이번의 운전수는 고개를 저어 명백히 거절의 뜻을 표시하고 달려가 버렸다.

“왜들 저럴까요? 뭔가 이상해요.”

“차량들이 동원된다는 말두 있구…… 어쨌든 바로 집에 들어가세요. 돌아오면 이내 알려드리죠.”

그는 잠깐 근심스런 눈초리로 이화를 바라보았다.

“바래다 드릴 시간이 없지만…… 괜찮겠죠?”

“그럼요. 얼른 가세요. 조심해 다녀오세요.”

“그럼…… 난 걸어가는 편이 빠르겠어.”

“돌아오시면 바로 집에 오세요, 네? 약속!”

“응, 약속.”

그리고 일순 그의 넓은 가슴패기가 이화의 앞을 가로막듯 마주 섰다. 이화는 숨을 삼키듯 하였다.

허나 지운은 자기의 아랫입술을 지긋 문 뿐으로 획 몸을 돌려 달리기 시작했다. 한 번 돌아다보고 손을 흔들었다. 이화도 손을 들었으나 어째선지 가슴이 뭉클해졌다. 그녀는 정류장께로 걸음을 옮겼다.

운동장에서 사람들이 탐탁잖은 얼굴로 몇씩 돌아 나왔다. 저물녘 같은 납빛 하늘을 쳐다보고, 질주해 가는 군용차량을 바라보고, 그리고 석연찮은 표정인 채 흩어져 갔다.

버스는 웬일인지 좀처럼 나타나지 않았다. 택시도 안 왔다. 전차만 터져나갈 듯이 만원이 되어서 멎지도 않고 지나가곤 하였다.

‘나도 걸어가는 편이 빠르겠어.’

이화는 중얼대고 걷기 시작하였다. 상점에 놓인 라디오가 시끄러운 유행가를 퍼뜨리고 있었다. 그것이 중간에 멈추더니 특별 어나운스라고 하며, 휴가 장병들에게 소속부대로 급히 돌아가라고 되풀이해 말했다. 시끄러운 유행가는 그 뒤에 또 어울리지 않는 꼬리처럼 어색하게 달려서 멜로디를 계속했다.

이화는 집에 와서 심씨와 옥엽에게 그런 얘기를 들려주었다.

"지운인 거길 갔어요. 학생연맹의 간부들이 여럿 떠났나 봐."

"에그, 왜 그런 짓을 하니? 다치기라두 하면 어쩌려구?"

심씨는 지운의 야생적이고도 기품이 있는 생김새를 좋아하고 있었으므로 이마를 찌푸리며 걱정을 하였다.

"위험한 줄 알아도 가고야 말 테죠. 연락이 안 돼서 가봐야만 안다니까."

심씨는 팔베개를 하고 누워 천천히 태극선을 움직이기 시작했다.

"탈 것이 그렇게 붐비는데 아버진 왜 일찍 안 들어오신다니?"

하품과 함께 그런 소리도 한다.

"자동차들은 군에서 징발해 갔다나 봐요."

동근이가 말참견을 하였다.

"그래? 군에서?"

전쟁의 참화를 목전에 겪은 일이 없는 사람들이었다. 아무것도 두려워하지 않았다.

저녁때, 우태갑 씨는 중절모를 우스꽝스러운 모양으로 머리에 올려놓고 돌아왔으나 거리의 변화에는 조금도 흥미를 가졌던 것 같지 않았다.

"김변호사가 어딜 돌아다니는지…… 꼭 할 얘기가 있었는데."

심씨에게 낮고 무거운 소리로 불평을 하였다.

소송사건에 관련이 있는 말을 그는 가끔 가족들 앞에서 토로하였다. 그것은 너무나 그의 의사를 배반하여 어느 때까지나 끝말이 나지 않을 뿐더러 유리한 쪽으로 기울어지는 품도 보이지 않기 때문이었다. 때때로 사랑방에 혼자 앉아 있을 적에 그의 목과 얼굴이 노기로 하여 검붉어지는 수가 있는데, 그것은 그의 친형 우태영 씨와의 소송사건이 뇌리를 점령하는 경우인 것이었다.

이들 형제는 부유한 양반집에 태어나서 부친의 작고 시에는 유산들을 물려받았다. 우태영 씨는 장남이니까 물론 재산의 태반을, 그리고 우태갑 씨는 부친과 형에 의하여 적당하다고 인정된 만큼을 이어받은 것이었다.

우태갑 씨의 부동산은 대부분이 전답이었으므로 토지개혁으로 하여 많이 축이 나긴 했으나 그래도 경영하기 시작한 사업도 있고 하여 그다지 군색함은 모르고 지내온 셈이었다.

그러나 근래에 와서 기업체가 하나하나 아무도 모르는 새—라고 하는 것은 우태갑 씨가 그 진정한 이유를 파악하지 못하는 새—기울어 들더니 마지막 남은 직물공장마저 어쩐지 신통치가 못해 온 것이었다. 일제 말기에조차 버티어 나왔고, 같은 기업으로 요즘 더욱 번창한 사람도 있는데 하고 만회에 힘을 써 보아야 헛일이었다. 마카오에서 실들이 들어오고, 외국 기계를 도입한 회사가 차츰 우세해 가고 수요와 임금에 대한 계산도 새로 따져야 하고—하는 정도의 일이야 물론 우씨도 알고 있었지만, 경제계의 대세를 파악하는 근대적인 두뇌와 소양이 우씨에게는 전혀 없었다. 경제학이라는 학문이 세상에 있다는 사실조차 우씨가 생각해 보았는지 어쩐지는 의문이었다.

낡은 시설과 낡은 시스템을 가진 우태갑 씨의 회사는 기울어져 갔다. 우씨는 재미가 없는 직물공장에 흥미를 잃어 거의 지배인 손에 맡기다시피 하여버렸다. 그리고 교외에 십몇 년래 버려두었던 벽돌공장의 재건을 계획해 본 것이다.

그것은 하늘 높이 치솟은 붉은 벽돌의 굴뚝만이 보기에 그럴듯

하였을 뿐, 실속은 보잘것없이 낡고 허물어진 공장이었다. 공장이라기보다 그런 건물의 자국이 흩어져 있다 함이 옳을 것이었다. 하나 어쨌든 그것은 분명히 (우씨의 기억에는) 그에게 속하는 물건이었다.

작년 어느 날, 그는 그 윗도리가 좀 길고 바지가 짧은, 어깨 언저리가 약간 퇴색한 회색 양복을 걸치고, 높은 굴뚝이 벌판 한가운데 서 있는 시골로 나가보았다. 그는 양복이라는 것은 외출할 때에만 입었고, 또 그것은 여러 벌을 갖고 있는 편이 격에 맞는다는 따위의 생각은 해본 일도 없었으므로, 그 모양은 아무리 좋게 보아야 시골 면장의 그것보다 나을 것이 없었지만 그러나 그는 물론 태연하였다. 집에서 한복을 입고 백금 시계줄을 가슴에 늘이고 있을 때와 마찬가지로 그의 표정은 당당하였다. 역시 좀 볕에 바랜 중절모를 머리에 올려놓고 단장을 짚으며 그는 그 촌길에 내려섰던 것이다.

높직한 벽돌 굴뚝은 이내 눈에 띄었다.

허나 가까이 감에 따라 뜻하지 않은 일이 벌어지고 있음을 발견하였다.

거기에는 제법 위용을 갖춘 근대식 공장 건물이 축공되어 가는 중이었고, 인부들 틈에 끼어 이것저것 지휘를 하고 있는 것은 분명히 우태영 씨의 회사 사람이었던 것이다.

우태영 씨는 재치 있고 상술도 사교술도 능란하여 마카오 무역을 시작한 지도 오랬고, 갖가지 기업에서 우태갑 씨가 꿈도 못 꿀 성공을 거두고 있는 사람이었다. 그 집의 호화찬란한 생활은 거리의 화제가 되어 있을 지경이었고 재산은 당초의 몇십 배로 불어 있었다.

"당주동 형님은 뾰족구두 아니면 신질 않으시구 양복 아님 몸에 걸치질 않으신다나."

심씨는 소박한 표현을 하였다.

"그것두 빨강이랑 노랑이랑 진분홍을 입으시니 딸의 것과 분간이 안 간다는구면."

태평한 그녀는 대청에 기다랗게 누워서 별로 부럽지도 않은 얼굴로 그런 말을 늘어놓는다.

"누가 그러는데 다이아 반지를 한꺼번에 네 개 끼셨더래."

그리고 그녀는 자기의 조그맣고 하얀 왼손을 펼쳐들고 눈앞에 가져와 본다. 무명지 손가락에 새파란 비취가 끼어져 있다. 그녀 자신은 비취나 자마노 같은 옛구슬 외의 보석에는 애착을 갖지 않는 것이었다.

"그 집에선 밤낮 춤만 춘다지? 중학교짜리두 기집앨 데려다 그런다던데?"

동근이 한마디 끼어들면,

"에끼, 듣기 싫다!"

심씨는 드러누운 채 때리는 시늉을 하였다.

"홍콩엘 옆집 다니듯 허시구. 어쨌든 그 형님은 재주두 좋으서. 서양 말은 못 허시는 말이 없다니…… 우리 따위는 상대두 안 허실 만두 허지."

허어허허허…… 하고 동근은 웃음을 터뜨린다.

그러나 아우에게는 항상 야속하기만 한 형이었다. 무슨 일을 같이 해보자고 말해 준 일도 없거니와, 다급해할 때 도와주는 법도 없었다. 우태갑 씨는 이런 형에 대해서도 그저 덤덤하기만 하였으나, 그러나 그날 고추짱아가 낡은 모자 꼭대기에 와 앉는 들판에서 본 광경은 그를 노기로 떨게 하였다.

그는 곧장 형에게로 갔다.

형의 사무실에서 나왔을 때, 그의 안색은 아까보다 좀 더 검붉어지고 입은 벌어져 있었다. 그는 변호사에게 가서 소송을 의뢰했다.

물론 새에 들어 말을 해준 사람도 없지는 않았다. 그러나 결과는 불에 기름을 쏟는 격이었고 그때마다 상대방의 야박함은 더해가고 우씨의 격분은 커가는 것이었다.

그는 재판에 질 리는 절대로 없다고 믿고 있었다. 형이 부자인 것은 재판소가 아니라 세상이 다 아는 터인데, 그러한 그가 아우의 것을 빼앗은 일을 (설혹 수속상의 무슨 불비가 이편에 있었다손 치더라도) 잘했다고 할 사람은 있을 수 없었다. 그는 승소할 것을 의심치 않았다. 변호사가 무어라 할지라도.

전날 화해를 권하러 갔던 사람이 면회조차 거절당하고 돌아왔다는 말을 듣고, 우태갑 씨는 이 일도 반드시 변호사에게 알려 설명을 서류 속에 첨부하도록 당부해야겠다고 생각하였다. 그래서 오늘 중에 김변호사를 만나두려고 일요일이지만 찾아 나섰던 것이다. 전화를 가지고는 일요일이 아니라도 붙잡아보기 힘든 김변호사였다.

"거리가 몹시 소란하다면서요? 뭘 타시구 들어오셨수?"

심씨가 물었으나 그는 위엄 있는 침묵을 지키면서 옷을 갈아입고 사랑방에 나갔다.

이화는 밤늦게까지 기다려보았으나 지운으로부터는 기별이 없었다.

월요일이 되니까 거리의 뒤숭숭함은 좀 더 본격화하였다. 이화는 등교의 차비를 하고 집을 나섰으나 얼마 안 가고 돌아오고 말았다. 많은 학생들이 그렇게 하고 있었기 때문이다.

열시 반쯤 되니까 먼 데서 대포 소리가 울리기 시작했다. 뱃속에 와서 무겁게 떨어지는 불길한 소리였다.

"에그머니, 저게 웬 소리냐?"

심씨가 눈이 휘둥그레서 그렇게 물었다.

"무슨 소리긴요, 대포죠."

동근이 역시 학교에서 돌아와 털썩하고 책가방을 내던지며 여전히 한가한 말투로 대답했다.

"뭐? 대포? 정말 대포냐? 여기까지 날아오면 어떡허니?"

"날아오면 다 부서지는 거죠."

신을 벗고 올라오면서,

"한길에 좀 나가보세요. 시골사람들이 막 밀려들어 오는데 송아질 다 몰구 오구 있잖아요. 나아 우스워서……."

"시골사람들이? 웬일이냐? 정말 난리가 벌어졌니?"

"글쎄, 누가 알아요. 피가 흐르는 사람두 있던데."

"학교선 뭐라든?"

"선생들이 그저 우왕좌왕하고 있을 뿐이죠. 우린 교실이 떠나라구 떠들구……."

라디오가 연속해 군가를 보내고 있었다. 사이사이, 의정부에서 전투가 벌어지고 있으나 아군의 용감한 응전으로 거의 격퇴되어 가고 있다는 어나운스가 되풀이되었다.

옥엽이 대문 밖에 나갔다가 들어오면서,

"피란 떠나는 사람들이 많은 것 같은데요, 우리두 준비를 해야 하지 않을까요?"

아버지를 쳐다보며 물었다.

"공연히 부산을 떨 필요 없다. 가만히들 있거라!"

우태갑 씨는 무게 있게 대답했다.

"시가전이 벌어질 가능성은 있어요, 아버지."

동근이 기둥에 비스듬히 기대서서 한마디 하였다.

"라디오에서 지금 뭐라느냐. 다 진압되었어!"

"아 여보, 저 대포 소리를 들어요."

심씨가 가로채며 나오더라도,

"우리 편 대포야!"

단정하는 거무튀튀 얽은 가장(家長)을 모두가 물끄러미 쳐다보았다. 딴은 이편의 대포일지도 모를 일이었다. 위협사격이라는 것이 있을 수 있다. 라디오의 마치는 용감하기만 했다.

"괴뢰군이라는 게 셀까?"

이화는 지운의 얼굴을 그려보면서 근심에 싸여 그렇게 중얼댔다.

"글쎄…… 시가전이 벌어지더라도 하루 안에는 쫓겨 갈 테지 뭐. 하지만 만약 그들이 이긴다면 아버지, 아버지 같은 자본주는 재미적을걸요?"

어떤 종류의 말이건 동근의 입을 통해 나올 적에는 반 우스갯소리같이 들리게 마련이었다. 지금의 경우에도 그 예를 벗어나지는 않았다.

우태갑 씨는 아들을 힐끔 건너다보고,

"공산당이 들어와도 난 무서울 것 하나도 없다. 가진 게 있어야지. 돈 많은 것들은 겁도 날 게다만……."

당주동의 우태영 씨 집을 그는 머릿속에 생각하고 있는 것이다. 형과 그 사치스러운 가족들이 안색을 잃고 우왕좌왕하는 꼴이 눈앞에 선히 보이는 것 같았다.

'재산은 다 빼앗구 사람두 해친다던데…… 부자는 여하간 붙들리면 마지막이라던데.'

거 잘됐다고 속이 후련한 것 같기도 하였지만 한편으론 역시 조금 염려스럽기도 했다. 나야 다 쓰러져가는 보잘것없는 기업주니까 아무 일 없지만. 거기는 아무래도 위태로울 것 같아…… 하나 그렇다고 문안을 드릴 계제도 아닌 것만은 사실이었다.

"어서 점심상이나 들여라."

"네에."

옥엽은 부엌으로 사라졌다. 도마 두드리는 소리가 들렸다.

우씨는 생각이 나서 회사와 지배인 집에 전화를 해보았다. 자기는 오늘도 출근을 안 할 생각이었고 별로 궁금해 못 견딜 것도 없었지만 하도 주위가 어수선하니 큰맘 먹고 걸어본 것이었다.

회사에는 사람이 없는지 아무리 신호가 가도 받지 않았고, 지배인 집 전화도 고장인 것 같았다. 우태갑 씨는 그냥 내버려두었다.

하나 높이 담장을 둘러친 집 안에 식구끼리 모여앉아 있더라도 거리의 긴박한 공기는 안방까지 스며 들어오는 것 같았다. 쿠당탕탕 하는 대포 소리는 이제 제법 가까워져 있었다. 라디오가 아직도 의정부의 전과와 아군의 용맹을 고하고 있었으나, 적군이 서울에 접근해 오고 있는 것만은 직감으로 알 수 있었다.

그럼에도 불구하고 이상하게도 군(軍) 발표라고 하는 그 보도는 그대로의 위력을 갖고 있었다. 우태갑 씨는 라디오 앞에 까치다리를 하고 앉아 몸을 좌우로 흔들면서 예의 무표정한, 하나 확신에 찬 얼굴을 하고 있었다.

할멈이 장독대에 올라가서 넘겨다보고 와서,

"저 옆댁에서는 땅을 파고 독을 묻고 있어요. 스무 말들이 대독을입쇼. 세 개나 묻었어요. 거기다 물건들을 간수하고 떠나신대요."

할멈 뒤에 그녀의 영감인 할아범도 서서, 이 댁도 이러고 있을 때가 아니라는 표정으로 대청을 처다보았다.

그는 장사같이 몸집이 크고 무슨 분부를 들을 때면 이마 너머로 눈을 치뜨는 버릇이 있었다. 그것은 불손한 것 같은 인상을 주었으나 일은 잘하는 축이었다.

우태갑 씨는 대답을 안 하였다.

그것으로 할멈들은 물러갔다.

해가 질 무렵에는 많은 사람들이 집을 버리고 떠나고 있었다. 어제 군용차량들이 질주해 가던 남을 향한 가도로, 그 혼란에 찬 행렬은 흘러갔다. 북쪽에서 적이 오니까 남으로 피해야 한다고 궁리가 미친 사람들이었다. 짧은 시가전으로써 끝이 나리라고 판단한 사람들은 떼를 지어 남산으로 올라갔다.

비가 내리기 시작하였다.

절벅절벅 절벅절벅 비에 젖은 발소리가 거리를 메웠다.

대통령의 담화가 발표되었다.

군을 믿고, 안심하고 직장을 지키라는 내용이었다.

대부분의 사람들은 대통령을 사랑하였다. 그를 믿고 의지하고 있었다. 많은 사람들이 그의 그 격려에 힘을 얻어 눌러앉을 결심을 굳건히 하였다. 정부는 이미 남쪽 도시에 옮겨지고, 대통령의 음성은 녹음 테이프였다는 것을 모르는 탓이었지만.

이화는 지운의 일이 근심되어 견딜 수가 없었다. 대학이며, 학생운동에 흥미를 가졌다는 교수의 집에까지 전화를 해보아도 아무것도 알아낼 수가 없었다.

그녀는 동훈의 골방 문을 열었다.

"무슨 소리 좀 들을 수 없어? 의정분가 동두천의 일 전혀 알 수 없니?"

안방에 있는 구식 라디오는 아군의 전과와 안심하라는 말밖에는 하지 않는다. 이화는 그 밖의 일이 알고 싶었다.

동훈은 이화가 처음 보는 심각한 표정을 지었다. 귀에 썼던 리시버를 빼놓으면서 그는 빨강이나 초록의 꼬마전등이 켜 있는 방에서 나왔다.

"저쪽 방송국두 입을 다물구 있는데…… 하지만 국군의 참패는 확실해. 이제라두 우린 떠나야만 할 거야."

그는 이화를 거기다 남겨놓고 빠른 걸음으로 부친을 만나러 들어갔다. 이화는 가느단 빗발을 바라보며 비에 젖어 마당에 서 있었다.

북쪽 하늘이 어째선지 벌겋게 물이 들어 있었다. 그것은 몹시 불길해 보였다. 주위는 이제 캄캄하였다. 지운은 어떻게 된 걸까? 동훈이 돌아나왔다. 고개를 옆으로 저어 보이고 다시 꼬마전등이 켜 있는 방으로 들어갔다.

이화는 피난을 떠나자고 부친을 설득할 마음이 조금도 없었다. 지운이 오는 것을 보아야만 하였다.

"사방에 불들 꺼라. 그리구 문단속 단단히 해라. 누가 와 두들겨두 대문을 함부로 열지 말어!"

부친이 그렇게 외치고 있었다. 그것으로 그는 무장한 적군과 대포까지라도 격퇴해 낼 심산인 것이었다.

지운은 전방에 도착하여 요란한 총탄소리 속에 트럭을 뛰어내렸다.

가는 도중 군데군데에서 소부대가 방비진을 치고 있는 것을 보았지만, 그들 이삼십 명의 학생이 탄 육군의 스리쿼터는 아무것의 제지도 검문도 받는 일이 없어, 그들은 최전선까지 단숨에 와버린 것이었다.

지운은 누군가를 만나 자기들이 온 취지를 한마디라도 전해야 하리라고 생각하고 있었으나 이내 그러고저러고 할 경우가 못 되는 것을 깨달았다.

도로 한복판에 바리케이드가 쳐져 있었다. 그늘에서 고함을 지르고 있던 지휘관이 대뜸 지운들 쪽에 대고 빨리 몸을 숙이라는 급한 팔짓을 했다. 그 얼굴에서는 피가 흘러내리고 있었다.

쌍방의 기관총과 소총이 불을 내뿜고 있는 중이었다. 날아온 총알이 쌔앵 하고 귓전을 스치고 길 위에 푹석 꽂히면 모래가 솟구쳐 퉁겨졌다. 부상자가 여기저기에 쓰러져 있었다.

이삼백 미터 저편의 솔밭 그늘에 적은 진을 치고 있었다. 그들의 장비와 수세는, 경계선을 수비하던 부대끼리의 국부적인 충돌을 생각하고 있던 지운의 머리를 진동시켜 뒤집어놓았다. 가도 저편의, 육안으로도 볼 수 있는 탱크의 대열은 사태의 성질을, 그리고 그 결정적인 결말을, 미리 명백히 고해 주는 것이었다.

지운이 잠시나마 그렇게 주위를 살필 겨를이 있은 것은 극악했던 총성이 뜸해지면서 소휴지(小休止) 같은 정적이 한때 찾아준 덕분이었다.

병정들은 총대를 내려놓고 옆에 쓰러져 있는 부상자를 날라 내기 시작하였다. 지운 일행은 그것을 도와 타고 온 트럭에 올려 실었다.

"어떻게 돼가는 겁니까?"

지운은 허리를 굽히고 달리면서 방금 부상병의 다리 쪽을 맞들어준 군인에게 그렇게 물었다. 동그란 얼굴과 전투복의 전신이 땀에 폭삭 젖은 이등병이었다. 그는 입술을 악문 표정을 달리하지 않고, "다 틀렸습니다." 했다.

그리고 그들은 또 하나의 부상병을 안아 올렸다. 복부가 엉망이 된 그는 이미 죽어 있는 것 같았다. 그러나 그대로 들어다 실었다.

부대장은 기름땀에 젖은 얼굴에서 쌍안경을 떼고 나무 밑으로 뛰어왔다.

"서울대학 학생들입니다. 저희들도 거들게 해주십시오."

다른 말은 지껄일 겨를이 없었다.

"고맙소. 그렇지만……"

그것은 죽음의 회색 낙인이 깊이 새겨진 얼굴이었다. 사오십 명 밖에 남지 않은 그의 전투원 전원의 죽음이, 아니 어쩌면 전 국군의 궤멸이, 그 육중한 중년의 소령의 이마에 새겨져 있는 건지도 몰랐다. 소위 하나가 달려와서 부상자의 수효를 보고하였다. 본부와 연락이 안 된다고 소리치고 있는 것은 통신병이었을 것이다.

서울로 통하는 길 쪽에서는 응원병이 나타날 아무런 기색도 엿보이지 않았다.

그것은 어김없는 전쟁이었다.

지운의 몸속에서 일순 잡다한 감정의 설렘들이 그 생동을 중지하였다. 생명과 그 거무죽죽한 종언만이 그의 앞에 가로놓였다.

빈약한 포플러의 가로수가 탁 하고 부러져 나갔다.

다시 총탄이 퍼부어지기 시작했다. 지운 일행은 땅에 떨어진 엠원이나 카빈을 제각기 집어 들고는 바리케이드로 달려갔다.

그는 무슨 위문단과도 흡사히 여기에 달려온 자기의 어리석음 같은 것이 부끄러이 여겨졌다. 공산당과 어느 때인가 목숨을 바꿀 싸움을 치르게 되리라고는 평상시에 각오하고 있었지만 지금이 그 때인 줄은 모르고 있었던 것이다.

전쟁이었다. 기막히게도 그것은 이미 전쟁이었다.

서울 시민들은? 그들은 지금 정확한 보도를 갖고 있을까? 정부는? 국군은? 이화는 어떻게 되는 걸까? 그러나 모든 생각은 순식간에 두뇌를 스치고 지나간 그림자들에 불과하였다.

그는 싸웠다. 그 한계에 달한 긴장상태는 어쩌면 무(無)와도 같은 것이었다. 그는 실상 아무것도 느끼지 않았다. 쌩쌩 나는 총성에도, 팔 옆에 와서 푹 꽂히는 탄환에도, 곁에서 거꾸러지는 인간의 모습에서도 아무것도 느끼지 않았다.

그러나 또 역시 그는 무언가를 느끼고 있었다. 무언가 매우 특이

68

한 감각을 느끼고 있었다. 군사훈련이나 책, 영화 같은 것을 통한 지식에서 그는 전쟁을 경험하고 있었을 뿐이었다. 지금의 상태는 그 어느 것과도 닮아 있지 않았다. 외형이 흡사할 따름이었다.

맹렬한 폭우가 퍼붓기 시작했을 때 부대는 얼마큼 후퇴하였다. 얼마 안 되는 인원과 단 한 대씩의 지프차와 트럭이 남아 있을 뿐이었다. 주위는 어둡기 시작했다. 후퇴한 지점에서 다른 좀 더 큰 부대와 합류하였으나, 적은 후퇴일로의 이쪽 정세를 파악하고 맹렬한 공격을 가해 왔다. 지운들은 절망적인 마지막 전투에 돌입했다. 비는 억수로 퍼붓고 있었다. 모든 것이——공간과 시간까지도——광포의 나머지 미쳐버린 것 같았다. 무수한 화염이 어둠을 쪼갰다.

기갑차가 휩쓸고 왔을 때에 지운의 전우들은——군인도, 회색 커터 셔츠를 입은 학생들도 대부분 쓰러졌다. 장비가 부족한, 기력만으로 이루어진 저항은 침략자의 발길을 단 몇 시간 지체시킬 수 있었던 뿐인 듯했다. 지운은 총을 잃었다. 그는 몇 갠가의 수류탄을 기갑차를 향해 던졌다. 작렬하는 불덩이, 연기, 그리고 그는 달리기 시작했다. 어딘가 몸이 망그러진 것 같았다. 덜커덩덜커덩 흔들리고 있는 것 같았다. 그러나 그는 좀 더 달렸다. 다음 보루(堡壘)까지. 다음 보루까지. 그는 한 번 더 싸워야만 하였다.

지운이 의식을 돌이켰을 때 그는 병실의 마룻바닥에 누워 있었다. 침대는 말할 것도 없이 바닥에도 복도에도 부상병들투성이였다. 그들은 서로 덧업히듯 뉘어져 있었다. 피와 흙, 그리고 방금 물에서 건져진 듯 젖은 사람들 새에서는 끊임없이 신음소리가 오르고 있었다. 움직이지 않는 몸뚱이는 더러 이미 죽어 있을 것이 분명하였다.

지운은 자기의 왼쪽 팔에 붕대가 감겨져 있는 것을 보았다. 치켜

들어 보려고 하자 숨이 막힐 듯이 아팠으나 그래도 움직이는 것을 보면 골절(骨折)은 아닌 모양이었다. 조금 있다가 목에도 아픈 곳이 있는 것을 깨달았다. 붕대가 축축하니 피에 젖어 있었다.

창문 밖이 희미하게 밝아오고 있었다. 어디선가 금속성의 기구들을 난폭하게 다루는 소리가 들리고, 비는 이제 오지 않았다.

어째선지 모르지만 지운은 그곳이 대학병원의 내부인 것을 알고 있었다. 그는 함께 있던 친구들이나 군인의 얼굴을 찾아보았으나 주위에는 보이지 않았다.

잠시 끊겼던 유난히 큰 신음소리가 다시 들려서 지운은 눈을 돌리고 그쪽을 보았다. 그것은 지운에게 수류탄을 건네어 주던 둥글둥글한 이등병이었다. 배 위를 넓은 헝겊으로 감고 손을 허우적거리고 있었다. 그만은 들것에 담긴 채로 마룻바닥에 뉘어져 있었다. 물 좀 달라고 소리를 지른다. 오싹 소름이 끼칠 음성이었다.

지운은 일어나려고 하였다. 상처의 아픔이 다시 그를 아찔하게 만들었고, 하는 수 없이 그는 눈을 지그시 감고 누워 있었다. 밖에서 기관총 소리가 들렸다. 지운이 의식을 회복한 그때부터, 아니 그 이전서부터 그 소리는 주욱 계속하고 있은 듯하였다. 지운은 그제서야 느릿느릿 그런 일들을 생각하였다. 그리고 또 꾸벅꾸벅 졸기 시작했다.

별안간 주위가 소란해 오는 것을 느꼈다. 윽! 억! 하는 짧은 비명을 들은 것 같았다. 그리고 돌연 기관단총 소리—따발총이라는 그 불길한 무기의 사격 소리가, 아주 가까운 곳에서—아래층에서 일어났다.

죽음 같은 정적이 그 뒤를 이었다. 지운은 번쩍 정신이 들었다. 그는 어제부터의 모든 일을 일순간에 명백히 상기하였다.

진 것이다!

서울은 적의 손에 떨어져버렸다!

연달아 들리는 아래층의 사격성이 무엇을 뜻하는지 직감하였을 때, 지운은 벌떡 일어나려고 하였다. 일어나 도주하려고 하였다. 그러나 그의 몸은 움직여지지 않았다. 저벅저벅 절걱절걱 하는 발소리들은 벌써 층계를 올라와 그 굵고 메마른 연속음은, 살육은, 옆방에서 일기 시작해 있었다.

그것은 기묘히도 거의 완전한 침묵 속에서 행하여졌다. 총이 울린 다음에는 바스락 소리도 들리지가 않았다. 그리고 이윽고 무언가가, 아마도 사람의 시체가, 굴러 떨어지는 듯 털썩 울리는 기척이 나곤 했다.

복도로 향한 도어는 열어젖혀져 있었다. 그리고 그곳에 얼기설기 뉘어져 있는 부상병의 하나가 동공이 벌려진 눈으로 총성이 난 쪽을 보고 있는 것이 정면으로 띄었다. 그는 두 팔을 들고 마치 다가드는 환각을 밀쳐내기라도 하려는 듯 꿈틀꿈틀 경련적으로 움직거리고 있었다.

가죽장화를 신은 발이 얼기설기 누운 사람 사이의 마루청을 밟았다. 가죽이 눌리는 그 찌익 하는 소리가 마치 천장이 무너질 듯 큰 음향인 것처럼 들렸다. 지운은 눈을 감고 고개를 돌려버렸다. 감정은, 사고는, 그의 생명의 모든 기능은, 심장이 멎기 전에 이미 공백에 가까운 상태에 놓여지고 말았다.

의식의 깊은 밑바닥에서 증오가 불타고 있는 것이 미미하게 감지될 따름이었다.

조심스럽게 둘레의 기미를 살피면서 지운은 시체 더미 속에서 몸을 빼내었다.

얼굴부터 먼저.

그래서 그의 비강(鼻腔)이 완전히 바깥 공기를 감촉할 수 있었을
때, 그의 눈앞에는 맑게 갠 눈부신 하늘이 펼쳐져 있었다.

시체들은 비탈진 풀숲에 더미 지어 내던져져 있었다.

피 묻은 무거운 몸뚱이가 지운의 얼굴에도 배 위에도 올려놓여
있었다. 그것들은 움직이지 않았다.

그러나 지운이 조금이라도, 발끝이라도 조금 꿈틀거리면, 사지
를 툭 떨구거나 머리통을 빙글 돌리거나 하며 크게 흔들리는 것이
었다.

장시간을 그 무거운 것들에 눌려 있었기 때문에 지운의 팔다리
는 마비되어 잘 움직여지지 않았다. 그러나 아주 조금씩, 지렁이가
꿈틀거리듯 그는 몸을 놀려 바깥으로 빼쳐냈다.

원수들은 연발총으로 사살한 수백의 부상병들을 위해 웅덩이를
팔 겨를도 없었던 모양이다. 경사진 풀숲의 자연히 좀 우그러진 곳
에 갖다 내던지고는 근처에 나타나지도 않았다.

총알이 빗나갔다는 순전한 우연이 지운에게 더 한 번의 기회를
허락한 것이었다. 여기다 내던져지기까지 그는 숨이 진 체하고 있
었다.

한낮이 지나서야 삽을 든 인부들이 모두 찌그러지고 경직한, 이
상한 표정들로 나타나서 땅을 파기 시작했다. 병원의 직원인지 흰
가운을 입은 젊은 사람도 하나 섞여 있었다. 그가 작업을 지휘하고
있는 눈치였다.

지운은 그들이 근처에서 작업을 시작하자 슬그머니 일어나 섰
다. 아픈 쪽을 다른 한 팔로 붙들고서 그 흰 가운의 청년에게로 곧
장 다가갔다.

"그 가운을 제게 좀 주실 수 없겠습니까?"

낮은 소리로 그는 그렇게 청을 했다. 지운은 대담해져 있었다.

상대방이 좌익일지도 몰랐지만, 어차피 이런 모양으로는 놓여 나갈 수 없다는 판단에서 그는 모험을 하였다. 의과 학생 중에는 정치에 큰 관심을 갖지 않는 자가 많다는 일도 계산에 넣고 있었다.

"이걸 말입니까?"

하고 상대는 지운을 쳐다보았다.

너부죽한 얼굴의, 신경도 굵직해 보이는 친구였다. 그의 가운은 좀 구겨지고, 깃에 의과대학의 파란 배지가 붙어 있었다.

그는 쌓아 올려진 시체 더미께로 짧은 시선을 던졌다. 그리고 다시 지운을 보았다. 네 개의 눈 사이로 어떤 공감이 흘렀다.

그는 몸의 위치를 크게 돌리면서 사방을 둘러보았다. 그리고 배지를 떼어 속에 입었던 옷에 옮겨 달았다.

"그거라두 빼서 곁에다 다시죠."

지운의 교표를 보며 입속말로 하였다. 그리고 의외로 민첩한 동작으로 가운을 벗어 주면서,

"포켓에 빗이 들었습니다. 그리구 입 옆을 닦으세요."

"감사합니다."

그 사람은 인부들께로 걸어갔다.

제일 가장자리의 늙은 인부 둘이, 삽에다 한 발을 걸친 채 이편을 보고 있는 것을 알자,

"어서 파주시오."

하고 좀 험한 소리로 명령했다.

지운은 병원 건물께를 향해 걸어갔다.

그곳은 창경원 담에 면한 동산이어서, 철망 바깥의 전찻길을 붉은 기를 단 탱크가 굴러가는 것이 보였다.

소총 소리, 대포·차량의 진동음…….

무기의 아우성이라고나 할 혼돈한 잡음이 온 하늘에 충만해 있

었다. 몸집이 작은 마른 병정들이 무거운 장비로 걷고 있는 것도 보였다.

지운은 병원의 정문 근처까지 걸어 올라갔다. 네모진 상의와 빳빳한 모자를 쓴 공산군 장교들이 오락가락하고, 그들의 부상병이 들것에 실려 날라져 가고 있었다. 강한 북쪽 악센트의 호령이 여기저기에서 들렸다.

지운은 중간에서 발길을 돌려 언덕을 내려갔다. 그의 걸음걸이는 급하지 않았다. 공포는 이미 그에게서 사라져 있었다.

정문을 지나려 할 때, 두 개의 총검이 그의 앞가슴을 가로막았다.

"저기까지…… 곧 돌아옵니다."

그는 평정하게 말하였다.

그는 거리로 놓여져 나왔다.

이화의 집에서도 끔찍한 밤은 새었다.

자정 가까이 무서운 폭음과 함께 하늘을 찌를 듯한 화염이 한강 쪽에서 일어났을 때, 잠깐 사이이지만 심씨는 기절했다. 폭음은 굉장히 크게 길게 울렸고, 주위를 괴이한 붉음 속에 떠올린 화염은 그보다 더 길게 십 분가량이나 지속되었다.

그것으로써 별 위험이 없으리라던 우태갑 씨의 확신은 드디어 무너졌다. 동요 말고 직장을 지키라는 라디오의 어나운스도 이제는 들리지 않았다. 방송국은 아홉 시경부터 그 기능을 잃고 있는 것이었다.

빗속을 지나가는 발소리는 밤새 끊어지지 않았다. 그리고 날이 밝았다. 총성이 거리를 뒤덮었다. 연발총의 호드득거리는 소리가 거의 끊일 새 없이 귓전을 울렸다. 소리는 바로 담장 밖에서 터지기도 하였다.

이화네 집 식구들은 대문에 빗장을 끼우고 중문도 꽁꽁 잠그고는 숨을 죽이고 가만히 있었다. 할아범이 문틈으로 내다보고 와서, 밀고 들어온 것이 빨갱이라는 사실을 고하였다. 우태갑 씨는 못마땅한 듯이 입맛을 다셨다.

하나 이대로 아주 세상이 바뀌었다고는 도저히 믿을 수 없었다. 이제 국군의 반격이 있으려니, 시가전의 위험을 벗어나기만 하면 아무 일 없으려니…… 아직도 그렇게 믿고 싶었다. 우태갑 씨는 장중한 어투로 가족에게 자기의 그러한 생각을 피력하였다.

그렇지만 담 밖에서 들리는 총소리·아우성·영문을 모를 고함 소리는, 반대로 점점 더 커가는 불안 속에 이들을 몰아넣었다.

이화네 식구들은 아침 식사를 대청에서 하지 않고 깊숙한 뒷방에 모여앉아 먹었다. 그것은 옥엽이가 그렇게 마련한 때문인 것이었다. 보통 같으면 우태갑 씨 말고는 아무도 일어나지 않았을 만큼 이른 시각이었지만 아무도 그런 것을 의식하지 않았다. 무엇을 먹고 있는지조차 알지 못했다.

옥엽이,

"잡숴두시지 않음 안 돼요. 어머니, 좀 더 드세요. 동훈이도 많이 먹어둬라."

그렇게 권하기 때문에 억지로 몇 숟갈씩 삼키고 있을 뿐인 것이다.

할멈이 대청에 올라와서,

"저, 어느 댁이구 다 깃대를 내꽂았는뎁쇼."

그러면서 옥엽을 쳐다보았다. 할멈이 대청에 올라선 것도 퍽 이상한 일이었다.

옥엽이 대문간으로 가려는 것을 심씨는 안방에서 고개만 내밀고 보며,

"얘야, 문 열지 말아."

하고 쥐어짜는 소리를 하였다.

"어디 내 나가 보지."

동근이 터덜터덜 따라가더니,

"일 다 틀렸군, 빨간 기투성이야. 국군 아저씨들 아주 멀찌감치 굿바이하신 모양인데."

고무신을 찔찔 끌고 돌아오며 히죽 웃고 뇌까렸다.

"얘, 그 무쪽같은 소리 좀 그만둬라."

심씨는 아들에게 늘 하는 문자대로 말하였으나 얼굴이 파랗게 질려 있었다.

"별수 있나, 냉큼 만들어다 꽂아야지. 네 이누움 하구 죽이러 오는 날엔……."

그는 도화지와 그림물감들을 대청에 내다놓고 펼치다 말고,

"참 그럴 거 없이 큰누나 손수건 하나 주구려. 온통 빨간 거루다……."

"빨간 게 어딨니. 온통 빨간 게……."

이화는 조금도 웃고 싶지 않아 퉁명스럽게 대답하였다.

"무늬 있어도 괜찮아. 좀 얼룽덜룽함 어때."

"동근아아."

하고 우태갑 씨가 점잖게 호령하였다. 동근은 싱긋이 부친을 바라다보고 나서 별수 없다는 듯이 붓을 물통에 담갔다.

조금 후에 동네 반장이 와서 대문을 두드렸다.

'인민공화국'의 기 견본과, 스탈린과 김일성의 초상화를 가져온 것이었다. 초상화는 잘 보이는 곳에 붙이고, 기는 이와 꼭같이 만들어 저것과 바꾸어 꽂으라고 하면서 그는 동근이 대빗자루에서 한 가락 꺾어 제작한 깃대를 손으로 가리켰다. 초상화는 문짝만큼씩이나 큰 것들이었다.

견본을 도로 갖고 옆집으로 달려가는 동네 반장은 시내에 조그만 양복점을 갖고 있는 겸손한 젊은이였는데, 오늘은 얼굴에 혼란의 빛이 가득 차 있었다. 그는 자기가 하는 일에 양해를 구하기라도 하는 듯이 심약하게 웃어 보이며 사라졌다.

이화는 동근이 새로 그린 '인민공화국 기'라는 것을 물끄러미 건너다보았다.

그런 기를 보기는 처음이었고, '이북, 이북' 하던 곳이 그렇게 불리는 것을 듣기도 처음이었다. 두 장의 그림도 손에 들고 보았다. 그것은 대청마루 밖 양편 기둥에 붙여졌다. 밖에서 들어오는 사람 눈에 잘 띄어야 했기 때문이었다.

저녁때가 되어 갈 무렵에는 그들은 세상이 아마도 완전히 바뀐 모양이라는 것을 알아야만 하였다. 이 바뀐 천하에서는 뭔가 참혹하고 끔찍한 일들이 누구에게라도 함부로 떨어질 거라는 예감이 들었다. 무엇을 버리고라도 한강 너머로 떠났어야 옳았던 것이다.

인민재판이라는 것을 보고 왔다고 동근이 말하였다.

그것은 너무나 잔혹한 얘기였다.

우태갑 씨는 이야기를 들으면서 형 우태영 씨네 일을 생각하였다. 형이 그런 꼴을 당해서 맞아죽는 일은 그로서도 환영할 바가 못 되었다.

자기 자신에 대해서는 그는 아무런 위구도 느끼지를 않았다. 사업이 다 기울어진 처지로서, 더구나 돈 없는 사람을 두둔한다는 공산당은 오히려 자기편일 거라는 생각조차 하였다. 내용적으로 보면 별 재산이랄 것도 가지지 않은 자기로서는 두려울 것이 없다 싶었다. 생각할수록 그건 그랬다.

동회에서 또 통보가 돌아 당장 광장에 모이라고 하였다. 할아범이나 하녀 같은 고용인을 보내어서는 안 된다는 것을 본능적으로 알아챘다. 동훈이 나갔다.

친밀한 또는 그저 하찮은 기관으로 알아오던 동회라는 것이 갑자기 무시무시한 기능을 가지고 회전하기 시작한 것이 섬뜨레하였다.

무엇 때문에 울리는지 영문을 알 수 없는 총소리는 연방 따다닥거리고 있었다. 그것이 가까워지는 때마다 심씨는 어크 소리를 질렀다. 그러고는 꺼림칙한 눈으로 김일성과 스탈린의 얼굴을 번갈아 보았다.

쌀을 가진 대로 다 내놓으라고 또 양복점 주인이 와서 말하였다. 이번에는 낯선 사람을 여럿 데리고 와 있었다. 우태갑 씨 내외는 곁방 뒤에 조그맣게 달린 구석방에 들어가서 광 속의 가마니가 실려 나가는 동안 숨을 제대로 못 쉬고 있었다.

반동분자라는 낱말, 친구의 가족이 학살당했다는 소식, 한 대의 자동차도 자전거도 달리지 않는 찻길 위에 뒹굴고 있다는 시체 이야기, 동근과 동훈이 번차례로 그런 소리를 전하였다. 학교에 가보았으나 총칼을 든 점령군이 지키고 있어 먼빛으로 보고는 돌아들 섰다는 것이었다.

문자 그대로 모든 것의 질서는 파괴된 것이었다.

하면 새로 일어나려고 하는 사태는 어떤 것인가? 그것은 희망을 걸 만한 것일까? 적어도 무고한 사람이 생명을 이어 나갈 수는 있게 마련인가?

난폭하게 대문이 난타되고 두 명의 군인이 안마당으로 들어섰다. 스무 살쯤 되어 보이는, 뾰족하게 마른 얼굴과 윤기 없는 눈초리를 한 병사들이었다. 둘러맨 장총이 너무 길어서 몸집이 더욱 작아 보이는 건지 몰랐다.

"여기 주인이 누구요?"

심한 함경도 억양으로 그 병정은 물었다. 총 끝에서 검은 칼날이 번득거렸다.

이화는 툇마루에 걸치고 앉아 있었다.

동근은 마당 한가운데 우뚝 서 있었고, 할멈과 할아범도 대문 앞에 있었으나 모두 졸지에 몸이 움직여지질 않았다. 무서운 파괴와 살육의 화신을 별안간 눈앞에서 보는 것은 가슴이 서늘해지는 일이었다.

"네, 어서 오세요."

상냥하게 말하면서 이웃에서 온 손님이라도 맞이하듯 그들 앞에 나선 것은 옥엽이었다.

"잠깐 실례하오. 안에 들어가 보아야겠소."

공포의 화신은 뜻밖에도 예의를 갖출 줄 알고 있었다.

"네, 그러세요. 수고하십니다."

옥엽은 앞서서 댓돌을 올라섰다.

"신을 신은 채로 올라가야겠소."

"괜찮습니다."

한마디도 안 하고 따라만 오던 쪽이 흙발로 번들번들한 마루를 디딜 적에 작은 소리로 "미안하오." 하였다.

그들은 열려 있는 방들을 기웃거렸다. 그들이 거기에서 무엇을 보는지, 무엇을 느끼는지 그것은 짐작할 수도 없었다. 뭔지 이질적인 것이 있어, 그들은 어느 먼 나라 사람보다도, 아니 어쩌면 사람과 어느 다른 유의 동물의 사이보다도 더 통할 길이 없는 생물처럼 느껴졌다.

마지막에 이들은 이화의 방에 들어와 책꽂이 앞에 섰다. 한편 벽을 거의 가린 책장은 상당히 큰 것이고 이 집에서 유일한 것이기도 하였다.

옥엽은 별로 책을 읽지 않는다. 우태갑 씨는 말할 것도 없고 심씨에 이르러서는 신문도 안 보았다. 동훈은 기계에 관한 것만 읽었고 동근도 그 부친과 유사하였다. 그러나 그 모든 가족은 이화의 이 소중한 소유물의 가치를 인정하고 있었고, 옥엽은 각별한 성의로써 그 둘레에 티끌 하나 없이 간직해 오고 있는 것이었다.

살벌한 사람들은 책 앞에 한동안 묵묵히 서 있었다.

그들의 의도는, 연삭삭하고 융통성이 있는 옥엽의 추리력으로도 좀처럼 파악하기가 어려운 것이었다. 마침내, 그러나 그녀는 무심한 듯한 말씨로,

"이런 책들이 있습니다. 언니가 읽는 거예요."

『공산당 선언』과 『자본론』을 꺼내어 펼쳐 보였다. 『자본론』의 표지 속에는 다행하게도 마르크스와 엥겔스의 사진이 실려 있었다.

두 병졸의 표정은 처음으로 움직였다. 반가운 기색이었다.

"알겠소, 좋소."

얼핏 말하더니 옥엽에게 경례를 하고 그들은 돌아섰다.

그들이 대문을 나서기가 무섭게,

"무얼까? 왜 온 거야? 그리구 왜 가는 거야?"

동근이 큰소리로 말했다.

"글쎄…… 그 사람들 아마 글을 못 읽는 것 같아."

옥엽이는 조용히 말하였다.

그 뒤에 옥엽은 할아범들을 시켜 자개농 등을 광에 내가게 하였다. 광 속에 모조리 벽을 향해 돌려놓았다.

심씨의 옥비녀도 반지도 금단추도 그녀는 몰수하여 치워버렸다. 마지막에 할멈과 할아범, 심부름하는 계집애의 모두를 일시 촌에 가 있으라고 돌려보냈다.

할멈은 울고 계집아이는 겁을 냈으나,

"한데 있다가는 모두 큰일 난다. 임시루 그렇게 하는 거니

까……."

심씨는 스란치마를 벗고 무명옷을 입어야 했다. 할멈에게서 얻은 것이었다.

"얘, 이게 대체 어떻게 되는 거냐?"

그녀는 검은 치마를 두르며 우는 소리를 하였으나 아무도 대답을 하지 않았다.

지운은 아픈 팔을 다른 한 손으로 받쳐들고 총성이 요란한 거리를 천천히 걸어갔다.

하늘에는 고사포가 작렬하고(거기에는 비행기의 그림자도 보이지 않았으므로 지운은 그것이 무엇 때문에 발사되고 있는지 이해할 수 없었다.) 그 파편이 빙글빙글 돌면서 떨어지는 것이 보였다.

시내에는 국군은 한 명도 없고, 완전한 무저항 상태에 놓여 있었으므로 그 후다딱거리는 따발총의 공포 소리는 그의 귀에 성가시게만 여겨졌다. 군데군데 시체가 뒹굴고 있었다. 투박한 군화를 신은 시체. 시민. 어떤 여인의 시체에는 갓난애기가 달라붙어 그 가슴을 파헤치며 울고 있었다. 그것은 죽어 썩는 한 생물체의 일부분만이 기형적으로 살아남아서 허위적이고 있는 것같이 괴이하고 처절한 광경이었다. 어떤 관공서의 정문 앞에는 정복·정모의 순경이 두 명 사살되어 있었다. 그들이 그들의 직무에 최후까지 충실했다는 증거일 것이었다.

몹시 낡은 구식 자동차가 적군 장교를 태우고 지나갔다. 조금 있더니 그 뒤로 탱크가 여러 대 굴러왔다. 퍼머넌트의 머리가 꼬실꼬실한 여자 군인이 한가운데 일어서서 만세에, 만세에 하고 높은 소리를 내며 두 팔을 쳐들었다. 길 가는 사람들은 넋 잃은 낯으로 멀거니 그녀를 바라보았다.

그 소리를 들었을 때 지운의 눈 속에는 화끈하고 불이 일었다. 지운이 사랑한, 그런대로 자유가 살아 있던 거리였다. 불경기와 얼마간의 나타(懶惰), 그러나 또한 자유와 웃음이 차 있던 거리였다. 8·15 독립 후의 혼란이 겨우 가라앉고, 이제부터라 생각한 이즈음이었다. 시민들은 일거리가 있기만 하면 일하였다. 학생은 건설의 의욕에 불타 있었다. 남북이 갈라진 교착(膠着) 상태는 하는 수 없이 일단 받아들이고, 그런대로의 발전을 꾀하던 서울이었다.

지운의 가슴은 찢기었다.

그의 발걸음은 무의식중에 필동 어귀를 향하고 있었다. 이화의 집이 거기 있었다. 이화를 만나 그녀가 무사한 것을 확인하고, 또 자기가 무덤 속에서 살아나온 것을 알려주리라 생각하였다. 그러고는——그러고는 한강을 남하해야 하였다. 국군은 반드시 반격해 오리라. 거기에 참가하지 않으면 안 되었다.

날카로운 호각 소리에 그는 눈을 들었다. 초록빛 바지를 입은 괴뢰군이(지운은 증오에 차서 그들을 그렇게 불렀다.) 몇 되지도 않은 행인들의 통과를 제지하며 살기에 찬 낯으로 팔을 휘두르고 있었다. 저만큼에 모래를 담은 부대로 바리케이드가 쌓여 있고, 그 저쪽에 어딘가 눈 설게 생긴 지프차, 사이드카 등이 줄지어 있었다.

지운은 발길을 돌렸다. 상당한 거리를 우회하여 이화의 집 골목으로 찾아들었다.

그러나 거기서 지운은 멈칫하고 걸음을 멈추었다. 그는 김오식을 보았던 것이다.

중학·대학을 통한 급우를 지금 그는 공포를 느끼며 지켜보았다. 김오식은 한때 지운의 친우이기도 하였으나 그가 공산당으로 달리고부터는 가장 두터운 적이었다. 그는 어려서도 일을 허술히 처리하는 성미가 아니었다. 좌익운동을 하는 후로는 문자 그대로 비정

(非情)한 인물이었다. 지금 그의 눈에 뜨인다는 것이 무엇을 뜻하는지 지운은 너무나 잘 알고 있었다.

김오식은 노타이의 소매 끝에 빨간 헝겊조각을 달고 있었다. 그리고 이화의 집 대문턱에 한쪽 발을 올려놓고 있었다. 빳빳한 윗도리에 견장(肩章)을 붙인 괴뢰군 장교가 그와 마주서서 이야기를 하고 있었다. 김오식의 큼직한 몸집은 당당한 기백에 차고, 그의 눈은 정한하게 움직이며 여기저기에 던져지고 있었다. 이화와의 관계를 잘 아는 그가 지운을 잡으려고 여기까지 온 것일까?

지운은 휙 등을 돌렸다. 굴욕과 패배감이 쓰디쓰게 그의 가슴으로 번져 나갔다. 그는 걷기 시작했다. 남쪽으로. 국군의 대열 속으로. 무엇보다 서둘러야 하는 일은 그것이었다.

이화여, 나중에 만나자고 그는 마음속에 말하였다.

김오식이 큰소리로 웃는 것이 들렸다.

지운은 눈물을 쏟았다.

한강의 다리들은 무참하게 폭파되어 있었다. 강물 속에 빠진 지프차, 트럭, 사람의 몸이 반쯤 밖으로 내민 채 뒤집혀진 차량. 등 뒤에서 사격되었을 엎어진 시체들.

그 위에 삼엄한 장비로 강은 지켜지고 있었다. 그래도 이곳저곳 헤엄쳐 건너려는 사람이 있는지 상하류에서 번차례로 총성이 울렸다. 피난민들은 멀리서 그 소리를 듣고는 단념하고 시내로 돌아들 갔다.

지운은 자기의 팔을 내려다보았다. 피가 흰 가운의 밖에까지 내배어 있었다. 움직이지 않아도 그것은 쑤셨다. 허기져서 쓰러질 것 같기도 했다.

그래도 그는 헤엄쳐 건너고 싶다고 생각했다. 김오식이와 같은 치가 서울에 우글우글하고 있을 것이다. 그는 한강 상류의 지리를 계산하며 빠른 걸음으로 인도교 앞을 떨어져 갔다.

글 읽을 줄 모르는 병정들이 다녀간 다음 날 새벽, 우태갑 씨는 붙들려 갔다.

잡으러 온 사람들은 공산군 장교 두 명과 고의적삼을 입은 수염이 더부룩한 세 명의 남자였다. 대문 밖에 젊은 양복점 주인인 반장과 동회 직원이 서서 조심스러운 눈으로 힐끔힐끔 들여다보고 있었다. 우태갑 씨는 자기가 결코 그들의 반대편에 속하는 인물일 수는 없다는 점——그는 재산가도 아니요, 사실은 부채(負債)까지 있다는 이야기를 하였으나 그들은 귀도 기울이려 하지 않았다.

"그런 소린 나중 저기 가서 해!"

우씨의 얼굴이 대춧빛이 되었다. 그는 노여움을 억누르기 위해 신돌에 대고 가래침을 뱉었다. 심씨가 소리를 내고 울었다.

"이 아주망이 한데 가서 죽구 싶소?"

날카로운 두 눈이 그녀의 심장을 찔렀다. 그녀의 울부짖음은 덜꺽 멎었다.

"아버지, 걱정하시지 마세요. 제가 따라가죠."

동근이 말하였다.

"아무도 따라올 순 없어."

이번에도 수염이 더부룩한 축의 하나가 말을 가로챘다.

"당주동에 알려라. 큰아버지 얼른 피하시라구."

우태갑 씨는 고개를 꼬고 입속말로 뇌었다.

그리고 양팔을 남자들께 붙들려서 문턱을 넘어 나갔다.

동근은 두 손을 주머니에 찌른 채 슬금슬금 뒤따라갔다. 남대문 옆 큰 건물로 들어가는 것을 보고 당주동으로 달려갔다.

그러나 당주동 집은 텅 하니 비고 문들은 활짝 열려져 있었다.

여럿 있던 식모애 중의 하나가 길 건너편에 선 것을 보고 동근은 손짓하여 불렀다.

일요일에 모두 비행기를 타고 떠났다는 것이다.

"동네 사람들이 살림 다 가져가 버렸어요. 보물은 아씨가 죄 갖구 떠나셨지만……."

열서너 살 난 계집아이는 그런 소리를 재깔거렸다.

'날쌔다 날쌔……'

동근은 혼자 고개를 절레절레 저었다.

우태갑 씨는 며칠이 지나도 돌려 보내지지 않았다.

그뿐더러 이화네는 반동분자니까 집을 비워 내라는 명령까지 내려졌다.

그날 마당에서 일어나고 있는 일을 이화는 창백한 낯으로 지켜보고 있었다.

모르는 사람들이 그득 들어서서 큰소리로 고함지르며 문짝 등을 툭툭 걸어차곤 하였다.

"자, 빨리 비키란 말야. 이 총이 보이지 않아?"

한 사나이는 광 문짝에 대고 다르르르 총질을 하였다. 문짝에 까맣게 일렬로 총구멍이 뚫렸다.

"너무 이렇게 갑자기……."

옥엽이 낮으나 분명한 소리로 항의를 말하고 있었다.

그중에서 그래도 좀 나은 것이,

"잠깐 기다려드릴 테니 어서 준비하세요."

그래 놓고는 흘깃 눈치를 살피듯 수염 많은 사내를 훔쳐보았다. 벼락 열성분자인지, 조심하지 않으면 공연히 자기까지 반동으로 몰릴 판이라고 그렇게 생각이 들었는지 몰랐다. 그는 서울말을 했다.

사랑채에는 벌써 가죽 장화를 신은 공산군들이 터벅거리며 걸어다니고 있었다. 우태갑 씨의 화류 책상은 마당 구석에 내던져지고

문은 모조리 떼어져 누각(樓閣)처럼 휑한 천장 밑을 구둣발로 오락
가락하고 있었다.

"나가자 옥엽아, 길거리에라도."

"응, 하지만 하루 이틀 아니구……."

"그래두 어디 견디겠니? 망할 자식들."

"듣겠어, 언니."

아버지가 나오시면 이리 오실 건데…… 하는 생각도 들었지만
입 밖에는 내지 못하였다. 그가 살아서 돌려 보내지리라는 바람도
차차 엷어져가고는 있었지만…….

'빨리 나가자!'

더러운 몸차림이 정결찮은 이상으로 천하고 야비한, 승리감에
찬 얼굴들을 둘러보며 이화는 결심하였다.

"글쎄 별안간 어디루 가니? 우린 친척집두 없구. 당주동 형님 댁
이라야 그 모양으로다……."

"어머니!"

하고 이화는 날카로운 어조로 심씨를 제지하였다.

그때 생각지 않은 일이 일어났다. 새벽에 집을 나간 동근이 마당
에 들어선 것이었다. 그는 웬 장총을 어깨에 메고 수건으로 이마를
질끈 동이고 있었다. 수건에는 의용군이라고 먹으로 굵다랗게 씌어
있었다.

그는 같은 모양으로 머리를 동인 친구 두셋과 기운차게 마당에
발을 들여놓더니 큰 눈알을 굴리며 휘휘 둘러보았다. 그는 곧 사태
를 이해한 것 같았다.

그래도 서둘지는 않고 샘가에 가서 표주박으로 물을 떠 마셨다.
그의 친구들도 그렇게 하였다. 그러고 나서 그들은 다 함께 사랑채
로 건너갔다.

크게 지껄이는 소리, 웃음소리까지 들려왔다. 이화는 지긋한 두통을 느끼고 두 손으로 이마를 눌렀다.

조금 후에 앞마당에 들어섰던 사람들은——하나같이 수염이 꺼멓게 자라고, (그것은 무슨 자랑스러운 유행과도 같이 때를 만난 모든 남자가 그렇게들 하고 있었다.) 그리고 군대 그것보다도 오히려 더 표독하고 잔인한 느낌의 사람들은, 안마당으로부터 사라졌다.

"저쪽은 (하고 동근은 턱으로 사랑채를 가리켰다.) 할 수 없겠어. 저 사람들 쓰라고 하는 수밖엔."

그는 별로 음성을 낮추지도 않고 지껄였다.

"그리구 아버지는 나오시도록 힘써 볼게. 나오시거든 되도록 깊이 숨으시라구 그래. 동리 사람한테두 나오셨단 소리 할 것 없구."

"그렇지만 넌…… 동근아……."

이화는 다음 말을 계속할 수가 없었다.

"별수 있어?"

동근은 싱그레 웃어 보였다.

"위선 이렇게 넘어가 보자는 거지."

사랑채에 뒤져 있던 소년들이 우르르 몰려나왔다. 패싸움에 섞여 밀려다니듯 멋도 모르는 들뜬 얼굴들이었다.

"또 올께."

동근이 말하였다.

심씨는 눈물만 비 오듯 흘리고 있었다.

이틀 후에 우태갑 씨는 과연 돌아왔다.

거의 죽게 되어 있었으나 동리에서는 혼자 무사히 돌아온 셈이었다. 그는 저녁 때 슬며시 옆문을 두드리고 들어와 뒷방에 숨었다. 공산당이 무엇인지 그도 이제 조금은 배운 것이 있는 모양이었다.

"동근일 봤어……."

그는 한참 만에 그렇게 중얼거렸다. 아직도 반 넋이 나가 있는 사람 같았다.

"어디서요? 집에는 어제 왔다 가곤 안 오는데."

우씨는 또 오랫동안 잠자코 있었다.

"한길서야. 여럿이 줄 서서 가더군."

"그래 당신을 봤어요? 그 애가 아버질 알아봅디까?"

우씨는 무거운 생각에 잠겨 심씨가 아무리 하여도 그 침묵을 깨뜨릴 수는 없었다.

동근은 심씨의 말대로 그 전날 낮에 집을 다녀갔다. 잠깐 마당에 들어섰다 돌쳐서 나간 것이다.

"어어, 시원해." 하고 샘의 물을 떠다 마셨다. 그러고는 가족의 눈앞에서 사라진 것이었다. 거짓말같이. 영원히.

강이 바라다 보이는 빈 헛간에서 밤을 새우고 난 지운은 도강을 일단 포기하지 않을 수 없었다.

경계가 엄중하여 젊은 남자는 얼씬을 못 하게 생겨 있었다. 그 위에 그의 팔은 곪기 시작한 모양이었다.

그는 문산(汶山) 나가는 길목에 먼촌 아주머니뻘 되는 집이 살고 있는 것을 상기하였다. 대학에 갓 들어간 여름, 근처 수로(水路)에서 낚시질을 한다고 가서 묵었던 기억이 있다.

그는 길 옆 소채밭에서 가지나 토마토를 따먹으며 시내로 들어왔다. 그러고는 곧장 문산 가는 길을 더듬어 나갔다.

길섶에서는 송장의 부취(腐臭)가 코를 찌르며 오르고 있었다. 햇빛은 쨍쨍 내리쬐었다.

병원에서 입는 가운을 들쓰고 한없이 길을 가는 지운의 모습은 기이한 것이었을 것이다. 하지만 아무도 그런 일에 유의할 사람은 없었다.

그 조그만 부락 사람들은 아직도 그런대로 평화를 누리고 있었다.

아주머니는 지운을 반겨 맞아주었다. 그가 특별히 새 지배자들에게 잡혀가야 할 이유가 있으리라고는 생각지 않았으므로 상처를 입은 것만 안타까워하였다.

"에그, 파편에 다쳤구먼. 하숙이 어디길래?"

"한강 너멉니다. 다리가 끊겨 가질 못해서…… 그래 있을 곳이 없어져서요."

"저걸 어쩌. 아무튼 잘 왔어, 삼송리까지만 나가면 병원두 있지. 어서 아저씨 옷이라두 갈아입게."

농군인 그녀의 남편은 과묵한 성질이었으나,

"너무 그렇게 떠들지 마우. 남들께 광고할 필요는 없어요."

그러면서 구두를 집어다가 어디엔가 치웠다.

지운은 일주일 남짓 그곳에 머물렀다.

촌사람들은 경기가 좋았다. 일조에 식량의 반입이 끊긴 서울 시민들이 물건을 들고 나와 농가를 찾으며 구걸하다시피 곡식을 바꾸어 가는 때문이었다.

비로드 치마 한 감에 쌀 한 되, 재봉틀에 보리 두 말…… 부르는 대로 값은 정해졌다. 시계니 자개상이니 피륙이니―그들이 꿈에도 상상치 않던 재물이 마을로 굴러 들어왔다. 누구네는 오늘 무엇을 장만했다, 아무개는 어쨌다 하고 아낙네들은 이웃으로 구경을 다니기에 바빴다.

"석이 아버지, 이게 다이아 반지라는데요, 얼마나 주겠느냐구 묻는데 어쩔까요?"

"다이아 반지? 그깐 건 무얼 해. 금가락지도 반갑잖은데."

"그래두……."

"집어치워!"

아낙네는 반지를 돌려주며,

"광목 같은 거나 갖구 와보세요. 이런 것 값없어요."

"재봉침은?"

"글쎄, 매표 같으면 쌀 좀 드리지. 다른 건 소용없어요."

뿐만 아니라 인민군 동무들은(그렇게 불러야만 한다는 것이었다.) 노동자·농민들의 절대적인 편이노라고 말하였다.

그것은 조금 수상쩍은 소리로 들리기도 하였다. 노동자·농민만 다 좋은 사람이고 다른 사람들은 죄다 나쁘다고 할 수 있을까? 소박한 농군들 소견에는 그렇게 여겨지기도 하였으나 그래도 해롭잖은 말임에는 틀림없었다.

마을에서는 유식하다는 층들이 붉은 헝겊을 팔에 두르고 나와 다니기 시작하였다. 그것은 재빠른 각성(覺醒)과 남다른 소양을 가졌다는 사실의 자랑스러운 표시였다. 매일 몇 차례씩 사람을 모아 놓고 연설을 하고 노래를 가르치는 그 자리에서도 이렇게 빨간 것을 두른 치들은 줄 앞에 이편을 향해서 돌아섰다. 국민학교의 선생님들처럼.

"무슨 소리를 하디?"

갔다 온 총각에게 물을라치면,

"몰라요. 만세 부르고 왔어요."

"아 그래 아무 말 없어?"

"놋숟가락을 걷어 간대요."

이 '위대한 과업' 앞에 누군지가 희생되지 않으면 안 되었다. 그것은 잔치 자리에 술이 따라져야 하는 것처럼 꼭 있어야 하는 일이었다.

다 같이 가난한 이 마을에서 반동분자를 색출해 내기는 좀 어려운 노릇이었지만, 그렇다고 방임해 둘 수는 없는 일이었다. 그것은 태만이고, 태만의 책임은 누군가의 머리 위에 철퇴처럼 내리쳐지기 마련이었다.

반동분자는 여기서는 남보다 좀 넉넉히 사는 자를 가리키는 말이었다. 그가 다른 사람보다 더욱 부지런했다든가 남보다 좀 더 머리를 썼다든가 하는 것은 지금 가릴 바가 못 되었다.

모범 청년이라고 군(郡)에서 표창을 받은 일이 있는 독농가(篤農家)가 끌려들었다.

그는 꽤 큰 계사(鷄舍)를 갖고 있었고 돼지도 여러 마리 기르고 있었다. 그것은 그의 피땀의 결정이었지만, 어쨌든 확실히 그의 돼지나 닭은 다른 집의 그것보다 살쪄 있었다.

모범 청년과 함께 마을에 하나 있는 기와집의 주인——칠순이 다 된 노인이(사실 그는 기와로 비를 가렸다뿐이지 구차하기는 매한가지였지만) 대상으로 올랐다.

그들이 정치보위부란 곳으로 끌려갈 적에 마을 사람들은 줄레줄레 뒤로 따라 걸었다. 그리고 평상시 존경을 받아오던 노인은 여러 사람의 절을 받았다.

그들이 동구 밖으로 사라진 후로 어떻게 되었는지는 아무도 몰랐다. 마을에는 그 제물의 대가로 평화가 유지되고 있을 뿐이었다.

지운은 되도록 남의 눈에 띄지 않도록 지냈으나 팔이 거의 나으니까 그대로 참고 있기가 어려워졌다. 팔베개를 하고 누워 동리 아이들이 괴뢰군의 군가를——슬라브 조의 그 활발한 가곡들을 불러대는 것을 듣고 있으려면 그는 금시 가슴이 뿌드득 소리를 내고 쪼개지는 것만 같았다.

시내에서 전해 오는 소문으로는, 군표가 나돌아 그것만이 돈의 구실을 하고 있으며 방송국도 움직이기 시작했고, 이승만은 멀리 도주하여 그들의 반격은 거의 있을 수 없는 일이라는 것이었다.

지운은 초조했다.

그는 자기의 눈으로 모든 것을 보아야만 했고, 계속 남하하고 있는 괴뢰군을 앞질러, 하루바삐 군대에 참가하지 않으면 안 되었다.

미처 탈출하지 못한 동지들도 시내의 어디엔가 숨어 있을 것이었다. 그들과도 될 수 있으면 만나고 싶었다.

지운은 보릿짚 모자를 얻어 쓰고 모시 노타이를 입고(웬일인지 모든 남자가 그런 차림으로 나다니고 있었으므로) 시내에 들어가 보았다. 큰 타월을 손에 들고서 그는 사람이 앞에서 올 때마다 얼굴을 문질렀다.

이화가 그리웠다. 그녀의 가는 허리나 나긋나긋한 입술의 기억은 생생한 감촉으로 그를 괴롭혔다. 꿈속에서도 그는 몸부림을 치곤 했다.

거리에는 새로운 풍속이 펼쳐지고 있었다. 공터라는 공터는 시장으로 변해 있었다. 몇 개 안 되는 떡, 한줌의 좁쌀, 감자 삶은 것——그런 따위를 앞에 놓고 수천 명의 어른·아이가 북적대고 있었다.

이화네 집의 담장이 보였다. 지운의 가슴은 찌릿하니 뜨거워 왔다.

돌연 그는 젊은 여자의 목소리를 들었다.

"지운 동무 아니세요? 별일 없으셨군요."

숙자가 까만 통치마에 흰 적삼을 입고 옆에 서 있었다. 남자들의 차림이 비슷한 것과 같이 여자들은——더욱 요즘 날뛰고 있는 여자들은——예외 없이 짧은 치마와 적삼을 입었다.

지운은 심중의 당황을 억제하며 그녀를 지켜보았다. 그녀는 방실방실 웃고 있었다.

이 웃음의 의미는 무엇인가? 숙자는 좌익의 쟁쟁한 멤버였다. 김오식이와 여러 가지 소문을 날린 일도 있었다. 지운은 대답을 할 수가 없었다.

"이화를 만나러 오셨어요?"

숙자는 약간 정색을 하며 그렇게 물었다. 지운은 역시 입을 다물고 있었다.

"저편 문으루——옆대문으루 들어가세요. 이화는 있어요."

"……."

"전 이 길루 수원에 좀 가요. 여성동맹의 일 때문에."

그녀는 손에 돌돌 말아 쥔 공책 같은 것을 쳐들어 보였다.

"일주일은 있어야 돌아올 거예요. 어서 가보시라니깐."

그녀는 잠깐 복잡한 웃음을 띠어 보였다. 그리고 사라졌다.

지운은 그 자리에 못 박힌 듯이 서 있었다. 숙자를 먼저 알아보고 피하지 못한 것은 이편의 실수였다. 그녀는——그녀나 김오식이 같은 인물은 한마디로 해서 비정한 인간들이다. '무자비한 투쟁'은 그들의 슬로건이 아닌가?

숙자는 가다 말고 되돌아왔다.

"지운 동무, 저는 이화를 해치지는 않아요. 아시겠어요?"

화낸 듯이 그녀는 그 말을 하였다. 하얀 이지적인 얼굴이 화를 내니까 몹시 차가워 보였다.

지운은 알았다고 하였다. 우선 모면했다는 맘이 들었다. 숙자는 뒤도 안 돌아보고 가버렸다.

이화는, 지난날 지운의 포옹을 더러 두려워한 일이 있었다고는 믿을 수 없을 만큼 격정 속에 몸을 던졌다. 그녀는 어느 때까지나 지운의 가슴에서 떨어지려 하지 않았다.

"죽고 싶다고 생각했어요. 지운 씨가 돌아오시지 않음 죽고 싶다고……."

"이화…… 이화……."

방문은 굳게 잠겨 있었지만 사랑채에서 괴뢰군이 저벅대고 돌아다니는 소리는 손에 잡힐 듯이 똑똑히 들렸다.

"군관 동무, 이건 저리 보낼 것 아니오?"

"맞소. 동무."

동무, 동무 하는 소리가 쉴 새 없이 들려왔다.

"옥엽이가 밥을 해서 내보내고 있어요. 어떻게 생각해야 좋을 일이에요?"

이화는 지운의 가슴에서 흐느껴 울었다.

"미리 달아나지 못한 탓이죠. 별수 없으니 우선 살아나 놓구 보아야지. 오래 참아야 할 일은 아닐 겁니다."

"저도 함께 데려가 주세요. 여기 있는 거 괴로워요. 지운 씨 때문에 걱정해야 할 일두 끔찍하구요."

지운은 말없이 그녀의 머리칼을 쓰다듬었다.

"대학에서 지운 씨의 행방을 물으러 왔었어요."

"김오식이 말이죠?"

"네, 두 번이나. 숙자두 자주 와요. 나더러 여성동맹에 나와 일하라구."

"지금 이 앞에서 만났어요. 나를 여기서 잡지는 않겠다구 그러던데?"

"그러지는 않아요. 그 애는 나를 제 편에 끌어넣을 자신이 있대요. 마지막 단계가 올 때까지 난폭한 수단은 안 쓸 거예요."

이화는 그동안의 이야기를 털어놓았다.

"동근이 어떻게 해서든지 빠져나올 줄 알았는데 여태 안 돌아와요."

"빠져났어두 이리 올 수야 있을라구."

지운은 이화를 끌어안고 뜨거운 입맞춤을 퍼부었다.

“가야겠어.”

“조금만 더.”

“무슨 방법으로건 또 연락을 하죠.”

“약속해 주세요. 다시 부상하지 않는다구.”

“약속하죠. 다시는 부상하지 않기루. 그리구 죽지두 않기루.”

지운은 빙긋 웃어 보였다.

이화의 눈 속에 새로운 이슬이 맺혔다.

기묘하다고 할밖에는 없는 생활을 이화네 가족은 하고 있었다.

남이 말할 때 이 일가는 열성분자였다. 맏아들은 솔선해 의용군에 나갔고(잡혀갔다고는 결코 하지 않았다.) 인민군에게 숙소를 제공하여 협력하고 있었다. 그처럼 열렬히 협조하고 있는 까닭에 그 집 사람들은 배불리 먹고 들볶이지도 않고 살고 있다고 했다. 약삭빠르다.

사실 하루 두 번의 끼니때를 어떻게 넘기느냐 하는 것이 무엇보다 큰 문제가 되어 있는 사람들에게 있어 흰밥을 마음껏 먹는다는 그 일은 비상한 자극이 아닐 수 없었다.

옥엽도 쌀을 다 빼앗기고 난 뒤로는 시장에 나가봐야 식량을 구할 수도 없고, 이제는 별수 없이 동훈과 둘이서 사오십 리 밖 농촌에 가서 지고 오는 수밖에 없겠다고 생각하고 있던 차에, 쌀가마니를 실은 트럭이 들이닥친 데에는 잠시 어리둥절하지 않을 수 없었다.

‘열하나 열둘 열셋⋯⋯.’

마당 구석에 가마니가 쌓아 올려지는 것을 동네 사람들이 대문 밖에서 기웃거리며 세고 있었다. 옥엽은 자리를 피하였다.

한참 있더니 장교 한 명이 샛문을 넘어 안마당에 들어섰다.

“이제부터 밥을 여기서 좀 지어주시오.”

그는 부엌에서 나오던 옥엽과 마주치자 쌀가마니 쪽을 손으로 가리키며 말하였다. 스물서넛 되어 보이는 젊은 사람이었다. 대위(大尉)의 표지를 달고 있었다. 그는 함경도 사투리의 말씨를 되도록 상냥히 들리도록, 조심해 발음하고 있는 것 같았다.

옥엽은 그저 난처한 듯이 그를 마주보았다.

부드럽고 상냥한 인상이면서, 그러나 그가 늘 보아온 여성동무들과는 다른 뭔가 침범하기 어려운 것을 속에 가지고 있다…… 그런 것을 느끼는지 붉은 장교는 저도 모르게 조금 당황한 빛을 보였다.

"여성 동무가 여럿 있는 것 같던데?"

주저하는 이유를 알 수 없다는 듯 그런 소리를 묻는다.

"……"

"식사를 할 사람은 이십 명이요. 하루에 두 번 하면 되오. 그릇이든지 뭐든지 필요한 대로 가져올 수 있소."

"……"

"사람도——일할 동무도 구해 줄 수 있소."

그는 갸름한, 콧날이 선 얼굴에 솟아난 땀을 팔뚝으로 문질렀다. 왼쪽 볼에 조그만 까만 사마귀가 있었다.

옥엽은 그래도 잠자코 있었다. 눈을 내리깐 흰 이마에 그득 담겨진 곤혹의 빛을 숨기려고 하지는 않았다. 대위는 자기도 할 말이 없어진 듯이 옥엽을 쳐다보고 있었다.

그는 이 여성 동무의 비협조적이고 반동적인 태도를 허리에 찬 권총으로 즉석에서 징계할 권리를 갖고 있었다. 그러나 그는 왠지 모르게 난처해지면서 옥엽의 맑고 흰 피부를 주시하고 있었다.

"군관 동무!"

사랑께에서 난폭한 고함소리가 들렸다. 그리고 동훈만 한 소년병이 샛문 문지방을 훌쩍 토끼처럼 뛰어넘었다.

"군관 동무, 이거 어떻게 된 거요? 본부에 가니깐 아니라구 해서 내무서루 갔더니 또 본부루 가라는데, 어찌 된 거요?"

달음박질 쳐 다녔는지 볼이 빨개가지고 종이쪽을 내밀면서 상관 앞에서 으르땅땅거린다.

군관 동무는 버릇없다고도 하지 않고 소년병이 내미는 쪽지를 받아 읽었다.

"동무가 잘못 알았지. 정치보위부에 연락하라는 건데."

"그럼 왜 강석우 동무가 본부루 가라 했소?"

상관과 하졸이 거의 완전히 대등한 투로 말을 주고받으면서 그들은 함께 사랑채로 사라졌다.

강석우 동무라고 하는 심술궂게 생긴 삼십 줄의 남자가 대문 쪽에서 걸어 들어왔다. 넓적한 얼굴에 메마른 두 개의 눈이 기묘하게 심청 사나운 모양새로 붙어 있었다. 눈동자는 어느 때고 한쪽 귀퉁이로 몰려 있고 입술은 삐뚜르게 다물어져 있었다. 눈초리도 입술 끝도 모두 유난히 뾰족하였다. 그에게서는 날카로운, 표독한 말소리만이 튀어나왔다. 어쩌다 무언가를 웃고 있다가도 돌연 본시대로 싸늘해지는 것이었다.

그는 노상 안대문으로 들락거렸다.

"동무, 이 대문은 잠그지 마쇼."

언젠가 옥엽에게 그렇게 명령하였다.

그는 상위(上尉)라고 하는 것 같았다. 무엇에 쓰는지 짤막한 가죽 채찍을 늘 손에 쥐고 돌아다녔다. 이유가 없어도 마주치기가 꺼려지는 그런 공기를 그는 몸에서 발산하고 있었다. 강석우 동무라는 이름을 이화들은 이내 외었다. 그는 두 손으로 채찍을 휘어잡으면서 마당에 들어와서 쌀가마니를 보더니,

"빨리빨리 밥하쇼. 동문 뭘 멀가니 섰는 거요?"

폭이 있고 구수한 평안도 사투리는 그의 입을 통해서 들을 때에
몹시 잔인한 인상을 주었다. 말하고 나서 그는 한쪽으로 하얗게 몰
린 눈으로 옥엽을 건너다보았다. 특별히 옥엽에게 악감정을 가진
것은 아닐는지 몰랐다. 그러나 그는 사람을 볼 때에는 등골에 싸늘
한 칼날이라도 대는 듯한 효과를 발하였다.

'이 사람들을 건드렸다가는……'
하고 옥엽은 가만히 아랫입술을 깨물었다.

아버지 우씨는 뒷방에 숨어서 숨도 크게 쉬지 않고 있었지만, 누
군지가 이 집을 한번 뒤지자는 생각을 가지는 날에는 속절없이 잡
히고 말 것은 정한 이치였다. 어머니 심씨는 어린애나 마찬가지였
다. 식량이 다 떨어져 야채를 섞은 죽을 아침상에 놓을 수밖에 없었
던 날 그녀는 매우 슬픈 표정을 지었다. 그뿐 아니라 모두가 모자라
는 식사를 끝내고 수저를 내려놓을 때까지 이 사람 그릇 저 사람 그
릇을 넘겨다보면서 누군지가 좀 남길 것을 기대하는 빛을 감추지
않았다. 그녀의 죽그릇에 좀 더 많이 떠 넣기 위하여 옥엽 자신은
아주 조금밖에는 먹지를 않았다는 일 따위를 그녀는 생각하는 법이
없었다. 식량이 아주 떨어지는 날에는 정말 울면서 투정을 할지도
몰랐다.

이화는 사랑채에 있는 사람들에 대해서 거의 노골적으로 적의를
표시하기 때문에 이 일도 옥엽의 심려거리였다. 이화는 거의 마당
에 나오지 않았지만, 어쩌다 샘가에서 그들과 마주치는 일이 있더
라도 냉담한 표정을 결코 숨기지 않았다. 천천히 물을 떠서 손수건
을 빨고 하며 저쪽이 목말라 하고 있는 눈치더라도 모르는 체 비켜
주지 않았다. 강석우 동무라는 것이 노리고 볼 때에는 저도 같이 똑
바로 쏘아대었다. 투박한 한복 차림으로, 그것도 소매 끝은 걷어 올
리고 맨발에 고무신——이런 것이 새 시대(?)의 유행이었지만 이화

는 복장을 바꾸지 않았다. 전에 입던―온 세상이 거무죽죽해 보이는 지금에 와서는 무던히 화려해 보이는 원피스들을 걸쳐 입었다.

"우리에겐 손 못 댈 테니까……."

그녀는 조소하듯 그렇게 말하였다.

"강동문가 뭔가가 아무리 못마땅히 생각하더라도……."

이화의 웃음소리는 히스테릭한 것이어서 옥엽은 이마를 모으지 않을 수 없는 것이었다.

이 모든 가족을 위하여, 그들과 분쟁을 일으킬 수는 없었다. 분쟁은 이 경우 곧 총과 죽음을 뜻하였다.

'동훈이 때문에도…….'

옥엽은 또 생각했다. 이 말수가 없는 끝의 동생은 서울에서 탈출하겠다고 몇 번이나 기도하여 옥엽의 심로를 크게 만들고 있었다.

서울을 빠져나가면 어디 누구의 집에 의지할 수 있는가?

친구네 시골에 간다고 그는 짤막하게 대답했다.

서울 이외의 곳에서는 사람들은 아직 서로 동정할 수 있고 신뢰할 수도 있을 터이니까…….

"빠져나가기만 하면 그 뒷일은 걱정 마세요."

그러나 그는 실수하고 돌아왔다. 골목 끝의 인민위원회 사무실에서는 그가 나갈 적 들어올 적 내다보며 눈독을 들였다.

"동무도 민청에라두 좀 나와보는 게 어때요?"

어느 날 동네 반장이 대문 앞에서 동훈에게 말하였다.

겸손한 양복점 주인이던 그는 이제는 사뭇 대담한 조로 말을 하게 되어 있었다. 양복점은 집어치우고 인민위원회 일을 전문으로 보게 되었는지 늘 한길을 향한 창구에 앉아 있었다. 수염이―본시 듬성듬성 난 데다 시일이 얼마 되지 않은 관계로 하여 정말 볼품 없는 수염이었지만, 그러나 그것이 그의 뚜렷한 변화를 상징하고 있는 것은 사실이었다. 그는 의자에 비스듬히 걸터앉아, 얼마 전까지는 그가 경건한 상태에서 무관심할 수 있었던 남들의 거드름—그중에서도 가장 심하던 태도를 본떠서, 인사를 하는 사람에게는 가볍게 턱 끝으로 응수하는 것이었다.

동훈은 양복점 주인을 만나지 않고는 나다니기가 어렵다는 것을 알고부터는 이도 부친처럼 구석방에 틀어박혀 있었다.

"테러 독재는 싫어. 남한테 간섭을 받으며 사는 건 견딜 수 없어."

'이 애를 서울에서 내보내기까지는……'

옥엽 자기가 보호하지 않으면 안 될 일이었다.

그녀는 함지박을 꺼내 들고 쌀을 덜어내러 갔다. 이화에게도 심씨에게도 거들어달라는 말을 안 하고 혼자 해내려고 한 것이다. 그때,

"아이구, 작은아가씨 안녕하셨수?"

등 뒤에서 귀 익은 말소리가 들려서 그녀는 돌아보았다.

할멈이었다. 걸음발을 떼게 되면서 매일 안 본 날이 없던 할멈의 얼굴이었다. 본시 검은 살갗이 새까맣게 절어서 몇 살이나 한꺼번에 늙어버린 것 같았으나 반가움에 빛나면서 두 팔을 벌리고 달려들었다.

"마님 어디 계시우? 나리께선 별일 없으시죠?"

옥엽은 함지박을 내려놓고 그녀의 두 손을 잡았다.

할멈은 그날부터 다시 이화네 식구였다. 인민군의 밥을 해대는데 없어서는 안 될 일꾼이니까 하인을 두었다고 남의 눈을 꺼릴 필요는 없었다.

이틀 후에는 할아범도 왔다.

그는 태도가 옛날보다 더 뻣뻣해지고 여기 온 것도 궁금해 못 견디겠다면서 다녀오마던 할멈이 돌아오지 않으니까 찾으러 나타난 것이었다.

허나 와 본즉 서툰 촌살림보다 해로울 것이 없었고, 할멈은 옥엽의 응낙이 떨어지고부터는 죽어도 돌아갈 염은 내지 않는 고로 눌러앉아 버린 것이었다. 그는 얼마 안 가서 우태갑 씨가 뒷방에 숨어 앉은 것도, 또 동훈이가 남의 눈을 꺼리고 있는 모양인 것도 눈치채고 말았으나 그런 것은 그에게는 짐짓 후련하게 여겨지는 일들이었다.

그는 마음껏 배부르게 먹는다는 특권을 누리고, 그 대신 사랑에 음식을 나르는 일, 트럭에 실어 오는 부식물 등속을 받아들이는 일 따위를 담당하였다.

옥엽은 조수들이 생겼으므로 가져오는 반찬거리를 정성들여 장만하여 내보냈다.

그녀는 공포라든가 혐오의 감정을 애초에 가지지 않은 듯하였다. 적어도 겉보매는 그러하였다.

'강석우 혼자 먹는다구 해도 저 애는 그 음식이 맛있기를 바랄 거야.'

이화는 속으로 화를 내고 있었다.

여러 가지 일에 초조하여, 눈이 상글해 가지고 날이 지나가는 것만 기다리고 있었다.

이 숨 막힐 듯한 기묘한 날들은 대체 어느 때까지 참아야만 끝이 나는 건가?

암만 애를 써도 빠져나갈 길이 없어서 지운은 문산과 서울 간에서 빙빙 돌고 있었다.

사람이 많이 모이는 시장터가 비교적 안전한 장소임을 깨달았다. 누구를 만나더라도 그 자리에서 총을 맞기라도 하기 전에는 달아나기도 수월할 이치였고, 또 요새 바삐 쏘다니는 일꾼들에게는

식량난의 피해도 적었으니까 사실 치사스러운 먹을 것만 널린 시장
에는 발을 들여놓을 리도 없겠기 때문이었다.

　지운은 사람들 틈에 휩쓸리면서 주의깊이 귀를 기울였다.

　시민들은 심각한 식량난으로 목숨이 죄어 붙는 듯한 날을 보내
고 있었다. 한 톨의 곡식, 한 개의 호박이 시빗거리였다. 열 살도 안
된 어린아이가 팔겠다고 앞에 놓고 앉은 잡곡떡을 어른이 집어먹고
도망쳐 버렸다. 아이는 울고 그 틈에도 도둑을 맞았다. 아이를 시장
에 내보냈던 사람은 얘기를 듣고는 캄캄한 얼굴로 땅에 주저앉고
말았다. 보통 가정의 주부들——엊그제까지 장바구니를 들고 찬거
리를 사러 시장에 나오던 평화로운 부인들이 그런 고초를 겪고 있
었다.

　음식 냄새에 이끌려 모여든 사람들은 백 환짜리를 내고 불고기
한 점을 집어먹었다. 한 점보다 더 먹을 수는 도저히 없는 것이다.
그리고도 이들은 집에 앉아 있는 다른 식구들에 대해서 양심의 쓰
라림을 맛보아야만 했다.

　공산당의 천하가 되고 말았는가? 눈 깜짝할 사이에 잃어진 모든
것은 영원히 아주 잃어진 것이고, 이 쑥대밭 같은 땅에서 새로 돋아
나는 것만이 앞으로의 전부인가?

　절망하고 몸부림쳐야 할 일일지도 몰랐지만 어딘가에 희망이 숨
어 있는 것 같기도 하였다.

　평양방송은 그들의 영용한 군대의 용감무쌍한 진격을 날마다 전
하고 있었지만, 그것은 웬일인지 천안·대전보다 더 남쪽으로 뻗어
가지는 못하였다.

　그리고 어느 날, 서울 상공에는 대형의 폭격기가 몇 대 은빛으로
반짝이며 가로질러 갔다. 북쪽 도시, 공산군의 본거지로 향해 나는
것이었다.

지운은 시장가에 다른 사람들이 하듯 무릎을 안고 땅바닥에 앉아 있었다.

모든 시선은 하늘에 쏠려 있었다. 아무도 아무 말도 입 밖에 내어 하지는 않았으나 똑같은 표정들이 떠올라 있었다. 입가에 회심의 미소가 어려 있는 것이었다.

따릉따릉, 따릉따릉, 하고 자전거가 한 대 달려왔다. 나이 어린 병정이 타고 있었다.

그는 머리 위를 지나가는 비행기를 보더니 자전거를 멈추고 내려서면서 등에 멘 소총을 돌려 잡았다.

팍팍, 하고 그의 대공사격은 시작되었다. 아득히 높이 뜬 B29를 그는 쏘아 맞출 예산인 것이다.

네댓 번의 발포 끝에 그러나 그는 공격을 중지하였다. 하늘을 노려보고 입술을 깨물었다. 분하다는 얼굴이었다.

지운은 미소 지었다.

소년병은 자전거를 일으켜 세우고는 타고 가버렸다.

'단파의 라디오를 갖고 있다면……'

하고 지운은 생각했다.

'그리고 안전한 숨을 곳이 있다면……'

지금 그는 아무것도 알 수가 없었다. 괴뢰군이 대전에서 제자리걸음을 하고 있다는 것, 그리고 B29의 편대가 평양을 향해 갔다는 것만이 지운의—또 온 서울 시민의—지식이었다.

하나 그것만으로도 우선 반갑기는 하였다.

성급한 일부의 시민들은 이제는 공산당과 보조를 맞추는 것만이 활로라고 믿고, 무분별한 기세를 올리기 시작한 것도 감출 수 없는 현상이었기 때문이다.

'희생자가 많아진다. 시간이 걸릴수록……'

B29의 편대는 그런 의미에서도 지운에게는 고마웠다.

매일 정각에 나타나는 그 폭격기는 어느 날 용산 일대의 무기고를 폭파하였다. 참담한 피해가 인근 주민에게 입혀졌고, 그 지옥적인 폭발음과 흑연은 시민을 공포에 몰아넣었지만, 그러나 사람들은 뚜렷한 희망을 가지기 시작했다.

비겁한 미제국주의 침략자가 야만적이고 발악적인 간섭을 하고 있다고 공산 측은 욕설을 퍼붓고 있었다.

그런데 웬일인지 마치 정기 항로의 여객기같이 제 시간에 날아가고 날아오는 폭격기의 편대는 일주일이 지나도 열흘이 넘어도 아무런 변화를 가져다주지는 않는 것이었다. 그리고 또 평양방송은 그들이 입은 사소한 피해와 계속 남진의 전과를 보도할 뿐이었다.

다시 무거운 절망이 서울을 뒤덮었다.

그리고 어느 날, 돌연한 의용군 모집이 시를 휩쓸었다.

그것은 말하자면 노인과 어린애를 제외한 남자 전부의 무차별한 체포와 같은 것이었다. 한길의 통행이 갑자기 차단되고, 먼 곳에 나가 곡식을 지고 오던 사람, 장터로 가던 사람이 어리둥절 걸음을 멈추어야 했다. 그러면 그들은 무슨 일이 일어났는지 미처 깨닫지도 못한 채 줄지어 인솔되어 가는 것이었다.

아버지와 같은 곡식자루를, 이것은 좀 작게 만들어서 짊어지고 따라오던 아이가, 부친이 두고 간 짐 옆에서 울상을 하고 있는 광경이 여기저기에 보였다.

밤에는 잠자리를 급습하여 데리고 갔다. 일부러 먼 곳의 남의 집에 와서 숨었다가 잡혀가는 운수 사나운 사람도 있었다.

어디가 안전하고 어느 때가 안전하다고는 말할 수 없었다. 거리에 나타나는 남자는 보기 드물게 되었고, 그나마 그것은 어디를 가나 위험이 없는 소위 열성분자이거나 군대뿐이었다. 자취를 감춘 사람들은 마루 밑에 들어가 숨거나 천장에 엎드려서 날을 보냈다.

가두의 체포가 시작된 첫 날, 지운은 부락의 아주머니 집으로 돌아오고 있었다.

동구 밖에서 바라보니까 집 앞에 사람들이 웅기중기 서 있는 것이 눈에 띄었다. 한 사람은 장부 같은 것을 손에 들고 또 하나는 뭔가 화를 내는지 떠들어대고 있는 것 같았다. 아저씨가 들어가 찾아보라는 듯이 손짓을 하는 것이 보였다.

지운은 돌아서서 달리기 시작했다. 부락도 이제는 위험한 곳이었다. 그는 종로 5가 근처에 있는 시장터로 가보았다.

며칠 전 그는 거기서 의정부에 같이 갔던 후배 한 명을 만났었다. 그는 지운에게 그때 함께 트럭을 탔던 학우들은 다 죽은 모양이라고 말하였다. 그 자신은 한 팔에 붕대를 감고 그것을 목에 늘인 헝겊으로 걸고 있었으나, 큰 솥에 기름을 끓이면서 튀김을 만들어 팔고 있었다.

"사람 많은 데가 그래도 안전합니다. 이러구 있음 훌륭한 근로대 중이니까 그애들이 좋아하죠."

씽긋 웃어 보이고는 튀김을 먹으라고 자꾸 권했다. 그러고는 입속말로,

"조금만 더 참으심 됩니다. 연합군이 곧 인천으로 상륙한다니까요."

적이 자신 있게 일러주는 것이었다.

"어디서 나온 얘긴가? 소스는 확실한가?"

지운우 귀가 번쩍 띄었다.

"라디오에서. 영어방송을 들은 사람이 있대요."

"자네가 직접 들은 건 아니로군 그럼……."

지운은 조금 실망하였으나 그러나 안 들은 것보다는 기분이 좋

왔다.

"두구 보십쇼, 며칠 안에 꼭 쳐들어옵니다. 안 그러게 생겼어요?"

장터에 와서 지운은 두루 그 유쾌한 튀김장수를 찾아보았으나 웬일인지 그는 오늘 보이지가 않았다.

지운은, 기름솥이 놓였던 옆자리에 앉아서 밀가루 전병을 부치고 있는 중년의 부인에게 그의 일을 물어보았다. 그 여자는 늘 거기 앉아서 지짐질을 하는 것같이 보여서였다.

"아, 그 학생요?"

하고 그 부인은 단번에 대답했다.

"어제 끌려갔다우. 같은 학생들 같아 보이더구마는, 요샌 어디 친구구 뭐구 아랑곳이 있어요?"

"……."

"나다니면 좋지 못해요. 학생두 어서 집으루 가슈. 나다녀도 괜찮은 신분이면 모르지만……."

그래 놓고 그 부인은 문득 경계하는 눈초리가 되었다.

'그 친구가 끌려갔다. 사살될 것이다. 벌써 그렇게 됐는지두 모른다. 연합군이 곧 들어온다고 좋아하더니만…….'

지운은 어깨를 떨구고 시장터를 등졌다. 암담하였다. 한동안 그는 경계하는 것도 잊고 느릿느릿 걸어갔다.

의정부에 함께 갔던 친구들이 다 없어지고 말았다면 그에게는 달리 찾아갈 곳도 생각나지 않았다. 그러나 신당동의 학수의 집이 머리에 떠올랐다. 학수는 폐가 나빠서 휴학하고 있었지만 지금 만날 수 있을지 어떨지는 의문이었다.

문을 두드리니까 학수의 부친이 나와서 엄벙한 표정으로 인사를 받았다. 지운을 못 알아본 건 아니겠지만 그를 어떻게 생각해야 좋을지 몰라서 그러는 것이 확실하였다.

"학수군 있습니까? 저 윤지운입니다. 잠깐 보았으면 합니다
만……."

"학수 말인가?"

노인은 뒷짐을 지고 대문 앞을 오락가락 걷기 시작했다.

학수의 어머니가 나왔다. 두 손을 맞잡고 근심스러운 듯이 둘의
기색을 살피면서 아무 말도 안 했다.

지운은 난처했다.

"저 연맹에서 같이 일하던 윤지운입니다. 학수군 없습니까?"
하면서 문득 그는 학수가 오히려 적화(赤化)해 버린 거나 아닌가 하
고 의심을 품었다.

그때 현관 옆 창문으로 흰 얼굴이 힐끗 내다보더니 방긋 웃고 아
는 체를 해주었다. 학수의 누이동생이었다. 학수는 여러 가지 이야
기를 이 누이동생에게 하는 습관을 갖고 있었고, 또 그녀의 이야기
를 지운에게 들려주기도 하기 때문에, 당자끼리는 별로 말을 주고
받은 일도 없으면서 상당한 지식을 서로에 대해서 갖고 있는 사이
인 것이다. 그녀는 대문께로 걸어나와 지운을 맞아들였다.

대문과 현관이 다시 굳게 잠겨졌다. 학수의 모친은 이층에 올라
가는 계단 밑에서 흰 큰 고무신을 집어 치웠다. 그리고 옥색 여자
고무신을 바삐 갖다 놓았다.

그러니까 계단 위의 천장에서 부스럭거리는 소리가 들리고 조금
있더니 학수의 희멀쑥한 얼굴이 웃으면서 계단을 밟고 내려왔다.

"야야, 지운, 무사했군."

"응, 자네도."

"엄중한 경계망 때문에."

학수는 머리를 긁적긁적하였다.

"저 고무신의 의미를 알겠어? 시그널이라네. 흰색 같으면 절대

옴짝을 말라. 즉 천장 속에 봉쇄되는 거지, 파랑은 해제. 어머니 아이디어야."

지운은 학수의 집에서 이틀을 묵었다.

학수의 양친에게는 근심거리가 곱이 된 셈이었다. 하나 그보다도 지운이 폐를 끼칠 수 없다고 생각한 것은 식사 때문이었다. 지운이 한 그릇의 죽을 먹으면 그것은 즉 친구와 그 가족의 위(胃)를 그만큼 가볍게 만드는 소치였다.

지운은 그곳을 하직했다.

갈 데가 없었다. 이화의 집에도 갈 수 없었다. 사랑채의 괴뢰군은 고사하고라도 대문 맞은편에 설치된 민청과 여성동맹의 사무소, 골목 끝에는 인민위원회, 골고루도 갖추어져 있는 것이었다. 이화가 무엇에 끌리어 나가지 않은 것은 말하자면 묘한 사각(死角)에 위치하고 있는 덕분이었다.

하는 수 없이 다시 문산을 향해 나가다가 기어이 그는 걸려들고 말았다.

길고 긴 대열이 인민위원회 간부들의 호송을 받으며 중구의 어느 빌딩으로 끌리어 들어갔다. 긴 대열은 거리의 이쪽저쪽에서 모여들어 강물처럼 흘러가서는 건물 앞에서 차례를 기다렸다가 좁은 통로로 한 줄씩 들어갔다.

안에 들어가면 바로 앞에 보이는 넓은 계단을 올라가게 마련이었다. 다시 내려오지 못하도록 총검으로 엄중히 지켜지고 있었다.

'올라가지를 말아야 한다.'

그렇게 지운은 판단하고 계단 앞에서 슬며시 옆으로 비켜섰다. 감시원이 보지 않는 틈에 혼자 줄 밖으로 물러난 것이다.

그의 뒤를 따라오던 사람은 의아하여 지운을 쳐다보았으나 수심에 찬 얼굴로 그냥 앞 사람을 따라 올라갔다.

지운은 태연히 서 있었다. 좁은 통로의 안팎을 지키고 있는 자들도 별다른 표지를 갖고 있지 않는 것을 확인하고 있었다. 복장이고 무엇이고 지운과 한가지였다.

그가 거기 그렇게 서 있노라니까 잡혀온 사람들은 끊일 사이 없이 줄지어 그의 앞을 지나갔다. 그는 꼭 감시원의 한 사람처럼 보였다.

때를 보아 그는 문께로 다가갔다.

"잠깐, 잠깐 비켜주시오."

한 손을 들어 제지하며, 좁은 통로로 꾸역꾸역 밀려드는 사람의 흐름을 거슬러 나갔다. 몹시 바쁜 용건을 가진 간부가——어디에 소속된 무슨 간부이건 간에——그렇게 동작하는 것은 자연이었다.

핏발 선 눈으로 행렬을 감시하고 섰던 한 사나이가 흘깃 지운을 보았으나 곧 다른 데로 주의를 돌려버렸다.

누가 누구인지 말짱 알지 못했다고 해서 그것은 그의 잘못일 것은 없었다. 그들끼리, 간부끼리, 동무끼리, 서로서로 낮이 설기만 한 것이었다.

지운은 천천히 걸어서 건물을 이삼십 미터 떨어졌다. 그러고는 달렸다.

때마침 폭격이 시작된 탓도 있었지만 그렇지 않더라도 죽기를 한하고 힘대로 뛰었을 것만은 거의 확실한 일이었다.

무덥고 편안찮은 밤이었다. 이화는 문득 잠이 깼다.

좁은 방의 방문을 꽁꽁 잠그고 곁에는 옥엽과 심씨까지 한데서 자고 있었다. 뭐라고 말하기 어려운 불안과 불쾌 속에 밤은 찾아와, 여자들은 한데 모여 말없이 드러눕곤 하는 것이었다. 또 하나 있는 조그만 뒷방은 우태갑 씨와 동훈의 차지였다.

이화는 어둠 속에서 눈을 뜨고 사랑방에 누워 있을 숱한 공산군

병정들의 모습을 상상해 보았다. 군복을 입은 채 그 긴 가죽 장화를 신고, 허리에 널따란 혁대까지 죄어 맨 채로 바닥에 뒹굴고 있을 것 같았다. 그러자 그녀는 미미한 오한 같은 것을 느끼고 돌아누웠다.

눈이 어둠에 익숙해지고 미닫이의 뿌연 밝음과 자디잔 창살들이 시야에 들어왔다. 구름에 가린 엷은 달빛이 있었는지 몰랐다.

그러자 이화는 뒷담께에 일어난 작은 인기척을 들었다.

조심스럽게 담을 뛰어넘는 소리 같았다. 이화의 머리는 어지럽게 회전했다. 비상계엄령하의 무시무시한 거리를 이렇게 돌아다니고 있는 건 누구일까?

가만히 귀를 기울이고 있었다. 소리는 다시 일지 않고 조금 후에 미닫이 밖에 하나의 그림자가 떠올랐다. 머리가 수세미같이 엉클린 커단 남자의 상체였다.

남자는 한동안 숨을 죽인 듯이 옴짝 않고 서 있었다. 그리고 옆모양을 보이면서 앞뜰 쪽으로 천천히 움직여 갔다. 자박자박 하고 발소리가 났다. 그림자는 다시 되돌아오지 않았다.

그리고,

"누구얏!"

소스라치게 놀랄 고함성이 담 밖에서 인 것은 오 분이나 칠 분쯤 지나서였다. 탕! 탕! 하고 두 발의 총성이 뒤를 이었다. 구둣발 소리가 다가왔다가 멀어졌다.

옥엽과 심씨가 잠을 깨어 일어나 앉으며,

"얘 이게 무슨 소리냐? 바로 우리 뒷담 밖이다."

"글쎄요, 어머니."

이화는 아무 말도 하지 않고 누워 있었다.

"별일 아니겠죠, 어서 주무세요."

“오냐.”

그래도 심씨는 눕지 않고 한참을 웅얼웅얼하며 깨어 있었다. 우태갑 씨와 동훈이 있는 방에서는 일체의 기척이 없었다. 잠을 깨었을 것인데도 오히려 숨을 죽인 듯이 잠잠하기만 한 것이 이화에게는 가슴 아프게 느껴졌다.

날이 밝자 할아범이 나가 보고 와서 사람이 죽어 넘어졌다고 하였다.

“동회 옆에 왜 쬐꼬만 일각대문집이 있습죠. 그집 녀석인데, 생도둑놈 같으니, 지금이 어느 때라구.”

할아범은 요즘은 매사에 자기의 의견을 덧붙이는 것이 버릇이 되어 있었다.

“여보 시끄럽소. 헌데 어디서 무얼 훔쳤단 말요?”

“이런 원…….”

영감은 역정 난 눈초리로 마누라를 보았다.

이화는 잠자코 일어나 신을 끌고 밖에 나갔다.

앞길에는 사람들의 내왕이 시작되고 있었으나 산으로 통한 뒷담 밖은 아직 고요하였다. 동쪽 하늘이 발그레하니 물들어 오고 있었다. 그 발그레한 그림자를 등과 어깨에 받으면서 엉클린 머리칼을 한 몸집이 큰 남자가 엎드려 쓰러져 있었다.

가슴 밑으로 내민 조그만 자루에서 서너 홉의 쌀이 쏟아져 나와 있었다. 잡초 속에 흩어진 곡식알에 반만큼 빨갛게 피가 묻어 있다.

‘영아 아버지다.’

하고 이화는 곧 생각이 났다.

골목 끝에서 늘 혼자 놀곤 하는, 소아마비의 조그만 계집아이가 영아였다. 동무가 없어서 그런지 사람을 따라서 이화가 지나가면 귀여운 얼굴에 보조개를 파면서 방긋 웃어 보이곤 하였다. 돌층계

에 걸터앉아서 성한 쪽 다리를 건드럭거리고 있는 것을 이 몸집이
큰 남자가 안아올려 가는 것을 늘 보았었다.

'쌀……'

이화는 머릿속이 헝클어져서 더 생각을 할 수가 없었다. 영아의
말을 잘 듣지 않는 가는 다리가 눈앞을 어른거리며 지나갔다.

사람들이 몰려왔다.

할아범이 선두에 서 있었다. 그 뒤에 얼굴이 쟁반같이 동그란 여
자가 입술이 하얗게 질려서 허둥지둥 따라왔다. 동네사람들도 몇
있었다. 이화는 집으로 들어왔다.

"멀쩡한 사람이, 저엉 배가 고프거든 의용군에라도 갈 것이
지……"

하고 할아범은 시체를 떠메다 주고 돌아와서 또 투덜투덜하였
다. 옥엽이 한동안 할아범에게서 눈을 떼지 않았다. 할멈은 미안한
표정을 지었다.

며칠 지난 뒤였다. 그 얼굴이 동그란 여자가 찾아와서 살 수가
없어 그러니 인민군의 밥 짓는 일을 돕게 해달라는 것이었다.

"어쩌면 그 여잔 신경두 없나? 남편이 이 집 쌀 때문에 죽었는
데."

하고 이화는 화를 내었으나 옥엽은,

"노인네들이 있구 어린애두 몸이 다 부었다니 오죽해 그러겠수?
그러라구 해요."

할멈에게 일렀다.

그 여자는 새벽에 와서 부엌에서 일하고는 함지박에 남은 것들
은 주워 이고 돌아갔다. 저녁에 갈 때에도 흰 밥덩이가 밖에서 보이
지 않도록 종이를 덮어 꼭꼭 잘 가렸다. 그리고 저도 모르게 흐뭇한
낯을 짓는 것이었다.

영아는 마당 귀퉁이 광 앞 같은 데에 와 앉아 놀고 있곤 하였다.
이화는 아이의 이목구비가 그 쟁반 같은 여자를 조금도 닮지 않은
것을 확인하고서야 안아서 뒤꼍 툇마루로 데려갔다. 그리고 한참씩
놀아주는 것이었다.

의용군의 징발 때문에도 동네에는 매일같이 소동이 일어났다.
얌전한 반장이던 양복점 주인이 선두에 서서 상당한 성적을 올리고
있었다.

이화의 집에는 누가 찾아 들어오는 일도 없고, 그런 이야기를 일
부러 들려주는 일도 없었지만 그래도 자연히 알 수 있었다. 이화네
는 동훈을 철저히 숨겨야겠다고 그런 의논을 하였다.

매일매일 비행기가 지나갔으나 서울에는 이렇다 할 변화도 생기
지는 않았다. 어느 날, 폭탄 소리가 한 식경 우르렁대고 났을 때 마
당에서 낯선 음성이 들렸다.

"어머니! 아 어머니, 어디 계세요?"

몹시 우락부락하게 불러대는 것이었다.

심씨는 누군가 하고 방문을 조금 밀고 내다보았다. 밖에서 무슨
소리가 나면 우선 가슴이 철렁 내려앉게 마련이었다. 그러나 실상
은 이 열성적인 협력을 하고 있는 집안을 해치러 올 사람이 있을 수
는 없어서 그런 의미에서는 특권을 갖고 있는 셈이었다. 위험이 있
다면 바로 이 집 울안에서, 인민군의 숙소에서, 강석우라는 자의 칼
날 같은 눈초리에서, 폭발할 가능성이 있는 것이다.

심씨는 그러나 소심하게 겨우 코끝이 나올 만큼밖에 문을 열지
못했다.

모기만 한 목소리로,

"거 누구요?"

하다가,

“오오라, 운보로군, 어서 오게.”

이제는 마음 놓고 방문을 활짝 밀어젖혔다.

그것은 할멈의 아들인 운보였다. 어려서 몇 해 여기서 자란 일도 있었지만, 그 후 할멈의 친가에 보내어져서 극히 드물게 세배나 하러 오는 것이었다. 이제는 장가들 나이가 다 된 데다 할아범을 닮아서 장수처럼 튼튼한 농군이었다.

“잘 왔네. 할멈은 게 없나? 좀 앉게, 거기 툇마루 끝에라두.”

할멈에게도, 또 밥 지으러 오는 여인에게도 ‘동무’라고 해야 한다는 것이 시체 법이라 하였지만 심씨는 혀가 꼬부라지지 않아 도저히 그렇게 할 수는 없었다. 그래도 할멈이라고 불러서는 안 된다고 옥엽에게서 주의를 받고 있어서, 보통 때는 되도록 그 말을 안 쓰도록 하고 있었지만 운보를 보니까 옛투가 그대로 튀어나왔다. 그녀는 이렇게 건장한 청년을 보는 것을 좋아하는 성미였으므로 반가이 앉으라고 권하면서,

“그래 요즘은 시골은 살기 괜찮은가?”

하고 말을 걸었다.

하나 운보는 허리도 안 굽히고 뻣뻣이 선 채,

“아버진 또 어딜 가셨어?”

딴전을 피우는 것이었다.

“인제 올 테지, 거기 좀 걸터앉아.”

그랬더니 운보는 흥! 하고 코를 튕기면서 팔짱을 끼고 고개를 옆으로 꼬았다.

할 말을 잃고 앉아 있는 심씨에게 좀 우둔하게 생긴 시골 청년은,

“흥, 세상이 바뀌었는데 양반이 다 뭐 말라 죽은 거야?”

하고 하늘 한구석을 바라보며 뇌까리는 것이었다.

할멈이 양동이에 푸성귀를 담아들고 뒤꼍에서 돌아오다가,

"너 왔냐? 어서 마님께 가 인사드려라."

운보는 그 소리를 들은 척도 않고,

"아 왜 여기서 이러구 있는 거요? 안잠인 만년 안잠이구 종이면 만년 종인 줄 알우? 어서 집으루 갑시다."

호통을 치는 것이었다.

"얘야 네가 왜 이러니? 이리 오너라. 내 방으루 들어가."

할멈은 질겁을 하였다.

"가자면 가요. 잠깐 다녀온다더니 그래 응 또 식모루 붙들렸단 말야? 빌어먹을……."

"그런 게 아냐. 저긴 인민군 동무들이 있는데 이 애가 큰일 나려구……."

"큰일요? 하아하아하……."

운보는 입을 쩍 벌리고 웃다가 밑도 끝도 없이 뚝 멈추더니,

"큰일날 사람들은 우리들이 아니란 말요. 병신 같으니라구……."

심씨는 방문을 닫아버렸다. 겁먹은 눈을 하고 앉아 있었다. 마당에서는 할아범까지 섞여 한동안 말이 오고 가고 하더니 방으로들 들어가는지,

"네 말이 옳긴 옳다."

할아범의 심술궂은 말소리를 끝으로 잠잠하여졌다.

조금 있더니 모자가 함께 안방으로 올라왔다.

"이 애가 인제 인사나 드리구 가겠답니다, 마님. 애가 원 철이 없이시……."

운보가 흘깃 자기 모친을 쏘아보았다. 할멈은 움칠한 듯이,

"이 애두 인젠 무슨 민청원이라나 그런 게 됐다는구먼요. 이 댁두 말하자면 그렇지 않아요? 알아듣두룩 얘길 했읍지요."

"암 그렇구말구."

심씨는 엄벙한 대답을 하였다. 운보는 아직도 반감이 서린 미련스러운 눈초리로 그녀를 보고 있으므로 그녀는 도무지 마음이 놓이지 않는 것이었다.

"거 뭔가, 혼사날까지 받아놨다더니만 세월이 이러니 어디 쉬이 혼례를 올릴 수나 있겠나? 허긴 어느 때 올려두 올리기야 하겠지만."

심씨는 운보가 맘을 좀 돌려주었으면 하고 자기도 모르는 새 그런 소리를 꺼내었다.

운보는 또 턱을 쳐들며 외면을 하였다.

"혼례구 뭐구 이놈의 난리가 가라앉아야 말입죠. 어이 원, 언제 좀 세상이 전대루 되려는지."

할멈이 또 답답하게도 무식한 수작을 하였다.

"혼례를 하자면."

하고 심씨는 일어나서 옆방으로 가면서,

"요즘 세상엔 패물도 아무 소용이 없다구들 하지만 그래두 없느니보다 나을지 모르니 어디 하나 갖구 가보게."

선반의 바느질 그릇을 비키고 구석에 놓였던 바구니를 내렸다. 헌 양말뭉치 새에 손을 디밀어 조그만 불단지를 꺼내었다.

반지니 가락지니 단추 따위를 그 속에 숨겨두었던 것인데, 그런 것의 값어치가 없어졌다는 말을 요즈음 여러 번 듣고는 있었지만, 지금 운보와 마주앉아 있는 새에 인제 정말 금은보화가 하나 쓸데없는 세상이 되었다고 그녀는 진정으로 느끼게 된 것이다. 그녀는 불단지를 손에 들고 안방으로 건너왔다.

"색시한테 하나 주어보게. 좋아두 안 할지 모르지만……."

진주 반지를 그녀는 손가락으로 골라냈다.

"이것하구 금단추나 하나하구. 복숭아 단추야."

심씨는 희고 조그만 손바닥에 그것을 올려놓고 천진한 웃음을 담았다. 뽀얀 바탕에 청색과 분홍이 보일 듯 말듯 아른거리는 구슬, 무게 있게 가라앉은 금빛…… 아무리 값어치가 없어졌다지만 보고 있으면 마음이 즐거워지는 걸 어쩔 수 있는가.

다행하게도 운보는 넓적한 손을 내밀어 그것들을 받아 쥐었다. 천천히 수건에 싸서 광목으로 지은 즈봉 주머니에 간직하고 나서,

"그럼 안녕히 계십쇼."

하고 일어났다.

"응, 또 가끔 오게. 어머니두 만나보구……."

심씨는 겨우 숨을 좀 내쉬었다.

"마님, 아이 이거 너무……."

할멈은 그저 당황하고 있었다.

고맙다거나 기쁘다는 맘이 들기엔 할멈은 너무 혼란해 있었다.

운보는 부자연할 만큼 느릿느릿 움직여서 겨우 대청에 나서더니 거기서 멈추었다. 그러고는 빙글 돌아서며 하는 소리가,

"빨간 구실루다 하나만 더 주세유."

했다.

심씨는 놀랐으나 얼른 웃는 낯을 지으면서,

"그러게. 빨간 게 어디 보자……."

완두콩만큼이나 한 루비를 백금에다 박은 것이 있었다. 심씨 자신은 반짝이는 것이 안 좋아 얼마 끼어 보지도 않았지만 꽤 좋은 물건이라고 알고 있었다. 하나 이런 것들은 이제 일 전어치의 값도 없는 것이다. 심씨는 선선히 운보에게 넘겨주었다.

심씨는 나중에 딸들에게 그 얘기를 하였다.

"원, 그런 건 또 어디서 보았는지, 빨간 걸 내노라더구나."

딸들은 아무 말도 하지 않았다. 이화가,

‘돼지에게 진주라더니.’
하고 혼잣소리를 중얼거렸을 뿐이었다.

공산군들이 들락거리며 마당을 가로질러 다니고, 쌀을 씻어 담은 커단 광주리, 산더미 같은 푸성귀, 그 새를 분주히 뛰어다니는 영아 엄마, 할멈 등으로 종일 굿하는 집 같은 이화네 마당에, 의과 대학의 배지를 달고 ‘구호반’이라는 완장을 두른 젊은이가 들어와서 누구를 찾는 듯이 두리번거렸다. 옥엽이 내다보니까,

“이화 씨입니까?”

낮은 소리로 그렇게 묻는다.

“아닙니다. 저어 어디서 오셨지요?”

학생은 그 말에는 대답이 없이,

“좀 만나 뵙고 싶습니다만…….”

옥엽은 망설이는 눈을 지었다.

“심부름을 왔습니다. 전해 드릴 것이 있어서요.”

“제가 전하죠. 전 동생입니다.”

옥엽도 중얼대듯 빠른 말씨로 대답했다.

마당 한켠에 강석우가 서서 쪽 째진 메마른 눈으로 이편을 보고 있었다. 이화를 불러내는 것은 좋지 못한 일일 것 같았다.

“그러십니까? 그럼…….”

하나 그 청년도 강석우의 시선을 의식하지 않을 수는 없는 듯하였다. 그는 자연스러운 동작으로 그 공산군 장교에게로 몸을 돌려 다가갔다.

“야아, 수고하십니다.”

대담하고 친밀하게 그는 웃어 보였다.

강석우는 비웃듯이 입술을 쫑긋했다. 증오하기 위하여 세상에

태어난 듯한 그의 얼굴은 진정한 호의나 따스함조차도 받아들일 생각은 없는 것 같았다. 하물며 거짓 친절이나 속임수일지도 모를 경우에랴.

심부름 왔다는 청년은 그러나 상대방의 조소 따위에는 아랑곳도 없다는 듯,

"페니실린이 좀 입수되었어요. 어찌 다행인지 모르겠습니다."

허물없이 숙사 안을 기웃거려 보며 그런 소리를 늘어놓았다. 강석우는 미심쩍은 듯이 그의 아래위를 훑어보면서 그래도,

"어드메 구호소요?"

하고 손에서 뗀 일이 없는 가죽 채찍을 빙글빙글 돌렸다.

청년은 어디라고 번호를 말하며 대답했다.

왼편 볼에 까만 사마귀가 있는 대위가 가까이 왔다. 그 군인들 모두에게 공통된 특징으로 보이는 이상한 무표정—어쩌면 통할 길이 없는 일종의 독특한 느낌이라고나 할 그 표정을, 그 사람도 물론 갖고 있었지만, 그래도 어딘가 인간적인 인상으로 보일 때가 있는 것은 그것은 아마 그 한쪽 볼에 있는 귀여운 사마귀 때문인지 몰랐다.

그는 옥엽을 보더니 좀 어색한 동작으로 이쪽에 등을 보이고 돌아서서, 강석우와 이야기를 시작하였다. '구호반'의 청년은 마치 그들과 구면의 사이이기라도 한 것처럼 넉살 좋게 섞이어 서 있었다.

두 사람이 저편으로 사라진 뒤에 그 청년은 옥엽에게 쪽지를 건네주었다. 그러고는 아무 말도 없이 히죽 웃어 보이고 가버렸다.

이화는 쪽지를 빌아 읽어보더니,

"이거 가져온 사람 갔니?"

막 뛰어나갈 기세로 소리를 질렀다.

"갔어. 만나야 할 걸 그랬수?"

"아냐 안 만나두 돼. 그렇지만 이걸 좀 봐. 글쎄……."

그리고 손으로 얼굴을 가리고 울기 시작했다. 그러더니 눈물이 범벅한 채 또 대번 웃으면서,

"지운이 살았대. 꼭 죽었을 것만 같았는데……."

만나고 싶으니 어느 때이고 조심해 와달라고 지운은 간단하게 적고 있었다. 약도가 그려져 있었는데, 그것은 수도극장 뒤편의 삼층 병원 건물을 가리키고 있었다.

옥엽은 기쁜 듯이 조용한 웃음을 담고 형을 바라보았다.

"어서 가야지. 무얼 입구 갈까."

이화는 앉았다 섰다 했다.

중구청 건물을 달려나온 뒤 지운은 한동안을 부지런히 걸어갔다. 한시라도 빨리 조금이라도 멀리 그곳에서 떨어져 가야만 했다. 하지만 대체 어디로 가면 좋은 걸까?

곳곳에서는 아직도 징발이 계속되고 있었고 그는 큰길로 나갈 수도 없어 골목을 빙빙 돌고 있을 뿐이었다. 해가 떨어지기 전에, 통금시간이 되기 전에, 어디에다 몸을 숨길 수 없을까?

그는 길가의 돌층계에 걸터앉아 이마의 땀을 훔쳐내었다. 슬픔이—지금의 이 긴박과 살벌에는 어울리지도 않는 조용함을 가지고 그의 가슴 밑바닥에서 솟아올랐다. 지운은 입술을 문 채 흰 바닥을 응시하고 있었다.

누군지가 그의 곁을 스쳐 층계를 밟고 올라가더니 중간에서 되돌아 내려왔다.

"여기서 또 만나 뵈는군요. 저를 아시겠습니까?"

거칠거칠하나 밝은 음성이었다.

지운은 천천히 동자를 굴려 앞에 선 사람을 쳐다보았다. 그리고

후딱 일어나 그의 손을 잡았다.

"그때는 정말 감사했습니다. 여전히 활약이 크신 모양이군요."

지운은 그의 팔의 완장을 보며 웃음을 지었다. 적십자를 그리고 구호반이라 적힌 완장이었다. 상대방은 빙그레하면서,

"안전장치죠."

하였다.

"바쁘십니까? 좀 들어가지 않으시겠어요? 이거 저희 집입니다."

그는 그 우중충한 벽돌의 병원 건물을 가리키며 권하였다.

"바쁠 건 하나두 없습니다만……."

지운은 말끝을 똑똑히 못 맺었다. 서글프고 딱하기 이를 데 없는 기분이었다.

대학병원 구내에서 그에게 가운을 벗어준 학생은 앞서서 병원 문을 밀치고 들어갔다. 진찰실과 대합실 어귀에는 군인·민간인이 뒤섞인, 주로 외상(外傷)을 입은 환자들이 서성대고, 간호원이 바쁜 듯이 복도를 지나가고 있었다.

학생은 곧 삼층까지 올라가서 구석진 방의 도어를 열었다. 입원실의 하나인지 뎅겅 빈 실내에 철침대와 의자가 두엇 있을 뿐이었다.

"요즘은 이게 제 방입니다. 앉으시죠."

그는 자리를 권하고서,

"박상규라고 합니다. 의과 이학년이에요. 저어, 학련의 윤지운 씨시죠? 전번에는 너무 별안간이라서 얼핏 생각이 안 났죠만 한길 쪽으로 내려가시는 걸 보다가 기억이 살아났어요. 입학했을 때랑 또 지난 여름에랑 전 연설하시는 걸 들은 일두 있습니다."

"그러셨나요? 어쨌든 반갑습니다. 이 모양 되고부터는 친구들을 볼 수 없어서 여간 고통이 아닙니다."

"한데 그렇게 나다니셔도 괜찮으신가요? 서울대 학생 중에서 정

치에 다소라도 흥미를 가졌던 치라면 대번에 지운 씨를 알아들 볼 건데요?"

"한강을 넘었어야 했던 건데. 그날 가보았지만 시간이 다소 늦은 모양이더군요."

지운은 가운을 벗어 받던 그때 일이 생각나서 쓴웃음을 지었다. 상규도 고개를 저으며 따라 웃었다.

"한 번 더 말씀드리지만 정말 위험합니다. 우리 의과애들은 그저 이러구 약이나 발라주고 있으면 그럭저럭 넘어가는 수도 있겠지만, 우익의 정치과 학생들이야…… 그 왜 창익이랑 고훈 아시죠. 함께 일하시던? 그들이 어떻게 죽었는지 아십니까? 중앙청 앞에서 사살 되었어요. 얼굴을 가리고 지나가다가 운수 사납게 김오식이를 만나 서……."

"김오식이가 쏘았대요?"

지운의 음성이 무겁게 가라앉았다.

"고훈만은 확실히. 창익인 그애들 '공산군' 따발총을 맞았다더 군요."

침묵이 흘렀다.

상규는 지운의 상심한 옆얼굴을 보며 위로하듯 덧붙였다.

"그러나 뭐 놈들두 길진 못할 거 같아요."

높다랗게 뜬 비행기의 폭음이 창유리를 떨게 하였다. 북쪽에 갔 다 돌아가는 편대가 지나가는 시각이었다.

"저 양반들이 저렇게만 슬로 모션이 아니더라도……."
하고 상규는 폭음이 나는 쪽으로 얼굴을 돌리며 한탄하는 어조였다.

"그래두 만약 그들이 움직이질 않았다면…… 국제연합이 좀 더 정세를 본다느니 하고 끌고 나갈 수도 있었을 터이니까. 난 최대한 의 감사를 표하고 싶은데요. 적어도 공산 측의 계산에는 들어 있지 않았던 일일 거예요. 건 그렇고, 통행금지 시간되기 전에 움직여봐야 되겠습니다. 오늘 참 반가웠습니다."

지운은 밀짚모자를 집으면서 허리를 들었다.

"어느 방향으로 가시는지?"

지운은 대답이 막혔다. 어물거리다가 그만 웃어버리면서,

"글쎄 어느 방향이라구 할지……."

상규는 사정을 알고는 지운을 내보내려 하지 않았다.

"저애들이(그는 괴뢰군의 일을 늘 그렇게 불렀다.) 이 바로 옆 건물에두 들어 있구, 병원에두 들락거리지만 실은 이런 곳이 오히려 안전한 점두 있어요. 저애들은 누가 누군지 모르고, 인민위원회니 이런 것들이 주로 귀찮게 구는 모양인데 여기는 괜찮거든요."

외과 의사인 그의 부친과 의대를 갓 나온 형이 더위 속에서 요즘 부상자들과 씨름하고 있으나 자기는 이를테면 '통신병'이라고 하며 그는 제 완장을 가리켰다.

"대학에도 나가보고 친구들 집에도 가보고——어디라도 돌아다닙니다. 심부름은 제게 시키고 일체 외출을 하실 생각은 마세요."

다만 음식은 여기도 형편이 없는데 참으실 수 있겠느냐고 그는 조금 염려스러운 얼굴을 지었다.

지운은 그에게 감사했다. 그를 만나지 않았더라면, 고난을 헤쳐나갈 지운의 의지가 어느 만큼 더 꺾이지 않고 견뎌나갈 수 있었을는지 사실 의문이었다. 어쩔 수 없는 절망이 그의 앞에 입을 벌리고 대기하고 있다고만 여겨졌었기 때문이다.

상규는 안채에 들어가서 지운을 위한 물건들을 날라왔다. 그리고 작은 일에 관해서까지 세심한 주의를 게을리 하지 말도록 한 가지 한 가지 지운에게 당부하였다. 지운은 한 번 더 감사를 느꼈다. 덜렁덜렁해 보이지만 상규는 기실 매우 세심한 두뇌의 소지자였던

것이다.

지운의 입원실 생활이 시작되었다. 건물의 구조는 이층까지가 병실이고 삼층은 조리실이니 창고 같은, 사람이 있기도 하고 없기도 하는 두세 개의 작은 방으로 되어 있어, 지운의 존재는 사람의 눈에 띌 일이 별로 없었지만, 필요할 때엔 지운도 환자여야 했다. 그래서 상규는 그것에 필요한 도구들도 가져다 놓았다.

아침저녁 두 번씩 이화는 외출을 하였다. 참대로 엮은 조그만 장바구니를 옆에 들고, 안에는 정성 들여 만든 도시락을 숨겨 가지고 있었다.

"적의 녹(祿)을 먹는다더니 이게 바로……."

지운은 침대 위에서 상체를 일으키고 도시락을 열 때면 그런 소리를 해서 웃겼다. 때로는 상규까지 한몫 끼어 적의 녹을 해치우는 일도 있었다.

이화는 필동 골목을 빠져나와 기나긴 시장 거리를 지나서 병원을 찾아간다. 숙자나 김오식이 같은 패들에게 미행을 당하지나 않을까 하여 가끔 주위를 휘둘러보곤 했다. 샛골목으로 빙빙 돌아가는 일도 있었다.

시장터는 아수라장이라고나 할밖에는 없는 양상을 전개하고 있었다. 천신만고 끝에 식량을 조금 손에 넣었으나 자기들이 먹어버렸다가는 뒤가 큰일인 많은 사람들이, 조금 덕을 보려고 그렇게 들고 나오는 것이었다. 누구나——어느 집의 주부거나 수시로 이런 곳의 장사치로 변모를 하였고, 어린아이들도 제법 일을 거들었다. 그들은 가방을 메고 학교에 다니면서 착한 사람, 품위 있는 사람이 되도록 길러지던 것이 까마득하고 믿을 수 없는 기적이었다는 듯, 본래의 고아들, 본래의 결식 아동들처럼 썩 익숙하게 그런 일을 치러 나가게 되어 있었다.

"콩 사세요. 달고 단 콩요."

"사카린이요. 진짜 사카린."

양재기를 손에 들거나 작은 목판을 목에서 늘이고 아이들은 길가에 늘어서서 큰소리로 곡조를 붙여가며 그렇게 외쳤다.

사탕가루는 어디서도 구할 길이 없었으니까 사카린이 귀중품처럼 되어 있는 것이었다.

아이들의 뒤에서는 발 들여놓을 틈도 없는 혼잡 속에서 희멀건죽, 무엇으로 만들었는지 알 수도 없는 국수 등이 팔리고 있었다. 사람들은 눈을 번득이며 어느 장수의 것이 조금이라도 부피가 많은가 검사한 뒤에 땅에 앉아 사먹는 것이었다. 집에다가 남편이나 자식들을 숨겨두고 나온 서툰 장사치들은 불안과 초조와 또 알 수 없는 분노로 하여 굳은 표정들을 하고 있었다.

한 여자가 앞에서 걸어왔다. 보던 얼굴이었다. 이화가 다니는 여자대학의 성악과의 호프라고 일컬어지던 예쁘장하게 생긴 학생이었다. 그녀가 유명한 것은 그 노래에서보다도 육체파적인 생김새와 수없는 스캔들의 주인공이라는 데에 더욱 근거하고 있었다. 그녀의 과의 교수들조차도 그녀가 불러일으키는 화제 속에 말려들었다. 인근한 대학의 남자 학생 간에서는 더욱 그녀는 유명하였다.

화려하고 사치롭고, 마치 미국의 부호의 딸이기라도 한 양 그녀는 행동했다.

그녀가 지금 커단 목판을 머리에 이고 걸어오고 있었다. 까만 몽당치마에 흰 적삼을 입고, 맨발에 물론 고무신을 신고 있었다. 머리는 어느 사이에 길렀는지 두 갈래로 갈라땋아 앞이마로 빙 돌려 얹은 것은, 평양적인 무드라고나 하는 건가? 소매 끝을 걷어 올린 팔을 들어 머리 위의 목판을 받들면서 바쁜 듯이 옆눈도 안 팔고 지나갔다.

 ‘항상 유행의 첨단을 가시는군⋯⋯.’
하고 이화는 고소했다.

 거리에는 화장을 한 여인은 볼 수 없었다. 만난다면 그것은 인민
군의 여병사들뿐이었다.

 병원에 가는 길목에서 이화는 가끔 그 여병사의 분대와 마주치
곤 하였다. 두 줄로 늘어서서 대략 같은 시각에 골목 안으로부터 꺾
이어 나오는 것이었다.

 그들은 진초록색 점퍼스커트를 무릎 위까지 짤따랗게 입고 까만
가죽 장화를 신고 있었다. 어깨로부터 X자로 같은 가죽의 벨트를
매고, 허리는 아주 넓은 띠로 졸라매고 있었다. 그 모양은 모스크바
의 복장을 본뜬 건지 이그조틱하고 나쁘지 않게 보였다. 허나 그들
의 얼굴이 모든 조화를 엉망으로 깨뜨려버리고 있었다.

 여병사들의 얼굴에는 보기 흉한 짙은 화장이 베풀어져 있어, 그
것은 아무리 호의를 가진 눈이 본다 할지라도 추악함을 느끼지 않
을 수는 없는 모양새였다. 약탈품인 코티 분이나 립스틱 등속이 이
들에게 분배된 것인가? 북한 정부는 피가 나도록 교육을 한 그들의
전위병인 이들 여군사에게, 자랑스러운 약탈품으로 우선 보답을 하
였는가.

 이들이 정신없이 열중하며 그 다루어본 일이 없는 물건들을 구사
한 것만은 틀림없을 것 같았다. 볕에 그을어 거칠 대로 거칠어진 피
부 위에 분가루는 두꺼운 흰 벽을 이루어 발라져 있었다. 까만 위에
도 더욱 까맣게 산을 그리며 올라갔다 내려온 눈썹, 사과 빛 그대로
연지를 문지른 두 볼. 그 행렬에서는 좋은 냄새가 풍겨 나왔다.

 이화는 복잡한 기분이 되며 발을 멈추고 그들을 보았다. 그들은
이화와 같은 또래의 연령들이었다. 똑같은 말을 쓰고 똑같은 풍습

속에서 몇 년 전까지도 살아온, 그야말로 같은 족속인 것이었다. 하나 지금 이화와 그들 사이를 연결 지을 수 있는 것은 무엇 하나 없어 보였다.

줄지어 걸어가면서 그들은 어딘가 어색한 눈으로 이화를 흘깃흘깃 보곤 하였다. 그들의 생각에도 이화는 확실히 자기네의 그것과는 다른 세계의 산물로 보이는 듯하였다. 맑은 살결과 반짝이는 두 눈을 가진 소녀는 긍지와 얼마간의 연민을 분명히 얼굴에 나타내며, 똑바로 그들의 시선을 받고 있었다. 그러면 슬라브풍의 복장을 한 코뮤니즘의 딸들은 애매하게 슬몃 눈길을 피해 버리는 것이었다.

'무엇을 이들은 부끄러워하고 있는 걸까?

하고 이화는 맘속에 생각하였다. 그들은 얼마든지 사납고 무자비하게 행동할 수 있도록 훈련된 인종일 것이었다. 살육의 마당에서 움켜 빼앗은 지분(脂粉)으로 얼굴을 물들이고 기쁜 그들이 수치스러운 감정을 갖고 있다는 사실은 기이한 현상이 아닌가?

때로는 이삼십 명이 대오를 지어 걸어오는 소년병들과 마주치게 되는 일도 있었다. 이들은 얼굴을 똑바로 들고 눈은 앞만 보고 있었다. 결코 한길 가의 여학생을 쳐다보거나 하는 일은 없었다. 먼빛으로라도 젊은 여자가 시야에 들어올라치면 이들의 뺨의 근육은 경직하고 눈동자는 앞사람의 머리에 고정되고 마는 것이었다.

헤이! 하고 웃거나 손을 흔들며 눈을 찡긋거리느라고, 걸음도 맞추지 않고 시끌덤벙 지나가기 일쑤인 미국 군인들을 보아오던 눈에는 부자연한 그들의 긴장이 약간 우습기도 하였지만, 하나 기특하다는 생각도 들었다. 소년들은 아마도 엄격한 위에도 엄격한 훈련을 거쳐, 서울에 쳐들어갈 때에는——영미 제국주의의 야수적인 착취에 신음하는 동포들을 해방시키러 갈 때는——무엇보다 버릇을 좋게 가져야 한다고, 단단히 명심하고 있었던 것이 분명하였다.

이화는 동근이며 동훈의 일들이 머리를 스치자, 문득 눈물겨운 기분이 되었다.

소년들은——자유세계에 있어서라도 어느 정도까지는——어른들이 그어논 금 위를 따라 걷게 마련이다. 양들처럼 온순하게, 청순한 정열을 가지고. 그러면서 차차 저 자신의 머리로 생각을 하게 되어가는 것이다. 동훈이 아무것과도 자유를 바꿀 수는 없다고 확신하게 되듯이. 또 동근이 동근이대로의 모험을 택한 듯이.

하나 이들, 영양이 좋지 못해 작고 마르고, 윤기 없는 눈초리를 한 소년들은 끝까지 통제된 길만을 걷게 운명 지어져 있는 것이다. 그들 자신이 무언가를 생각하게 될 때에 그들은 처벌받는다. 사고(思考)는 그들에게서 제거된 능력이고, 기계의 부품처럼 주어진 역할에 필요치 않은 인간성의 발로는 그 기능을 말살하도록 처음부터 길러지고 있는 것이다.

'나는 인간답게 살고 싶다. 모든 사람이, 모든 소년들이, 인간답게 사는 것을 보고 싶다…….'

이화는 그런 생각에 사로잡히면서 천천히 걸어갔다.

공습이 나날이 심해져서, 이화의 식사 운반은 그것만으로 거의 한나절이 걸리는 일거리가 되었다. 여병들이 나오는 골목을 지나서 조금 더 걸을 즈음이면 반드시 공습경보가 불어대곤 하였다. 아무도 시계를 보는 일이 없게 되어 있었지만, 경보는 시보만큼이나 정확하게 그때 되면 길게 울리는 것이었다.

통행을 정리하는 병사는 그때마다 호각을 불어 사람들을 정지케 하고 처마 밑으로 대피시켰다. 그의 태도는 날마다 좀씩 신경질의 도수를 가해 가고 있는 듯해 보였다.

처음 얼마 동안 그 경찰군의(그들은 다른 군사들과는 달리 초록색의 승마복 같은 것을 입고 있었으므로 이화는 그렇게 짐작을 대었다.)

말씨나 동작은 지극히 우호적이었다.

"동무, 이리 들어서시오. 거기는 위험하오. 빨리 하시오."

그들은 또 노인이나 부녀자에게는 특히 친절하여, 걸핏하면 이리 왓! 저리 갓! 하는 식의 대한민국 순경들과는 근본적으로 다른 것 같아 보였었다.

하나 그들도 요즘 그다지 우호적이라고만은 할 수 없어져왔다. 그들은 눈에 보이게 초조한 표정을 하고 있었다. 충혈된 두 눈에는 살기 같은 것조차 띠고, 날카롭고 신경질적으로 호각을 불어댔다.

"동무! 저리 비키오, 빨리!"

여전한 것은 '하시오'를 붙이는 것 정도일까? 목소리도 대한민국 순경 못지않게 사납고 높아져 있었다.

"겉치레라는 건 오래 안 가요. 하긴 단순히 겉치레라고만도 할 수 없는 좋은 점도 그들은 그런 면에서는 갖구 있을 터인데요? 단숨에 부산까지 내리밀자던 계산이 틀려서 지금 아마 정신들이 없는 게지."

지운은 이화의 보고에다 그런 논평을 가하였다.

처마 밑에 들어선 일반 시민들에게는 그러나 공습은 그다지 나쁘기만 한 것이 아니었다. 그것은 은밀히 기다려지는 일이었고, 내습이 잦으면 그만큼 희망은 커지는 일이었다. 그것은 근본적으로 회생할 길이 있으리라는 유일한 징조이기도 하였다. 사람들은 모두 눈을 들고 하늘을 보았다. 초록색 승마복 차림의 병사가 아무리 짜증을 내어도 하는 수 없는 일이었다.

폭격기는 판에 박은 듯이 같은 시각에 나타나고, 일정한 장소에만 폭탄을 투하했다. 시각과 장소의 변경을 알리는 삐라가 살포되면——이것을 주워 읽거나 말을 퍼뜨린 자는 총살한다는 위협에도 불구하고——이내 소문이 퍼지곤 하였다. 위험 지구의 사람들은 봇

짐을 둘러메고 거리로 튀어나오고, 걸을 수 없는 병자·어린애들까지 노천에서 밤을 새웠지만 이들은 불평을 말하지 않았다.

삐라에 관한 얘기 따위는 때로는 근거 없는 헛소문에 그친 일도 있었지만, 어쩌면 그래서 더욱 이것은 사람들의, 자유세계에 대한 신뢰 같은 것의 단적인 표현이었을는지도 몰랐다. 마치 지구의 종말처럼 여겨지는 이 어둠 속에서라도 인간애에의 기억과 기대는 사람들을 격려하였다.

"되도록 시민을 상하지 않고 저 사람들하고만 싸우려고 그러는군그래."

"인명은 소중한 것이라구 생각하는 거지. 이들하구는 다른 점이 그거야."

어디에서나 이런 대화가 들렸다.

이화는 지운이 주장하던 것이 무엇이었는지 이제 너무나 확실히 안 것 같았다. 여러 가지 이론이 구성될 수도 있으리라. 엄밀한 학설이, 다른 하나의 주의를 타파하기 위해서는 빈틈없이 세워져야만 할 것이리라. 그러나 지금 이화에게는 아무 이치도 설명도 필요치 않았다. 인체에 알맞은 공기, 쾌적한 온도를 본능이 알듯이, 그녀는 그것을 알 수 있었다. 기동적인 공산주의 조직체는 아닌 게 아니라 얼마간의 합리성은 주장할 수도 있을 것이다. 그러나 그것은 사람이 사람으로서 번영할 수 있는 바탕이 될 수는 없었다. 그것의 본질을 이화는 심장으로 헤아리고 느꼈다.

지운은 병실의 창유리를 오랫동안씩 진동시키는 폭음이 일 때면 대견한 듯 싱긋 웃곤 했다.

"우리네 저 친구들, 시작이 언제나 슬로 모션이란 말이야. 진주만을 폭격당한 때도 보아. 천천히 나와서 그러나 결국은 이기고 말지만."

머리가 자라고 꺼칠하게 마른 그는 그런 때 행복한 듯이 이화의 손을 애무하며 중얼대는 것이었다. 그리고 날라다 준 도시락을 밥풀 하나 남기지 않고 집어먹었다.

"이 팔뚝은——아이 보기 흉해라."

이화는 침상 머리 탁자에 놓인 깁스를 덜그럭거려 보고 상을 찌푸렸다. 반으로 쩍 갈라져 거기 놓인 그것은 만약의 경우에는 지운의 오른팔에 급히 끼어져서 목에서 늘인 붕대에 걸쳐질 예정이었다. 깁스에는 적당히 옥도정기니 피 비슷한 것까지 발라져 있었다.

"그렇지만 이거 잘못 들켰다가는 더 야단 아녜요? 없는 것보다 외려……."

"더 야단이고 덜 야단이고 그쯤 되면 그냥 가는 거지 뭐……."

지운은 웃었다.

"그런 소릴……."

하나 그것은 조금도 에누리 없는 사실인 것이다. 둘이는 어두워지는 눈을 서로 마주 보고, 미소하고, 그리고 포옹하였다.

그날 이화는 해가 중천에 뜬 즈음에야 아침밥을 날라올 수 있었다. 오는 도중에서 경보에 걸려 오랫동안씩 기다려야 했기 때문이었다.

언제나와 같이 층계를 올라 좁은 복도를 한 번 더 꺾어 들어선 이화는 가슴이 철렁 무너져 내리는 것을 느끼면서 주춤하고 서 버렸다.

그 짤따란 복도 중간에 지운의 방이 있었는데, 그 도어 앞에는 다른 병실에처럼 신발들도 널려 있지 않고 언제나 안으로 잠겨 있어, 이화가 독특한 노크로 알려야지만 지운이 열도록 되어 있었다. 쏟아져 들어오는 부상자들 때문에 불가불 벼락의사 노릇을 하고 있는 상규도, 삼층에 올라오면 기침소리를 내거나 노래를 흥얼거려서 미리 은근히 열어놓게 하고서 들어설 만큼 조심을 하고 있는 터였다.

그것은 바로 옆 빌딩에 있는, 상규의 말을 본뜨면 '그 자식들'이 더러 병원에도 드나드는데, 그런 눈길에라도 띄지 않기 위해서이고, 또 이층의 입원 환자들에게라도 아무것도 알리기 싫어서였다.

그래서 그 방이 언뜻 보기에 빈방처럼 기척이 없는 것은 놀라운 일이 아니었다.

하나 오늘 그 도어 앞에는 확실히 변화가 일어나 있었다. 첫째 그 문은 자물쇠가 채워져 있었다. 그뿐만 아니라 좁고 기름한, 조리대로라도 쓰였음직한 테이블이 도어를 가로막아 기대 놓여져 있는 것이었다.

'무슨 일이 생겼을까? 그이는 어디 갔을까?'

이화는 단숨에 층계를 뛰어 내려왔다. 가슴이 터질 듯이 고동치고 있었다.

상규는 아래층 진찰실에서 공산군 장교 둘과 마주서서 무슨 얘기를 하고 있었다. 이화는 세찬 눈초리를 보내어 그를 이편으로 돌아서게 하였다. 상규는 급히 마주 나왔으나 계단과는 반대편으로 이화를 끌고 가 귓속말로 수군거렸다.

"부엌으로 해서 올라가세요. 컴컴한 계단이니까 조심하셔서. 약장이 있는 방——일호실이라구 적혔죠——그 방에 들어가서 흰 커튼 뒤를 노크하면 지운 씨가 여십니다. 어젯밤 약간 소동이 있었어요."

그렇게 단숨에 지껄이고 나서 생각난 듯이 겨우 빙그레하였다.

이화는 가르쳐 받은 대로 급한 계단을 더듬더듬 찾아 올라갔다. 아직도 가슴이 울렁대고 있었다. 이층 옆을 지날 때에 가만히 살펴보니 병실 중에도 제일 큰, 언제나 여러 사람이 모여 지껄이곤 하던 방이 텅 비어 있었다. 확실히 무슨 좋지 못한 일이 생겼던 것이다.

그녀는 일호실에 들어가서 문장에 가려 있는 도어를 노크했다. 짤깍하고 문이 열리는데 그것은 지운의 병실이었다.

"아아 오는군."

하고, 그는 이상하게 조용한 어조로 말하였다. 태연하려는 미소가 그 입가에 지어져 있었으나, 이화는 그가 오늘 아침 몹시 초조하면서 자기를 기다렸다는 것을 느꼈다.

"어쨌어요, 엊저녁? 무엇이 왔었어요?"

이화는 가슴에다 그의 손을 안으면서 다급하게 물었다. 물어놓고는 또 낯빛이 변하면서 방금 들어온 문으로 뛰어가 그것을 잠갔다.

"왔었어, 염라대왕이, 그 문턱까지."

지운은 웃고서,

"요 이쁜 얼굴두 그만 다 보게 된 줄 알았지."

하고 이화의 턱을 붙들고 흔들었다.

이화는 그 손을 당겨 내리면서,

"얘기하세요, 얼른. 어떻게 되었어요? 어떻게 해서 괜찮았어요?"

"응, 보고하죠. 그렇지만 이환 내가 없어지면 시원하구 홀가분할 것 아뇨?"

"뭐라구요?"

"한구석으론 속이 시원할 것 아니냐구."

"왜요?"

"날 싫어하구 있으니까. 지금은 비상사태이고, 측은한 놈이란 생각에 이렇게 밥이랑 먹여 길러주고 있지만 원체 한구석으로는 싫어하거두 그렇잖아? 정직히 말해 봐요. 완전히 나를 사랑하기는 무척 힘이 들죠?"

농담이 어느새 농담이 아닌 것같이 들렸고 그의 눈이 번득이고 빛나는 것은 엷다랗게 눈물 같은 것이 깔린 때문인지도 몰랐다. 이화는 숨이 갑갑하여졌다.

'그래요. 나는 지운 씨를 맘 한 편으론 몹시 두려워했어요. 필사적으로 내가 피하려고 드는 때는 분명히 그런 감정 때문이었어요. 그러나 그것은 싫어하는 것과는 달랐어요. 무언지 몰라요.'

'아니 알아요. 나는 내 모자람을 보이기가 싫었던 것이에요. 비웃음을 살까봐 겁이 났던 것이죠. 지운 씨는 나를 나 이상의 것으로 높다라니 올려놓고 보시는 것 같았으니까요. 나는 굴러 떨어지기가 싫었어요. 그리고 또 있어요. 육체적인 것에 대한 공포 같은 것이었어요. 그것은 그냥 부끄러움이었는지도 몰라요. 나는 어린애들처럼 이마에 키스를 받는다거나 손이 쥐어진다거나 하는 이상으로는 준비가 되어 있지 않았어요. 그것을 지운 씨는 급하게 세차게 육박해 오니까 나는 나도 모르게 달아나 버리려고 한 거지요……'

이화는 숨 갑갑한 가슴속에서 지금 그런 대답을 추려낼 수가 있었으나 입 밖에 내어 말할 생각은 없었다. 지금은 그때와도 다르다고 느끼고 있었다. 지운의 말처럼 그의 처지를 동정한다거나 하는 것이 아니고(그것은 참 너무 심한 소리가 아닐 수 없었다.), 그녀의 그러한 두려움이 거지반 가시어진 것을 자각하는 것이었다. 허세를 부릴 여유도 없어졌고 그녀의 육체에 대한 생각도 성장해 있었다. 그녀는 곧잘 지운의 머리나 목께를 애무하였고, 그의 난폭한 포옹에 대해서도 온순하였다.

그런데 아직까지도 그런 얘기를 하는 지운은 태연한 체하면서도 요즘 몹시 신경질이 되어 있다는 증거가 아닐까?

"거봐, 대답 못 하는 거 봐."

지운의 말투는 다시 농조로 돌아갔다.

"또 하세요, 그런 소릴……"

이화는 탁자 위의 깁스를 집어 들고 때리는 시늉을 하려 하였으나 이내 그 촉감에 기분이 상한 듯이 가만히 도로 내려놓았다.

"어제는 그걸 집어서 끼울 새도 없었어. 첫잠이 들었다가 왠지 몹시 괴로워서 애쓴 끝에 간신히 눈을 뜨고 보니까 벌써 그 문 앞에 와서들 섰더군."

이화는 이야기를 들으면서 창백하여졌다. 조심스러운 노크 소리가 나고 상규가 들어와 자리에 끼었다.

"놀라셨죠?"

하며 웃는다.

어제 자정이 지나, 공산군 세 명과 민청원 네댓 명이 느닷없이 들이닥치더니 대뜸 이층 병실부터 뒤지기를 시작하였다는 것이다. 상규와 그 밖의 의사들은 급히 쫓아 올라왔지만 병실 문들은 벌써 다 열어젖혀진 뒤였다.

상규는 지운의 방 때문에 가슴이 덜컥했지만 먼저 올라가는 것은 위험을 더 크게 하는 일이었다. 그들은 어쩌면 이층만으로 되돌아가 줄지도 모른다고 생각했다.

"삼층요? 거기는 환자를 넣지 않았습니다만……."

층계 밑에 와 선 그들에게 약제사인 미스터 리가 말하였다. 그러자 그들은 오히려 삼층을 볼 결심을 세운 듯이 층계를 딛고 올라갔다.

상규는 지운의 방 앞을 흘깃 보았다.

그리고 그 앞을 슬쩍 지나가면서 마침 가운 포켓에 들어 있던 약장 자물쇠를 지운의 도어에다 채워버렸다. 이층에 있던, 정말로 팔을 부상한 청년까지 끌려나온 것을 보았기 때문에 순간에 그렇게 해버렸던 것이다. 그들이 지운의 도어에다 회중전등을 들이대었을 때 자물통은 아직도 약간 건들거리고 있었다.

"빈방입니다."

하고 상규는 앞서서 걷기 시작했다. 최대한의 모험이었다. 등에서 식은땀이 솟아났다. 그들은 그대로 도어 앞에 서 있었다. 회중전등의 노란 동그라미가 도어의 아래위를 내왕하였다.

하나가 발을 내디뎠다. 그러자 모두가 걷기 시작하여 지운의 방 앞을 통과하였다. 그들은 입원하고 있던 젊은 사람들을 조사한다고 모조리 데리고 가버렸다.

"정말 중환자도 있었거든요. 닥터 김이 궁금하다구 알아보러 갔는데 왜 여태 안 올까……?"

상규는 오늘은 그 '구호반'의 완장 대신 '연락계'라고 씌어진, 붉은 줄이 그어진 것을 짧은 소매 위에 달고 있었다. 그것을 당겨 올려 고쳐 두르면서 그는 자기도 곧 나가려는 듯이 뒤뜰을 내려다보았다.

둔한 진동이 먼 곳에 일었다. 그리고 폭발음이 연이어 들려 왔다. 이화는 오늘 특별히 늦게서야 도착한 이유를 상기하였다. 서둘러 도시락을 꺼내면서,

"시장하시죠? 바로 저거예요. 거의 일 분마다 처마 밑으로 쫓겨 들어가느라구 시간이 이렇게 되어버렸어요. 그런데 어떤 사람은 시장하면 공연히 심술이 나는 법이래요. 그렇다죠?"

지운에게만 통하는 말을 하였다.

"그렇다나 봐."

하고 지운은 시치미를 떼었다.

이화는 창틀에 팔꿈치를 짚고 서서 상규에게 말을 걸었다.

"구호반은 어떡허셨어요?"

"뒷집 사람 빌려줬어요."

"의산가요?"

"아뇨, 그저 통행증인 셈이죠."

상규는 피식 웃었다.

"이건 또 어디서 나왔는가 하면, 중학교 운동회 때 내가 달았던 건데, 접때 광에서 굴러 나왔어요. 그래 집어 달았죠."

"수상쩍게 알지 않을까요?"

"뭐가 뭔지 놈들끼리두 모르는 판인걸요, 뭐."

창유리가 떨어져 나갈 듯이 흔들리고 고막이 찢길 듯한 폭음이 일순 땅을 들었다 놓았다.

"이크, 잘한다!"

하고 지운이 젓가락을 든 채 소리쳤다.

"그러지 말아요. 누가 듣겠어."

상규는, 오늘 새벽 옥상 광 속에 들어가서 담요를 덮어쓰고 라디오를 들었다면서 좀 심각한 투로 말했다.

"굉장한 격전이 벌어지고 있는 모양은 모양인데…… 일개 여단을 전멸시키고 여단장을 생포했다는 이 애들 발표하구 비슷한 소리를 하구 있었어요. 대전 공방전두 실패, 김천서두 또 안 된다면 아닌 게 아니라 참 큰일인데요."

항간에는 불일간 인천으로 연합군이 상륙하리라는 소문이 떠돌고 있었으나 믿을 만한 근거가 있는 것은 아니었다.

"여하간 좀 조심하는 게 좋을 듯해. 너무 그렇게 나다니지 말구."

이번에는 지운이 상규에게 그런 충고를 하였다.

"네, 그렇지만 이거 어디 숨 답답해서 살겠어요? 자식들 언제쯤이나 몰살되려나. 한선생이라두 좀 만나구 와야지……."

그는 충고를 듣는 한편으로 흘려버렸다는 증거로 그런 소리를 하고 아래층에 내려가 버렸다. 지운과 이화는 한동안 한선생의 이야기를 하였다.

정치학 교수인 한선생은 집에 있으면 붙잡힌다고(그는 정년에 가까웠으므로 의용군으로서가 아니라 반동분자로서의 체포 대상이었다.) 종일 거리로만 쏘다녔다.

헌 신문을 한 장 뒷주머니에 찌르고 다니다가 다리가 아프면 펴놓고 앉았다. 그는 미국에도 갔었고 영어에 능통하니까 오밤중에 단파를 듣고 좀 신통한 정보를 입수함직도 한 노릇인데, 요즘은 아주 망령을 하였던지 계룡산이 어떻고, 『정감록』에 무어라 씌었고 하며 엉뚱한 방향으로 관심이 쏠려서, 상규는 장터에서 그를 찾아내어도 적이 낙심이 된다는 것이었다. 그는 맥아더 장군이 나섰다는 확실한 정보를 제일 먼저 제공한 인물이었지만, 그 뒤로 자꾸 지연되는 장군의 작전에 실망을 느꼈던지, 그렇지 않으면 어쩔 수 없는 일에 애면글면 조바심을 하느니, 『정감록』이나 꿰어 맞춰보는 것이 시간을 보내고 배고픈 것을 참는 데 유효하다고 생각했는지, 어느 쪽인지는 알 수 없었다. 그의 역학(易學)적인 해석에 따르면 여하간 멀지는 않았다는 것이다. 상규는 한선생을 만나고 와서는 어처구니없다고 떠들어댔으나 지운은 유쾌해하였다.

폭격 소리가 뜨음해지자 이화는 급히 일어났다.

"집에 갔다가 한 번 더 왔다가 또 가려면 시간이 바쁘겠어요."

"그럼 좋아. 오늘은 더 안 먹을 테니까 좀 더 있다 가요."

"안 잡수시다니 천만의 말씀. 많이 잡숫고 기운을 모아두셔야지."

"쌀은 공짜니까."

지운이 뒤를 이어 둘은 웃었다.

"거리를 혼자 다니게 하는 게 불안해. 아주 못마땅해요."

"한번 나가 보시겠어요? 맨 여자들뿐이에요. 남자들이라곤, 더구나 젊은 남자라곤 볼 수 없는걸요."

"인민군 용사들이 버글버글하지 않아? 이화를 처다보고 그럴 거야."

“아이, 바보 같은 소리.”

“난 정말 싫어.”

지운의 찌푸린 이맛살을 이화는 양손 끝으로 펴놓았다. 그리고 병원을 나왔다.

요란하나 기실은 침체된 날들이 계속되었다.

공습은 여전히 되풀이되었으나, 그것은 그것뿐으로 국면의 새로운 전개를 가져오지는 않았다. 오히려 이 겨우내는 그저 이 모양으로 끌면서 지날 공산군의 계획이라는 풍문까지 인천상륙설과 등을 맞대며 날아다니고 있었다.

겨울까지 중원군이 오지 않는다면 거지반의 시민들은 목숨을 유지하기 어려우리라. 괴뢰군이 끌어가고, 그들의 앞잡이가 체포해 가고, 그리고 굶주리는 위에다가 비행기의 폭탄이다. 이 예상은 사람들의 짜증을 촉발시키기에 십상이었다.

그러나 사실 사람들이 소리를 내어 욕설을 지껄일 수 있는 것은 그 비행기에 대해서뿐이었다.

“빌어먹을 놈들. 일두 못 치르면서…….”

끝없이 이러고 나간다면 저 다다미 밑에나 천장에 숨어서 욕을 보는 사람들은 어떻게 해야 하는 건가?

밥을 지으러 오는 영아 엄마는,

“우리집 천장에는 양수일이가 있어요.”

하고 어느 날 깔깔 웃으면서 지껄였다. 양수일이란 그녀의 집과 한쪽 벽이 붙어 있는 옆집 주인의 이름이라 하였다. 옥엽은 그런 말을 커단 소리로 하면 못쓴다고 타일렀으나,

“난 괭이가 들어간 줄만 알았지 뭐예요.”

영아 엄마는 우스워 못 견디겠다는 얼굴이었다.

많은 집 지붕, 그리고 또 많은 집 방바닥 밑에 일가의 주인이나

아들은 숨어서 허덕이고 있었다.

　무거운 총을 둘러메고 동근은 산 밑 길을 걷고 있었다. 숲에서는 뭉클하고 풀내가 끼쳐오고 반짝이는 하늘에는 향긋한 솔[松]내가 흐르고 있었다.

　걸어가는 것은 상쾌한 일이었다. 앞에도 뒤에도 그의 동무들이 가득 있어 기운찬 얼굴로 줄지어 가고 있었다. 그중에는 얼마간 불안해진 듯 도무지 입을 열지 않는 친구도 있었으나 대부분은 아직 펄펄했다. 대열의 선두에 인민군 동무가 몇 있었고 제일 뒤에도 따라오고 있을 것이었다.

　그들은 이틀을 서울 교외의 국민학교 교사에서 자고 오늘 새벽 일찍 그곳을 출발한 것이었다.

　목적지가 어디인지는 알 수 없었다. 알 필요도 없었다. 총을 다룰 자신이 있다고 손을 든 친구들에게(그것은 이쪽으로 갈라져 온 이백여 명의 인원 중 반 가량의 수효였다.) 장총이 건네어지고 느닷없이 그들은 출발한 것이었다. 나머지 학생들은 여럿이서 무거운 궤짝 같은 것을 맞들기도 하고 곤봉이나 죽장을 메고 있기도 하였다.

　이틀 동안 국민학교 교실에 머무는 사이, 이들은 때때로 교육을 받았다.

　뾰족하게 마른, 얼마간 학식이 있어 보이는 군관 동무가 교단에 서서 연설을 하였다.

　"용감하고 애국적인 동무들…… 동무들은 제국주의 침략자의 정체를 알고 있습니다. 금수와 같은 영미 제국주의와 결탁한 늙은 괴뢰 이승만의 부패정치는……."

　소년들은 무릎을 모아 세우고 마룻바닥에 앉아 과격한 어휘들이 날카로운 제스처와 함께 튀어나오는 것을 보고 있었다. 그들은 엊

그제까지도 그들의 나라, 대한민국의 원수(元首)인 노대통령을 막연히 경애(敬愛)하고 있었다. 애국적인 투사라고 생각했을 뿐만 아니라 일종의 친숙감을 느끼고 있은 터였다. 한길에서 그의 승용차인 관 1호가 사이드카를 앞세우고 지나갈 때면 이들은 책가방을 들고 걷던 걸음을 잠깐 멈추고 말하였다.

"할아버지다. 어딜 가셨던 걸까?"

버스의 차장이나 젊은 운전수도 창에서 고개를 내밀며,

"할아버지다, 할아버지다."

했다.

얼굴이 뾰족 마른 이북 병정이 그를 욕스럽게 말하는 것을 듣는 일은 소년들에게 뭔가 생리적인 위화감을 주었다. 오래전부터 공산주의를 신봉하고, 투쟁적인 반항의식 속에 살아왔다는 소년은, 이들 사이에 별로 없었던 까닭이었다.

"……악질 부르주아지의 압박과 착취 밑에서 신음하는 노예적인 상태를……."

동근은 지리함을 느끼고, 그 군관이 정확한 표준말을 쓰는 것을 이상히 생각하였다. 대한민국에 무슨 대단한 부르주아가 있었다는 말인가? 토지개혁 이후로는 지주랄 것도 실제로는 없었고 대부분의 소자본주는 그의 아버지 같은 꼴이었던 게 실정이다. 그는 옆에 앉은 그의 친우인 철을 바라보았다. 철은 눈을 크게 뜨고 입을 꾹 다물고 열심히 듣고 있었다.

'이 녀석은 무엇에든지 금방 열을 올리지. 공산주의가 무슨 굉장히 좋은 건 줄 알구 야단이야.'

그러나 철은 우등생이었고, 꼬치꼬치 생각하여 행동하는 면도 있었다.

'그렇게 새삼스레 따지구 들지 않아두 난 알아. 요컨대 주먹으로

두드려 부수어가며 노동자의 정권을 세우자는 거지.'

동근은 주먹으로 책상을 치는 뾰족한 얼굴을 멀거니 보면서 생각하였다.

'노동자가 뻐기는 것두 괜찮지. 누구든지 뻐기구 싶은 놈이 뻐기면 되는 거야. 헌데 저희 맘에 안 들면 모조리 죽여버리니까…… 마구 죽여버리는 것이 좋은 일이구 법에두 들어맞는다구 이렇게 믿구 들 있으니까, 그래 난 저것들은 딱 질색이라니까.'

틈을 보아 도망쳐 버리자고 그는 생각하고 있었다. 조속한 시일 내에 그렇게 하는 것이 좋으리라 싶었다. 하지만 좀 더 서울에서 멀어질 필요가 있었다. 의용군에 가는 체하고 금방 달아났다면, 큰소리치며 빼내 온 아버지는 물론 다른 식구들에게도 누(累)가 미칠 것이었다. 그는 옥엽의 고운 빛 옷자락과 조용하고 다정한 눈초리를 상기하였다.

'내 걱정은 하지 말어, 작은누나.'
하고 그는 혼자 속으로 중얼거렸다.

공산당은 질색이었지만 그에게는 그들이 무엇을 어떤 모양으로 해나가는가에 대해서는 호기심이 없지도 않았다. 그가 본래 갖고 있는, 싱거운 흥미인 것이다.

철은 생각을 더듬는 눈으로 깊이 끄덕여가며 연설을 경청하고 있었다. 그의 얼굴이 빛나는 것을 보고 동근은 괴뢰 장교가 무어라 명쾌한 이론을 토했나 보다고 그렇게 짐작했다. 그는 철을 무척 좋아하고 있었지만 언젠가 도망갈 작정이라는 말은 비추지 않았다.

별안간 박수 소리가 일어났다. 뒤쪽에서 누군가가 옳소! 하고 외치니까 여럿이 흉내를 내었다. 동근은 좀 쨈을 두고 다시 옳소! 하고 큰소리로 외쳤다. 그 목소리는 다른 소년들의 그것보다도 월등 크고, 장난스럽게 울렸다.

철이 동근을 보면서 약간 정색을 하였다.

"조심하는 게 좋아. 누가 오해할지두 모르니까."

그들은 온종일을 걸어 또 어느 시골 학교에서 잠을 잤다. 그리고 다시 행군이었다.

"어이 우린 정말 국군하고 교전하는 일이 있을까?"

"글쎄…… 지금은 북쪽으로 가고 있지 않어? 그리구 국군들은 벌써 다 도망쳐 버린걸. 넬 모레면 부산일 게다."

"부산까지 추격해 놓고라도 싸움은 싸움이지. 끽소리 없이 현해탄으로 뛰어들지들은 않을 테니까."

"뭐 그렇게 되면 다 죽은 거나 마찬가지지."

"그럼 지금 우리는 뭘 하러 가는 셈일까?"

"걱정을 말어. 할일이야 많이 있을 테지."

여러 클래스의 소년들이 뒤섞여 있어, 개중에는 전혀 본 일이 없는 다른 학교의 생도도 있었다. 처음에 소대를 편성할 때, 운동장의 그 자리에 서 있던 소년들이 한데 섞인 것이어서 그들은 유달리 불안한 기색으로 휴게나 식사 때면 한데 몰리곤 하였다. 그런가 하면 열렬한 분자가 있어, 이들은 요란하게 적기가(赤旗歌)를 부르고 슬로건을 외치고, 잠시도 가만히 있지를 않았다. 그들은 각기 본시부터 약간의 기반을 갖고 있었거나 또는 재빨리 물이 든 자들로서, 격렬한 들뜬 듯한 태도를 과시하였고, 영용하다느니 전체 인민이라느니 하는 말을 무턱대고 많이 썼다.

그러나 생도의 태반은 동근과 한가지로 우연히 등교했다가 우물쭈물하는 사이 뭉뚱그려 잡혀왔다는 것이 사실이어서 날이 가고 서울이 멀어지니까 자연히 말수들이 줄어져 버렸다.

동근은 그러나 평상시와 다름없는 태평한 낯빛을 하고 있었다.

처음에 그들은 분명히 북쪽을 향하여 출발하였다고 생각하였다.

하나 산을 몇이나 넘으며 우회하여 결국 남쪽으로 가고 있는 것이었다.

"저것은 수원(水原)이 아닐까? 한쪽에서 빛나는 것은 저수지인 것 같아."

산중에서 야영하고 다시 떠난 날, 철이 먼 평지를 손으로 가리키며 그렇게 말하였다.

"아무 데면 어때. 가라는 데루 가서 무자비한 투쟁을 하여 남반부의 제국주의 노예를 해방시키면 되는 거지. 그렇잖어, 철 동무?"

동근의 의견에 철은 대꾸를 안 하였다.

저녁때까지 걸어가니까 가는 비가 뿌리기 시작하였다. 수원같이 보인 곳은 산그림자 뒤에 사라진 지 오래였다.

어디쯤을 걷고 있는지 전혀 알 수도 없었다.

총대는 무거워 어깨의 살이 패는 것 같았다. 앞을 가는 급우의 교복이 걸레쪽처럼 젖어 등에 철꺽 붙어 있었다. 몹시 피로해 있었으나 선두의 보조는 웬일인지 더 빨라졌다.

동근까지도 헐떡헐떡하기 시작했다.

골짜기에서 잠깐 동안의 휴게가 주어졌다. 동근은 잡초 속에 앉아 연두색 풀벌레가 줄기를 기어오르는 것을 들여다보았다. 총은 무릎 위에 얹혀 있었다.

철이 포켓에서 몹시 구식인 회중시계를 꺼내었다. 앞뒤가 꼭 같은 껍데기는 금으로 만들어져 있었다. 철은 뚜껑을 열어보고,

"멎어버렸다. 틀어주는 걸 까맣게 잊었었군."

"상당한 고물이로구나. 어디서 났니?"

"응, 아버지에게 갖다 드리고 왔어야 하는 건데…… 하지만 잘됐어, 기념으로 갖구 있지. 그리구 바늘은 여섯시에 맞춰 둘까? 내가 집에서 나온 것이 여섯시였으니까."

144

그리고 그는 소중한 듯이 시계를 도로 집어넣었다. 열성분자의 하나가 후닥딱거리고 인민군 동무에게로 달려갔다. 인민군 동무와 의사를 통하는 것은 이들뿐이었다. 나머지는 마치 언어가 다른 이민족들끼리처럼, 또 어쩌면 낯가림이라도 하는 것처럼, 외면을 하고 있는 것이었다.

굵은 빗방울이 후둑후둑 뿌렸다. 그것에 놀란 듯 소대장은 호령을 내렸다. 대열은 출발하려고 늘어섰다.

그때 별안간 측면의 산등성이로부터 기관총의 호닥딱거리는 소리가 들렸다. 악! 하고 놀랄 사이도 없었다. 손으로 만져지기라도 할 듯이 가까운 거리에서 둥그런 철모들이 움직이는 것까지 보였다. 총알은 순식간에 몇 명의 생도를 쓰러뜨렸다.

동근은 움푹 팬 웅덩이로 뒹굴어 들어가 둥그런 철모들이 있는 쪽에다 대고 저도 모르게 몇 방 쏘았다. 그러고는 정신이 들어 총을 놓아버리면서 주위를 둘러보았다. 정규의 공산군 병사는 응전을 개시하고 있었다. 여럿이 맞들고 온 두 대의 기관포가 등성이에 대고 불을 내뿜고 있었다. 다른 패들도 바위나 숲 그늘에 엎드려 총을 겨누고 있었다.

동근은 그의 바른쪽 사오 미터의 거리에서 철이 사격하고 있는 것을 보았다. 그는 교련 시간이면 늘 칭찬을 받는 정확한 자세로 방아쇠를 잡아당겼다.

"철! 어이, 집어쳐!"

동근은 힘을 주어 말했으나 그는 듣지 못하는 것 같았다.

동근은 자기의 장총을 좀 더 먼 곳으로 집어던지고 웅덩이 속에 누워버렸다.

국군들이 산에서 내려올 때까지. 그래서 살아남은 패들을 생포해 주기까지.

다시 동근은 산속을 걷고 있었다.

파란 카키의 작업복을 입고 헬멧을 쓰고, 이제는 버젓한 국군의 사병이었다. 격전을 마친 흙투성이의 부대의 끄트머리에 달려서 그는 자기의 엠원 외에 노획품인 따발총까지 짊어지고 있었다.

돌이 데굴거리는 강파른 산비탈은 조심을 해도 미끄러졌다. 방금 사선(死線)을 넘은 전우들이 묵묵히 앞서서 가고 있었다.

수없는 전투를 거쳐 나오는 새, 자기가 살아남았다는 일에 대해서 별로 희한한 감회를 갖지 않게 된 동근이었지만, 죽지 않고 묵묵히 등을 보이며 걷고 있는 전우들의 모습을 볼 때면 무언가 알 수 없는 감동에 사로잡히는 것이었다. 전투는 치열을 극하여, 전투원의 태반을 잃고 마는 것은 거의 매번의 일이었다. 동근과 분대장인 중사 한 명이 간신히 살아남은 때도 있었다.

동근들의 의용군은 그날 궤멸을 당하고 국군의 포로가 된 수십 명은 응분의 처분을 받았다. 즉 대부분의 하잘것없는 철부지들은 적당히 혼들이 난 다음에 징집병의 훈련소에 던져 넣어진 것이었다.

운수 사납게 극렬분자들에게 붙들려서 거의 강제로 끌려왔노라는 그들의 호소가 시인을 얻은 셈이었다.

동근도 잡혀서 트럭에 실려 간 거기까지는 다른 여럿과 다를 것이 없었다. 그러나 그 후에 그는 제 마음이 향하는 쪽으로 길을 열었다. 여러 가지 공작을 해서 어쨌든 그는 남보다 먼저 전투부대에 끼어 실전에 참가하게 된 것이었다.

맨 처음 그들이 잡혀서 보내진 곳은 천안 근방인 듯하였으나, 분산되었다가 겨우 재조직이 시작된 국군의 병력은 싸우는 대로 후퇴에 후퇴를 거듭하는 수밖에 없어, 총자루도 제대로 쥘 줄 모르는 신병들은 겉묻어 남쪽으로, 김천 부근까지 내려가 버린 것이다.

천안 공방전에 패한 유엔군은 대전까지 단숨에 몰려갔으나 이곳의 격전도 참패로 끝이 났다. 김천, 그 다음은 낙동강이었다. 하늘의 해를 볼 수 없는 포화 속에서 피바다를 이루며 밀고 당기는 일이 계속되었다.

국군은 아직 사단공격(師團攻擊) 등은 어림도 없는 형편이어서, 마치 게릴라처럼 분산적으로 대항을 할 수 있을 따름이었다. 그러나 첩첩한 산을 타고 필사의 격전이 되풀이되고 있었다.

동근은 그런 전투원의 하나였다. 그는 충분히 한 사람 몫의 구실을 하였다. 멍한 것 같았지만 재빨랐고, 머릿속에 마치 아무 생각도 없는 듯이 용감하였다.

중사와 단둘이 살아남았을 때에 어떤 지점을 찾아 산속을 헤매다가 적병을 만났었다. 탄환도 아무것도 없는 그야말로 패잔병이었으므로 대번에 사로잡히고 말았다.

적은 네 명이었다. 잔인한 놈들이어서 곧 쏘아버리지를 않고 소나무 등걸에다 비끄러매었다. 그러고는 그 앞에서 웃고 지껄이는 것이었다.

드디어 그들의 총대가 이쪽을 보고 겨누어졌을 때, 등성이를 타고 매처럼 날아든 전투기가 있어 기총소사를 받은 놈들은 쓰러지고 말았다.

중사가 눈을 뜨고 보니까 우동근 이등병은 가슴을 둘러 팔목에서 단단히 묶인 노끈을 몸을 굼틀굼틀하며 풀고 있는 중이었다. 보고 있는 사이에 노끈은 줄줄 끌러져 나가 땅에 떨어졌다. 중사는 자기도 그렇게 하려고 하였으나 옴짝 요동도 할 수 없었다.

"어떻게 한 거야? 네 것만 허슨히 매진 것 같지는 않은데?"

팔의 것을 풀어 던지고 엎드려서 발목의 줄을 만지고 있는 동근에게 중사는 말하였다. 동근은 빙그레 웃고 걸어와 중사의 자유를 도로 찾아주었다.

좀 한가한 시간이면 중사는 그에게 노곤을 푸는 비결을 가르치라고 조르곤 한다.

"그저 우연히 그렇게 된 겁니다!"

"아니 그렇잖다. 넌 괴상한 놈야."

그리고, 나이가 역시 스물 안팎밖에 되지 않은 중사는 목소리를 좀 낮추면서,

"몇 번이나 나갔다가 코피 한 번 안 터지고 돌아온 놈은 너뿐이지 않나!"

"죽으라고 싸웠는데두 그렇습니다!"

"그러게 말야."

중사는 적이 생각에 잠긴 눈으로 대꾸하는 것이었다.

동근은 때때로 철의 생각을 하였다.

집어치우라고 일껏 소리쳤는데도 그냥 총을 쏘아대다 죽어버린 철. 녀석은 공산주의 속에 들어가 보아야 그것이 무엇인지 가장 잘 이해될 거라 생각하고, 학교에 입학이라도 하듯 그 속에 뛰어든 것이다. 천천히 연구한 후에 또 나올 수도 있는 곳인 양으로…….

전국(戰局)은 조금도 국군에게 유리하게 돌아가고 있지 않았다.

일본에 주둔하고 있던 미국의 병력이 수송기로 옮겨져 전멸을 거듭하며 지연작전을 쓰던 무렵은 말할 것도 없고, 딘 소장의 여단(旅團)이 도착하여 대방위진을 친 그 작전에서도 조수같이 밀려드는 붉은 군대를 막아낼 수는 도저히 없었다. 아직도 얼마나 더 많은 피가 흘려져야 할 것인지, 결국은 승산이 있는 얘기인지 어떤지, 그것조차 의심스러운 상황이었다.

그러나 동근으로 보면, 자유세계는 한국에서는 완전히 분쇄되었고, 죽는 날까지 공산당의 노예로 그득 찬 세상을 보아야 할지도 모

른다고 생각했던 일도 있었던 만큼, 아직도 자유 세력이 숨 쉬고 있다는 사실은 기적과 같은 감동이었다. 결국 이편이 이길 수 있을까, 전멸을 당하고 마는 것이 아닐까, 하는 일을 그는 그다지 중대시하지 않았다. 그런 것을 따져볼 수 있는 시간에 그는 잠을 잤다. 그리고 가끔 가족들의 일을—옥엽의 얼굴을 생각하였다. 누구나 옥엽에게는 친절하게 대할 것이다. 그녀에게는 그렇게밖에는 대할 길이 없으리라. 그러나 어쩐지 마음에 걸리곤 하였다.

그날 동근은 산속의 소탕전에 참가하였다가 부대의 맨 끝에서 돌아오고 있었다.

옷이 찢어지고 헬멧의 끈이 끊어져 날아가 버렸으나 역시 코피 하나 터지지 않고 무사하였다. 내일 만약 잠시라도 쉴 시간이 있다면 중사가 또 노끈을 풀어 보이라고 그럴 터이지.

그러나 앞으로 푹 엎으러질 만큼 피로하였다. 발을 옮겨 놓을 적마다 무릎이 후들거리며, 그것은 마치 말이 네 굽을 꿇고 엎드릴 때처럼 저절로 꺾이려고 드는 것이었다. 어서 빨리 진지에 도착하여 총을 내려놓고 눕고 싶은 생각밖에는 없었다.

문득 그는 낮은 신음소리 같은 것을 들었다고 생각하고, 반 감고 있던 눈을 커다랗게 치떴다. 하나 아무것도 아닌 모양이었다. 그는 다시 한 발짝 내디뎠다.

이번에는 분명히 사람의 음성이 들려왔다. 뭐라고 한 것인지는 알 수 없었으나 조금 떨어진 바위 더미 저쪽에서 난 소리 같았다.

동근은 그편으로 걸어갔다. 바위 저쪽은 짙은 풀숲이었다. 그 속에 누렇고 후줄근한 군복을 입은, 조그만 괴뢰군이 한 명 엎으러져 있었다.

엎으러진 채 괴뢰병은 손발을 조금 움직거렸다.

동근은 그가 무기를 소지하지 않은 것을 확인하고 나서, 구둣발로 몸뚱이를 걷어차 보았다.

상대는 눈을 뜨고 그리고 벌떡 몸을 일으켰다. 동시에 그는 무릎을 꿇고 두 손을 가슴 앞에 모으면서 뭐라고 잰 말씨로 중얼대기 시작하는 것이었다.

그자도 놀랐겠지만 동근도 못지않게 무척 놀랐다.

첫째 그 빠르게 지껄여대고 있는 말씨는 도무지 들어본 일도 없는, 알지 못할 것이었고, 또 동근은 사람이 이처럼 자기를 보고ㅡ마치 부처님을 향한 듯이 빌어댈 수 있으리라고는 상상도 해본 적이 없었다.

그자는 어딘가를 부상하였는지 옷 앞이 피에 젖어 있었으나 그것은 보통이라 치더라도, 동근을 쳐다보고 있는 그 얼굴이 말할 수도 없이 곱게 생겨 있는 것이었다.

갸름한 윤곽, 오뚝한 코, 커다란 눈, 그 위에는 새까만 눈썹이 수려한 선을 긋고 있었다. 아주 어린 얼굴이었다. 동훈이 나이쯤이나 되었을까. 계집아이처럼 얼굴 빛깔이 하얀 것은, 그것은 출혈을 한 때문에 더 그런지 몰랐다. 끊임없이 뭐라고 지껄여대면서 그는 부들부들 떨고 있었다.

동근은 내려다보고 섰다가 겨우, 그 주워섬기는 말이 중국말인 듯한 것, 살려달라고 하고 있는 모양인 것, 손가락으로 옆구리를 가리키곤 하는 것은 거기를 다쳤다는 의미라는 것을 짐작하였다.

중공군이 더러 섞여 들어왔다더니 과연 그랬나 보다고 동근은 생각했다. 놈들의 군대에는 이런 녀석이 다 있었던가? 병사라고 하기보다는 야만족에게 납치되어 온 귀족의 아들처럼 놈은 보이고 있지 않은가?

동근은 그의 머리통에 대고 총을 겨누었다. 쏘아버리자고 생각한 것도 아니면서 그저 그렇게 한 것이다. 놈은 기겁을 해서 두 손을 싹싹 문질러대었다. 그러면서 무수히 고개를 조아렸다.

"이런제에기."

동근은 팔을 내리면서, 놈을 어떻게 처리할까 궁리하였다. 옆구리에서 피가 흐르고 있고, 다리도 성치 못한 눈치이니 내버려두면 혼자 죽어버리거나 그럴 터이지.

동근은 몸을 돌려 걸어가려고 했다. 그랬더니 놈은 고개를 저으면서 매달릴 듯이 한다. 상처가 아팠는지 앞으로 픽 쓰러지더니 또 급히 일어나서 부들부들 떨며 손을 비벼댄다. 연방 무어라고 지껄이기를 그치지 않는다.

"아, 이 자식아, 날더러 대체 어쩌란 말야!"

동근은 버럭 소리를 질렀다. 놈은 무슨 뜻으로 알았는지 고개를 끄덕여 보였다.

"제에기 빌어먹을……."

동근은 총을 땅에 내려놓고 적병에게 등을 돌려 대며 엉거주춤하였다.

"업혀라, 이 망할 자식."

총대로 엉덩이를 받쳐들고 그는 걷기 시작하였다. 가만 두어도 빠져나갈 것만 같던 무릎은 한 번씩 내딛는 것이 여간 큰 고역이 아니었다. 등에서 놈은 아주 축 늘어져버렸다. 옷이 척척해 오는 것은 놈의 상처가 또 새로 피를 내뿜기 시작한 건지 몰랐다.

동근은 헉헉거리면서 걸음을 재우쳤다. 맨 끝을 가는 전우의 철모가 골짜기를 구부러지는 것이 보였다. 빨리 쫓아가야만 했다.

꽤 높은 낭떠러지에 그는 서 있었다. 골짜기를 향힌 강파른 경사가 저만큼 내리 뻗치고 있기는 하다. 이 자식이 아니면 여기서 뛰어내리는 건데——하였지만 그는 길 쪽으로 옆걸음질을 쳐서 가기 시작했다. 그때 쿠탕꽝! 하고 둔중한 음향이——대포소리가, 온 산들을 진동시켰다. 꽤 떨어진 맞은편 산 중복(中腹)에서 번쩍하고 섬광이 일었다고 생각한 순간 먼저 날아온 대포알은 동근의 등 뒤에서 작렬하였다. 와르르 쿵! 하고 산등성이의 흙더미가 하늘로 분출하며 무너져버렸다. 이어서 또 포격 소리, 폭발음…….

골짜기로 뛰어들면 산다고 동근은 그 찰나 판단하였다. 저 혼자만을 생각한다면 그것은 사각(死角)일지도 몰랐다.

그러나 그는 골짜기로 훌쩍 뛰어내리는 대신 강파른 경사를 옆으로 달리기 시작했다. 무거운 짐을 벗어놀 생각은 하지도 않고 달렸다.

포탄이 날아왔다. 그것은 동근의 발부리에서 작렬하였다.

동근의 생명은 거기서 단절되었다.

그의 머리와 그의 가슴과 그의 팔다리는, 하나씩 떨어져 마치 분해된 것처럼 따로따로가 되어 공중으로 사산(四散)했다.

큰길로 나선 곳에서 이화는 오숙자를 만났다.

"우리 집에 오는 거니?"

"응, 그렇지만 넌 나가는 길이구나. 저기까지만 같이 걸으며 얘기해, 그럼."

오숙자는 돌쳐섰다. 그들은 나란히 걷기 시작했다.

오숙자는 까만 벨벳 치마를 입고 생기에 찬 얼굴을 하고 있었다. 이화의 팔에 걸친 장바구니를 눈여겨보았지만 어디로 가느냐고 캐지는 않았다.

"요새 퍽 바쁘지?"

이화가 그런 소리를 했다.

"바빠. 너는?"

숙자는 이번에는 똑바로 이화를 주시하면서 의미 있는 웃음을 담아 보였다.

공습경보가 울려 그들은 문이 닫힌 어느 상점의 처마 밑으로 들어섰다. 곧 폭음이 울리며 멀지 않은 곳에서 기총소사의 요란스러운 소리가 일었다.

"병원에 와서 일을 좀 도와줬으면 하는데."

요란스러움이 잠깐 가시는 사이를 기다려 숙자가 그렇게 말하였다.

이화는 가슴이 덜컥 내려앉았다. 그것이 지운의 병원을 말한 것이 아니라고 깨닫고도 한동안은 높아진 고동이 가라앉질 않았다.

"부상병이 늘어가고 있어서 말야, 손이 모자라 그래."

날카로운 열음(裂音)과 함께 처마 위를 휙 스쳐간 전투기를 시선으로 쫓으면서 여자 공산당원은 목소리를 낮췄다.

"병원에서 우리가 뭐 소용에 닿겠니? 옥도정기두 칠해 본 일이 없잖아?"

"글쎄 그런 건 보구 따라하면 되지, 그런 게 문제가 아니라……."

멀어져 갔던 비행기가 이번에는 두세 대 한꺼번에 지붕을 넘어서 그들은 두 손으로 귀를 가리고 상점 문에 몸을 붙였다.

"이화, 내 말대루 해. 의과 학생이라는 건 지금 하나의 말하자면 훌륭한 자격인 거야. 아무나 군 병원에 복무할 수 있다는 건 아니니까. 그래서 군하구 행동을 같이하는 것이 좋아. 어차피…… 이 진격은 좀 시간이 걸릴 것 같긴 하지만…… 정세는 이미 결정되어 있……."

공중을 채운 폭음 때문에 그녀는 계속할 수가 없었다. 이화는 그녀가 비행기를 쳐다보고 욕을 퍼부으리라고 생각하였으나 숙자는 근육 하나 움직이지 않고 버티고 있었다.

“내 말대루 해, 바보야. 연구는 나중에 천천히 하더라도 우선 살구는 봐야 할 것 아냐? 아무리 너라두 말야.”

그 말을 해놓고 오숙자는 혼자 우스워진 듯이 빙긋하였다.

“응, 부상병을 돌봐주는 건 괜찮지만, 나두 좀 바빠서…… 너 알겠지만 내 경우에는 집의 일도 상당히 분주하니깐…….”

이화는 조심스럽게 그런 소리를 늘어놓았다. 오숙자는 완강하게,

“안국동 네거리에 풍문여고 있지? 거기가 지금 제7위생병원이 되어 있으니까 낼이라두 오란 말야. 나를 찾아. 그렇지 않음 우리한테 화학을 가르치던 고교수랑두 거기 있으니까 만나 얘길 하든지.”

“…….”

해제의 사이렌이 토막토막 끊어지며 울어대었다. 그들은 처마 밑을 나와 큰길을 걷기 시작했다.

“김오식이는 평양 갔단다.”

하고 숙자는 돌연 화제를 바꾸었다. 그녀의 음성은 기쁜 듯이 탄력을 더하며 튀겨지는 듯하였다.

“그랬니?”

이화는 풀없이 대답하고 상대를 물끄러미 바라보며, 어쩌면 그녀도 오늘내일 평양으로 떠날 작정인지 모른다고 생각하였다.

“그 사람은 여기 또 돌아오나?”

“응, 아니 금방은 아니지만.”

얼마간 들뜬 듯이 숙자는 대답했다. 지운의 이름이 그 입에서 튀어 나올까봐 조마조마하였으나 숙자는 끝내 모른 체하고, 네거리에 와 닿았을 때 헤어져 갔다.

“내가 오늘 왔었다는 걸 잊지 말어.”

웃으면서였으나 온전히 명령적인 그녀의 어투가 이화의 가슴을 어둡게 눌러댔다.

공습경보가 다시 하늘을 뒤덮었다. 행인들은 길가로 다가붙었다. 이화에게서 얼마 떨어지지 않은 곳에서 숙자도 발을 묶이고 말았다.

한길을 건넌 맞은편은 이 동리의 인민위원회 사무소였다. 조잡한 건물의 밀어붙인 창틀 너머로 칸막이도 없는 좁은 사무소 안이 넘겨다보였다.

이쪽저쪽에 테이블을 놓고 남자들이 앉고 서고 하고 있었다. 창틀 가에는 한 사나이가 열서너 살 되어 보이는 소년을 앞에 세우고 옆모양을 보이며 걸터앉아 있었다.

소년은 비참한 표정으로 뭔가를 열심히 애원하고 있었다. 별안간 사나이는 몸을 일으켰다. 그의 손에는 다듬이 방망이 같은 곤봉이 쥐어져 있었다. 그는 그것으로 소년을 내리치기 시작하였다. 발작적인, 미친 듯한 잔인함으로 그는 곤봉을 휘둘러댔다. 눈은 시뻘겋게 충혈하고, 입에는 거품을 물고 있었다.

차마 들을 수 없는 비명이 소년의 몸속에서 터져 나왔다. 그는 두어 번 어깨를 꿈틀꿈틀 피하였으나 참지 못해 바닥을 뒹굴기 시작했다. 하늘을 향한 네 굽이 심한 경련처럼 버둥거렸다. 사람의 그것이라고는 도저히 믿어지지 않는 굵은 신음소리가 이 처참한 광경을 더욱 소름 끼치는 것으로 만들었다.

실내의 사나이들도 일순간 숨을 삼킨 듯이 모두 일어섰다. 하나 이 잔인한 사나이의 발작을 가라앉힐 수단은 없다고 알았는지, 또는 그다지 놀라운 일도 아니라고 생각하였던지 곧 제자리에 돌아앉아 버렸다.

"동무!"

"동무!"

남녀노소 없이 사람들은 서로 그렇게 부르면서 부당한 박해나

특권의식이 있을 수 없다는 것을 그들 공산주의자들은 선전하려 하였었다. 인민위원회 사람들도 소위 '반동분자' 라는 것에 대해서는 공포적인 존재일 수밖에 없었겠지만, 그 외의 시민에게는 그야말로 '동무' 였어야 할 이치였다. 소년이 무엇을 하였는지는 알 수 없었다. 하나 반동이라는 뜻에서의 처벌이 아닌 것만은 명확하였다. 그런 것이라면 이런 곳에서의 린치[私刑]로써 끝날 수 있을 일이 아니었기 때문이다.

사나이는 있는 대로의 악장을 다 부리고 나서는 기운이 진했는지,

"가! 이 개 같은 새끼!"

어깨를 들먹이며 마루 위에서 발길질을 하였다.

소년은 으그그…… 으그그…… 하고 울면서도 구석에 뒹굴고 있는 네모난 대바구니를 집어들고는 거꾸러질 듯 바삐 사무실을 뛰쳐나왔다. 몇 번이나 그는 엎어졌으나 한시라도 빨리 그곳에서 멀어지고 싶은 듯 질질 기면서 시장터께로 달아나 버렸다.

하늘로부터 오는 폭넓고 위압적인 진동음 아래, 그것은 염오스럽고 절망적인 광경이 아닐 수 없었다.

이화는 가늘게 떨고 있었다.

사람이 사람을 구타하는 장면은 어느 나라에도 흔히 있을 수 있는 일일지 몰랐다. 이것과 비슷한 의미를 가진 장소에서, 지금과 같이 여럿의 눈앞에서 행하여지는 일도 있을 것이었다. 그러나 이화는 그렇게 사리를 따지며 생각할 수가 없었다. 그녀는 이 일의 해답을 요구하듯 숙자에게로 강한 시선을 쏘아 보냈다.

숙자의 희맑은 얼굴에 쓰디쓴 빛이 가득 괴어 있었다. 이화가 이 광경을 보고 있다는 일이 그녀의 고통을 크게 하였을 것이다. 그녀는 공습경보하의, 아무도 서 있지 않은 새하얀 길 위를 걷기 시작하였다. 대번에 호각이 울리고 초록빛 즈봉을 입은 경찰군이 이를 제

지하였으나 그녀는 한마디 짧은 설명을 하고는 그대로 혼자 걸어갔
다. 어깨에 그녀의 노여움이 나타나 있는 것 같았다.

　지운에게서 돌아오니까, 어머니가 대청에 나와 앉아서 왼편 볼
에 까만 사마귀가 있는 대위와 이야기하고 있었다.
　반지르르 윤이 흐르던 어머니의 머리는 기름기도 없이 부스스하
고, 크레용을 빨아먹은 듯 가운데만 발가우리 물을 들이던 입술은
핏기가 없어 세로 난 줄들만 뚜렷하여, 그녀는 아주 보기 싫은 노파
가 되어 있었다. 검은 무명의 치마와 당목 적삼이, 장삼을 씌워논
것처럼 모양 없이 조그만 몸매를 감싸고 있었다.
　그래도 오래간만에 보는 화창한 얼굴로,
　"부모님들은 그래 고향에들 계슈?"
　그런 소리를 묻고 있었다. 왼편 볼에 사마귀가 있는 대위는 마루
끝에 걸치고 앉아 더러 애매한 표정으로 대답을 하였다.
　볼 적마다 이화는 이상하다고 생각한다.
　표정 위에 무엇을 한 꺼풀 더 씌운 듯한 애매한 얼굴로 그들은 말
을 하는 것이다. 가족이라든가 고향이라든가 하는 가장 의사의 소
통이 수월한 이야기를 주고받을 때에도 그 막(膜)은 걷히는 일이 없
었다. 그것은 감정이 있는 방식의 상이를 의미하는 것인지? 어린아
이처럼 경계심을 이내 풀어 던질 수 있는 심씨조차도 의아스러운
눈으로 상대방의 입모습을 쳐다보며 생각하는 것이었다.
　'어째 사람들이 죄 이러냐? 서먹서먹하기만 한 게…….'
　"의용군 나간 우리 아들은 지금 어디쯤 가 있을까요?"
　그녀는 이번에는 그렇게 물었다. 상대가 무어라고 대답하였는지
이화는 듣지 않고 뒤꼍으로 돌아가 버렸으나, 어머니에게 남들과
이야기를 하지 말도록 단단히 주의시켜 두어야 하겠다고 생각하였

다. 무슨 소리를 해버릴지, 도무지 안심이 되지 않았다.

사랑채의 공산군들은 아침 열시쯤 되면 어디로들 가는지 싹 다 없어지는 것이 보통이었다. 저녁때이면 몇씩 몇씩 몰려서 돌아왔다. 늘 같은 사람들만이 오가는지 어떤지도 알 수 없었다. 이 볼에 사마귀가 있는 대위와, 웬일인지 꼭 이름으로 불리는 강석우라는 사나운 남자와, 밖에 세워논 트럭의 운전병만은 낯이 익었다.

오늘은 어째서 그 젊은 대위가 혼자 집에 있었는지 알 수 없었지만 이화는 성가신 일이라 생각하였다. 그 사람은 만약 그 모호한 표정만 아니더라면(그리고 또 물론 그 공산군의 복장을 안 하고 있었더라면), 끼끗한 생김새에 호감이 갈 법도 하였지만.

가만히 뒷방을 엿보니까 부친은 방바닥에 종이를 펴놓고 붓글씨를 쓰기에 여념이 없었다.

'大絃漕漕如急雨 小絃切切如私語 漕漕切切錯雜彈 大珠小珠落玉盤'

폭탄과 따발총과 유혈의 도가니 속에서 「비파행」이 다 무슨 주책이신가도 싶었으나 슬픈 생각이 들었다. 동훈은 구석에 앉아 기계의 도면이 있는 책을 보고 있었다.

심씨의 음성이 갑자기 높아지면서 뭔가를 호소하는 투로 변하였다. 이화는 놀라서 일어섰다.

"글쎄 그애가 어디 집에 있어야 말이죠? 없는걸요. 어딜 간걸요."

이화는 대청으로 나갔다. 사마귀가 있는 대위는 없어지고 마당에 양복점을 하던 젊은 반장이 서 있었다. 손에 무슨 대장 같은 것을 펴들고 싸늘한 미소를 담으며 말하였다.

"어딜 갔는가요? 갔음 신고를 하셔야죠."

그는 똑같은 말을 두 번 하였다. 이화에게 똑똑히 들리라고 그렇게 한 것이다. 그러면서 일부러 이화 쪽은 보질 않았다.

"아, 신고나 마나……."

심씨의 당황한 모양은 무엇을 숨기고 있다고 자백을 하는 거나 마찬가지였다.

"뭡니까?"

하고 이화는 약간 험한 말씨로 물었다.

반장은 흘깃 눈을 치떠 보더니 잠깐 동안 대답을 안 하였다.

"아 동훈일 글쎄 의용군 나가라지 않니."

심씨가 우는 상이 되면서 쓸데없이 설명을 가로맡았다.

"무슨 용건이시죠?"

이화는 냉연하게 되풀이하였다.

"아 왜 모르세요? 집집이 조사원이 나와서 모두 뒤지구 하잖았어요? 여기두 사실 벌써 뒤졌을 거지만 저쪽이 인민군 동무들 숙소이구, 그러니만큼 이렇게 와서 말로 하는 것 아니에요?"

몹시 감정적인 어투로 그는 늘어놓았다. 대문 밖에서 그의 일행인 듯한 동회의 직원 두셋이 기웃기웃 고개를 내밀었다. 요즘 우쭐해 있는 반장은 인민군이 들어 있다고 해서, 그의 권력 밖에나 놓인 것처럼 주위에서 느끼는 모양인 '우태갑이네 집'에 대해, 한번 위력을 발휘하자는 뜻을 일으켜 세운 건지 몰랐다.

겸손하게, 늘 잔잔한 미소가 고인 듯이 보이던 그의 작은 두 눈은 자신(自信)이 내공한, 이상히 집요한 빛을 담고 끈적끈적 이화의 피부를 스쳤다.

"여기 주인두 말하자면 그렇게 됐구, 조심허셔야 합니다, 괜히."

어미를 치켜올려 위협까지 하려 드는 것이었다. 동근이나 동훈의 양복떼기를 수선하여 주던 선량한 이웃은 이제 확실히 그런 깃이 아니었다.

이화는 큰일 났다고 생각했다. 그러나 그보다도 차차 커지면서 터져 나오려는 분격 때문에 그녀는 볼이 새하얗게 질려 들어갔다.

‘앞잡이!’

자주성도 인격도 가지지 않은, 인간 이하의 것의 이름이 앞잡이 인 것이다. 그를 ‘열성분자’로 만든 것은 어느 주의가 아니고 권력 의 맛이었다. 초라하고 구차스러운 권력의 부스러기, 그러나 그로 서는 난생 처음인 힘의 맛일 것이다.

경멸의 나머지, 이화는 어느 정도 분격을 가라앉혔다.

“그애는 집에 있지 않습니다.”

“그러기 어딜 갔느냔 말입니다. 안에 들어가 좀 조사를 할까요?”

이렇게까지 나온 반장이 조금 후에 말썽 없이 돌아간 것은 이화 의 말을 곧이들어서가 아니라 괴뢰 대위의 덕분이었다.

뺨에 까만 사마귀가 있는 대위는 사랑에서 나와 부엌문 앞에 가서,

“물을 좀 주시오.”

하고 옥엽에게 청을 한 것이었다.

그는 유리컵에 담긴 물을 맛있는 듯 들이켜고 나서 손에 든 채,

“뭐요, 동무?”

강한 함경도 악센트를 되도록 상냥히 들리도록 발음하며 뜰아래 반장을 내려다보고 물었다.

인민위원회의 위력은 한 ‘군관 동무’ 앞에 하등 비굴할 필요가 없었겠음에도 불구하고, 반장은 비굴하였다. 그는 우물쭈물 하며 필요도 없이 미소를 입가에 담고 의용군 모집 때문에 들렀노라고 말하였다.

“아 동근 동무요? 의용군 나갔소. 그 동문 참 열렬하오.”

그걸 아직 몰랐느냐고 힐책하듯 좀 날카롭게 그 목소리는 울렸 다. 뻣뻣하고 이질적인 감정을 갖고 있을 것이 틀림없는 공산 대위 가 동근의 이름을 기억하고 있는 일을 이화는 뜻밖이라 느꼈다. 이 화들이 알지 못할 어딘가에서 그러나 그의 감정도 미묘한 움직임을

계속하고 있는 건가?

"예, 알겠습니다."

반장은 동근이라는 이름을 확실히 들었을 것임에도 그렇게 얼버무리며, 대장 위에 얼굴을 떨구고 무엇이라고 분주히 기입하였다. 그리고 수고하시라고 하면서 대문을 나섰다.

사실 공산군에 대한 본능적인 공포를 그 자신 어쩔 수도 없었던 것이다.

'어디다 그 애를 숨겨야 하나?'

이화의 머리는 분주스레 회전했다.

해가 떨어질 무렵 이화는 주먹밥과 물병을 들고 동훈이 숨은 방공호 앞으로 다가갔다.

영아 아버지가 쓰러져 죽은 풀숲 못 미쳐 철망을 두른 공터가 산 밑으로 붙었고, 바위를 의지한 낡은 방공호가 우거진 잡초에 가려 오랫동안 그것을 만든 우태갑 씨 일가에게서조차 잊혀져 있었다.

샘물이 흐르는 뒷대문으로 나가면 바로 거기였지만, 이화는 다른 쪽으로 빙 돌아서 갔다. 공산군이 우글거리는 사랑채 지붕이 담장 너머로 보였다. 그러나 그것은 안채보다 토대가 한층 낮은 탓으로, 누가 일부러 담 너머를 보려고 높은 데 오르거나 하기 전에는 담장은 십상 눈가림의 역할을 해주는 것이었다.

괴뢰군들이 돌아오기 전에—되도록 한 명도 남기지 않고 나가 버린 뒤에, 이화는 동훈에게 가곤 하였다. 혹시 군대가 아닌, 다른 사람의 눈에 띄더라도 의심을 받지 않도록 바께쓰나 주전자를 들고 가기도 했다. 바위 앞 조그만 웅덩이에서 물을 떠 담는 체할 수도 있었기 때문이다.

호의 출입구는 좁아서 겨우 사람 하나 기어들고 날 수 있는 정도였다. 그 안팎에 눈에 띄지 않게 크고 작은 돌들이 굴려 놓여 있었다.

웅덩이에서 물소리가 나고 조금 있으면 그 돌의 하나가 가만히 비켜졌다. 이화는 그 틈으로 먹을 것을 들여놓았다.

동훈이 그 안에 있었다. 먼데로 데려 내갈 재주도 없었고, 또 이 무시무시한 시절에 누군가가 자기 가족 외의 식구를 맡아 돌봐 주리라는 일은 가망 밖의 노릇이었다.

"의용군에 끌려갈 바에는 죽는 게 낫다."

동훈은 그렇게 말하고 호 속으로 들어간 것이었다.

이화는 먹을 것을 들여놓고 나서, 불을 켜지 말라느니 소리를 내면 큰일 난다느니 매일 하는 당부를 되풀이한 다음, 이제 얼마 남지 않았을 거라고 덧붙였다.

"응, 응."

하고 동훈은 언제나 쉰 것 같은 목소리로 대답하였다. 돌을 좀 많이 움직여 놓고서 이화의 얼굴을 쳐다보는 때도 있었으나, 그런 때의 그는 몹시 불쌍해 보였다.

어제 그는 자기의 전기기구들을 좀 집어넣어 달라고 부탁하였다. 이화는 밤에는 절대로 만지지 않는다는 다짐을 받은 뒤에 그것들을 날라다 주었다.

그녀는 생각이 나서,

"정말 밤에는 조심해 줘."

"응."

"춥지 않니?"

"아니."

잡풀 속에서 찌지이익 하고 벌레가 울기 시작했다. 그러자 모두 잠에서 깨기라도 한 것처럼 여기저기에서 갖가지의 벌레 소리가 요란히 일었다. 몇 년이나 몇십 년 만에 풀벌레 소리를 듣는 것 같은 느낌을 이화는 가졌다. 서쪽 하늘이 핏빛으로 물들고 처절한 까만 구름이 가늘게 찢겨지며 흐르고 있었다.

"누나 귀 대구 이거 좀 들어봐."

동훈이 그렇게 속삭이며 줄 끝에 달린 이어폰을 굴 밖으로 내밀었다.

라디오에서 영감들의 목소리로, '동해애물과 배액두산이…….' 하고 느릿느릿 부르는 합창 소리가 들렸다.

"어머나!"

"비참하지?"

동훈이 그에게서 듣기는 매우 드문 어휘를 쓰며 감상을 말하였다.

이화는 그 합창을 듣는 순간 무어라고도 할 수 없는 우스움이 솟구쳐 올라와서 웃으려고 하였으나 반대로 눈물이 주르르 뺨을 굴러 내렸다.

그 복잡한 기분은 어떻게도 견제할 수 없는 것이었다. 그 새만 해도 벌써 괴뢰군의 군가, 무용곡풍의 마치, 슬라브조의 활발한 가곡에 젖어버린 귀엔, 애국가의 완만한 템포가 마치 태고의 노래처럼 아득하게 들렸다. 그리고 그 장중한 멜로디는 메마른 노인들의 음성이라 더 생기 없이 무겁게만 울리는 것인지도 몰랐다.

시민을 버리고 멀리 달아나버린 정부! 그들의 애국가 합창은 참 우습지 않은가! 그러나 그녀의 가슴은 쩌릿하게 아팠고 걷잡을 수 없도록 눈물이 쏟아졌다. 그녀가 인간적인 애정과 존경을 느끼고 있던 노대통령과 그의 각료들의 고뇌에 찬 얼굴이 눈앞에 떠올렸다. 국난(國難)이라는 두 글자가 머리에서 감돌았다.

그러나 이화는 곧 자기의 감동을 수습하고 동훈의 무모함을 나무라지 않을 수 없었다.

"동훈아, 제발 알아들어 줘. 인제 얼마 남지 않았을 거야. 그리구 들키면 그때는 정말 그만인 거야!"

나중 말은 애원하듯 하였다. 대답은 없고 동훈이 버스럭버스럭 기어가는 기척이 났다. 이화의 눈에 새로운 이슬이 맺혔다.

이화는 바께쓰를 들고 돌아섰다. 핏빛 같은 저녁 하늘이 재색으로 거무죽죽하게 변해 있었다.

이화의 가슴은 아팠다. 그 아픔은 굴에서 한 발짝 한 발짝 멀어감에 따라서 더 커지곤 하였다. 그녀는 이러한 세상은 참말 싫다고 생각하였다.

담장 가까이 왔을 때 그녀는 깜짝 놀라 걸음을 멈추었다.

"어머니, 어머니세요?"

그것은 심씨였다. 그 풀숲에 엉거주춤하고 있다가 일어선 것이 다른 사람 아닌 심씨였다고 깨달았어도 이화의 놀라움은 가라앉지 않았다.

심씨는 맺힌 구석이라고는 없는 성미여서 비밀을 잘 지키지 못한다. 상대방이 나오기에 따라서는 얼마라도 어리석은 소리를 늘어놓을 가능성이 있는 것이었다. 이화와 옥엽은 그래서 동훈을 굴에 숨긴 일을 심씨에게 말하지 않기로 하였다. 할멈도 할아범도 영아 엄마도 그런 기미를 눈치 채고 있어 도움 될 일은 하나도 없었다. 그들에게는 시골 갔다고만 해두었다. 심씨는 어디에 맡길 곳이 있었더냐고 매섭게 추궁하는 사람도 아니었다.

그래서 지금 심씨가 풀 속에 웅크리고 앉았다가 일어서는 것을 보고, 이화는 바위 앞에서의 거동을 보이고 만 것이 아닌가 하고 몹시 당황하였다. 무슨 일인지 잘은 모르더라도 뭔가가 그 부근에 있나 보다고 관심을 가지기 시작했다면 곤란한 일이 한두 가지가 아니었다. 말을 배우기 시작한 어린아이가 그렇듯이 한정도 없이 여

러 소리를 물을 것이요, 이화나 옥엽이 모르게 혼자 바위 밑을 들여
다보러 갈지도 모를 일이었다.

"여기서 무얼 하서요? 언제 나오셨는데요?"

이화의 말씨는 저도 모르게 날카로워져 있었다.

"그저 심심해서…… 너두 바람 쏘이러 나왔더랬니?"

심씨는 한가히 웃어 보였다. 별반 이화의 동정을 살피고 있던 눈
치는 아니었다. 속옷을 걷어 올리느라고 치마 위에서 긁적긁적하
며, 풀숲을 돌아다보고 퉤! 침을 뱉었다. 여기 나온 김에 변소에서
할 일을 치러버린 모양이었다.

이화는,

"들어갑시다, 어머니."

심씨를 재촉하였다.

"응, 가만 있거라, 이거……."

그녀는 땅에 뉘어두었던 한 움큼의 풀을 집어들고 허리를 굽히
면서 꺽새풀을 따기 시작하였다.

"이거 잘못하면 손 벤다."

그런 소리를 한다.

뭣에 쓰려는 걸까 생각하였으나 이화는 잠자코 있었다.

"요샌 라디오의 야담두 들을 수 없지, 아버지랑 앉아서 재미난
얘기두 할 수 없지, 게다가 동근인 의용군 나갔겠다, 동훈이까지 어
디루 가버렸으니 심심하구 허전해서……."

"……."

"애, 동근인 언제쯤 돌아올까?"

그녀는 눈을 들고 기다렸으나 딸이 대답을 들려줄 것 같지 않으
므로 또 허리를 굽히고 좀 더 풀을 따 모았다. 그리고 앞서서 집으
로 걸어왔다.

안마당에서는 할멈과 영아 엄마가 큰 양푼에 흰밥을 산더미같이 퍼담아 들고 종종걸음으로 나르고 있었다. 뒤꼍 모퉁이 딴 솥에다는 내일 아침 고깃국을 안쳐놓았으므로 마당 한가운데 아무렇게나 걸어놓은 대솥에서 연기를 마구 풍기면서 지어낸 밥인 것이었다. 열어젖힌 대문 바깥에는 낯선 사람이 몇이나 아까부터 오락가락 서성대고 있었다. 이 밥양푼을 보고 있는 것이다. 남루한 옷차림의 노인과 아낙네와 아이들이었다.

이화는 노여움과 부끄러움으로 낯을 붉히고, 그들 앞을 지나 대청으로 올라갔다. 찬간에서 옥엽이 양재기에 나물 같은 것을 무치고 있는 것이 보였다.

이화는 그러한 옥엽에 대해서도 울화가 치미는 것을 느꼈다. 따지고 보면 그녀의 그러한 방식만이 일가족의 생명을 우선 보호하고 있는 셈이요, 지운까지도 그 혜택을 입고 있는 계산이었다. 우태갑 씨와 동훈은 숨을 곳이 없어 잡히고 말았을 것이고, 이화나 옥엽 자신도 '여성동맹'의 일쯤 보지 않고는 배겨낼 재주가 없었을 것이다. 또 식량 문제는 어떻게 했으며, 아무 일도 할 줄 모르는, 그야말로 앉아서 죽을 판인 심씨는 어떻게 살아나올 수가 있었을까?

그러나 그런 것을 다 알고 있으면서도 이화는 옥엽에 대해서 화가 치밀었다. 그녀는 괴뢰군에 대해서 공포나 꺼림칙함조차 느끼고 있는 것 같지 않았다. 적어도 겉으로는 그렇게 보였다. 정성스럽게 반찬을 만들 필요가 어디 있을까? 그 정성이 조금도 그녀 자신의 행복에 관계가 없는 일일 때에?

방 안에 가득 연기가 들어차 있어서 이화는 뒷문을 열어젖혔다.

할아범이 쇠갈비 한 짝을 메고 방 앞을 지나갔다. 그 무뚝뚝한 영감이 대담스럽게도 '인민군 동무'들의 물자를 더러 쓱싹하여 옷감이니 시계 같은 것과 바꾸어 가지는 것을 이화는 진작부터 눈치

채고 있었지만, 그래서 아들 운보도 뻔질나게 여기를 드나들고, 그때마다 할멈이 불안스러운 얼굴이 되는 것도 다 알고 있었지만, 그것은 조금도 대수로울 일이 아니었다. 할아범은 또 사랑채의 공산군들로부터 전동무라고 불리고 있다. 영아 엄마는 손동무고 할멈은 할마이 동무였다. 전동무는 이제 마당이나 대문께에서 심씨나 이화 등을 만나더라도 전에처럼 조금 비켜서거나 두 손을 맞쥐거나 하지 않았다. 온통 고리타분한 냄새가 코를 찌르는 그 아들을 두고 말하더라도 그것은 마찬가지였다. 하나 이것 역시 대수로울 것은 없는 일이었다. 그보다도 이화는 할아범이 등에 지고 가는 쇠고기를 보자 오늘 낮에 시장 옆을 지나면서 본 일이 생각났다.

그 공산군 병사는 이화가 여지껏 본 가운데서도 제일 어린 나이일 것 같았다. 동그란 까만 눈을 하고, 윗도리가 거의 무릎에 닿은 느낌인 작은 소년이었다. 그래도 장총을 메고 군모를 쓴 모양은 차라리 애처로운 것 같은 감조차 들었다. 그는 손에 꾸깃꾸깃한 종이 한 장을 들고 그것을 내보이면서 쇠고기를 팔고 있는 남자에게 말하고 있었다.

"이걸 읽어보란 말이요. 그리구 좀 주어야지, 어이 참……."

그는 화가 나서 볼이 볼록해 가지고, 그러나 더 심한 말도 할 수 없고 장총 끝에 달린 검으로 그들의 친애하는 시민 동무를 그야말로 찔러버릴 수도 없어, 속으로만 애를 태우면서 지금 이 중요한 판국에 자기들을 위해 싸우고 있는 우리에게 고기를 좀 주지 않겠다는 것은 대체 무슨 심사이며 무지일까 하는 듯이 발을 콩콩 구르는 것이었다.

시뻘건 쇠고기 뭉치는 노천의 널판자 위에 피를 뚝뚝 흘리며 놓여 있었다. 너무나 비싸서 모두 보고만 지나가는 물건이었으나 그래도 누군가가 조금씩 떼달라고 와서 말하곤 하였다. 풀잎같이 얇게 베어 양념해 구워서, 한 조각에 백 환씩 팔려고 하는 사람들인 것이다.

쇠고기 장수는 이런 대단한 물건을 내온 것으로 보더라도 원래가 상인인지, 둘레의 다른 이들보다 위세도 좋게,

"어어, 고기요, 고기이."

칼 옆으로 쇠고기 덩이를 철석철석 치면서 큰 소리로 떠들어대고 있었다. 조그만 공산군 병사가 내민 쪽지를 그는 빙긋거리며 멀리서 넘겨다보았으나, 받아서 읽으려고는 하지 않았다. 종이쪽지와 함께 병사는 빨간 지폐를 몇 장 쥐고 있었다. 군표라고 하는 것이다.

쇠고기 장수는 군표를 보자 더 크게 비웃음을 띠었다. 소년병사가 초조해하여도 그는 대꾸할 생각도 없다는 듯,

"고기 사리어—."

연방 소리를 치면서 시선으로만 조롱하듯 상대를 아래위로 훑어 보는 것이었다.

여러 사람이 둘러서서 이 광경을 보고 있었다. 장총을 멘 소년은 가까운 남산에서라도 내려온 것 같아 보였다.

쇠고기 장수가 어째서 그처럼 두려움을 느끼지 않았는지 이화도 알 수 있는 것 같았다. 첫째, 소년은 그에게 아무런 위해(危害)도 가하지는 않을 것이었다. 둘째, 남산에 진을 친 공산군들은 빈번한 전투기의 내습으로 요즈음 궁지에 몰려들고 있었다. 고사포 등속으로 저항하는 일도 이제는 거의 없고, 피하는 데에만 전력하고 있는 그들이었다. 피해가 커가도 철퇴할 수도 없는 건지 소나무 그늘에 누런 옷들이 우글거리고 있는 것이 보였다. 오늘의 이런 일만 하더라도 그들의 혼란상의 일부를 노출하고 있는 데에 불과하였다. 시중에서 군표는 화폐로써의 가치를 잃고 있었다. 둘러서서 보고 있는 다른 사람들의 입가에도 그래서 미묘한 미소가 떠도는 것이었다.

그러나 이화는 그들과 함께 비웃을 마음은 어째선지 일어나지 않았다. 공산군이 잘 먹기를 그녀가 원할 리는 만무였지만, 그러나 그 먹을 것을 구하러 와서 조롱받고 있는 소년병의 입장이 딱한 것으로 여겨졌다.

'그가 속한 군대는 거지인가? 그가 존경해 마지않는 그 단체는?'

나는 아마 바보인가 보다고 이화는 어둑어둑해 온 뒷마당을 보면서 생각하였다.

옥엽에게 화를 내는가 하면 당치 않은 일에 맘이 언짢아지고…… 대국적으로 사물을 판단하고, 여기에 감정을 순응시키는 능력이 내게는 결여되어 있는가 보다…….

옥엽인들 무슨 그다지 속이 편하랴 하고 이화는 겨우 조금 마음을 가라앉혔다.

그녀는 대청으로 나갔다. 사랑채에 그들이 돌아왔는지 발소리며 말소리가 들렸다. 영아 엄마가 큰 쟁반을 들고 마당을 가로질러 갔다.

심씨는 대청 끝에 걸터앉아 고개를 숙이고 뭔가를 만지작거리고 있었다. 풀각시였다. 물뿌리 구멍에 긴 풀끝을 빽빽이 찔러넣고 잘 쓰다듬어 만져 머리통을 만들고, 가늘게 찢은 풀을 땋아 내린 그것은 풀각시들이었다. 빨간 갑사댕기를 드리워놓은 것도, 머리를 얹어 비녀를 찌른 것도 있었다. 옛적 머리 모양인지, 빙글 돌려다가 상투 모양으로 틀어올린 각시도 하나 섞였다. 거기에는 좁다란 자주댕기가 물려져 V자형으로 한옆에 내밀어져 있었다.

심씨는 그것들을 마룻바닥에 나란히 뉘어놓고 또 다른 각시의 머리를 땋아 내리고 있었다.

"얘, 가위 좀 다구. 바느질 그릇은 어딨더라?"

아무리 옆의 사람이 바쁘더라도 무엇 하나 남의 손을 빌리지 않

고는 하지 못하는 그녀가 아까도 그렇게 소리치는 것을, 이화는 약
간 이마를 모으며 들었던 것이나 지금 그녀를 비난할 마음은 생기
지 않았다.

"어머니, 저 뒷동산에 말이죠, 인제부터는 절대 나가시지 마세요."

"건 왜?"

"글쎄, 그런 일이 있어요. 아시겠죠? 가심 안 돼요, 큰일 나요."

"오냐, 그래라."

깊이 따지려 들지 않는 것이 때로는 심씨의 미덕이기도 하였다.

매일 옴짝도 하지 못하고 있는 지운이 나날이 우울해 가는 모양
이 이화의 눈에도 선했다.

상규라도 방에 있을 경우에는 그런대로 농담도 나오고 화제에
궁할 일은 없었지만 단둘이 밀폐된 방에 갇혔을 때 숨 막힐 듯 무거
운 침묵이 가슴을 눌러대는 것은 어쩔 수도 없었다.

이화는 운동이 부족할 거라느니, 가지고 온 도시락에 대한 얘기
같은 것을 작은 소리로 늘어놓아 보기도 하고, 부탁을 받은 책을 바
구니 밑에서 끄집어내면서 밖에서 본 이야기를 하기도 하였지만,
아주 명랑한 공기를 자아낼 수는 없었다.

지운은 이화의 노고에 감사하고, 다정한 말씨로 대꾸를 계속하
려 하지만 심중의 초려를 감출 수는 없는 것이었다. 이화의 입에서
도 이제 얼마 남지 않았으리라는 가벼운 투의 말은 새어나오지 않
았다. 누구나 다 지쳐버린 것이었다.

상규는 정보를 수집한다고 여전히 사방으로 쏘다녔으나 돌아와
서는 늘 고개를 옆으로 저었다.

연합군이 본격적인 반격을 시작했다고 알려진 지는 벌써 달포가
다 되었고, 그 증거처럼 시내는 매일 전투기의 기총소사를 받고 있

었지만, 대전도, 김천도 함락되었고, 이제는 낙동강 바로 근처까지 내리 밀린 것이었다. 연합군이 어느 정도의 증원군을 투입하고 있는 건지 도무지 확실한 일은 알 수 없는 데다 공산 측의 방송은 기고만장하여 연일 혁혁한 승리를 보도하고 있었다.

낙동강을 건너서면 바로 거기가 대구, 다음은 부산으로, 그렇게만 되면 모든 일은 끝장이 나고 마는 것이어서, 지운은 겉으로 평정하려면 할수록 실은 안절부절못하고 있는 것이었다.

"나가서 싸우고 싶다. 그 자리에 쓰러져 죽더라도……."

생각을 하는 것만이 아니라 온몸이 터져나갈 듯한 초려를 감당하지 못하였다. 그는 자주 핏발이 선 눈을 하고 있었다.

그날 오후 그는 특별히 감정상태가 좋지 못한 것 같았다.

입을 다물어 붙이고 식사도 반쯤 하고는 밀어 내놓았다.

어디선가 폭탄이 투하되고 있었다.

지운은 어두운 눈을 하고 남산의 일부가 바라보이는 유리창께로 멀거니 얼굴을 돌리고 있었다.

그는 요즈음 자기의 손목을 잡거나 안으려고 하는 일도 없어졌다고 이화는 이때 생각하였다. 질식할 듯한 안타까움이 그에게서 모든 것을──기쁨도 희망도 앗아가 버리고 만 것이다.

이화는 침대 위에 비스듬히 상체를 기대고 있는 지운의 가슴께에 한 손을 얹었다. 두 눈에 다정함을 모아 그 얼굴을 바라보았다.

그가 원기를 회복하는 것을 보고 싶었다. 결박을 당해 작은 상자에 갇혀 있는 것이나 다름없는 가엾은 지운. 남쪽에서는 그가 속한 자유진영의 젊은이들이 피를 흘리고 싸우고 있다는데…….

지운은 잠깐 동안 눈을 감고 있었다.

그리고 다시 눈을 떴을 때 그는 갑자기 이화의 팔목을 움켜잡고 벌떡 상체를 일으켰다.

거칠게 어깨로 숨을 쉬고 있었다. 여지껏 보지 못한 이상한 광채
로 그의 눈은 이글거리고 있었다. 별안간 모르는 사람의 얼굴을 대
한 것 같았다.

이러한 저 자신의 느낌이 순간 이화를 놀라게 하였다. 그녀는 뭔
가 중얼거릴 듯이 입술을 움직였다. 그러나 그것은 말이 되어 나오
지 않았다. 지운은 움켜잡았던 손목을 놓고 침대에서 내렸다.

조금 떨어진 곳에 서서 거친 숨을 토해 내면서 뚫어지게 이화를
보았다. 그는 마치 병아리를 노리는 매같이 날카로운 형상을 하고
있었다. 어쩌면 작은 들짐승을 습격하는 맹수의 잔인함을 전신에 나
타내고 있었는지도 몰랐다. 한 발짝 그는 다가섰다. 하늘색 파자마
의 앞가슴이 열려서 가슴의 근육이 가쁘게 오르내리는 것이 보였다.

이화는 뒷걸음질을 쳤다. 이화의 두 눈은 어지럽게 그의 얼굴을
더듬고 있었다. 분노 혹은 증오. 지운의 얼굴에서 발견되는 것은 그
렇게 이름 붙일 수 있는 것뿐이었다.

왜? 왜?

왜 지운은 이래야 하는가?

그의 캄캄한 이마에는 오뇌와 초조의 깊은 주름이 자리하고 있
었으나 그것조차 이화에게는 전연 알 수 없는 미지의 것으로만 여
겨졌다. 비정한 사나움이 서려 있을 뿐 지운은 마치 남처럼——조
금도 모르는 얼굴처럼 보이고 있지 않은가?

그러자 그녀에게는 한동안 잊혀졌던 그에 대한 두려움이 차츰차
츰 그리고 마지막에는 아주 뚜렷하게 되살아났다. 혀와 혀를 얽어
가지고 언제까지나 떼려고 하지 않는 지운에게서 느끼던 아득한 두
려움, 결국은 그 일의 의미를 납득하지 않을 수 없으면서도 역시 불
안하고 염려스럽던 감각의 기억…….

이화는 두려움과 저어의 빛으로 그에게 저항하며 한 발짝 뒤로

물러섰다. 지운은 와락 달려들어 이화를 마룻바닥에 넘어뜨렸다. 그녀는 원피스의 자락을 잡아당기면서 애원하는 눈으로 그를 쳐다보았다. 그녀는 마음속에서 외치고 있었다.

'지운! 지운! 내 두려움을 조장시켜 주면 안 돼요! 제발…….'

지운은 한쪽 무릎으로 마루를 짚었다. 그의 얼굴은 검붉어져 있었다. 입술이 이상히 번들거린다. 그는 한마디도 말을 하지 않고 이화의 슬립을 움켜잡았다. 이화는 저항했다. 부드득하고 슬립의 단에서 레이스가 뜯어졌다.

그것은 너무 심한 일이었다. 너무 난폭하고 너무 조야한 방법이었다. 이화는 절망에 빠지고 그러나 격렬하게 반항하였다.

이제는 아무것도 생각할 수는 없었다. 무엇을 새롭게 감각할 수도 없었다. 눈물로 뒤범벅이 되면서 마구 손발을 움직여 대항하였다.

팬티가 찢기어 나갔다. 이화는 지운의 뺨을 때렸다.

찰각 하고 소리가 나는 순간, 지운은 악몽에서 문득 깨어난 사람처럼 손을 놓았다.

동공이 벌어진 눈으로 멀거니 이화를 바라보다가 휙 돌아서서 벽에 이마를 마주 댔다. 두 손을 벌려서 바람벽을 짚었다. 그것은 격정과 절망의 자세였다.

이화는 원피스 밖으로 늘어진 슬립의 레이스를 난폭하게 잡아뜯었다. 바구니에다 쑤셔넣고, 지운이 남긴 도시락도 소리 나게 던져 넣었다. 그리고 그녀는 방을 나왔다. 너무하였다. 그것은 정말 너무 심한 방법이었다…….

열에 뜬 듯이 이화는 거리를 내닫고 있었다. 큰 소리로 실컷 울었으면 좋을 것 같았다. 분통이 터졌다. 지운을 그러나 미워할 수는 없었다. 그를 역시 사랑하고 있었다. 어쩌면 다른 어느 때보다 더 사랑하고 있었는지 몰랐다.

'그렇지만……'

그 뒤의 감정은 정리할 수가 없었다.

'그렇지만…… 그렇지만…….'

하고 흐느낄 뿐이었다. 두 손과 이마를 벽에 붙이고 돌아섰던 뒷모양이 눈앞을 흘깃흘깃 지나갔다.

"동무, 동무, 위험하오. 이리 들어서시오."

정신없이 내닫고 있던 이화를 교통정리의 경찰군이 가로막았다. 초록색 즈봉을 입은 그 젊은 공산군은 얼굴을 마주 대한 이화가 온통 눈물에 젖어 있어도 의아해하는 기색도 없었다. 나무나 돌을 보듯한다.

먼 하늘가에 비행기들이 마치 아크로뱃처럼 다음다음 솟구쳐 올랐다가는 일직선으로 떨어지며 불을 내뿜었다. 납빛 날개가 둔하게 빛났다.

빨간 섬광과 날카로운 작렬음은 침울하게 흐린 하늘 아래 어떤 힘찬 기적을 행하고 있는 것처럼 보였다.

굉장한 속도로 연이어 그려대는 아름다운 호(弧)는 차라리 상쾌한 스포츠를 보고 있는 듯한 느낌이었다.

아아, 지운은 속이 답답해서 폭발을 해버릴 지경인 거다, 하고 이화는 또 그의 생각을 했다.

'마치 증오하고 있는 사이같이 그렇게 난폭하게 굴지 않더라도…….'

눈물이 쏟아졌다. 역시 노여움은 가라앉지 않고 있었다.

여느 때보다 한결 더 조용하게 이화는 병원 문을 밀치고 들어섰다. 진찰실게를 옆눈으로 살펴보고 재빠르게 층계를 딛고 올라갔다.

이화의 두 볼은 부끄러움으로 발그라니 물들어 있었다. 그녀는,

그녀로서는 지극히 중대한 결심을 세운 것이었다. 지운을, 그 의기 쇠진해 있는 그를 슬픔 속에 밀어넣는다는 것이, 자기에게 무엇을 뜻하는가를 그녀는 어젯밤 새에 깨달은 것이었다.

'그가 기뻐한다면……'

인색해야 할 무엇을 자기가 갖고 있다는 걸까? 자기를 지킨다는 것은 여기서는 무의미한 노릇이었다.

어제는 지운이 그녀를 너무 놀라게 하였다. 너무 조급하게 굴었다. 그것은 사실이었다. 하나 그뿐이다.

이화인들 사랑이 순전히 정신적인 것, 따라서 실제로 나타나는 행위도 아이들의 놀이 같은 가벼운 접촉으로 끝나는 일이라고 생각하고 있지는 않았다. 되도록 아직은 그런 것이기를 바라는 마음이 어디엔가 있기는 하였지만, 종말에는 보다 심각한, 어쩌면 암흑적인, 그러기에 불가분의 뜻을 가지는 육체의 결합에까지 가지 않으면 안 되리라는 것을 알고 있었다.

다만 막연한 선입관 같은 것으로 하여, 거기에는 다소나마 낭만적인 조용한 분위기, 달콤한 속삭임, 아늑한 어둠 같은 것이 필요하리라고 느끼고 있었다.

그렇다. 어제의 지운은 아무리 생각해도 너무 난폭하였다. 너무나 이화의 기분을 헤아리려 하지 않았다.

그러나…… 하고 이화는 층계 위에서 멈추고 큰 숨을 들이마시면서 마음에 다짐하였다. 그러한 일체의 충격에도 이겨내고 말리라 생각한 것이었다. 폭탄이 빗발치듯하는 이 시각이었다. 지운의 방법을 비난만 할 수도 없는 일일지 몰랐다. 그렇다. 이화는 어리석기조차 했는지 몰랐다. 당장의 기분에 너무나 좌우되고, 근본에 있는 것을 항상 잘 잊어버리는 것은 그녀의 큰 결점이었다.

이화는 도어 앞에 와서 또 잠시 머뭇거리고 서 있었다. 그리고 아랫입술을 지그시 깨물고 눈으로 웃으면서 살며시 도어를 밀쳤다.

그녀는 오늘 곱게 차리고 있었다. 짙은 이끼 빛 비단 원피스를 입고, 머리도 정성 들여 브러시로 손질하고 왔다. 피부에서는 재스민의 엷은 향기가 풍겨지고 있었다.

지운의 약간 노한 커단 눈초리가 침대에서 말없이 맞이해 줄 것이었다. 못마땅한 입모습이 잔뜩 비뚤린 채 노려볼지도 모른다고 생각했다.

암만 심술이 나 있더라도 대번에 웃도록 해버려야지. 이화는 도어를 활짝 열었다.

그러나 지운은 방에 있지 않았다.

침대에는 흰 홑이불이 반듯이 펴 놓여 있었다. 벽의 맥고모자도 보이지가 않았다. 그런 광경은 이화에게 무엇인가를 직감하게 하였다.

그녀는 무릎을 꿇고 침상 밑을 들여다보았다. 구두가 없었다. 그가 끌고 다니던 슬리퍼가 이화의 무릎 밑에 깔려 있을 뿐이었다.

'지운은 가버렸다……'

이화는 두 손으로 귀를 막고 방 한가운데에 서 있었다. 무엇을 어떻게 해야 할지 알 수 없었다. 심장의 고동이 터질 듯이 높이 울렸다. 폭격기의 대편대가 지붕을 넘어간다. 창유리뿐이 아니라 마룻바닥까지 덜덜 떨리기 시작하였다.

'어디로 갔을까?'

눈앞이 깜깜해졌다.

이화는 슬리퍼의 한 짝을 집어 가슴에 안았다. 그러자 그녀는 너무나 낯익은 지운의 체취, 그의 촉감, 지운 그 사람이 방 안에 바로 곁에 서 있는 것 같은 착각을 일으켰다. 휘휘 실내를 둘러보았다. 그리고 절망한 사람이 반드시 한 번씩은 가져보는 허황한 기대에 몸을 실었다.

'그는 아주 잠깐 어딜 다니러 나갔는지 모르지……'

'아마 나를 보러 우리집엘 갔는지두 모르지……'

그러나 밖에 나다닌다는 것은 지운의 경우 거의 죽음을 뜻하는 일이었다.

이화는 집에서 가지고 온 밥이 든 바구니를 마루에서 집어올려 탁자에 놓았다.

"어이, 미안, 미안."

하면서 기쁜 듯이 도시락 속을 들여다보곤 하던 얼굴이 떠올라와 가슴이 찌릿하고 아프기 시작했다.

밖에서 발소리가 났다.

노크도 없이 상규가 쑥 고개를 들이밀더니,

"아, 오셨어요?"

하고는 조금 의아스런 얼굴을 지었다.

이화는 윤기 없는 눈으로 멀거니 그를 마주보았다.

"지운 씨가 댁에 가시지 않았어요?"

상규는 그렇게 묻다 말고,

"아니 저 아무 연락두 못 받으셨나요?"

하고 정정을 하였다.

이화는 그저 고개를 옆으로 저어 보였다. 상규 앞에서 다소나마 체면을 유지해야 한다는 생각을 그녀는 할 여유가 없었다.

'그는 돌아오지 않을 거다. 나는 알고 있어……'

맘속으로 그런 말을 중얼대고 있었다.

상규는 방 안에 들어와 문을 닫았다.

그는 정색을 하고 찬찬히 이화를 뜯어보았다. 그가 두 손을 집어넣고 있는 흰 가운 주머니께에는 몇 군데 피가 묻어 있었다. 아까번 폭격에 다친 사람들의 피였는지 몰랐다.

"지운 씨는 엊저녁때 몹시 긴장한 낯빛으로 외출하셨는데요. 퍽 서두르고 계셔서 자세한 이야길 들을 겨를이 없었어요. 낮에 누가 왔다 갔거나 그러진 않았나요?"

"모르겠어요……."

이화는 그만 울기 시작했다. 두 손으로 얼굴을 가리고 새어나오는 오열을 그녀는 누를 수가 없었다.

"진정하십시오. 어디 꼭 가실 데가 있었나 보죠. 이따가라도 무사히 돌아오실 테지요 뭐."

"……."

"위험한 것을 모르고 나간 것과는 다르니까요, 너무 걱정하시지 마세요. 어제 그때는 부상자가 십수 명 들이닥쳐서요, 그것도 대부분 어린애들이어서 제가 손을 떼기 어려웠어요. 그렇지만 이럴 줄 알았더라면 좀 똑똑히 물어두었을 건데."

그는 자기의 과실이기나 한 것처럼 이화에게 사과하듯 하였다.

이화는 얼굴을 들었다.

"아무 말도 남기지 않았어요? 언제쯤 돌아오겠다든가……."

상규는 고개를 떨구고 한동안 생각에 잠긴 눈을 하였다.

"그 동안 폐를 끼쳤다면서 악수를 청하셨어요. 좀 나가야 할 일이 생겼는데, 이런 세상이니 일체의 행동은 예측할 수 없은즉 안 돌아오더라도 걱정은 말라고요. 웃으면서 그러기에 난 농담인 줄 알았는데요."

"숨 갑갑하다고, 죽더라도 싸워봤으면 좋겠다는 얘기를 늘 했었어요."

그런 소리를 중얼거렸으나 이화의 머릿속에는 어제 낮 이 방 안에서 벌어졌던 광경이 그대로 환히 떠올라 왔다.

“아무튼 너무 걱정 마시지요. 충분히 경계해서 행동하실 거니까요. 돌아오시면 즉시 제가 알려드리겠습니다.”

이화는 고맙다고 하고 병원을 나섰다. 팔에 걸고 있는 대바구니가 여느 때와 다른 감각으로 느껴지는 것은, 지운이 도시락을 먹어 비워버리지 않았기 때문일 거다.

그녀는 휘청휘청 걸어나갔다. 시내를 빙글빙글 돌아다녀 보면 어디선가 불쑥 만나질 것 같은 어리석은 생각이 머리를 쳐들었다. 그녀의 가슴은 그 찰나의 기쁨을 상상하는 일로 하여 벌써 세차게 울렁이고, 다음 순간에는 또 그런 일은 있을 수 없다는 암담한 생각에 무겁게 내려앉는 것이었다.

어쨌거나 그녀는 집과는 반대되는 방향으로 걸음을 내딛고 있었다. 폭격도 만나고 통행이 금지된 통로로도 나오면서 그녀는 무작정 걷고 있었다. 사변이 난 이래 지운에게 가는 길 외에는 다닌 일이 없으므로 거리거리는 무척 오랜만에 보는 듯한 느낌이 들었다. 또 실상 그것은 폭탄 자국이나, 전재민(戰災民)이나 득시글거리는 공산군이나의 전에 볼 수 없던 광경으로 하여 퍽 변모된 양상으로 펼쳐져 있었다. 지운은 그 어디에도 있지 않았다.

어떤 학교 건물에는 징집된 사람들이——한길에서 잡혔거나 아니면 자택에서 밤사이 잠깐 마음을 놓았기 때문에 끌려온 사람들이 침착하지 못한 표정으로 바깥을 내다보고 있었다.

교문과 교사의 출입문은 마치 감옥처럼 잠겨지고, 그들은 이층 유리창에 덧업히듯이 불안한 얼굴을 모으고 있는 것이었다. 지운도 어쩜 저런 속에 섞였을지 모른다고 그녀는 생각했다.

그러나 언젠가 그가 빼처나왔을 때의 일을 상기하고는 저도 모르게 조금 미소 지었다. 지운은 저런 속에는 있지 않을 것이다. 어딘가 먼 곳에, 아주 먼 곳에 가버렸을 것이다.

부상한 공산군이 연달아 이화의 곁을 스치고 지나갔다. 그 하나는 어깨에서부터 떨어진 팔을 다른 한 손으로 거머잡고 있었다. 길고 험한 도정을 걸어온 모양이었다. 흙탕 빛 얼굴에는 핏기도 없고 허덕이고 있었다. 누렇고 후줄근한 군복은 땀에 젖고, 발은 군화 대신 광목 조각으로 싸 동이고 있었다.

몇이나 부상병이 지나가므로 이화는 발을 멈추고 그들이 가는 편을 시선으로 쫓았다.

적십자의 기를 단 학교 건물 같은 것이 보였다. 지붕도 희게 칠한 위에 적십자의 표지가 뚜렷이 나타내져 있었다. 풍문여고의 자리였다. 언젠가 오숙자가 말하던 바로 그 군병원인 것이었다.

부상병들은 하나씩 뿔뿔이 나타나서는 그리로 걸어 들어갔다.

발을 절고 있는 사람도 있었지만 그래도 다리 이외의 곳을 다친 병정이 대부분이었다. 걸을 힘을 잃은 병사들은 필시 치료도 받지 못하고 마는 것일 게다. 피가 흐르고 얼마나 아플까?

이화는 또 속이 좋지 못해 왔다.

그녀는 해가 저물 때까지 그렇게 휘청휘청 거리를 돌아다니고 있었다.

다음 날도 또 다음 날도, 이화는 지운이 있던 곳에 갔다. 지운은 돌아오지 않았다. 그의 팔에 끼어지기 위해 마련되었던 깁스가 쩍 두 갈래로 쪼개진 채 침대 옆에 놓였을 뿐이었다.

어딘가에서 이미 적의 포로가 되었을지 몰랐다. 또 어쩌면 어딘가에서 몸을 다치고 뒹굴고 있을는지 몰랐다. 죽었을지도…….

영원히 자기 곁을 떠나버렸다는 생각이 시시각각 이화의 가슴을 물어뜯었다.

숨 막히고 빠져날 길이 없는 절체절명의 궁지에서, 지운은 사납게도 거칠게도 되어 있었으리라. 그에게 그처럼 엄격히 대한 것은 잘못이었다. 그때는 정말 그렇게 할 수밖에 없었지만…….

공허함을 이겨낼 길이 없었다.

한 달 너머의 시일을 매일 그와 만날 수 있었다는 것은 지금 생각하면 참 대단한 일이었다. 지운이 거기 안전히 있다는 그 생각이, 이 뒤죽박죽인 비참한 날들을 견디어 나가는 데 얼마만한 힘이었던가를 그녀는 이제 깨달았다. 지운을 잃은 지금 모든 의욕이 몸에서 새어나 땅에 흩어진 것을 느꼈다.

이화는 매일 몽유병자처럼 거리를 나다녔다.

"영용무쌍한 우리의 기갑부대와 보병부대와 빨치산 동무는…… 영웅적인 분투 끝에…… 적은 드디어 낙동강 저편으로 패주하기 시작했습니다…… 적 살상은…… 생포 구십 명 중 괴뢰군의 통역관 두 명…… 위대한 김일성 원수 만세, 영용한 인민군 만세……."

스피커에서는 그런 소리가 흘러나오기도 했다.

어느 날 집에 돌아오니까,

"이화 동무는 매일 어딜 기르케 나대니우?"

강석우라는 공산 상위가 비웃는 듯한 웃음을 엷은 입술에 담으며 마당에 서서 빈정거렸다.

이화는 잠자코 그의 앞을 지나갔다. 강석우의 얼굴 따위는 보기도 싫었다. 그 매끌매끌한 음성은 이화에게 생리적인 혐오를 느끼게 했다.

요즘 한쪽 볼에 사마귀가 있는 대위가 걸핏하면 안마당에 들어오는 것이 눈에 띄었다. 심씨를 보면 흰 이를 내보여 웃고, 옥엽에게 물을 얻어 마시거나 하는 것이었다.

거기 따라서 강석우도 덩달아 안채 근방을 공연히 서성대는 눈치가 엿보였다.

조소하듯이 입술을 비뚤이고(이것은 그의 버릇인 듯하였다.) 공연히 쓸데없는 수작을 지껄였다. 매끄러운 목소리로,

"가만 보니깐 이화 동문 열성이 좀 부족한 것 같구만 어드케……."

걸고 드는 소리를 하더라도 이화는 한번 거들떠보는 일도 없었다.

곧 무슨 일을 일으킬 듯이 날카로운 얼굴로 심청궂은 소리를 하는 강석우는, 또 이렇게 번번이 무시를 당하더라도 별일 없는 듯 이화의 뒷모습을 바라볼 뿐이었다.

"아니 어델 갔댔소? 나와 니 애길 좀 합시다."

강석우는 오늘은 매우 추근추근하였다. 낮에 무슨 일이 있었는지 붉은 눈을 하고 있었다. 이화는 잠자코 그를 노려보았다. 강석우와는 하등의 관계가 없는 슬픔과 분노로 하여 그녀의 얼굴은 불타고 있었다.

그녀의 표정을 보고 강석우의 입술은 더욱 비뚤어졌다.

"왜 여성동맹에 나가 일을 보디 않소?"

그는 더 계속하지는 않고 혼자 웃음을 빙긋대고 있었으나, 이화는 흥분한 속에서도 등골로 서늘한 것이 달리는 것을 느꼈다.

방에 들어가니까 옥엽이 여맹에서 언니에게 호출이 나왔다고 말하였다. 이제는 꼼짝없이 잡혀갈 형세였다.

그 저녁때 이화는 동훈에게 말하고 있었다.

"만약 누나가 며칠 안 보이더라도 동훈아, 걱정하지 말어 응? 더 안전한 곳에 가 있을 거니까. 작은누나에게 잘 부탁하구 가겠지만…… 네 일이 제일 마음에 걸린다."

"난 괜찮어."

"참아줘 응? 끝나는 날이 있을 테지, 그리구 누나두 동훈이 보러 가끔 올 테니까."

"응."

조금 침묵이 흐른 뒤에,

"오늘 방송으룬 이것들이 낙동강까지두 넘어버릴 기세이지?"

동훈의 말이었다.

"글쎄…… 그렇게 간단할 수 있을라구? 대전서 거기까지 그처럼 오래 걸렸는데. 이쪽엔 미군의 증원부대두 자꾸 오구 있을 건데."

"그럼 좋지만."

이화는 호 앞에서 발길을 돌리면서 뜨거운 눈물을 한없이 뿌렸다. 용서해라 동훈아.

다음 날부터 그녀는 집에 있지 않았다.

강석우도 강석우고 여맹도 여맹이었지만, 또 그 위에 환영(幻影)을 더듬어 거리를 헤매는 날들을 그녀는 더 이상 견딜 수가 없었던 것이다. '피하자. 병원은 이데올로기의 싸움터도 아닐 거고…….'

'주소(主訴)=총창(銃瘡) 파편창 상박골 골절 및 출혈.'

'주소=총창, 견갑부(肩胛部) 찰과상 및 우 전박부 동맥파열…….'

이화는 노란 원피스 위에 위생복을 걸치고 사무실 창구에 앉아 있었다. 피와 땀과 먼지에 두루 말린 부상병들은 줄을 지어 운동장에까지 늘어서 있었다. 이화가 최대한의 속도로 적어주는 예진의 종이쪽을 받아들고 아픔에 몸을 떨면서 진찰실이라 적힌 교실 쪽으로 복도를 걸어갔다. 치료를 받고 지적된 장소에 가서 마루에 간 담요 위에 뒹굴었다.

출혈과 죽음의 도가니, 끊임없이 비명이 울리고 신음성이 가시지 않는 비참한 장소였으나, 병원 그 자체로서는 나쁜 상태라고는 할 수 없었다. 의사와 간호병들은 규율 속에서 성의를 다하고 있었고, 급식(給食)도 그만하면 풍족한 편이었다.

다만 너무 많은 부상병이 들이닥쳐서 의사들이 아무리 바쁘게 돌아가도 손이 못 미치는 적이 있었다. 그러나 쾌유해 가는 환자도 많았고, 약품도 썩 잘 보급이 되고 있었다. 이화는 이 아주 낯선 세계에 몸을 잠갔다.

종이 울리면 움직일 수 없는 중환자를 제외한 나머지 공산군들은 줄을 지어 강당에 모여 식사를 하였다. 국도 있고 고기도 있고 밥도 넉넉하였다. 이화들——군의들과 자진 또는 징발되어 온 서울의 의사들과 의과 학생 등은 한 기다란 테이블에 나란히 앉았다.

피가 내밴 붕대와 클로로포름 내와 음식 내가 뒤섞인 식당 안의 일종 비장한 분위기는, 이화의 쉴 새 없이 비바람이 휩쓰는 마음에 어떤 굳건함을 부여하였다. 이 사람들의 아픔을 더는 작업에 자기의 손도 한몫 필요하다는 느낌이, 그녀 자신의 슬픔을 극복하는 힘이 되어주었다.

그녀는 지운의 일을 생각하지 말자고 했다. 그러나 번번이, 특히 몹시 아파하는 사람을 대할 때면 문득문득 그의 모습이 떠오르는 것이었다. 어디에서 이렇게 총상을 입지나 않았을까? 꼭 그랬을 것만 같았다. 신음소리가 귀에 들리는 듯하였다.

"이름과 군번을……."

"소속 부대는요?"

대답을 받아쓰며 팔이 떨어진 부상병의 얼굴이 불현듯 지운으로 보이는 환각에 사로잡히는 일도 있었다.

그러나 이화는 그렇게 오랫동안 '소용에 닿지 않는' 기분에 매여 있을 수는 없었다. 수백 리 길을 출혈하면서, 또 대부분 그 발로 걸어서 겨우 여기에 당도하는 부상병들은 실로 너무나 위험한 지경에 놓여 있었다. 고통으로 긴장하고, 또 그래도 어떤 사명감이나 신념 같은 것을 굽히지 않고 있는 듯한 소년병의 얼굴이랑을 볼 때에는 이화는 그의 상처 외의 일은 생각해서는 안 된다고 느꼈다.

"우측 전박부 골절. 안면 화상. 됐어요, 얼른 가보세요."

마음이 다급할 때면 그녀는 그 간단한 절차조차 생략해 버리고 싶어지는 것이었다. 빨리 치료대에 눕히는 것만이 급선무라고 그녀는 창구 옆에서 지체시키지 않으려고 서둘렀다.

여자들의 침소로 주어진, 아마 원래는 교직원의 숙직실이나 그런 것이었던 듯한 다다미방에 돌아오면 허전함이 다시 밀물처럼 가슴을 메우던 것도 처음 며칠의 일이었고, 피로에 못 이겨 이내 잠들어 버리게 되었다. 같은 방에 있는 다른 네 명은, 그녀들도 역시 학생인 것같이는 보였으나, 서로들 출신을 밝힐 필요도 없다는 태도로 그런 식의 소개는 하지 않고 지내고 있었다. 전에 이화가 줄지어 가는 것을 길에서 보곤 하던 초록색 점퍼스커트의 여군들은 여기에는 한 명도 없었다. 간호장교인가도 생각했었으나, 아마 경찰군이거나 또 다른 무엇이었던 모양이다. 그래서 이 학교 건물 안에 있는 여자는 취사장에 있는 서너 명의 할머니 외에는 이들 다섯뿐이었다.

이화와 교대로 창구에 앉는 한 명을 제외하고는 그들은 치료실에서 일을 하였다. 그녀들은 이미 여의사의 자격을 갖고 있었는지 몰랐다. 하나는 확실히 간호학교의 생도인 것 같았다.

이화는 창구에 앉지 않는 자유로운 시간에 이 간호학교의 생도 같은 여자의 뒤로 치료실에 들어갔다. 이화는 별 말도 없이 그 여자의 하는 일을 도왔다.

사람의 손은 항상 모자라는 형편이었다. 의사 하나가 곧 이화에게 이것저것 시키기를 시작하였다. 이화는 멋대로 간호부가 되어버렸고 일은 날로 바빠갔다.

다 같아 보이던 병정들의 얼굴도 늘 마주치는 사람은 분간할 수 있게 되었다. 의사들의 이름에도 익숙했고, '우이화 동무'로 불리는 노릇에도 기이한 감을 갖지 않게 되었다. 이화가 식당의 테이블에 앉으면 젊은이라기보다 대부분 어리다고 해야 할 병정들은 수줍고 짧은 시선을 그녀에게 던졌다. 그러고는 당황한 듯이 이내 다른 곳을 보는 것이었다.

그들이 항상 여성에게서 보아온, 이를테면 여투사(女鬪士)다운 점이 이화에게는 없었다. 그녀는 그저 꽃처럼 아름다웠다. 그러나 그녀가 미소하여도 그 의미가 그들에게 곧 헤아려지지는 않았다. 뭔지 모를 것이 서로의 사이에는 가로놓여 있는 것이었다.

그녀의 위생복 자락에서는 해바라기 같은 노랑이니 하늘색 분홍 따위 고운 빛깔의 옷이 엿보였다. 머리 모양도 잡아매거나 센 느낌으로 땋아서 두르지 않고 목 언저리에서 살랑거리도록 버려두고 있었다. 그녀가 프롤레타리아인 척—원래부터의 그것인 척 꾸미려 들지 않는다는 것은 이 '무산자의 천국'에서는 매우 이상한 일이었다. 그것은 오히려 무모해 보이는 일이었다.

하나 이화는 자기가 갖고 있는 화사한 구두를 내버리고 운동화를 신을 마음은 나지 않았다.

입원하였어도 군복을 그대로 입은 맨머리의 군인들 가운데서 이화에게 친밀함을 느끼게 하는 얼굴이 단 하나 있었다. 그는 이화의 테이블로부터 ㄱ자로 꺾여진 긴 식탁의 맨 끝에 언제나 착석했다. 줄지어 들어올 때에도 제일 꽁지에 달려서 걸어오는 것이었다.

그는 열일곱 살가량이고, 한쪽 다리를 아직도 끌고 있었으나 상쾌하고 명랑한 생김새의 소년이었다. 그에게는 우스운 이야기가 붙어 있었다.

그는 충청도의 중학생이고 국군에 섞여 싸움터에 나왔었다고 했다. 가두(街頭)징집에 휩쓸려 들었거나 하여서 삼사 일 총을 쏘는 법을 배우고는 전선에 보내진 그런 축의 하나였던 것이다. 최초의 전투에서 그는 대퇴골 골절의 총상을 입고 쓰러지고 말았다.

정신을 차렸을 때는 다른 부상병들과 함께 트럭에 실려 가고 있는 중이었다. 비가 억수로 내리붓고 있었다.

덮개가 없는 트럭 위는 물바다를 이루고, 뭇단처럼 덧업히어 실린 부상병들은 험한 길을 달리는 차가 들었다 놓을 때마다 서로 상처를 맞부딪쳤다. 몇 명인가는 도중에 숨을 거두고 말았다.

중학생은 실신을 했다 또 깨어났다 하며 운반되는 도중에 중대한 사실을 발견하였다. 트럭은 부산이나 대구 쪽을 향하고 있는 것이 아니라 그 반대 방향으로 달리고 있는 눈치라는 일이었다. 더욱 놀랍게도 그의 좌우 양옆에서 신음하고 있는 친구들은 그의 부대의 하사니 이등병이니 대위님이니가 아니라 공산군의 군관 동무 무슨 병사 동무 하는 사람들인 것이었다.

공산군의 위생병은 어두운 날 빗속에서 자기들의 다친 '동무'를 가려내는 방법으로 머리통을 더듬어 만져보았다. 중학생은 머리를 박박 깎은 탓으로 그들 속에 섞여버린 것이었다.

의료반의 사람들은 요즘에도 뭔지 모를 우스움을 느끼면서 이 소년을 바라보곤 하였다. 그 자신에게도 그 기묘한 착오감과 우스꽝함은 감지되는지 그런 때 그는 빙그레 마주 웃는 것이었다.

그러나 여하간 그는 지금 공산군인 셈이었다. 그것은 어쨌거나 분명하였다. 다리가 마저 낫는 날에는 다시 '영예로운 출전'을 해야 하는 것이었다.

그는 그 생김새와 성격의 탓인지, 혹은 어린 때문인지(소년병이 많은 공산군의 무리 속에서도 그의 나이 어림은 특수한 느낌이었다.) 여럿에게 호의를 사고 있었다.

그는 복도에서 이화를 처음 만났을 때 반가운 표정을 지어 보였다. 공산군답지 않은 공산군이라고 이화는 그때 생각했었다.

그의 이야기를 듣고부터는 그녀는 거리낌 없는 친밀함을 그에 대해 가졌다.

강당에 ㄱ자로 꺾인 식탁 저쪽 끝에 그가 마지막으로 들어와 착석하는 것을 보면 이화는 멀리서 조그맣게 끄덕여 보였다.

어디에나 무엇에나 삼엄한 감이 따르는 공산군들의 분위기에, 그것은 도무지 맞지 않는 일일는지 몰랐다. 식당에서조차 그들은 무겁게 긴장하고 있었고, 그것은 규율 때문이 아니고 생래(生來)의 육체 위에 한 꺼풀 씌워져 고정된 딱딱한 껍질과 같은 것이었다.

그러한 것들에 둘러싸여 무경계한 자세로 앉아 있는 일은 다시 없이 위험한 짓인 것을 이화도 느끼고 있었다.

그러나 그런 마음이 들 때마다 이화는 그 강당의 지붕 전체로 표시되어 있는 적십자의 마크를 상기하였다.

공산주의와 적십자의 사상이 서로 배반하는 지점에 이르렀을 때, 그녀의 생명도 다할 것이다.

지운을 향한 허무한 원망(願望)의 괴로움도 거기에서 다할 것이었다.

이화는 두려워하지 않았다.

멀리서 이화의 미소를 받으면 머리 모양 때문에 공산군이 된 소년은 가볍게 바른손을 이마에 붙였다 떼며 인사를 돌렸다. 그 모양은 미국 군인들의 제스처를 닮아 있었다.

그리고 그의 밝은 무심함은 이화의 자세와 동질의 것이었다.

그것은 역시 지극히 위험한 것이었다.

인민군의 군의군병이나 위생지도원을 이화는 물론 이질(異質)의 인간으로 느낄 밖에는 없었지만, 그보다 더 기묘한 감정을 갖게 한 것은 서울 시민인 의사나 의과 학생들이었다.

그들 중의 누가 열렬한 공산주의의 찬동자인지 누가 피할 길 없
어 마지못해 끌려온 사람인지, 또는 더러는 어느 정치사상에도 구
애됨이 없이 인도적(人道的)인 입장에서 스스로 참가해 온 것인지
도무지 알 길이 없는 것은 지금으로서 할 수 없었지만, 그렇다 하더
라도 그들은 각기 너무나 고립하고 있었다.

그들은 그들끼리 있을 때에, 다시 말하면 군의군병 같은 사람이
하나도 섞이지 않은 자리에서 결코 서로 대화를 주고받지 않았다.
이야기를 하다가도 끊어버리는 것이었다. 경계하는 나머지 두셋이
몰려서는 일조차 꺼렸다.

그것은 군에 대한 경계일 뿐만 아니라 서로서로에 대한 불신에
서 오는 일이었다. 이들의 무거운 침묵과 어색한 무표정은 공산군
의 통일된 그것보다 훨씬 복잡한 것이었다.

이들의 침소는 어디쯤의 교실이 충당되어 있는지 이화는 알 수
없었지만, 거기에서라도 그들 간의 딱딱한 성벽은 무너지는 일이
없을 것 같았다.

비명이며 신음소리, 피를 보는 일과 고름 냄새 등속에 이화는 차
츰 익숙하여 갔다. 들것에 담겨 날라져 가는 시체와 마주쳐도 놀라
지 않았다. 그녀는 열심히 기계와 같이, 정확한 위에도 정확하게 신
속한 위에도 신속하게 움직이려고 노력하고 있었다. 그렇게 하는
것만이 비명과 신음소리, 피와 고름을 더러라도 막아내는 길이라고
느끼고 있었다. 수술실에서 뱅뱅 돌아갈 때는 전장에 선 병사와 한
가지로, 아무것도 끼어들 틈이 없는 긴장 상태가 그녀를 지배했다.

그러는 동안에도 서울에 대한 연합군의 폭격은 치열함을 가해
가고만 있었다. 굵은 불과 연기의 기둥이 종일토록 끊이지 않고 시
의 각처에서 뻗쳐오르고 있었다. 요란한 폭음이 새벽부터 밤까지
지축을 흔들어댔다.

　낙동강 전투는 그야말로 피로 피를 씻는 처절한 고전(苦戰)임이 분명하였다. 한 달이 다 돼가도록 공산군은 강을 넘지 못했을 뿐더러, 그들의 헤아릴 수 없이 많은 부대를 전멸시키고 있었다. 매일 엄청난 군력을 잃어가며 쌍방은 사력을 다한 마지막 결전을 하고 있는 것이었다.

　낙동강의 흐르는 물이 빨갛다는 말이 전해져 왔다.

　그것은 정말일 것이다.

　이화네 위생병원에도 미처 어쩔 수 없을 만큼 숱한 부상병이 몰려들었다. 낙동강에서 돌아온 사람들이었다. 입술이 새하얗게 질려가지고 군번과 이름을 대고는 쓰러져버리는 사람도 있었다.

　'주소(主訴)=파편창 대퇴부 출혈……'

하고 꼬박 적으며 시간을 없애야 하는 일에 이화는 화를 내고 있었다.

　'어지간한 때에 이런 것도 적는 거지……'

　그리고 사실 조금 후부터는 그런 절차는 생략하지 않을 수 없게 되었다.

　의사들이 총알을 빼내거나, 신체의 일부를 절단해 버리고 난 그 후의 처치는 이화들의 손에 맡겨졌다. 거의 쉴 시간은 없었다. 밤에도 검은 커튼을 둘러친 수술실에서는 때로는 촛불을 켜놓고 모험적인 치료가 계속되었다.

　위생병원의 담장 안도 담장 밖도 다 함께 지옥적인 고통의 도가니로 변해 있었다. 이화는 하늘을 우러러볼 사이도 없는 낮과 밤을 보냈다.

　어느 아침 교대로 주어진 식사 시간에 이화가 손을 씻으러 세면소에 갔더니 김명식(金明植)이라는 의과 학생이 스무남은 개 늘어선 수도의 하나 앞에 서 있었다.

그는 오랫동안 손을 씻었다. 나중에 간 이화가 다 씻고 손수건을 쓰고 있는데도 아직 비누 묻은 손을 비벼대고 있었다.

이화는 조금 웃어 보이고 식당 쪽으로 가려 하였다. 김명식은 두 손을 코앞에까지 쳐들고 문지르며 시선은 거기 준 채,

"이화 동무, 오늘 하루쯤 외출이나 해보시지."

그런 소리를 했다.

이화는 약간 놀라지 않을 수 없었다. 오늘 외출을 하라는 말의 내용보다도 이렇게 예사로운 표정으로 말을 거는 사람을 여기 와서 만나지 못했기 때문이었다.

"오늘? 왜요?"

이화는 얼마간 소리를 죽이며 물었다.

김명식은 역시 예사로운 투로,

"집이나 무사한지 가보구, 그리구 차차 외출허가 받기도 어려워질 거니까……."

김명식은 수도꼭지를 돌리며 상체를 구부렸다. 이화는 좀 더 거기 서서 기다렸으나 그는 어느 때까지나 구부린 채 일어나지 않으므로 혼자 식당으로 걸어갔다.

김명식은 키가 홀쭉 크고 마른 청년이었다. 얼굴도 기름하고 이목구비에 조금도 그렇게 생각할 근거가 없는데도, 이화는 그에게서 어딘지 동근과 비슷한 점을 발견하고 있었다.

유달리 태평해 보이는 표정, 모든 감정이 낙천적인 관조(觀照)를 앞세우며 천천히 떠오르는 듯한 그런 인상에서 오는 공통점인 것 같았다. 어쩌다 심각한 얼굴을 할라치면 꼭 부러 그러는 것 같이 보이기만 하는——싱건지 같은 인상을 그는 주고 있었다.

식사 동안 내내 이화는 김명식의 충고에 대해서 생각하였다. 그리고 굴속에 있을 동훈의 얼굴을 눈앞에 그려냈을 때 그녀는 집에

다녀올 것을 결심하였다.

그렇게 작정하고 나니까 갑자기 모든 일이 궁금히 여겨지기 시작했다. 옥엽이 혼자서 얼마나 애를 쓰고 있을까? 집은 과연 폭격이나 면하고 있을는지.

지운에 관련된 일을 잊어버리자고 또 그리고 여성동맹에 붙들려가지 않으려고 모든 것을 팽개치고 오긴 왔지만, 생각하면 가족에게는 무책임한 일이 아닐 수 없었다. 가슴이 아팠다. 강석우라는 불길한 상위의 얼굴도 떠올랐다.

이화는 식당을 나오자 진료실에 가는 대신 대학병원에서 온 노의사(老醫師)인 최교수의 방으로 갔다. 함께 있는 여자들이 한둘 이 교수의 허가를 받고 외출했던 것을 기억하고 있었기 때문이었다.

"저 오늘 잠깐 시간을 주셨으면 좋겠어요. 여기 오고 한 번도 집에 소식을 전하지 못해서요. 곧 돌아오도록 하겠습니다."

최교수의 이마가 험하게 모아졌다. 그는 마룻바닥을 내려다보고 오랫동안 말을 하지 않았다.

겨우 얼굴을 들더니,

"그것이 지금 아주 어렵게 되어 있습니다."

무겁고 정중한 말씨가 엎누르듯 그 입에서 새어나왔다. 그의 심각함이 이화에게는 의외로울 정도였다.

"어렵게?…… 그럼 안 됩니까?"

최교수는 또 한참 망설이더니,

"고상사 동무에게 물어보시오."

안경 너머의 짐짐한 눈이 슬픔을 담고 일순 이화를 넘겨다보았다.

이화는 고상사라는 군의병을 찾아갔다.

그 인민군의 군의관은 가운도 없이 뒷짐을 지고 혼자 방 안을 뚜벅뚜벅 돌고 있었다.

그는 무엇엔가 쫓기듯 긴박한 얼굴을 하고 있었기 때문에, 이화는 용건을 말하기 전에 이미 그것이 거절되리라는 것을 짐작하였다.

그래도 그는 이화에게 왜 그러느냐고 물었다.

"잠깐 집에 갔다가 왔으면 하고요. 별로 시간이 걸리지는 않을 겁니다. 폭격을 당했을 것만 같아서요."

자원해 온 여자들에게는 비교적 자유가 허락되어 있었고, 이화가 이때까지 그 권리를 사용하지 않은 것은 순전히 그녀의 의사에 의한 일이었다. 지금 와서 그 일이 갑자기 완강히 거부돼야 할 이유를 그녀는 이해할 수가 없었다.

"외출은…… 지금 좀…… 참아주시오. 지금은…… 중대한 위기에 처해 있소."

상사는 성급하게 뚜벅대며 왔다 갔다 하였다.

이화를 바라다본 그의 눈길에는 그녀의 조그만 청이 문제가 될 수 없는 너무나 큰 혼란과 초려가 뒤섞여 있었다.

이화는 그의 방을 나와 진료실로 들어갔다.

이렇게 되기 전에 동훈을 보러 갔었어야 옳았다고 뉘우쳤다. 저 자신의 상처에 너무 짓눌린 결과 그들을 생각할 여유가 없었다고 자기의 미련함이 한스러웠다.

그러나 이화는 오래 후회에 잠겨 있을 겨를도 없었다. 다음다음 밀려드는 빈사의 부상병들은 이화에게서 개인적인 상념을 앗아갔다. 결국 그녀는 이곳에서 빠져날 수 없으리라는 예감을 그다지 놀라지도 않고 받아들인 셈이었다.

저녁때가 되었다.

이화는 칠팔 명의 부상병들과 함께 침대가 늘어 놓인 방에 있었다. 높이도 넓이도 각기 다른 그들의 침대 위에는 링거 병과 플라스마가 높다랗게 매어달려 있었다.

이화는 시계바늘을 들여다보며 그들의 하나하나를 지키고 있었다. 그녀가 갖고 온 조그만 팔목시계가 여기서는 하나의 귀중한 의료 기구였다. 쉴 때에는 이화는 그것을 다른 동료에게 빌려주어야 했다.

김명식이 들어왔다.

"지금 같으면 잠깐 다녀오실 수 있습니다. 준비하시죠."

어떤 근거가 있어 하는 말인지는 알 수 없어도 허튼소리가 아닌 것만은 직감되었다.

아마 이화는 피 묻은 가운을 벗어놓고 정문에서 보초에게 가벼운 목례를 보내는 것으로써 간단히 이곳을 나갈 수 있을 것이리라. 이화는 그의 말을 믿었다.

"알겠어요. 감사합니다."

그녀는 말하였다.

"누구와 잠시 교대하시죠. 내가 보아드림 좋겠는데."

그는 두 손에 큰 소독기를 들고 있었다. 탈지면과 붕대 꾸러미가 그 위에 얹혀 있었다. 그의 위생복도 여기저기 피가 튀어 더럽혀져 있었다.

"아뇨, 괜찮습니다."

"얼마 안 있어 통금시간일 터이니까 오늘 내로 돌아오시긴 무릴 겁니다."

김명식은 그런 소리를 남기고 가버렸다.

이화는 창문 앞에 다가서서 운동장 저편의 정문께를 내려다보았다. 그 이층 방에서는 그 근처의 광경이 환히 눈에 띄었다.

몇 명인가의 군의군병과 위생원이 병원차의 문을 닫고 되돌아섰다. 다른 위생원 둘은 다리에 부목(副木)을 댄 고급 장교를 부축하여 문간으로 갔다. 부목을 댄 장교는 지프에 오르고 차들은 떠나갔다.

‘이동…….’

환자들까지 이송을 개시한 것이다. 차들은 서울역을 향해서 달려갔을 것이다. 이들을 평양이나 원산으로 실어 나를 기차가 거기 대기하고 있으리라.

정문께는 여느 때 없이 어수선하고, 위생복·군복 할 것 없이 여러 사람이 들락거리고 있었다.

당당히 가족에게 이별을 고하러 가는 열심한 당원도 거기에는 있었을지 몰랐다. 또는 어떤 임무를 띠고 역까지 나가는 사람도.

과연 지금 같으면 집에 가는 것은 어렵지 않을 것 같기도 하였다. 그리고 영영 돌아오지 않는 일도…….

여기에는 주소를 등록해 논 것도 아니었고, 이화가 누군지를 아는 사람도 없었다.

그러나 그녀가 그때 지켜보고 있는 부상병 중 두 명은 문자 그대로 생사의 경계를 방황하고 있었다. 심장은 움직이고 있었지만 의식은 없고 그 맥박도 끊기었다 이었다 하고 있었다.

나머지 사람들도 출혈이 심했던 중환이어서 마음대로 운반할 수도 없는 지경이었다.

이화는 이들을 다른 누구에게 맡기고 갈 수는 없다고 생각했다. 그리고 또 다른 아무도 지금 한가히 쉬고 있지는 않는 것이다.

그녀는 창가에서 돌아와 환자를 한 사람 한 사람 만져보며 밖의 일은 곧 잊어버렸다.

시간을 보며 그들의 체내로 흘려보내는 액체의 속도를 조심스레 조절하고, 어떤 사람의 팔에서는 바늘을 빼내었다.

“고맙소, 위생원 동무.”

땀을 팍삭 흘린 얼굴이 몽롱한 눈으로 감사를 표했을 때 이화는 오히려 가슴이 뜨거워졌다.

"기분이 좀 나으셔요?"

"예, 아주 썩……."

그러나 그가 덜 아플 까닭은 없는 것이었다.

의식을 잃었던 한 사람의 맥박이 똑똑해 왔을 때 이화는 하늘에 감사했다.

김명식이 다시 무엇을 한 아름 안고 지나가다가 삐끔 고개를 디밀었다. 그는 열중한 이화의 뒷모습을 잠시 서서 바라보고는 아무 말 없이 가버렸다.

군관급의 부상자와 몇 명씩인가의 군의군병의 모습이 매일 병원에서 줄어들어 갔다.

언젠가의 그 하루를 빼놓고는 이동은 극비밀리에 밤중을 한해서 실시되었다. 의료 기구도 약도 보급이 중단되어 사망자가 격증했다.

그래도 다음다음 밀려드는 새로운 부상병으로 병원은 발 들여놓을 틈도 없이 붐비었다.

한길 건너의 건물들은 차례차례 직격탄에 가라앉았다. 종일 초연이 코를 찌르고 하늘은 연기와 먼지에 가려서 탁하였다.

첫 번 이동이 있은 그날 이후 웬일인지 이화의 동료는 간호학교 생도인 이금순 하나로 줄어들었다.

집으로들 가버렸는지 알 수 없었다. 또는 어쩌면 인민군의 군의군병과 함께 환자를 따라 북쪽으로 갔는지도 모를 일이었다.

이금순은 그들이 어떻게 되었는지,

"모른다."

고 한마디로 말하였다.

이화와 그녀는 다시 그 일에 관해서 이야기하지 않았다.

어느 날 아침 의사와 환자의 수효가 알아보게 줄어 있었다. 병원의 안팎은 극도의 초조와 불안에 싸여 있어 그것은 차츰 삼엄한 살기 같은 것으로 변하여 갔다.

절망적인 중환에 허덕이고 있는 전사(戰士)나 상등병의 의식에까지 이런 공기는 스며들어 가는지,

"위생원 동무, 우리 인민군은 어디까지 진격하였소?"

마룻바닥에서 불안에 찬 눈으로 쳐다보며 묻는 것이었다.

공산군은 하늘로부터의 극심한 공격에 대해서 이제는 아무런 저항도 하지 않고 있었다. 폭격기는 말할 것도 없고, 지붕에 닿을 정도로 저공비행을 하는 전투기에 대해서조차 어떻게 할 도리도 없는 모양이었다.

다만 소총 소리만은 그들이 쳐들어온 그 무렵과 한가지로 다시 또 요란히 거리를 휩쓸고 있었다.

병원의 보초병까지가 어떤 의사의 가족을 쏘아 넘어뜨리려고 하였다. 그 사람은 정문 앞에 와서 집요하게 그 의사와의 면회를 간청하였던 것이다.

의무원들의 눈초리는 거칠게 빛나고 서로를 날카로이 감시하는 것 같았고, 김명식마저 이화에게 다시 외면을 하였다.

외출이고 귀가고 하는 소리를 입 밖에 내서는 안 되었다.

밤이 왔다.

복도에는 치료의 순번을 기다리는 부상병이 끝이 보이지 않는 열을 지어 늘어서 있었다. 하루 종일 팔이 떨어져 나가도록 쉬지 않고 약을 갈아 붙였는데도 일은 끝이 나지 않았다. 하루씩 건너가며 치료를 받던 환자까지 다 나왔기 때문이다.

이화는 팔꿈치로 이마의 땀을 닦으며 발소리로 웅성대는 복도 쪽을 흘낏 보았다.

그때 마침 위생지도원 하나가 열어젖힌 도어 앞에 나타나서,

“우이화 동무! 소지품을 가지고 운동장에 나오시오.”
하고 소리쳤다.

이화는 가랑잎처럼 마른 한 하사의 어깨의 가제를 갈고 있던 중이었다. 그의 목에 드리운 삼각건을 그녀는 고쳐 매주었다. 다음 환자는 깁스를 끼운 팔목 언저리에서 진물이 흐르고 있었으나 이화의 얼굴을 쳐다보며 망설이고 서 있었다.

“이리 오세요. 얼핏 씻어냅시다.”

그녀는 알코올 스펀지를 집어들었다.

하나 그때 복도에는,

“돌아아 서엇!”

“앞으로 가앗!”
하고 호령이 걸렸다.

깁스의 환자는 한 번 더 이화의 눈을 쳐다보고 우르르 몰려가는 대열의 뒤를 따랐다.

이화는 가운을 벗어 개어 들고 운동장에 나갔다.

부상병들이 정렬하고 있었다. 더러는 묵묵히 정문께로 옮겨가고 있었고, 길에서는 연방 트럭이 떠나는 소리가 들렸다.

조금 떨어진 곳에 열을 지어 선 의료반 사람들은 왕진 가방을 들기도 했고 다리에 각반(脚絆)을 친 사람도 몇 있었다.

이화는 침소에 카디건과 블라우스를 두어 둔 일이 생각났다. 하나 그녀는 가지러 들어가지 않았다. 등화관제의 어두운 현관 어귀에서 들것에 누운 사람이 몇이나 운반되어 나오고 있었다.

이화들은 문으로 인도되었다.

거기서 트럭에 오르도록 명령받았다. 그동안 내내 총을 겨눈 감시병이 바싹 붙어 서서 곁을 떠나지 않았다.

아무도 말을 하지 않았다.

트럭은 어느덧 싸늘해지기 시작한 밤공기를 헤치며 열을 지어 달렸다. 동대문 쪽으로 가고 있었다.

이화의 눈에 익은 거리거리는 부서져 산란한 건물들 때문에 더러는 아주 알아볼 수 없었다. 그녀는 멀리 필동께로 시선을 달렸으나 어두운 산그림자 외에는 아무것도 보이지 않았다.

청량리역 조그만 건물 앞에 그들은 내려졌다.

드디어 기차는 덜컹하고 움직였다. 어둠 속을 미끄러져 가기 시작했다.

이제는 한밤중이었다. 주위의 모든 것은 옴짝도 않고 소리도 내지 않고 엎드려 있었다. 먹물을 쏟은 듯한 하늘 한가운데서 청회색 달빛이 조금 새어 나오고 있었다.

이화는 제일 끝의 칸에 올라타고 있었다. 무릎 높이까지만 나무쪽을 둘러친 화차 칸이었다.

의무반 사람들과 인민군이 뒤섞여서 삼사십 명은 타고 있었다. 이화는 바닥의 널판자에 앉아 무릎을 안고 뒤쪽으로 흐르기 시작한 '서울'을 바라다보고 있었다.

그것은 천천히, 어둠 속에 흡수되어 들어갔다.

또다시 이것들을 보는 일은 없으리라는 생각이 들었다. 정말이지 또다시 이것들을 보는 일은 없으리라.

얼마 전까지의 자기의 생활――양친이나 동생들이나 학교 또 지운과의 깊은 연관 속에 이루어져 오던 그 모든 것이 일조에 그 인연을 끊어버렸듯이, 이것들도 또한 이별을 고하는 것이었다.

모든 것은 흔적도 안 남기고 사라질 수 있다는 것이 그녀의 새로운 지식이었다. 그녀가 태어나 자라던 가정도, 정신생활의 터전이던 학교도, 사랑을 일깨워준 지운조차도 지금 그녀의 곁에는 있지 않았다. 모든 것은 사라지고 지워지는 것이다.

어머니나 아버지나 또 그 밖의 사람들의 얼굴을 그려보았다. 그리고 그것들은 연도(沿道)의 지붕이나 전선주들과 마찬가지로 차차 멀어질 뿐이었다.

기차는 믿을 수 없을 만큼 느린 속도로 움직이기를 계속하고 있었다. 기차조차 숨소리를 죽이려고 애쓰고 있는 듯하였다.

차량 위는 일종의 마비 상태가 지배하고 있었다. 모든 사람은 멍하니 앉아 있었으며, 총을 둘러멘 병졸조차 무언지에 넋을 잃은 듯 먼 산을 바라보고 있었다.

차는 잠시씩 멎기도 하였다. 누군지가 만약 도주의 기회를 노리고 끊임없이 신경을 긴장시키고 있었더라면 그 기회는 전연 붙잡을 수 없는 일은 아니었을 듯했다.

그러나 이화는 그저 멍하니 앉아 있기만 하였다. 죽음의 그림자가 너무도 가까이, 피부의 표면이나 머리카락 위에까지 밀착되어 있어서, 이것을 떼어버릴 수는 이미 없으리라고 느끼고 있었다.

벌써 선기가 난 싸늘한 밤공기를 깊이 들이마셨다. 연기 내가 섞여 있었으나 어쩌다가는 아주 맑고 신선한 공기가 폐부로 흘러들기도 하였다.

그러면 이화는 아직 살아 있다는 일에 작은 그러나 날카로운 환희를 느끼고, 또 그 생명이 슬픔에 젖었으면서도 사지의 끝에까지 용솟음치며 흐르고 있음을 깨달아 힘껏 뛰며 그것을 발산시키고 싶은 충동을 느꼈다.

하지만 그것은 말하자면 생각해서는 안 되는 일이었고, 이곳에서는 죽음을 유발하는 위험한 짓이었다.

이화는 하늘에 별이 있으면 좋겠다는 생각을 하며 고개를 젖혀 쳐다보았다. 거기에는 엷고 검은 헝겊이 갈기갈기 찢기면서 무수히 겹친 듯한 구름이 가득 덮여 있을 뿐이었다.

별이 보이면 좋겠다고 생각하면서 그녀는 어느 때까지나 하늘을 보고 있었다. 그러자 그녀는 별빛을 닮은 것을 상기해 내었다. 가슴에 동훈의 두 눈을 그려본 것이다.

말없이 빙긋이 웃을 때의 동훈의 눈은 별처럼 맑은 빛을 담고 빛났었다. 여럿이 웃고 떠들 때에도 그는 그렇게 맑은 두 눈으로 빙그레하는 것이 버릇이었다.

동훈의 그런 얼굴을 퍽 오랫동안 못 보았다 싶었다. 굴속에서 그 눈은 아마 먼지에 뒤덮이고 부옇게 흐려서 거미줄을 뒤집어쓴 머리카락 같은 빛을 하고 있을 것 같았다.

이화의 가슴은 저릿하게 죄어들었다.

슬픔이——모든 헤어져야 하는 것, 잊어야 하는 것에 대한 슬픔이, 돌연한 오열(嗚咽)로써 이화를 엄습했다. 그녀는 두 손에 얼굴을 묻고 흐느껴 울었다.

"동무, 동무."

하고 누군지가 그녀의 팔꿈을 잡아 흔들었다. 숨을 죽인 그 음성이 이화를 현실로 돌아오게 만들었다. 그녀는 고개를 들었다.

다시금 삼엄한, 어떠한 감정의 흔들림도 용납되지 않는 세계가 거기 있었다. 총을 멘 군졸은 화차를 둘러친 나무 쪽에 걸터앉아 똑바로 이편을 보고 있었다. 기차는 속력을 내기 시작하였다. 이화는 머리를 들고 조용한 눈물이 뺨을 흘러내리도록 버려두었다.

공산군이 쳐들어오던 때와 흡사한 현상이 지금 시민들의 혼란을 크게 하고 있었다.

라디오가 영용무쌍한 인민군 전사, 영웅적인 빨치산 부대의 성공적인 전과를 보도하고 있는 눈앞에서 군대는 서울을 버리고 패주하기 시작한 것이었다.

이번엔 분명한 일을 이내 짐작할 수 있었고, 조금만 더 기다리면 끝장이 난다고 확신할 수 있었지만, 그 '조금만 더' 사이에 몇 사람이나 살아남을지 아무도 알 수 없는 일이었다.

대편대의 폭격기는 노다지로 폭탄을 내리뜨렸다. 장거리 박격포가 둘레의 모든 산으로부터(어느 방향의 어느어느 산으로부터였는지 쳐다보고 판단을 내릴 겨를들도 없었지만) 숨 쉴 사이도 없이 발사되었다. 낮에서 밤까지 밤에서 낮까지 잠시도 안 그치는 포탄의 우박은 도처에 불바다를 이루어 놓았다.

인천에 UN군이 상륙하였다는 것은 정말인 모양이었다. 기다리고 기다린 일이었다. 다만 그것은 죽음과 함께 왔다. 그것은 불가피의 현실이었다. 사람들은 개미떼처럼 흩어지며 우왕좌왕하고, 화염을 피하여 개천에 뛰어들었다가는 밟히어 죽기도 하였다.

우태갑 씨의 집이 있는 남산 기슭은 박격포의 하나의 목표가 된 지점인 듯하였다. 산에 벌집처럼 구멍이 패고 지붕의 기왓장이 깨져 날았다.

사랑채의 공산군이 철수하였다.

사이드카며 트럭이 요란한 소리를 남기고 떠나갔고, 그곳은 휘엉청 비어버렸다. 길 건너의 인민위원회도 여성동맹 사무실도 창은 열린 채 출입문이 철사로 얽어매어져 있었다.

옥엽은 방공호에 가서 동훈을 데려왔다.

그는 머리가 한 발이나 자라고 창백하여 가지고, 곧 쓰러질 듯이 비칠비칠하였다. 다 저물녘인데도 눈이 신 듯이 깜빡깜빡하며 무릎을 죽 펴고 걷지를 못하였다.

"우리도 어디로 피해야 되겠어. 자 이 쌀자루를 들고. 어머니는 이 주머닐 놓아버리심 안 돼요. 보석은 또 값이 나갑니다."

“오냐, 자 어서……."

“동훈인 모자를 써야겠다. 그 머리가……."

기둥이 우지끈 소리를 내었다. 미닫이가 한 장 훌렁 떠올랐다가 마당에 스릇이 내려앉았다. 그 광경은 기괴하고, 사람들은 언짢은 마음으로 잠시 침묵하고 있었다.

영아 엄마도 할아범도 어디엔가 가버리고, 할멈만 주먹밥을 뭉치느라고 땀을 빼고 있었다.

“걸어야 할 건뎁쇼. 중간에 시장하면 못 가죠."

그녀의 집을 향해 우선 떠나보자는 것이 할멈의 제안이었다.

옥엽도 그럴 수밖에는 없다고 생각하였다. 이화의 일이 마음에 걸렸으나 지금은 다른 방도가 없었다.

“그럼 아버지를 나오시라구 해라."

“응.”

동훈이 한 손으로 위께를 누르면서 신발인 채 방으로 들어갔다.

옥엽은 할멈이 있는 데로 가려고 몸을 돌렸다.

그때 그녀는 악 하고 조그맣게 소리 질렀다. 어느새 들어왔는지 강석우가 회초리를 휘어잡으며 문간에 서 있었다.

이화가 사라진 이후 이 상위(上尉)는 무척 옥엽을 괴롭혔었다.

“이화 동문 어딜 갔소, 엉?"

버럭버럭 고함을 지르며 다가설 때에는 침착한 옥엽도 가슴이 내려앉곤 하는 것이었다. 하나 얼마 지나고부터는 그렇게 난폭한 말씨를 쓰기를 그만두었다.

조용해졌다.

그러나 그의 끈덕지게 휘감기기 시작한 눈길이 무엇을 뜻하는지는 예민한 소녀에게 곧 감지되었다. 그의 존재는 그녀를 끊임없는 불안 속에 몰아넣었고, 포탄에 대한 그것보다 더 신경에 거슬리는 경계를 항상 하게 만들었다.

그가 그래도 잠잠히 뱀 같은 눈길만 보내고 있은 것은, 그의 상사인 대위 때문인 듯하였다. 왼 볼에 사마귀가 있는 젊은 대위에게 그보다 훨씬 나이가 위인 듯한 강석우는 증오에 찬 대항 의식을 갖기 시작하고 있었다. 회초리를 휘었다 놓았다 하며 그의 뒷모습을 매번 노려보곤 하였다. 옥엽만이 그 비밀을 눈치 채고 있었다.

그는 중문턱 밖에 우뚝 서 있었다.

빙긋대지도 않고 말도 않고 장승처럼 서 있었다.

옥엽의 등골로 오한이 달렸다.

왼 볼에 사마귀가 있는 대위도 이미 가버렸다. 그녀를 이 사나이로부터 보호해 줄 사람은 지금 아무도 없는 것이다.

강석우는 옆구리에 차고 있던 권총을 빼들었다. 든 채로 안마당에 들어왔다.

쏘려는 것이 아니다.

옥엽은 그것을 알고 있었다. 그러나 뒷걸음을 쳤다.

"떠납시다, 나와 같이."

공산군 상위는 부자연하게 일그러진 얼굴로 말하였다. 늘 차가운 조소가 떠도는 그의 엷은 입술 가에 풀로 굳혀놓은 듯한 주름이 잡혔다.

옥엽은 숨을 허덕이며 고개를 옆으로 저었다. 공포가 그녀의 입술을 새하얗게 만들었다.

"가야 해!"

하나 그때 풋소리가 아닌 다른 소음이 사랑채 밖에서 들려왔다. 사이드카가 와서 멎은 것이다.

사마귀가 있는 대위는 사랑으로 통하는 작은 대문 앞에 나타나서 이편을 들여다보았다. 근처에서 오르고 있는 불길을 반사하여 그의 모자의 짧은 차양이 주홍색으로 물들며 반짝였다.

"강상위! 무얼 하고 있는 거야!"

그가 소리쳤다.

강석우는 움칫하여 팔을 내렸으나 곧 적의에 불타는 흰 눈이 되며 대답을 안 하였다.

"이리 잠깐 와!"

명령을 내리고 괴뢰 대위는 사랑채 안으로 돌아서서 들어갔다.

강석우는 뭔가 생각하듯 그대로 서 있었다. 그리고 늘어뜨린 한 손에 쥐고 있던 권총을 가슴 앞에 가져와 손바닥에 놓고 들여다보았다. 무게를 잴 때처럼 몇 번이나 추석거린다.

그리고 돌연 그는 풀쩍 뛰어오르는 듯한 기세로 그것을 허리에 도로 꽂았다.

그리고 명령받은 쪽으로 걸어갔다. 숨이 막힐 듯한 공포가 안마당에 그득 찼다.

폿소리가 멎었다.

불길한 정적이 모든 것을 뒤덮은 진회색의 저녁 어둠 속에 깃들이고 있었다. 박쥐의 떼처럼 새까만 비행기의 편대가 먼 하늘가를 지나갔다.

사랑채 속에서는 달그락 소리도 일지 않았다. 무거운 침묵이 흐를 뿐이었다.

그리고 결국 탁! 탁! 하는 두 발의 총성이 울려왔다.

누군지가 쓰러지고 누군지가 살아서, 이편으로 나타나려는 것이다. 발소리가 났다. 구둣발 소리는 저벅저벅 다가와, 사랑 대문 문지방을 넘어섰다.

"동무를 데리러 왔소. 다른 사람은 내가 어쩔 수 없소. 힘대로 피하쇼. 자 빨리 가야 하오."

왼편 볼에 까만 사마귀가 있는 괴뢰군 대위는 옥엽의 앞에 서서 말하였다.

"위험이 다가왔소. 영미 오랑캐들은 옥엽 동무를 그냥 두지 않을 거요."

그는 초조함을 더 누를 수 없는 듯이 두 손으로 옥엽의 팔을 잡아 흔들었다.

옥엽은 고개를 옆으로 저었다. 그녀는 뭐라고든 설명을 하려고 하였으나 말이 입술 밖으로 나오지 않았다.

"이제 곧 어떤 일이 일어날지 그걸 모른단 말이요? 모른다면 억지로라도……."

그는 옥엽을 낚아챘다. 그의 눈에는 핏발이 서고 거센 호흡을 하고 있었다.

"작은누나!"

동훈이 뛰어들었다. 우태갑 씨도 그의 앞으로 돌진하였다. 우태갑 씨는 너무 놀라서 대청에 우뚝 서 있던 참이었으므로 신도 안 신은 맨발이었다.

"안 됩니다. 군관 동무! 제발!"

괴뢰군 대위는 권총을 빼들고 그들에게 겨누었다. 총구를 동훈의 가슴패기에서 우태갑 씨의 그것으로, 우태갑 씨에게서 또 동훈에게로 번거롭게 옮기고 있다. 그 얼굴에는 쫓기는 자의 필사적인 절박감이 불을 튀기고 있었다.

앗 하고 옥엽이 그 앞을 가로막아 섰다.

대위는 새하얗게 질렸다. 순식간의 차이로 그는 그때 방아쇠를 당길 뻔했던 것이다. 그의 손목이 몹시 떨렸다. 그리고 그는 총자루를 고쳐 잡으면서 소리를 높였다.

"방해하면 쏠 테다! 방해하면!"

동훈이 다시 달려들려 하였다.

괴뢰 대위는 옥엽을 안아 옆으로 돌리면서 동훈과 마주섰다. 그는 숨을 죽이고 있었다. 그렇다. 그는 동훈을 죽이려 하고 있었다. 옥엽의 육감은 그것을 느꼈다.

"잠깐! 잠깐만! 가겠어요! 가겠으니 그걸 내리세요. 사람을 다치지 말아요!"

옥엽이 가슴을 들먹이며 말하였다. 똑바로 동훈과 시선을 맞추면서,

"아버지하구 어머니 모시구 빨리 떠나라. 얼른 그렇게 해줘. 부탁이다. 내 일은 걱정하지 말고……."

그녀의 두 눈은 너무 많은 말을 하고 있었다. 그녀는 작게 고개를 끄덕여 보였다.

"어서! 내 말대로 해줘, 제발!"

애절한 눈초리가 동훈의 가슴을 아프게 하였다. 옥엽의 의도는 그에게 전해 왔다.

"그럼 작은누나."

동훈의 표정도 또 여러 가지 말을 하고 있었다.

심씨가 벌벌 떨고 울면서 제일 앞에서 대문을 나갔다. 할멈이 무거운 보퉁이를 이고 따랐다.

공산군 장교는 옥엽의 허리를 꼭 부둥켜안고 아직도 총부리를 돌려대고 있었다.

사이드카는 고장을 일으키고 전혀 소용에 닿지 않게 되었으므로 그들은 걷는 수밖에는 도리가 없었다.

어두운 동안은 큰 가도를 따라가고 있었으나, 동이 틀 무렵부터는 산속으로 접어들었다.

전투기의 기총소사를 피해야 했기 때문이었다.

서울은 멀어지고, 그 폭음도 그 화염도 이제는 주위에 없었으나 불시에 머리 위로 떠오르곤 하는, 기체가 작고 날쌘 비행기와 길가에 널린 낙오병의 시체는 이 악몽이 아직도 현실인 것을 말해 주고 있었다.

옥엽은 이제는 앞이 보이지 않을 정도로 피로하였고 머릿속도 멍멍하기만 하였으나, 공산군 대위는 그녀의 손을 꼭 쥐고 걷고 있었다.

가다가 옥엽이 무릎을 짚어버리면 그는 잠시 앉아서 쉬도록 해 주었다. 그러나 오래 참지는 못하고 곧 재촉을 하는 것이었다.

그는 자주자주 서울 쪽을 돌아다보았다. 그는 무엇을 몹시 두려워하는 눈치였다.

때때로 두세 명의 걸음이 잰 전사나 상등병이 뒤따라 와서,

“○○부대가 이리 지나갔소? ○○대 ○○소대요.”

하고 열심하고 근심스러운 얼굴로 묻는 것이었다.

그럴 때마다 대위는 그렇다고 하였다. 아무 부대도 본 일이 없었지만 그렇게 말하였다. 군졸들은 부지런히 앞길을 걸어갔다.

옥엽은 이제 정말 더 나갈 수 없을 만큼 지쳐버렸다. 어젯밤 걷기를 시작하였을 때 대위가 어느 민가의 사람들을 깨워 식사를 내놓게 하였으므로 공복을 느끼지는 않았으나, 입속이 말라붙어 들이켜는 공기조차 짜고 뜨겁게만 여겨졌다.

그녀는 이마에 솟은 땀방울을 손등으로 문지르고 햇살을 펼치기 시작한 빨간 태양을 쳐다보았다. 그러자 그녀는 현기증을 느끼고 손을 잡은 대위께로 쓰러지고 말았다.

공산군 대위는 깜짝 놀라서 그녀를 붙들었다. 엷은 핑크의 블라우스와 까만 스커트를 짧게 입고, 빛나는 머리칼을 양쪽에 땋아 늘인 소녀는, 백지장같이 창백해져 가면서 두 눈을 감고 있었다. 잡고

있는 손목이 싸늘하게 식어드는 것을 알 수 있었다.

그는 옥엽을 나무그늘의 풀 위에 뉘었다. 손수건도 아무것도 없으므로 골짜기를 흐르는 찬물에 적신 손으로 그녀의 이마를 짚어주었다. 그러면서 슬픔과 두려움에 잠긴 채 지켜보았다.

잠시 후에 옥엽은 눈을 떴다. 그녀는 일어나 앉아 공산군 대위에게 말하였다.

"전 빨리 걷지를 못하겠어요. 저와 함께 가시다가는 뒤쫓기고 마실 겁니다. 먼저 가시도록 하세요."

"아니, 그럴 순 없소."

그는 옥엽의 곁에 앉아 골짜기를 바라다보았다. 손가락으로는 풀잎을 뜯으면서 한동안 말이 없었다.

옥엽도 다시 입을 다물었다. 그가 끝끝내 놓아줄 생각이 아닌 거라면 다시 할 아무 말도 없는 것이었다.

"나는 이성도라고 하오."

그는 이야기를 시작했다.

"함흥에 있었소. 난 당의 신임을 얻고 있고 상관도 날 알아주고 있소. 동무의 신분은 내가 보증해 주겠소. 아무것도 걱정할 것은 없소."

"……."

"서울서는 아무도 살아남지 못할 거요. 우리는 또 새로 진격할 것이니까. 그래서 남반부를 구해 내야 할 것이니까."

옥엽의 얼굴로 딱해하는 빛깔이 흘낏 지나갔다. 하나 그녀는 눈을 들지 않고 앞을 본 채 여전히 침묵하고 있었다.

"동무가 열렬한 협력자였다는 것을 나는 모든 사람에게 보증하겠소. 그러나 동무도 주의해 주기 바라오. 서울의 집에 관해서 잘못된 말을 하면 안 되오."

'기계다. 이 사람은 기계인 것이다……'

하고 옥엽은 혼자 생각을 더듬고 있었다. 내가 여성동맹의 맹원들이나 인민군의 여군사처럼, 그렇게 사고하며 행동할 수 있으리라고 간단히 여기고 있는 것일까? 강석우와 둘이 사라진 사랑채 쪽에서 탁탁 하고 두 발의 총성이 울리던 때의 일이 가슴에 떠올랐다.

'이 사람은 기계인 것이다……'

"우리의 임무가 다 끝난 뒤에는……."

하고, 그는 말 중간에 입술을 깨물고 고개를 떨구었다. 카키 빛 옷소매 한쪽이 어깨에서부터 한 뼘 길이로 찢기어 있었다. 어두운 데서 나뭇가지에라도 걸고 당겼는지 몰랐다.

수그린 얼굴 한쪽은 나무 그늘 속에 있어, 그 그늘 속에서 보는 그의 사마귀는, 조물주의 작은 장난이었던 듯 단정은 하지만 빳빳한 그의 생김새 중의 유일의 인간적인 맹점인 양 한 가닥의 다정함을 유발하고 있었다.

옥엽은 눈길을 돌렸다.

"우리의 임무가 다 끝난 뒤에는……."

그는 말을 이었다.

"……나는 옥엽 동무를 행복히 해줄 수 있소. 나와 결혼해 주시오!"

말을 마치고도 오래도록 그는 옴짝하지 않았다. 그리고 겨우 얼굴을 돌려 옥엽을 보았다.

그의 수줍음이 옥엽의 가슴에 전하여졌다. 그러나 옥엽은 아무 말도 하지 않았다.

'공산군 장교와 결혼?

그것은 상상할 수도 없는 일이었다. 자기가 할 일은 그로부터 도망치는 것뿐이었다. 이 사람으로부터 달아나 서울로 돌아가는 일뿐인 것이었다.

"함흥에 가서 만약 내가 또 곧 떠나야 하게 되더라도, 그러면 동무를, 동무는 나를……."

그는 연거푸 말을 더듬고, 자기의 생각을 설명하기를 드디어 단념하였다가는 또다시 처음부터 시작하였다.

"동무도 함께 입대할 수 있소. 같은 부서에서 일할 수도 있고, 그러면……."

꽤 오랫동안 그는 그 노력을 계속하였다. 그리고 시종일관한 잔혹한 침묵이 끝내 그의 입을 다물게 하였다.

그들은 다시금 걷기 시작했다.

골짜기를 오르내리고, 잡목림 사이를 헤치고 나갔다. 희게 뻗어난 가도로부터 그러나 멀리 떨어져서는 안 되었다. 항상 한 편을 바라보며 가야 했고, 어떤 때는 들판을 뛰어 건너야 하기도 하였다. 너무 먼 산으로 우회할 수는 없었기 때문이다.

해는 중천에 떠 있었다.

대개는 묵묵히 걸음만 재우쳤으나 공산군 장교는 때때로 옥엽에게 다정한 말씨로 이야기를 걸었다.

목이 마르지 않느냐든가, 조금만 더 가면 민가를 만나 쉴 수 있으리라든가…….

가도 연변으로 접근해 가는 것은, 거의 짬을 두지 않고 달려드는 전투기 때문에 극히 위험하였고, 산속에 파묻힌 집은 만나기가 어려웠다.

말을 걸지 않는 때에라도 그의 젊은 체구에서는 다시없는 다정함이 뿜어져 나와 옥엽에게로 쏠리었다. 옥엽은 그것을 느꼈다. 그녀는 절망적인 기분에 빠져 들어가면서 그것을 인식하였다.

하나 그녀는 아무런 표정도 나타내지 않았다.

공산군 대위는 그대로의 실의(失意)에 부딪친 듯 서운한 얼굴로, 걸어가다가도 혼자 입술을 깨물었다.

산비탈에서 그들은 쉬었다.

눈앞에는 기름한 평지가 펼쳐지고, 산은 그곳에서 끊기어져 있었다. 산을 따라 돌아가자면 한없는 시간을 허비해야 할 것이었다. 건너편 산록까지의 거리를 겨냥하듯 그는 그곳을 바라보고 있었다. 이백 미터 정도의 길이로 보였다.

자기와 함께 이렇듯 느릿느릿 가다가는 이 사나이는 목적지에 가기 전에 꼭 붙잡히고 말리라고 옥엽은 생각했다. 오늘 해가 뜬 후로는 수없는 낙오병이 뒤따라와 그들을 지나쳐 간 것이다.

옥엽은 그 말을 하고 싶다고 생각하였다. 그러나 이 사나이는 또 혼자 갈 수는 없다고 대답할 것이다. 그래서 그녀는 여전히 입을 다물고 있을 수밖에 없었다.

숨이 차서 가슴이 뻐개질 것 같은 이 고통만 가라앉으면 또 걸어가지 않으면 안 되었다. 옥엽은 그를 위하여 자기의 호흡이 빨리 평정해지기를 바랐다.

풀숲에는 보랏빛 들국화가 피어 있었다. 뒷동산 방공호 앞에 많이 피곤 하던 꽃이었다. 잡초와 들국화에 섞여 빨간 산딸기가 루비처럼 빛났다.

손끝으로 만지니까 무르익은 열매는 구슬같이 흩어지며 굴러 떨어졌다.

옥엽은 산딸기를 따 모았다.

손바닥에 대여섯 개 올려놓고 무심히 얼굴을 들었더니, 괴뢰군 대위는 우두커니 지켜보며 서 있었다.

옥엽은 저도 모르게 그 손을 그의 앞에 내밀었다.

"먹을 수 있어요. 달 거예요."

그는 맨 처음 옥엽의 말뜻을 알아듣지 못한 것 같았다. 그리고 별안간 그의 얼굴은 불그레 물이 들었다.

그는 몸을 구부리며 옥엽이 주는 것을 받으려고 하였다. 하나 대신 그는 빨간 구슬이 얹힌 옥엽의 손을 자기의 그것으로 감싸 쥐면서 거기에 볼을 갖다 댄 것이다.

폭발할 듯한 사나이의 정열은 옥엽을 놀라게 하였다. 그녀는 가만가만 손을 빼내어 그가 무슨 말을 하기 전에 거기에서 일어서고 말았다.

쉽게 수습이 안 될 혼란한 공기를, 이때 등 뒤의 잡목 숲에서 일어난 인기척이 구해 내주었다. 자기의 부대장을 만날 수 있으리라고 믿으며 북으로 북으로 쫓아가고 있는 전사나 상등병일 것이다.

옥엽들은 고개를 돌리고 그편을 보았다.

말소리는 좀 더 가까이 오더니 거기에서 멈춘 것 같아 보였다. 나무들에 가리어 옷자락도 눈에 들지 않았지만 음성만은 똑똑히 들려 나왔다. 다투고 있는 기색이었다.

"난 싫다. 더 끌지 말아."

"너, 이 새끼, 정말 머리가 어떻게 된 거로구나. 자유니 뭐니 하지만 남반부에는 노예밖에는 없다. 그렇게 배우지 않았니?"

"난 그렇지 않은 걸 알았다. 되돌아가서 내가 조그말 때 월남했다는 우리 형을 찾아낼 테다."

한동안의 정적이 그 뒤를 이었다. 이윽고,

"야, 너 그러지 말아. 이 시계 내 널 주마. 평양 가면 보여줄 사람이 있어서 여직 갖고 있었다만, 널 주마. 그리구 이 따발총두. 이 명예로운 무기두 너 가져라."

"붙들지 말어. 너하구 떨어질 수 없어서 여기까지 왔지만, 이젠 붙들지 말어. 난 거기가 싫다. 정말 안 가겠어."

공산군 대위는 그편으로 걸어가 한 팔로 나뭇잎을 걷어 올리면서 말소리가 나는 곳을 넘겨다보았다.

소년병 둘이 서 있었다.

누더기같이 된 군복을 걸치고, 바닥과 위가 분리돼 버린 농구화를 노끈으로 동여매 신고 있었다. 한편은 그것도 없어 적당히 가위질을 한 광목 조각으로 감싸가지고 있었다. 그들은 주춤 놀라 이쪽을 지켜보았다.

이성도가 잠시 지체한 것은 다만 그 어느 편이 배반자인가를 판단하기 위함에서였다. 그 간단한 의문이 해결되었을 때에 그는 권총을 꺼내어 한마디의 말도 없이 소년을 쏘아 넘어뜨렸다.

그는 나머지 소년에게는 일별도 주지 않고 옥엽에게로 돌아섰다.

조금도 흥분하여 있지 않고, 눈썹 하나 움직인 것 같지 않았다. 오히려 맑고 고요한 눈을 하고 있는 것 같았다.

그 눈을 보자 옥엽은 더 이상 참을 수가 없어졌다. 윤기를 머금고 서글서글한 옥엽의 두 눈동자가 노여움을 그득 담고 그를 응시하였다.

그는 옥엽이 왜 그런 표정을 하는지 알 수 없다는 듯 의아한 얼굴로 마주보았다.

옥엽의 눈 속에서 눈물이 글썽글썽 솟아올랐다.

이화 같으면 이런 때에 머리를 높이 들고 소리쳤을지 모를 일이었다. 노여움을 폭발시켜 비난의 말을 퍼부었을 것이다.

옥엽은 큰소리를 내지 않았다. 낮은 음성으로 꼭 한마디 할 뿐이었다.

"아무렇지도 않게 사람을 죽이곤 하시나요?"

그것은 그녀로서 할 수 있었던 최대한의 항변이었다. 말을 하고 나자 뜨거운 눈물이 자꾸자꾸 뺨을 흘러내렸다.

하지만 왜 눈물을 쏟고 있는 것일까?

어젯밤과 오늘 사이——그 고난과 위험에 찬 도정을 함께하며, 옥엽은 결국 이 이질(異質)의 이성에게 애정을 가졌었다는 이야기일까?

끊임없이 그로부터 도주할 것을 생각하며, 난폭과 성의와 수줍음에 찬 그의 구애를 전면적으로 거부하면서, 그러나 결국은 그에게 한 가닥 인간성에의 기대를 걸고 있었다는 이야기일까?

어쨌든 그러나 지금은 모든 것이 마지막이었다.

옥엽의 가슴으로 차디찬 회오리바람이 불어치고, 그녀는 더 이상 그의 곁에 머물러 있을 수 없었다.

옥엽은 산기슭을 내닫기 시작했다.

어디로 가려는 분명한 생각은 없었다.

평지를 향하여——물이 마른 넓고 흰 하상(河床)을 향하여, 뒤굴거리는 돌들이며 풀밭이 있는 평지를 향하여, 내리달렸다.

이성도가 소리치며 뒤따라왔다. 그의 외침은 갑자기 커졌다.

"비행기! 엎드렷!"

한 듯하였으나 그 목소리는 끝까지 다 들리지 않았다.

맞은편 산등성이에서 피잉 하고 수직으로 숫구쳐 오른 몽땅한 비행기가 쳐다볼 사이도 없이 머리 위를 덮치면서 타타탕탕 총탄을 퍼부었다.

옥엽은 뒹굴었다.

일단 스치고 지나갔던 흑연 빛 비행기는 용서 없이 되돌아와 또다시 기총소사를 가하였다.

얼굴 앞의 흙이 탁탁 튀겨 나고 돌이 두 갈래로 뻐개졌다.

옥엽은 팔굽에 얼굴을 묻고 있었다.

주위가 죽은 듯한 고요에 잠기고 고추짱아가 옷자락에 와 앉을 때까지도 그녀는 울음을 그치지 않았다.

시간이 흘렀다.

옥엽은 겨우 마음을 가라앉히고 일어섰다. 그녀는 자기가 아무 곳도 다치지 않은 것을 발견하였다. 들판은 잠잠했다.

조금 떨어진 곳에 사람이 쓰러져 있었다. 이성도였다. 이편으로 두 팔을 뻗고 그는 엎으러져 있었다.

이화들의 기차는 밤에만 꾸무럭꾸무럭 앞으로 나갔다.

그것도 선로를 보수해 가며 가야 하므로 오랫동안씩 머무르곤 해서, 날이 새고 보면 지나온 거리가 얼마 되지 않은 일에 어이가 없어질 정도였다.

날이 밝기 전에 이화들은 하차하여 철도에서 멀리 떨어진 학교 같은 곳에 몸을 숨겨야 했다. 기차는 그 사이 터널이 있는 곳까지 달리거나 후퇴해서 대피하는 것이었다.

앞쪽의 차량에는 몸이 성한 많은 병정들도 타고 있었지만 부상 병들 때문에 이동은 언제나 큰 괴로움을 빚어냈다.

부축하고, 들것에 담아 나르고 하여 겨우 건물 속에 수용하고 나더라도 마음대로 연기를 올리며 불을 피울 수 없기 때문에 여러 가지 곤란이 뒤를 따랐다. 한 개의 주먹밥이 돌아오기까지는 오랜 공복을 참아야 했고, 소독도 세탁도 임의로 되지 않았다.

무리한 운동을 하는 까닭에 부상자들의 상처는 악화하여서 마룻바닥에서 오르는 신음성은 비참함을 더해 갔다.

특별히 몹시 아파하는 병사가 몇몇 있어 이들은,

"위생원 동무!"

"좀 봐주오, 위생원 동무!"

하고 쥐어짜는 목소리로 종일 울부짖었다.

군의관도 간호병도 지칠 대로 지친 위에 바쁘기는 하였고, 또 그들의 고통을 덜어줄 방법도 없었으므로 그 비명은 묵살된 채 해가 지기까지 긴 시간을 끌고 가는 것이었다.

그래도 틈틈이 이들 곁에 가보아 주는 것은 이화 말고는 이금순이었다.

이금순은 진짜 적색분자인 것 같았다.

평양으로 가고 있는 일을 그녀는 달가이 여기고 있는 눈치였고, 다만 그 '미제국주의의 발악'으로 하여 이렇게 비참한 모양으로 떠나고 있는 것만이 맘에 들지 않는 것 같았다.

"이제 곧 또 쫓길 것들이……."

그녀는 비행기가 으르렁대고 지날 적마다 저주의 말을 내뱉었다.

이화는 몹시 아파하는 사람의 팔이나 다리를 쓸어주고 알코올이 묻은 솜으로 상처의 부근을, 때로는 엉뚱하게 떨어진 아무 의미도 없는 곳을 문질러주기도 했다. 의사가 고개를 옆으로 저어 별도리가 없음을 선언한 그런 환자에게 이화가 해줄 수 있는 일은 그밖엔 없었던 것이다.

하나 그것만으로도 환자는 잠깐씩 진정을 하곤 하였다. 그러고는 또 긴 비명이 위생원을 불러댔다.

"고맙소, 동무."

한 병사가 옆에 와 팔을 만져주는 이화에게 진정으로 사의를 표하였다. 그는 한쪽 팔이 어깨에서부터 떨어져 나가고 없었다. 그런데 그는 아무 탈도 없이 남아난 다른 한 팔이 쑤셔서 못 견디겠다고 줄곧 호소를 해대는 것이다.

이화는 손에 힘을 주어 그의 남은 팔을 주물러주었다.

"집에 가면 가족들이 여러 분 계셔요?"

이화는 그가 잠시라도 육체의 고통을 잊을 수 있을까 하여 그런 소리를 끄집어내었다.

"집…… 집은 떠난 지가 오랩니다."

그 병사는 동훈보다 더 커 보이지는 않았다.

"그래도 누가 계실 테죠. 어머님이라든가 동생이라든가, 누나라
든가……."

"예, 아마 집에―살고 있겠지요."

그는 적이 자신이 없는 어투로 대답을 하였다.

"그래요?"

하는 수 없이 이화는 웃어 보였다. 이 병사와 무슨 얘기를 주고
받으면 그의 위안이 되어줄 수 있을까?

"학교에 다녔어요?"

"당의 교육을 받았습니다."

"어떤 모양으로……? 아마 내가 보아온 학교 같은 것과는 많이
다를 것 같은데요?"

상대방은 한동안 잠자코 있었다. 그리고 설명을 하기 시작했다.

"우리는 하나하나가 당의 세포입니다. 세포는 굉장히 중요합니
다. 굉장히."

'굉장히' 라는 말을 그는 겹쳐서 썼다.

"하나의 세포가 임무를 다하고 나면 그때에는 죽더라도 그만입
니다. 영예로운 일이지요. 우리는 민족을 위해 태어났습니다."

"그렇겠죠. 헌데 그렇지만……."

이화는 약간 을씨년스러운 빛을 감추며 미소하였다.

"부모님들은 다시 만나면 역시 퍽 기뻐하실 걸요."

병사는 무표정하였다.

"난 그이들 일을 잘 모릅니다. 그편에서도 아마 그럴 테지요."

그의 곁에 누운 하사는 그날 밤 기차로 옮겨지기 전에 절명하였

다. 쇠진한 목소리로 혼자 그들의 수령을 찬양하는 말을 뇌이고, 만세를 부르다가, 숨을 거두었다.

마치 옆에 아무 사람도 없다는 듯이, 이제는 위생원을 부르지도 않고, 친구의 눈길이나 손을 찾는 일도 없이, 완전히 혼자 그의 길을 떠난 것이다.

이화가 목격한 그들의 임종은 대개 그런 것이었다. 그들은 건조한 음성으로 감동도 없이 만세를 부르고, 역시 아무 감동도 없이, 마치 물고기가 죽듯이 죽었다. 몸이 성한 사람들이 그것을 들어내어 위에다 흙을 끼얹었다.

그러나 한 번 이화는 예외를 경험했다.

줄곧 어머니를 불러대는 소년병이 있었다.

"어머니, 아이구 어머니! 어머니!"

그의 다리는 무릎 위에서 잘리고 전신에 파편창을 입고 있었다. 귀염스럽게 생긴 얼굴을 내놓고는 팔에도 가슴에도 옆구리에도 피가 내밴 붕대를 감고 있었다. 나뭇등걸처럼 잘리고 난 무릎은 병원에 있을 때에는 그래도 빨갛게 아물어가고 있었으나 지금은 부패하여 악취를 발하였다. 페니실린이 떨어진 때문이었다.

"어머니! 어머니!"

그는 눈초리로 눈물을 흘리면서 그렇게 불렀다.

이화는 그의 손목을 잡고 어떻게 할 바를 몰라 함께 눈물짓고 있었다.

"많이 아파요?"

그는 고개를 끄덕였다. 이화의 얼굴에서 시선을 떼지 않고 입 속으로는 어머니, 어머니 하고 되풀이하고 있었다.

"잠깐만 기다려봐요. 약을 좀 얻어 올께."

이화는 군의병인 고상사를 찾아 두루 돌아다녔다. 그는 끝의 교실에서 부상병 사이에 무릎을 짚고 앉아, 주사를 놓고 있었다.

"저 다리 아픈 전사 좀 봐주세요. 진통제——코카인이라도 한 대……."

고상사는 이화의 울듯이 간청하는 얼굴을 건너다보았다. 그리고 한숨을 내쉬었다.

"아스피린을 두 알……."

그는 드디어 옆에 있는 위생병에게 명령하였다. 위생병은 갖고 있던 손가방을 열고 흰 정제를 이화에게 건네주었다. 위독한 소년병은 열심히 고개를 들고 아스피린을 마셨다. 그는 이화가 곁을 떠나지 못하도록 졸라댔다.

"가지 마오, 동무, 조금만 더…… 난 곧 죽을 거요."

그리고 이화에게 손을 잡힌 채,

"어머니, 어머니."

하고 부르는 것이었다. 그러다가는 또,

"위생원 동무, 다른 동무들한테두 가 봐주오. 가 봐주고 한 번만 더 여기 와주오."

이렇게도 말하였다.

둘레의 다른 병사들은 이화가 들어가면 고통을 참고 신음소리를 내지 않으려고 애를 썼다.

어머니를 찾는 소년병은 해가 저물어 찻길까지 떠나야 할 시각에는 의식을 잃어버렸다. 열이 많고 맥박은 불규칙하게 단속되었다. 자주 경련이 일어났다.

반시간이나 사십 분 후에는 그의 그런 움직임조차 멎어버릴 것이었다. 그것은 누구의 눈에나 명백하였다.

사람들은 어둑어둑한 속을 줄지어 걸어가기 위하여 건물 바깥으로 몰려 나갔다. 담가(擔架)를 들고 방에 들어온 두 명의 위생병은 의식을 잃은 병사를 회중전등으로 비춰 보았다. 그러고는 몸을 돌려 다른 환자를 싣고 나갔다.

이화는 그의 곁에 서 있었다. 그는 아직은 확실히 살아 있었다. 반시간 후에는 반드시 죽는다 하더라도.

이금순이 복도에서 들여다보며 손짓하였다.

"이리 와서 이걸 입어."

그녀는 달음질을 치며 이화를 빈방으로 데리고 갔다.

"응? 우리 그렇게 하는 게 좋겠지?"

두 벌의 군복이 책상 위에 있었다. 비교적 깨끗한 물건이었다. 군관들이 잡아매는 가죽 혁대까지 두 개 함께 마련되어 있었다.

"밤에는 춥기도 하고 또……."

이금순은 말끝을 흐렸다.

"응."

이화는 입고 있는 원피스 위에다 그것을 둘쳐 썼다. 소매도 바지도 길어서 둘둘 걷어 올리고 벨트로 허리를 졸라맸다.

"가만있어. 벨트가 클 테니까……."

이금순은 수술용 가위로 웨이스트에 맞추어 벨트의 구멍을 뚫어주었다.

"그걸 입어도 이화 동무는 이쁘네. 자, 모자."

이금순은 병사들이 쓰는 후줄근한 군모를 던져주고 자기도 이마로 차양을 잡아 내리면서 빙긋 웃었다.

그녀는 오늘은 몹시 친밀하게 굴어 이화는 이상한 느낌이 들었다. 그러나,

"대장의 계급장 어디서 얻거든 나 하나 달아줘."

이금순이 상냥해진 것이 기뻤으므로 그런 농담을 하였다.

이금순은 후닥닥거리며 튀어나갔다.

건물은 거의 비어버렸고, 복도 끝에서 무엇인가 잡아당기는 소리만 삐걱삐걱 요란히 울려왔다.

이화는 의식을 잃은 병사에게로 되돌아갔다. 그를 어떻게 해야 좋을지 엄두가 안 났으나 그래도 가보지 않을 수는 없었다.

옆으로 밀리는 허술한 나무 쪽문 앞에 와서 보니 어둠 속에서 누군가가 그를 안아 올리고 있었다. 그들은 둘이었다. 둘이서 들것에 담아 들고 이화의 눈앞을 뛰어 달려갔다. 얼굴을 똑똑히 볼 수 없었으나 그 한 명은 김명식인 것 같았다. 군복에 군모를 쓰고 있어 분명치 않았지만 틀림없이 그인 것 같아 보였다.

이화는 낮에 빨아 말린 붕대 뭉치를 교탁 밑에서 꺼내 들고 급히 대열을 뒤쫓아 갔다.

밤공기는 피부에 냉랭하였다. 산 사이에서 깊은 밤 오랫동안 정차하고 있는 때면 의자 밑에서 귀뚜라미가 똘똘 울었다.

기관차 바로 뒤에 달린, 원래는 식당차였던 칸이 의무실이었다. 검은 헝겊으로 창을 가리고 여기에만 불이 켜져 있었다.

그러나 실제로는 의사들도 멍하니 모여앉아 있을 뿐이었다. 긴요한 약품들이 떨어져버렸으므로 그들도 속수무책인 것이었다.

간호병들만이 그런대로 이 의무실과 뒤의 차량 사이를 오락가락하며, 때로는 물주전자도 나르고, 또 시체를 한군데에 모았다가 처분을 하는 것이었다.

칠흑 같은 밤에도 비행기의 폭음은 가끔 머리 위를 지나갔다.

조명탄이 투하되고, 새파란, 비현실적으로 맑은 빛이 한동안 산과 들을 비치는 일도 있었다.

이화는 의무실 한구석에 앉아 얼마 남지 않은 붕대를 말고 있었다. 거기 사람들은 여전히 서로서로 냉담하였다. 약이 없어서 이거 큰일 났다고 걱정을 털어놓는 사람조차 없었다. 누가 무엇을 생각하고 있는지 도무지 알 수 없는 채 이십여 명이 한곳으로 실려 가고 있는 것이었다.

이화는 문이 여닫기는 때마다 얼굴을 들어 이금순을 찾아보았으나 그녀는 나타나지 않았다.

어디서 일을 하고 있는지, 군복을 입고 나니까 알아보기도 어렵게 되었다고, 그저 그렇게 생각하였으나, 날이 샐 무렵이 되니까 이금순이 이 일행에는 섞이지 않은 게 아닌가 하는 의심이 들었다. 사람들의 승차가 다 끝난 뒤에도 기차는 오래 있다가야 출발하였는데, 그때에도 그녀는 보이지 않았던 것 같았다. 그렇다면 이 기차를 그녀는 타지 않았던 것이 아닐까?

이런 상상은 너무나 놀라웠으나 결국은 잘된 일이었으므로 그녀가 무사히 도망쳤을 것을 비는 수밖에 없었다.

해가 뜨기 전 또 어느 낡아빠진 국민학교를 향해 행진을 시작하려고, 의무반 사람들이 짐을 나누어 가지고 있을 때 고상사가 이화에게 말하였다.

"같이 있던 여자 동무가 어디 갔는지 아오?"

이화는 고개를 흔들었다.

"모르겠는데요."

"총살되었소."

그의 음성이 높았으므로 모든 사람이 일순 동작을 멈추었다.

"도주하려고 했었어. 적의 간첩이었던 것이 분명하오."

그는 이화를 노려보았다. 중년 남자인 그의 거무튀튀하고 두꺼운 입술이 몹시 불결하게 이화의 눈에 비쳤다.

"저걸 보오."

열차 바닥의 한구석을 손가락질하였다.

피가 묻은 가죽 벨트가 거기 있었다. 이금순이 수술용 가위로 구멍을 뚫어 허리를 맸던 물건이었다.

"동무들에게 똑똑히 구경시키려고 가져다 둔 거요."

그는 더 큰 소리로 말하고 차내를 둘러보았다.

이화는 묵묵히 짐을 챙겨 들고 기차를 내렸다.

마음 밑바닥을 얼음물이 흐르며 지나간 것 같았다. 그녀는 고상사를 증오하였다. 그것은 어쩌면 이탈자를 쏘아버린 그 행위 때문이기보다도 벨트를 집어다 놓은 마음에 대한, 더욱 큰 미움이었을지 몰랐다.

그날 저녁 의무반 사람들은 부상병들로부터 분리되었다.

공산군의 군의군병과 함께 다른 열차에 옮겨져 지금까지보다는 훨씬 빠른 속도로 북상을 계속하게 된 것이었다.

"평양에 가면 할일이 많소. 우리는 한시바삐 도착되어야 하오."

치료의 수단을 잃은 의사가 부상자와 함께 있어 보아야 큰 덕이 될 수 없는 것은 사실이었고 그보다도 실제로 소용에 닿는 곳에 데려다가 배치하는 것이 합리적인 이야기일지도 몰랐다.

뿐더러 이화처럼 미숙한 축은 무슨 다른 부면에—말하자면 여성동맹원들이 하는 것과 같은 그런 일을 하도록 강요받을지 알 수 없었다.

어쨌거나 이화는 공산주의자가 될 생각은 없었다.

눈앞에 그녀의 손을 갈구하는 환자들이 하나도 없어지고, 붕대를 마는 일조차 주어지지 않게 되자, 완전한 무의미함을 느끼고, 이금순처럼 여기서 달아나버려야겠다는 생각을 하였다.

서울에 가도 지운은 돌아와 주지 않을 것이다. 그는 아무 곳에도 있지 않았다. 그녀의 가족들은—누구누구가 살아남았을지 알 수 없었지만—그녀의 슬픔을 씻고 그녀를 행복하게 만들 수는 없을 것이다. 그것은 불가능한 일이었다.

그러나 그렇더라도 이화는 돌아가리라 생각하였다. 그것은 당연한 일이었다. 그녀가 행복할 수 없더라도 그녀의 가족은 그녀로 하여 위안을 얻을 수 있을 것이었다.

도시 처음부터 자기는 바보였다는 맘이 들었다. 바보였지만 무참히 부상한 사람들을 도와줌으로써 저 자신의 상처도 어느 정도 가라앉기는 한 셈이었다. 이화는 후회하지 않았다.

도망하리라고 막연히 생각은 하였으나 어떤 좋은 수단 방법도 머리에 떠오르지 않았다.

기차는 쾌속도로 달리고 있었다.

역시 때때로는 멈춰서고 그럴 적마다 오랜 시간을 지체했으나, 고상사는 그런 경우에는 특별히 눈을 번득이며 경계하는 것같이 보였다. 메스를 쥐고 일하는 때 외에는 그도 완전히 다른 공산군과 동일하다는 것을 이화는 무슨 새삼스러운 일인 것처럼 느꼈다. 기관차의 앞쪽에서 쩔겅쩔겅하고 쇠스랑을 놀리는 소리가 끝나면 차는 또 서둘러 달려가는 것이었다.

검은 산그림자가 뒤로 흐른다.

차량마다 군인들이 가득 타고 있어 그들은 어마어마한 무기들을 지니고 있었다.

부상병들과 함께 있을 때, 몸이 성한 사람은 그것만으로 충분히 강자였다. 남에게 베풀 수 있었다. 지금은 이화들은 포로나 다름없었다. 완전히 무력하고, 모든 자유는 박탈되어 있었다. 그것은 일의 능률을 위한 규칙 같은 유의 구속이 아니고, 인간의 본질에 관한, 정신에 관한 속박이었다. 어떻게 해서라도 빠져 나가야 했다.

이화는 특별한 관심과 주의를 가지고 의무반의 사람들을 관찰하였다. 모두 다 같이 무뚝뚝한 얼굴을 하고 있지만 누군가 언젠가는 본심을 보이는 때가 있으리라 싶었다. 누군가가 도와준다면 탈출은 좀 용이할 것같이 생각되었다. 그러나 이것도 그저 막연한 기대임에는 다름없었다.

몇몇의 의과 학생은 병정들과 각별히 친숙히 굴며 열심히 이야기를 주고받고 있었다. 모스크바의 학교생활에 관한 내용이었다.

이금순의 전례도 있기는 하였지만, 이화는 역시 이들에게 희망을 걸 수는 없으리라 생각하였다. 노인네인 최교수는 얼마간 서글퍼 뵈는 눈을 하고 있었다. 하나 그는 단념하고 있는 것 같았다. 어쨌건 그에게 대담한 행동을 요구하는 것은 무리한 짓이라고 그녀는 단정했다.

다른 몇몇은 가끔 확실히 불안에 사로잡히곤 하는 것을 알 수 있었다.

좌중을 둘러보고 아무도 자기에게 주의하고 있지 않은 것을 확인하고는 차창에 얼굴을 대고 밖을 살피는 것이었다. 얼마만큼 멀리, 또 얼마나 빠른 속도로 그의 고향으로부터 찢기어져 가고 있는가를 불안과 절망 속에서 헤아리고 있는 것이었다.

그들은 너무나 겁쟁이이거나 혹은 너무나 신중해 보였다. 이화가 만약 그녀의 생각을 털어놓고 의논한다면, 그런 소리를 들은 것만으로 기절을 해버릴지도 몰랐다.

그것은 당연한 일일 거라고 이화는 또 생각했다. 생명은 소중한 것이었고, 그것을 지키기 위하여 얼마만큼 소심하다 하더라도 비난받을 일은 아닌 것이었다.

마지막에 이화는 김명식을 찾아보았다. 몇 칸 건넌 자리에 있는 그의 동정을 살피기에는 유달리 오랜 시간이 걸렸다. 그는 모자로 얼굴을 푹 가리고 다리를 높은 데다 걸치고는 잠만 자고 있었기 때문이었다.

이화가 조그맣게 한숨을 내쉬고, 고개를 돌리려 하였을 때 김명식은 마침 우연히 잠을 깼다. 코 위에서 모자를 들고 이편을 보았다.

그는 거리낌 없이 싱긋 웃어 보였다. 그러고는 모자를 도로 떨구었다.

그에게는 아무 시름도 없는 것 같았다. 예사로운 여행을 하고 있는 듯 태평스럽기만 해 보였다.

하는 수 없이 이화도 눈을 감고 잠들려고 했다.

'내일 만약 탈출의 기회가 온다면……'

수면 부족이어서는 안 된다고 생각하였다.

그러나 또 어느덧 그녀는 차창 밖을 응시하고 있었다. 검은 들판과 번득이는 강물과 만산 그림자가 뒤로뒤로 물러서고 있었다.

청그렁 쾅 하고 기차 머리에서 뭔가가 부딪쳐 깨지는 소리가 났다. 차체는 충격으로 앞뒤로 크게 흔들리며 멎어버렸다.

무슨 일이 일어난 건지 알 수 없었다.

그러나 너무 큰 관심을 표명하여서는 안 되었다. 여기서는 모든 사람이 호기심이나 불안을 솔직히 나타내는 법이 없었기 때문이다.

그래도 차차로 급정차의 원인은 알려졌다. 기관차가 탈선을 하였다는 것이다. 인명의 피해는 없었다. 그러나 몇 시간이나 또 멈춰 있지 않으면 안 되었다. 겨우 움직거리기 시작하였을 때는 사방이 뿌옇게 밝아들고 있었다. 어떤 플랫폼을 스치고 지나갔다.

철원(鐵原)이라고 적힌 팻말이 서 있었다.

아아 철원이구나 하고 이화는 차창으로 산들을 둘러보았다.

금강산(金剛山)에 가느라고 이곳에서 기차를 탄 적이 있었다. 38선이 생기기 전의 먼 기억이다. 여기서부터는 산 모양도 바위가 많아지고 삐죽삐죽 험하게 치켜 서 있던 것이 생각났다.

아침이 되었어도 기차는 그대로 달리고 있었다. 폭격의 위험을 무릅쓰고라고 이제 더 어물거릴 수는 없다고 단정한 것 같았다.

이화는 초조했지만 아무 술책도 떠오르지 않았다. 싫다싫다 하고 속으로 혼자 뇌이고 있을 뿐이었다.

그녀는 반 체념한 시무룩한 얼굴이 되면서 고상사에게 세수하고 오겠다고 말하였다. 제일 끝에 달린, 전에는 전망차(展望車)로라도 쓰였음직한 반 칸짜리 차량이 말하자면 주보(酒保)나 정비실이나 의무실을 다 겸한 것 같은 목적으로 남겨져 있어, 거기에 가야 식수(食水)도 얻을 수 있고 탈지면이나 옥도정기쯤이라도 마련되어 있는 것이었다.

이화는 몇 칸인가의 좁은 통로를 걸어서 그리로 갔다.

차내를 반 가로지른 칸막이 앞에서 김명식이 한 고급 장교에게 정제를 꺼내주고 있었다. 이화는 알루미늄 컵에 물을 얻어 밖에 대고 흘리면서 얼굴을 적시었다. 방금 지나온 도읍의 먼 지붕들이 연한 옥색의 아침 안개 속에 아렴풋이 떠 있었다.

김명식은 장교가 가버리니까 이화의 곁에 있는 걸상에 와서 털썩하고 주저앉았다.

"경치가 좋은데."

두 손으로 머리 뒤를 괴면서 화창한 소리를 하고 있다.

이화는 한숨을 내쉬지 않으려고 입술을 깨물었다.

김명식은 흘낏 칸막이 저편으로 시선을 던지더니 작은 소리로,

"그만 여기쯤에서 단행할까?"

하였다. 물론 도망을 뜻하는 말이었다.

이화는 가슴이 덜컹 내려앉았다. 그러나 곧 정신을 가다듬고 그렇게 하겠다고 끄덕여 보였다.

"오케이. 그럼 이번 역에 멎었다가 발차한 직후에 여기 오세요.

발차하기 전에는 자리를 움직이지 말고."

그리고 그는 일어나서 휘딱 나가버렸다.

이화는 한동안 바깥 공기를 쐬고 진정한 다음에 좌석으로 돌아갔다. 김명식은 보이지 않았다. 다른 칸에서 누군지와 지껄이고 있는 건지 몰랐다.

다음 정거장에 도착하니까 주먹밥이 나누어졌다. 그리고 석탄을 싣느라고 또 잠시 머무르고 있었다.

고상사는 폼에 내려서 천천히 오락가락하고 있었다. 이상한 정적이 주위를 둘러치고 있었다. 기관차 근방을 열에 뜬 듯이 무엇을 져 나르고 있는 사람들의 모양이나 거기서 일어나는 소음까지도 어째선지 먼 그림을 보는 듯한 아득함 속에서 감지되었다. 이화의 머리가 너무나 긴장하여 모든 것을 있는 대로 받아들이지 못하는지 몰랐다. 까마득히 높은 곳을 흰 점같이 네 대의 비행기가 줄지어 날아갔다.

이화는 갑자기 뭔가가 중단된 듯한 공허감 속에서, 여기를 뛰어내려 마구 내달리고 싶은 거의 발작적인 충동을 이때 느꼈다. 그러나 김명식의 말을 조심스레 가슴속에 되살리며 인내 깊게 참고 있었다.

김명식은 어느새 돌아와서 주먹밥을 꾸역꾸역 틀어넣고 있었다.

다시금 차가 달리기를 시작했을 때 이화는 물그릇이며 주전자 따위를 모아 가지고 뒤 차량께로 건너갔다. 그것들은 대개 다음 식사 시까지 아무 자리에나 널려 있곤 하는 것이었지만 거둬서 한곳에 갖다 둔다 하더라도 어떻달 것은 없는 일이었다. 고상사는 이상한 얼굴을 하지 않았다.

조금 있으니까 김명식이 뒤쫓아 왔다.

그는 아무것도 들지 않고 손끝을 허리춤에 찌르고 있었다. 어깨를 치키고 추위하고 있는 낯빛이었다.

그는 들어오자 똑바로 칸막이 있는 데로 걸어갔다. 고개를 기웃하고 넘겨다본다. 그러고는 돌아와 선반에 얹혀 있는 누런 가죽 손가방을 내렸다.

기차는 약간 서행(徐行)하기 시작했다. 차츰차츰 속도를 늦추더니 어둠이 모든 것을 감싸버렸다. 터널 속에 들어간 것이었다.

"자, 지금!"

김명식은 짧게 명령하고 후미부(後尾部)를 향한 도어를 열었다.

그들은 무언으로 뛰어내렸다. 발이 뒤로 당겨져 이화는 두 손으로 레일을 짚고 엎으러졌다. 선로는 무겁고도 날카롭게 진동하고 있었다.

"어때요, 어디 다쳤어요?"

어둠 속에서 김명식의 목소리가 들렸다.

"아니요, 괜찮은 것 같아요."

그렇게 대답은 하였으나 사실은 어떨는지 알 수 없었다. 이화는 몸을 일으키고 두어 발짝 걸어보았다. 정말 아무 데도 다치지는 않은 것 같았다. 저편에 둥그런 터널의 입구가 허옇게 입을 벌렸고, 굴 안은 왕왕 울리고 있었다. 탁한 공기에 목이 꽉 잠겼다.

김명식이 팔을 붙들어주었다. 그들은 허연 입구를 향해 급히 걸어갔다.

광선 속으로 내닫기 전에 김명식은 뒤쪽을 돌아다보았다. 기차는 긴 굴 저편으로 빠져나가고 그곳에도 조그맣게 둥그런 구멍이 뚫렸다.

"이리로! 저 한길 쪽으로!"

그는 논두렁을 밟고 갔다. 이화는 부지런히 따랐다.

가도(街道)로 올라와 가지고도 말없이 한동안 걸음만 재촉했다.

그러고는 어느 풀 속에서 잠깐 숨을 돌리기로 하였다.

"턱에 피가 났어, 벗겨졌군."

김명식은 비로소 이화의 얼굴을 쳐다보고 그렇게 말하였다.

이화는 만져보려고 손끝을 가져갔다.

"가만 가만! 그 손도 깨끗지가 못한걸. 균이 들어가면 큰일 나려구. 땅 위는 온통 시체투성인데……."

그녀는 두 손을 펼쳐보았다. 손도 슬치어서 피가 났고, 그 위에 흙으로 칠갑이 되어 있었다.

김명식은 두리번거리더니 맑은 물이 솟아나는 조그만 웅덩이를 찾아내었다.

"자, 턱을 이리 내놔요."

포켓에서 손수건을 꺼내어 펼쳤다. 안에 가제를 포갠 것이 들어 있었다. 한 부분이 노랗고 냄새가 확 끼치는 것은 클로로포름에 틀림없었다.

그는 진찰실에서와 같이 침착한 동작으로 이화의 턱과 손을 소독해 주었다.

"웃, 따거 따거! 하지만 어느새 그런 건……."

"이화 씨가 이럴 줄 알았거든."

태양이 높이 솟아올랐다. 비행기의 우릉대는 소리가 들렸다.

"자 또 시작이시다. 우리두 어서 떠나야지. 그런데 많이 걸어야 할 거니까 처음부터 무리가 되지 않는 보조로 걸을 것, 아시겠죠? 그리구 도중에 만약 심문을 당하거든……."

그는 각반을 친 다리를 모로 눕히고 검은 단회 힌 짝을 벗었다. 끝이 뾰죽한 우습게 생긴 구두였다. 이화는 근심스러운 눈초리로 지켜보고 있었다. 그는 구두 바닥에서 차곡차곡 접은 종이를 두 장 끄집어냈다.

“……서울의 본부로 이걸 전하러 간다고만 대답해요. 그 윗주머니에다 단단히 집어넣으세요.”

이화는 쪽지를 받아 쥐었다.

“본부라는 건 어디 말이에요?”

“대학병원이라고 해둡시다. 의료 관계의 본부 같은 게 뭐 있을 테지.”

이화는 웃어버렸다. 그리고 종이를 펴고 들여다보았다.

기호를 섞어가며 무슨 소린지 얼핏 해득이 안 되는 글이 몇 구절 적히고 누구들의 것인지 큼직한 도장까지 여러 개 찍혀 있다. 두 장의 문면은 같은 것으로 여겨졌다.

“이게 무슨 얘기예요?”

“나두 모르지. 내가 만들긴 했지만.”

김명식은 너부죽한 입으로 빙그레하였다.

“표본은 있었어요. 그러나 대충 누가 봐도 모를 것만은 확실하니까 우리가 모른다고 해서 잘못일 것은 없죠. 펙 중대한 문서이거니 하고 통과가 될 거예요.”

그는 시치미를 뗐다.

“세상에……”

“어디서 내린 지령인지 그것도 우리가 알 필요는 없어요. 이화 씨는 그저 무엇이든 내게다 미루세요. 만약의 경우를 위해서 파견됐을 뿐이지 아무것도 모른다구요. 또 그게 사실이니까.”

“어디서 왔느냐구 하면?”

“이동 중의 의무반인데, 도중의 숙소에서 명령을 받았기 때문에 잘 모르겠다고 그러죠. 부분적으로나마 정직한 건 좋은 일이니.”

김명식은 농담을 하고 쪽지 하나를 다시 구두 속에 밀어넣었다.

그들은 가도를 따라 열심히 걸었다.

"이화 씨의 시계는 몇 십니까?"

"열시 오분 전."

"내 거는 이제 겨우 아홉신데. 이건 위생 병원에 들어가던 날 맞추고는 누구 것과 대본 일도 없어요."

"내 시계두."

저공비행을 하는 기체가 나타나기 시작했으므로 그들은 숲새로 숨으며 나가야 하였다. 그래서 시간이 곱은 걸리는 것 같았다.

논마다 그래도 벼는 누렇게 익어가고 있었다. 군데군데에는 벌써 거둬서 쌓아놓은 곳도 있었다.

그러나 일하는 사람은 하나도 보이지가 않았다. 그들도 올빼미처럼 밤에만 들에 나와 일하는지 몰랐다.

벼메뚜기가 툭툭 튀어나왔다. 푸드덕 눈앞을 날아가기도 한다. 벌레들의 세계에 있어서는 올해도 그저 변함없는 풍요한 가을인 모양이었다.

저만큼 큼직한 정거장이 바라보였을 때 김명식은 처음으로 염려스러운 낯빛을 지었다.

"만약 무전으로라도 연락이 되었다면……."

하고 그는 흐린 말씨로 중얼대었다. 그리고 걸음을 늦추면서 다른 길이 없을까 하고 사방을 둘러보았다. 철로와 가도는 병행하면서 약간 높직하게 위치하고 있었다.

가도를 지나지 않는다면 들판을 우회해 가지 않으면 안 되었다. 들판은 역으로부터 환히 내려다보이게 생겨 있었고, 끝닿은 산록에는 진지(陳地)였던 자국이 남아 있었다. 지금도 야포(野砲) 같은 것이 숨겨져 있고 군대도 잔류하고 있을는지도 몰랐다. 다른 한편은 강이어서 배를 타기 전에는 건널 수 없게 되어 있었다.

'강의 상류로 멀리멀리 돌아간다?'

만약 붙들리는 경우에는 할 말이 신통찮아질 것이었다.

"똑바로 나가볼까요?"

김명식은 앞을 본 채 그렇게 물었다. 이화에게 의논이라기보다 저 자신 다짐을 하는 듯한 어투였다.

"나는 아까 그것 말고도 통행증이란 걸 갖구 있습니다. 그것이 통용이 될지 어떨지 모르지만 여하튼 이화 씨는 아무것도 모른다고 따라가라구 해서 왔다구만 그러세요."

바로 갈 수밖에 없다고 그는 판단한 모양이었다.

"네."

이화가 대답했다.

그들은 흰 가도를 역이 있는 곳으로 접근하여 갔다. 시가지는 정거장에서 떨어져 저편으로 산기슭에 반 가리며 펼쳐져 있었다.

역 앞에 어른거리는 몇 명의 무장군인이 똑똑히 눈에 비치는 거리에 이르렀다. 이화의 가슴은 걷잡을 수 없이 물결치기 시작했다.

돌연 폭격기의 편대가 남쪽 하늘에 나타났다. 이화들은 둑 아래로 굴러내리면서 엎드렸다.

둔중한 음향이 뱃속까지 와 부딪치며 차츰 가까워온다. 까만 폭탄이 줄레줄레 떨어져 내리는 것이 보였다. 소리가 머리 위를 통과한다. 그러자 쿠쿵! 쾅! 하고 무거운 폭발음이 연달아 울려댔다.

고개를 들고 보았다.

정거장 건물이 검은 연기 더미 속에 파괴되고 있었다. 검은 연기 더미를 짜개면서 붉은 화염이 내부에서 불룩불룩 부풀어 나오고 있었다.

김명식은 이화의 손을 잡고 달리기 시작했다.

불과 연기의 대혼란이 이들의 첫 번째 곤란을 해소시켜 준 셈이었다. 멀리 달리고 난 그때까지도 뒤의 검은 연기는 하늘을 찌르고 있었다.

　온종일을 둘이는 걸어갔다. 물이나 먹을 것을 얻으러 그들이 들
린 민가의 사람들은 부탁받은 물건을 말수 적게 내주기는 하였으
나, 달가운 눈치가 아니고 어서 빨리 사라져주었으면 하는 빛이 역
력하였다.
　모두 북쪽으로 달아나고 있는 판에 어째서 반대편으로 거슬러
내려가고 있는 건지 의아해하는 것 같기도 하였지만, 아무도 까닭
을 물으려고 하지는 않았다.
　그것은 오히려 다행한 일이었다. 그리고 김명식은 능청스럽게
썩 잘 공산군 노릇을 해내었다.
　마을에서 벗어나면 이화는 웃음을 터뜨리고,
　"명식 씨는 참……."
　어이없어 쳐다보는 것이었다. 김명식은 그저 빙그레하였다.
　"어떻게 내가 도망치려는 생각인 줄 알았어요?"
　"알지 그럼."
　그리고 그는 덧붙였다.
　"누구나 대번 알죠. 이화 씨 얼굴만 쳐다보면. 너무나 명료히 적
혀 있는 걸요. 위험하다 생각했어요."
　"시치미를 떼고 있었는데……."
하고 이화는 납득이 안 되는 얼굴을 지었다.
　점점 더 낙오병과 마주치는 수효가 늘었다. 그러나 그들은 무력
한 하졸들이었고, 이편의 정체를 의심하는 일도 없었으므로 두려울
것은 조금도 없었다.
　초조와 불안에 싸여 지친 다리를 이끌며 걸어오던 패잔병은 이
쪽으로 오고 있는 둘을 만나면 예외 없이 깜짝 놀라곤 하였다.

“무슨 일이요? 왜 돌아오고 있소?”

그러면 김명식은 어마어마하게 위엄이 있는 목소리로,

“전령(傳令)이요, 동무는 어서 빨리 가보오.”

하였다.

낙오병은 몹시 서글픈 눈초리로 이화들을 바라보고 다시 무거운 걸음을 계속하는 것이었다.

그들에게, 조금 앞서 간 동무가 있으니 빨리 쫓아가면 동행이 될 수 있으리라고 일러주는 일은 이화들에게 기쁨을 주었다. 그들의 두 눈은 졸지에 빛나고, 대번 생기가 돌아오는 것이었다. 의지할 것을 잃은 낙오감이 피로보다도 공포보다도, 그들을 짓누르고 있는 것이다.

“동무들 가는 데 따라가면 우리 부대를 만날 수 없겠소?”

이렇게 절망적인 물음을 한 상등병도 있었다.

싸늘한 바람이 불어치는 돌 많은 들판을 건너질러 가는 때면, 이화의 가슴은 무언가 황량한 것으로 그득 찼다. 왜 사람들은 피를 흘리며 쫓고 쫓기고 해야 하는가? 집안사람들의 얼굴도 떠올랐다.

어쩌면 서울의 집들은 거의 다 파괴되고 말았을지 몰랐다. 그 속에서 만약 가족들이 살아남았을 것을 바랄 수 있다면, 그들은 모두 자기의 일을 근심하고 있을 것이 분명하였다.

공산주의자들을 친구쯤으로 알았다가 혼이 빠진 아버지, 아무 일도 못 치르는 유녀(幼女)나 다름없는 어머니, 어디로 가버렸는지 모를 동근, 굴속에 갇힌 가엾은 동훈, 그리고 모든 짐을 혼자 등에 짊어진 연약한 옥엽…….

전부가 너무 슬픈, 비정상의 상태에 놓여 있었다. 그런 모습을 하나하나 그려보자니까 이화의 호흡은 헝클려왔다.

그리고 그는, 지운은, 대체 어떻게 하고 있는 걸까?

지운은 죽었을 것이 틀림없다고, 그녀는 그녀의 비애가 다시 새롭고 격렬해지는 것을 두려워한 나머지, 서둘러 단정을 내려버렸다.

저녁놀이 비낄 무렵, 이화들은 가도 한복판에서 장교 한 사람과 마주쳤다. 그는 그다지 피곤해 보이지는 않았으나 창백한 낯빛을 하고 있었다. 어디를 가는 길이냐고 그는 꽤 날카로운 어조로 문초하였다.

"서울에. 연락문서를 가지고."

김명식은 짤막하게 대답하였다.

그는 긴장하여 상대편의 눈에서 시선을 떼지 않고 있었다. 장교는 대부분의 낙오병과는 달리 무기를 소지하고 있었다. 그 권총은 가죽 주머니에 들어 그의 허리에서 핏빛 같은 석양에 비쳐지고 있었다.

"흠!"

하고 공산 장교의 입이 삐뚤어지며 비웃음 같은 소리가 새어 나왔다.

증명서를 보이라고 하고, 다음에는 매같이 날카로운 눈이 이편의 이마를 쏘아대고, 그러고는 그 손이 권총을 뽑아드는 순서로 진행하리라고, 이화는 각오를 하였다.

여기까지 오는 동안 몇 번인가는 그렇게 하였듯이 앞에 무엇이 보이면 길가의 숲에라도 재빨리 몸을 피했어야 했던 것을——하고 원통한 생각도 스쳐갔다.

"흠, 서울에 연락!"

아니나 다를까, 상대는 그렇게 중얼거리고서 김명식을 노려보았다. 그러고는 눈자위를 획 돌려 이화를 쏘아보았다.

별수 없는 노릇이라 생각했기 때문에 이화는 덤덤한 얼굴을 하고 있었다. 그러자 놀라웁게도 김명식이 지껄이기를 시작하였다. 큼직한 목소리로,

"서울은 어떻습니까? 한시바삐 도착해야 하겠는데, 쉽게 들어갈 수는 있습니까?"

공산 장교는 입술 가상이를 이상하게 젖히면서 대꾸를 안 하였다. 그의 표정은 술이 곤드레로 취한 사람의 그것과 닮아갔다.

김명식은 또 말했다.

"조금 더 빨리 걸으시면 상등병 동무들과 전사를 만나실 수 있습니다. 저기 저 산모퉁이께에서 보았더렸습니다. 함께 가시지요."

"흠!"

이번에는 대꾸같이 들리는 소리를 내고 그러고는 갑자기 몸을 틀었다. 그는 길가의 자갈밭으로 내려가서 갈대가 우거진 쪽으로 걷기 시작하였다.

"그편이 아닙니다. 이 길로 갑니다. 곧장 나가야죠."

공산 장교는 뒤돌아보지 않았다. 그는 곧장 갈대가 우거진 쪽으로 걸어갔다.

"저어, 그런데 지금 몇 시나 되었습니까?"

김명식이 소리쳤다.

"다섯시."

괴뢰 장교는 이렇게 대답하고 뒤글거리는 자갈을 밟고 갔다.

김명식은 이화에게 눈짓하고 재빨리 그곳에서 멀어져갔다. 뛰어 달아날 수는 없었으나 숨이 턱에 닿도록 걸음을 재우쳤다.

한참 가서 고개를 돌려보니까 가슴 높이의 갈대 숲 앞에 이른 사나이가 모로 쓰러지는 것이 보였다.

"어떻게 된 거야? 혼자 쏘아 죽었나?"

그런 것 같다고 이화도 끄덕였다.

"그런데 우리가 거짓말하는 줄 저 사람은 알았던 것 같아요. 그렇잖았어요?"

"글쎄…… 여하간 머리가 이렇게 된 모양예요."

김명식은 손가락으로 자기 머리 위에 동그라미를 그려 보였다. 그리고 생각난 듯이 자기의 시계바늘을 돌려 고쳐놓았다.

"역시 내 시계가 틀렸었군."

그는 중얼대었다.

"그 판에 시간은 뭣 하러 물었어요?"

"정신의학적인 진단을 붙여볼까 하구. 배우다가 말았지만 그 과목은 최박사 담당이었어요. 그 기차를 타고 가버린 할아버지요."

밤이 이슥했다.

그들은 당도한 마을 어귀에서 들어갈 만한 집을 물색하였다.

"저기 불이 밝게 켜 있어요. 따뜻해 보이잖아요?"

램프의 밝기로 따뜻할 까닭도 없었지만, 이화는 그편을 손가락질하였다.

"그럼 가서 부탁해 볼까요?"

얼마 커 보이는 집도 아니었지만 김명식과 이화는 그리로 가서 주인을 찾았다.

"예, 이제 곧 불을 끄지요. 뭘 좀 찾느라고, 예, 예."

그 집 주인은 등화관제를 어겼다고 경을 치는 줄 알고 얼른 심지를 낮추면서 말하였다. 굵은, 밑에 지겨움과 미움이 가라앉은 듯한 목청이었다.

"아, 불도 어서 가리시오. 그리구 우린 중요한 임무를 가지고 가고 있는 중인데 식사를 할 수 있도록 좀 해주시오."

늙은 주인은 이상한 얼굴을 하고 한동안 김명식과 이화를 살펴보았다. 무슨 말인가 하고 싶은 눈치였다.

하나 결국 부엌으로 내려가 구석에 우두커니 서 있는 마누라에게 먹을 것을 내놓도록 일렀다. 단 두 사람이 사는 집 같아 보이지는 않았지만, 아이들이고 그 밖의 식구의 기척은 없었다.

이화는 미안한 생각이 들어,

"무얼 좀 사례를 하지 않으면……."

그렇게 속삭였으나 김명식은 고개를 저었다.

잡곡투성이의 찬밥 덩어리를 이화도 명식도 기갈 들린 사람처럼 꿀떡꿀떡 삼켰다. 나이 든 마누라가 두려움에 찬 낯으로 물그릇을 들여놓아 주었다.

삿자리를 깐 방바닥은 따뜻하였다.

이화는 전신이 노곤하여 그 자리에 곧 풀려버릴 듯한 피로를 느끼며 벽에 기대었다. 눈이 저절로 스르르 감겨졌다. 밖은 춥고 이제 더 계속하여 걸을 수는 없었다.

김명식은 이화를 여기서 마누라 곁에 좀 자게 해달라고 부탁할 양으로 바깥에 나갔다.

그는 두리번거리며 주인을 찾다 말고 이내 되돌아왔다. 그리고 성급한 어조로 수군댔다.

"빨리 나갑시다, 빨리. 이웃에 정말 공산군이 가득 들어 있어요."

그들은 길로 나와 한식경을 정신없이 달렸다. 그리고 이제 따뜻한 방에 쉬려는 생각은 하지 않았다.

또다시 작은 부락이 앞에 나타났을 때 김명식은 잠든 집집 앞을 조심스레 정찰한 다음 마을 가상이에 있는 낡은 곳간을 숙소로 선정하였다. 거기에는 마른 풀이 가득 쌓여 있어 향긋하고, 둘레의 나무판대기가 쌀쌀한 바람을 막아주고 있었다.

얼마간의 간격을 두고 이화와 그는 풀 속에 파묻혀 앉았다.

"이화 씨는 집이 어딥니까?"

김명식이 물었다.

"필동예요. 남산 기슭으로 제일 바싹 다가붙은 집. 명식 씨는?"

"서울역 근방입니다. 어머니가 혼자 계신데 무사하신지 모르겠네……."

그는 혼잣소리를 덧붙였다.

이화는 여지껏 그에게 감사하다는 말도 할 겨를이 없었던 것을 생각해 내었다.

"혼자 떠나신 편이 훨씬 수월하셨을 텐데…… 왜 절 데려다 주실 생각을 하셨어요?"

"그거야…… 낙오병들도 보니까 그렇잖았어요? 둘이고 셋이고 떼를 지어 몰려가는 편이 든든한 법이죠."

김명식은 말했으나, 이화는 그가 따뜻한 마음을 갖고 있는 탓이라고 생각하였다.

"감사해요. 나는 혼자서는 어째야 좋을지를 통 알 수 없었어요. 정말 감사합니다."

"무얼요. 게다가 아직 성공할지 어떨지도 확실찮은데……."

"그거야 운수고요."

"하느님이 제발 조금만 더 사정을 봐주셔야겠는데……."

등을 비기고 무릎을 두 손으로 안은 채 이화는 조금 잠들었던 것 같았다.

그리고 그녀는 눈을 떴다.

냉기가 심하였다. 그리고 또 너무 가까이 있는 김명식의 존재가 심한 피로에도 불구하고 그녀를 깊이 잠들게 하지 않은 것 같았다.

이화는 몸을 움직이지 않고 눈으로만 그를 살펴보았다. 김명식은 아까 그 자리에 팔로 머리 밑을 괴고 비스듬히 누워 있었다. 그도 역시 잠들고 있지 않은 것 같았다. 팔이며 머리를 조금씩 자주 움직였다.

이화는 문득 지금 이렇게 옆에 있는 것이 지운이라면 하는 생각을 하였다.

그녀의 맥박은 갑자기 크게 울리기 시작했고 두 볼은 화끈 달아올랐다.

비탄과 쓰라림이 다시금 그녀를 엄습했음에도 불구하고 한줄기의 달콤한 감동이 그녀의 전신으로 퍼져 달렸다.

'아아, 지운! 지운!' 하고 그녀는 자기의 손등을 자근자근 물었다.

지금 와서는 그녀는 그때의 그 경위를 돌이켜보는 일에조차 깊은 혐오를 느끼고 있었다.

지운이 함께 있다면, 지운이 함께 있다면 하고, 그녀는 전혀 사리를 가리지 못하는 인간처럼 무리한 욕망에 몸을 떨었다.

새벽녘에 김명식은 겨우 깊이 잠드는 것 같았다. 숨소리를 들으며 이화도 잠들었다.

햇빛이 눈을 부시게 하였을 때 둘이는 깜짝 놀라 뛰어 일어났다.

논과 들에 아낌없이 햇살이 퍼져 있었고, 아이들이 길가에 서 있었다. 이화들은 황급히 가도로 뛰쳐나갔다.

얼마 안 가서부터 기총소사의 세례를 받기 시작했다. 사격은 맹렬하여 집요하게 되풀이되곤 하였다. 먼 곳 가까운 곳에 끊일 새 없이 폭탄이 떨어졌다.

화려한 오렌지색 태양 아래, 현실로 믿어지지 않는, 기묘한 광경이라고 이화는 느꼈다.

"새벽부터 시작하는 품이 오늘은 대단할 모양이군."

김명식이 중얼대었다.

정말 그날의 공격은 극성스러워서 이화는 논두렁에 엎드려 이제 죽는 거라고 몇 번이나 그렇게 생각하였다.

하루해가 거의 다 가고 났을 때에도 그들이 전진할 수 있었던 거리는 얼마 되지 못하였다.

망원경 앞에서 톰이 일어났다. 무릎의 흙을 털지도 않고 이편으로 걸어온다. 다갈색 턱수염이 어찌나 더부룩한지 누웠을 때엘랑은 어느 쪽이 머리털인지 분간이 안 갈 지경이었다.

거칠고, 세고, 전설적으로 용맹무쌍한 무용담의 주인공들이 모인 마린코 해병 부대의 장병들은 그 전통과 함께 수염들이 자랑거리였다.

가마솥을 닦는 솔처럼 둥그렇게 얽힌 붉은 턱수염, 노란 구레나룻, 코 밑에서 여덟 팔 자로 뻗친 카이저수염, 몽땅하고 소복한 채플린형 등등, 가지각색의 수염들을 길러가지고 있다.

솔 같은 다갈색 턱수염이 볼 만한 토머스 크레이튼은 술을 많이 마시는 것으로도 이름이 높았지만, 한없이 기운이 세고 마음씨가 좋았다.

"왜 울 것같이 하구 서 있어, 루테난트 윤? 고향에 돌아왔다구 감격해 그러는 건가?"

톰은 '리에존 오피서' 들이 서 있는 천막 앞을 지나면서 왜가리처럼 소리를 질렀다.

지운과는 무척 친한 사이였으나 그는 지금 톰에게 대꾸할 맘이 나질 않았다. 아닌 게 아니라 지운의 구릿빛으로 탄 얼굴에는 가득 수심이 끼어 있다.

그는 톰이 일어나 온 망원경께로 걸어가며 산 아래를 둘러보았다.

어젯밤 보트로 건너온 한강이 저만큼서 은빛으로 빛나고 있다. 연희대학교 건물이 일부 시야에 들고, 가까운 곳의 집들이 종이로 급조한 태극기를 내꽂고 있는 것이 눈에 띄었다.

산을 덮은 소나무의 침엽(針葉)들이 아침 해에 반짝이고 있다. 언덕이 몇 개나 겹치며 나간 그 끄트머리에 서울 시내가 아물거리며 멀리 바라보였다.

"무엇이 보여, 루테난트 윤?"

톰이 어느새 돌아와서 등 뒤에서 지껄여댄다.

한 손에 알루미늄 컵에 담긴 커피를 들고 맛난 듯이 마시고 있다.

"이 커피 브레이크가 끝나는 대로 또 공격개시다. 이번에야말로 끝장을 내주고야 말 테다."

철꺽철꺽 슈웃! 철꺽철꺽 슈웃! 하고 어젯밤부터 귓전을 때려오던 박격포 소리가 지금은 잠깐 멎어 있었다.

"조심해서 포탄을 날려줘."

지운은 렌즈에서 눈을 떼고 땅을 내려다본 채 말했다.

"그거야 물론. 그렇지만 그 공격목표 지점은 바로 네가 일러준 것 아니냐? 뭐가 잘못됐어?"

서울을 탈출해 오는 두 대학생을 만났을 때, 남산 중복에 공산군이 집결해 있다는 정보를 얻고 그것을 통역한 것은 사실 지운이었다. 그리고 그 자신 서울에 있던 때의 상태를 상기하더라도 그들의 증언에는 틀림이 없을 것 같아 그는 그러한 자기의 의견까지 덧붙여 말한 것이었다.

무전과 신호탄에 의한 확인이 있은 후 즉시 공격을 가하기 시작했다.

망원경을 통해서 보더라도 나뭇가지로 위장한 대공기관총이니 중기관포·참호 같은 것이 보였다. 새벽녘에는 많지는 않았지만 소나무 아래로 우왕좌왕하는 공산군의 모습도 포착되었다. 산록에서는 계속적으로 연기가 오르고 있었다.

"응, 그러나 산기슭에는 주택들이 있으니 말야."

"사격은 정확히 한다. 하지만 네 여자 동무라도 살고 있는 것같이 들리는구나."

"살고 있어. 내 피앙세가……."

"뭐야? 그거 큰일이다."

톰은 놀라서 두 손을 번쩍 치켜들었다.

"아니 사격 목표에서 좀 왼편으로 쏠려 있긴 하지만……."

"그렇거든 너무 염려하지 말아. 불쯤 날는지 모르지만 네 스위트
하트는 그전에 벌써 피난을 할 테지."

"응 어쨌든 그 부근은 맨 민가니까……."

톰은 손에 들고 있던 알루미늄 컵을 단숨에 비우고는 저쪽 능선
으로 옮아갔다. 이윽고 박격포의 사격이 다시 일제히 시작되고, 거
기에는 남빛 스카프를 목에서 펄럭펄럭 날리는 톰의 뒷모양도 바라
보였다.

손이 빈 사병들은 기름이 반짝반짝하는 총검을 둘러메고 오락가
락 서성대고 있었다. 톰이 있는 근방만은 불이 날 듯이 바빠서 윗도
리를 벗어젖히고 언더셔츠를 땀으로 폭삭 적시고들 있었다.

우박처럼 포탄을 퍼붓고 나서는 입성(入城)인 것이다. 오늘 오후
에는 시내의 땅을 밟게 될 것이었다.

지운은 침착하려고 하였으나 산란한 마음은 억누를 길이 없었다.

서울 출신인 다른 두 동료도 종래의 어떤 위험한 전투에서와도 같
지 않은 흥분한 빛을 나타내고 있었다. 한쪽은 도무지 말이 없는 문
과 학생이었는데 아까부터 연방 지껄이기를 그만두지 않고 있었다.

지운은 그들 곁에도 머물러 있지 못하였다. 공연히 이리저리로
쏘다녔다.

"왜 그래, 루테난트 윤?"

"무슨 일이 있어, 윤?"

아무것도 아냐, 괜찮어, 하면서 지운은 점점 더 쫓기는 듯한 낯빛
이 되어갔다.

이화가 무사할까? 죽지도 다치지도, 잡혀가지도 않고, 그냥 있을까 생각하면 그는 불안으로 미칠 듯해 오는 것이었다. 아무래도 그렇지는 못할 것만 같은 어두운 예감이 가슴에 가득히 차곤 하였다.

참괴(慙愧)와 비분과 눈물과…….

서울을 떠난 지운은 불덩이같이 달아 있었다. 죽음이 오히려 그편에서 비켜났는지도 알 수 없었다.

그는 사선(死線)을 돌파하여 연락장교가 되었다. 위험한 몇 고비의 전투를 치른 끝에 서울에 돌아온 것이다. 총탄 속에서 살아온 일은 개인적으로도 약이 되었다.

그는 이화에게 솔직히, 그리고 충심으로, 사과하리라고 생각하고 있었다. 마음의 준비는 되어 있었다. 하나 그녀는 살아 있는가?

'이화여 제발 무사히 있어다오!'

마린코 부대가 시내의 중심지에 이른 것은 오후 두시경이었다.

남산은 이미 우군부대에 의해 장악되어 있었고, 왕십리 쪽에서 진격해 온 군세도 합류하였다. 교회당의 종이 명랑히 울려댔고, 문틈으로 엿보고 있던 시민들이 터져나와 만세를 불렀다.

거리는 대번 걷고 달리는 사람들로 충만했고, 피로하여 쓰러지기 직전처럼 보이는 어른 아이들이 피난처를 나와 집을 향해 발걸음을 재촉했다. 깨진 거리의 연기와 돌더미 사이에서 소생한 사람들이 기어나왔다.

지운은 한 시간의 외출 허가를 얻어 필동으로 지프를 달렸다.

근심한 대로였다. 그 일대는 허허벌판이 되어 있었다. 그는 가까스로 이화네 집터를 찾아내었다. 그것은 며칠 전에 벌써 타버린 모양이었다. 주춧돌이 드러나 있고 여기저기에 파헤쳐본 자국이 남아 있었다.

다른 집터 자리에서는 사람들이 허리를 구부리고 무엇들을 찾고

있었다. 하얀 재 위에 아무것도 안 하고 멀거니 앉아 있는 아낙네도
있었다.

"여기 이 집에 살던 이들 어디 갔는지 모르십니까?"

지운이 물었다.

사람들은 무언인 채 고개를 저었다.

지운은 급히 박상규에게로 차를 돌렸다. 상규는 병원 문을 밀치
고 막 층계를 내려오던 길이었다.

"지운 씨! 이거, 정말 꿈이 아니겠지요!"

상규는 지운의 팔을 붙들고 흔들며 반가워서 어쩔 줄을 몰라 하
였다.

지운도 재회의 기쁨이며 사과며 또 곧 부대로 돌아가야 할 것을
말한 뒤에 이화의 소식을 물어보았다.

"이화 씨의 일이 글쎄 퍽 걱정입니다. 나두 조금 아까 가보았는
데 집은 그렇게 됐구요. 가족 되는 분들조차 만날 길이 없었어요.
하긴 그이들이야 돌아오실 테죠만……."

"이화는——이화는 그이들과 함께 있지 않았나요?"

지운의 추궁에 상규는 잠시 말이 막힌 듯이 입술을 깨물었다.

지운의 얼굴이 검붉어졌다. 상규는 마음을 정한 듯 빠른 말씨로
엮어 나갔다.

"지운 씨가 떠나시구 얼마 안 있어 미스 우는 부상병들이 있는
병원에 들어가셨습니다. 그때 사정을 저는 통 모릅니다만 상당히
쇼크를 받으셨던 것같이 보였어요. 그 밖에 옆에 들어 있던 괴뢰군
이 여맹에 끌고 가려고 했던 모양입니다. 이것은 옥엽 씨가 들려준
얘기입니다. 그러구선 통 소식이 없다기에 한 사오 일 전에——폭
격이 갑자기 심해지기 시작한 그날이었죠——제가 그 위생병원에
가보았어요. 이동이 끝나버린 뒤였습니다. 의무원 전원을 총으로

위협해서 납치해 갔다는 겁니다. 닥터 리의 형님도 얼마 전 집에 다니러 와서 하는 말로는 걱정하지 말라고, 그들의 출발 시에는 집에 돌려보내 줄 거라고 했다더니만 못 오고 만 것으로 보더라도……."

지운의 낯빛이 각각으로 변해 가는 것을 상규는 정시할 수가 없었던지 시선을 땅에다 떨구었다.

"닥터 리네 가족은 그래도 행여 탈주해 오지나 않을까 하고 매일 그것만 기다리고 있어요."

"……."

"하여간 안에 좀 들어가십시다. 잠깐만이라도."

지운은 손을 내밀어 악수를 청하였다.

"고맙지만 지금은 돌아가야겠어요. 한 번 더 필동에 들러보죠. 그 괴뢰병원에도……."

상규는 쓸데없는 일이라 생각하였지만 그곳을 가르쳐주었다.

"내일이라도 또 나오겠어요. 언젠가 충분히 감사의 뜻도 표하고. 지금은……."

상규는 지운이 지금 받았을 충격을 더 건드리지 않으려는 듯 말없이 고개를 끄덕여 보였다.

지운은 차에 올라 사라졌다. 상규는 한동안 그 자리에 서 있었다.

지운은 한 번 더 상규를 찾겠다던 언약을 지키지 못하고 말았다. 다음다음날로 마린코 부대는 북진하기 시작한 때문이었다.

동두천, 연천(漣川) 하고 행군은 계속되었다.

지운은 트럭 위에서 산 밑을 굽이쳐 흐르는 넓은 강물을 바라보았다. 임진강(臨津江) 줄기였다.

가을 햇빛 아래 그것은 백금 빛으로 빛나면서 유유히 흘러가고 있었다.

지운의 지프차가 두 번째로 다녀간 뒤에 불타버린 집터를 찾아 온 또 한 사람이 있었다. 옥엽이었다.

그녀의 핑크빛 블라우스는 찢어지고 치마는 흙투성이였다. 양쪽으로 갈라땋아 늘인 머리카락을 그녀는 풀줄기로 묶고 있었다.

그런 모양으로 옥엽은 돌아왔다. 다리를 질질 끌면서, 돌이 산란하여 알아보기도 어려운 길을 다가왔다. 해는 저물기 시작하고 있었다. 집터에서 무엇을 찾고 있던 사람들도 하나 둘씩 사라졌다. 바로 옆집에 살던 부인은 우그러진 양동이에 허섭스레기를 담아서 아이와 맞들고 나오다가 옥엽을 보자 외면을 하였다.

옥엽은 그녀에게 말을 붙였다.

"아주머니 안녕하셨군요. 애기들도 다 괜찮았어요?"

외면한 채 지나가려던 부인은,

"안녕이고 뭐고, 이 꼴을 좀 봐. 집의 마당에다 그 빌어먹을 놈들이 기름이 든 도람통을 잔뜩 쌓아둔 덕분에 온 동네가 이렇게 타버린 거지 뭐야?"

그녀는 저주에 찬 눈초리로 옥엽을 흘어보고 가버렸다.

옥엽은 아까 지운이 본 아낙네처럼 흰 잿더미 위에 우두커니 앉아 있었다.

'할멈의 집이 있는 순곡리로 바로 갈 걸 그랬나 보다.'

그러나 어쩌면 집이 무사하고 또 어쩌면 가족의 누군가라도 와 있지 않을까 하여 발이 자연 이리로 옮아진 것이었다. 순곡리까지는 수십 리의 길이 남아 있었다. 여기까지 와놓고 보니 이제 더는 한 발짝도 앞으로 나가질 것 같지 않았다.

해가 서편에 걸렸다. 오늘밤 안으로 몇 분의 일밖에는 걷지를 못한다 하더라도 떠나지 않을 수 없었다. '한 오분만 더…… 한 오분만…….' 하면서 기진맥진한 옥엽은 어느 때까지나 일어나지 않았다.

구둣발 소리가 울리고 사람들이 몰려오는 기척이 났다. 옥엽은 그편으로 고개를 돌렸다.

전에 영아네 집 일각대문이 있던 좀 더 저쪽에 벽돌벽이 반쯤 남아 서 있고, 국군들이 들락거리고 있었다. 거기서 나온 듯한 군인 두 명이 흐느적이며 그 자리에 주저앉을 듯한 여자 하나를 양편에서 부축하며 이리로 오고 있었다.

둥그런 헬멧의 탓뿐이 아니고 오랜만에 보는 국군들은 둥글둥글하고 몸집도 커 보였다. 빠등빠등 풀기가 있는 그린 빛 전투복을 입고, 말짱한 새 군화를 신고, 혈색이 좋은 것이 말라빠진 이북군을 보아온 눈에는 새삼스러웠다.

발부리의 돌 더미뿐이 아니라 긴 치마가 걸리는 때문인지 여자는 몇 번이고 넘어질 듯 휘청거렸다.

그들은 옥엽이 있는 곳까지 다 오지 않고 허물어진 벽 앞에 걸음을 멈추었다. 거기 서서 여인의 눈을 헝겊으로 가렸다.

군인들은 그러고 나서 여남은 발짝 떨어져 가더니 똑같이 총구를 여자에게로 돌렸다.

옥엽은 창백해지며 그곳을 떠났다.

그것은 영아 엄마였다.

공산군의 밥을 지어준 영아 엄마는, 또 공산군에게 남편을 살해당한 그 여자는, 부역(附逆)의 벌로 현장 근처에서 처형되고 만 것이었다.

순곡리의 할멈 집을 찾아간 옥엽은 거기서 울기만 하고 있는 어머니 심씨와 위장 장애로 몸을 가눌 수 없을 만큼 쇠약해진 동훈을 발견하였다.

우태갑 씨는 보이지 않았다.

"아버지는?"

옥엽의 물음에 심씨는 땅을 치며 통곡하기 시작했다.

동훈이 믿을 수 없을 만큼 가늘어지고 정맥이 들여다보이는 창백한 두 팔을 방바닥에 내던지고 모로 누운 채 입을 열었다. 그는 숨도 가쁜 것 같아 보였다.

"그날 골목을 빠져나오다가 반장 녀석을 만났어. 다른 민청원 둘하고 함께 있었지. 이것들이 모두 권총을 가지구 지나가는 남자는 무조건 건물 안으로 끌고 들어가는 거야. 아버지를 보더니 빨간 눈이 더 빨개지면서 마구 날뛰었어. 어머니더러 먼저 가라 하시고 끌려가셨는데, 좀 있다 노인네들은 노인네들대로 학생은 학생대로 어딘지 모를 곳으로 데려가는 거야. 도중에 폭탄이 터지는 틈에 난 도망쳐 왔지만 아버진……."

심씨가 또 소리를 높이며 울어댔다.

동훈은 보이지 않을 만큼 미간을 모으고 입을 다물었다.

"언니에게서는?"

"아이고 그것도 감감 무소식이구나. 동근이두 이것이 어디서 필시 죽어버렸는가 보다."

"어머니 진정하세요."

옥엽은 잠깐 다리를 쉬고 부엌으로 나가 할멈을 만났다.

"작은아가씨, 우리 운보란 놈은 빨갱이로 몰려서 뭐 청주라나 충주라나 하는 데루 도망을 갔에유."

그녀 또한 옥엽을 부여잡고 눈물을 찔끔거렸다.

"기운을 차려요, 할멈. 살았으면 설마 만나지겠지."

"네."

할멈은 옷고름으로 눈물을 닦고 숯불 위의 냄비에서 끓고 있는 것을 숟가락으로 저었다.

"이건 동훈이 미음이지?"

"네, 그것 말구는 아무것도 자시질 못해요."

옥엽은 숟갈을 받아 혀끝으로 맛을 보고,

"잠깐 내려놔 둬요. 내 만들 테니."

우물물을 길어 손발을 씻고 옷을 갈아입고 잠깐 쉬고는 벌써 사람들의 시중을 들기 시작했다.

밭에 나가 야채도 따들이고 장독간도 열어보고 하면서 옥엽은 또다시 정성스레 음식을 만들기 시작한 것이었다. 서울살림에 익어버린 할멈이 오히려 제 집에 돌아왔으면서도 불편해하고 서툴러 하였다. 찬거리고 양념이고 없는 것투성이라고 걱정을 하면서 밥만 덜썩 끓여내곤 하였다. 옥엽이 매만지면 그 모든 것이—밭의 소채도, 덜 단 된장도, 최대의 효과를 발휘하였다.

다음 날로 동훈은 벌써 조금씩 입맛이 돌아온 것 같았다. 야채수프며 조미음, 감자 삶은 것 하고 조금씩 분량을 늘여가는 것을, 남기지 않고 다 먹게 되었다. 심씨도 더러는 정신을 되찾은 듯, 흰 수건으로 머리를 동이고 마루에 나와 앉아 있곤 하였다.

옥엽은 아들 따라 시골 갔었다는 할아범이 이튿날 돌아오자 그를 데리고 서울로 들어갔다.

그녀는 수소문을 하여 대량의 학살이 가해졌다는 장소—남산, 사직공원, 성북동 뒷산 등을 찾아보기로 하였다. 혹시 우태갑 씨가 그런 곳에 있지나 않을까 생각한 것이었다.

남산 기슭에는 소문처럼 그렇게 많은 시체가 한군데에 모여 있지는 않았다. 그곳은 박격포의 집중 사격을 받고 있은 탓으로 만행을 하기에 적당치 못했던 것이다. 옥엽은 조심스럽게 돌아다니며 살핀 뒤에 사직공원으로 향하였다.

그곳에는 벌써 많은 사람들이 모여 있었다.

그것은 차마 맑은 정신으로는 대할 수 없는 지옥도(地獄圖) 그대로의 광경이었다.

수백을 헤아리는 주검들은 누군가의 손으로 이미 구덩이 밖에 줄을 지어 뉘어져 있었다.

구덩이를 판 흙은 아직 축축하고, 사람들의 발에 밟혀 울퉁불퉁한 기복을 이루고 있었다.

몇 줄이나 되는 그 열 사이로 사람들은 눈을 크게 뜨고, 방심한 듯이 어물대며 왔다 갔다 하였다. 어린것을 들쳐 업은 젊은 여자가 허둥지둥 앞 사람을 떼밀치고 지나가기도 했다.

긴, 가슴을 찢는 듯한 비명이 이곳저곳에서 일어났다. 목적물을 발견한 불행한 가족들인 것이었다. 군데군데에는 벌써 들것에 담겨져 운반되어 가고 있는 광경도 보였다.

옥엽은 여기서도 조심스레 검사의 눈을 쏟으며 앞으로 나갔다. 남김없이 자세히 찾아본 뒤에 결국 아버지를 그 속에서 발견하지 못할 것을 열심히 바라고 있었다.

이북이 얼마만큼 험한 곳이든 간에, 납치 사실은 당장 눈앞에 죽음을 보는 것과 같을 수는 없었다.

하나하나의 시체를 확인하며 그때마다 그것이 부친이 아닌가 하고 놀라는 마음이었다.

나무와 풀들이 옛 모양대로 남아 있는, 참경의 둘레 가까이까지 옥엽은 무사히 걸어왔다. 부란취(腐爛臭)가 이미 자욱이 오르고 있고, 그래서 모든 수목이며 풀에서까지 그 가슴을 찌르는 냄새는 뭉끼쳐지는 것 같았다.

나무에 기대어 우두커니 서 있는 남자도 있었다. 아이가 둘 나란히 이쪽을 지켜보며 서 있었다. 그들의 모친이 돌아나오는 것을 기다리고 있는 모양이었다. 새로운 울음소리가 들려왔다.

옥엽은 하나의 시체 앞에 걸음을 멈추었다.

동체(胴體)가 근 직각으로 구부러진 그것은, 다른 모든 무참한 사해(死骸)가 그러하듯이, 기괴한 모양의 철붙이이거나 나무동강처럼 개성(個性)이 없어, 누구의 것인지 분간이 안 가는 위에, 의복은 두껍게 흙을 뒤집어쓰고 있었다. 유혈이 심했던 것을 끌어올리느라고 그렇게 되었는지 몰랐다.

그것은 머리가 비뚤게 놓였고, 옆의 시체의 옷자락으로 얼굴이 반 이상 가려 있었다. 똑똑히 보기 위해서는 헝겊을 치우고 남들이 하듯 얼굴을 바로잡아 놓아야 했다.

하나 그렇게 할 필요는 없었다.

흙이 마른 저고리 앞에 달려 있는 커단 호박(琥珀) 단추는 옥엽이 늘 보아오던 물건이었다. 노르께한 사이로 약간의 쥐색이 반투명하게 들여다보이는 돌의 무늬까지 눈에 익은 것이었다. 그것은 아버지의 단추였다. 그것은 우태갑 씨였다.

바람이 불었다.

그의 얼굴을 가리고 있던 옆 시체의 옷자락이 펄럭하고 조금 들춰졌다.

금니들이 보였다.

거무튀튀 얽은 우태갑 씨의 입 속에서 찬연히 빛나고 있던 것들이었다. 한가운데 두 개만 하얀 돌이고 나머지는 전부 금인…….

옥엽의 입술이 새하얘졌다.

그녀는 곁에 선 할아범의 팔 속에 그대로 쓰러져 들어갔다.

김명식과 이화는 서울에 접근해 가는 일에 열중하고 있었다.

폭탄과 전투기의 저공비행은 그들의 발을 거의 매시간마다 한동안씩 묶어놓았지만 동시에 가도에서 공산군을 만나는 일도 거의 없게 만들어주었다.

이것은 이화들이 이제 괴뢰군에게 잡힐까 하여 겁을 내지 않아도 좋으리라는 기꺼운 징조였고, 또 서울은 이미 거진 수복되었으리라는 기쁜 확신을 갖게 하는 일이었다.

"어느 때까지 이런 모양을 하고 있다가는 이번에는 UN군이나 국군에게 혼이 날 거니까 차차 준비를 합시다."

김명식이 까맣게 더러워진 손수건으로 이마의 땀을 닦으면서 웃고 말하였다.

"네, 그렇지만 좀 이르지 않을까요? 아직 연천 부근인가 본데."

"그래요, 좀 더 보아가며 합시다."

"그런데 어떤 모양으로 우릴 뜯어고쳐야 해요? 모자를 벗어 버리고, 나는 이 위의 것을 벗어던지면 된다치구……."

"나요? 글쎄 너무 비슷하게 생겼죠? 각반을 풀어버리구, 윗도리를 벗구, 그래 보았자 신통치두 않을걸…… 그러나 정작 사고는 이 구두 속에 깔고 있는 서류일 거예요."

그는 몹시 우습다는 얼굴을 지었다.

"지금 죄다 내버리구 싶지만 혹시 이치들이 국군과 한바탕 싸울 작정으로 의정부쯤에라도 집결하고 있을지 모르니깐요. 조금만 더 그대로 가봅시다."

산모퉁이를 돌아서니까 눈앞이 활짝 트이면서 한편에 폭넓은 강이 굽이쳐 흐르고 있었다.

물결은 시원스러워 보였다.

저편 기슭으로는 느린 기복을 가진 산그림자가 거꾸로 비쳐 있고 이편은 넓고 평탄한데 동글동글한 자갈이 깔려 있었다. 군데군데 갈밭이 보였다.

“저 강 이름이 연천인가요?”

“아니오, 임진강입니다.”

이화는 불현듯 맑은 강물에 손과 발을 적셔보고픈 충동을 느꼈다. 강은 맑고 아름다웠다.

“저 강 옆으로 해서 걸어가요. 어차피 이 길하구 평행으로 나갔는데, 네?”

그녀는 김명식에게 졸랐다.

“더웁긴 하구, 그랬음 좋겠지만요.”

김명식은 망설이며 신중한 눈초리로 그쪽을 훑어보았다.

“갈대밭은 듬성듬성 있을 뿐이구 만약의 경우에는 숨을 곳이 시원찮겠는데…….”

“그렇겠어요.”

이화는 순순히 복종하였다.

걸으면서 가다가다 강 쪽을 바라본다.

김명식은 자기가 좀 박정했던 듯한 맘이 들었다.

“그럼 잠깐 손이나 씻구 쉬어갈까요? 너무 좀 지나치게 더러워졌으니…….”

이화는 기쁨을 참을 수 없는 듯이 강변으로 달려 내려갔다.

소리 내어 쏠렁이며 강물은 흐르고 있었다. 음악이며, 시, 그림 같은——인간이 그 생활 이외에, 혹은 그 생활 이상으로 사랑하는 것들이, 거기 모두 있었다.

물은 가까이서 보니까 깊고 차가운 강철 빛을 하고 있었다. 투명한 나머지 그렇게 보이는 모양이었다.

김명식은 조금 하류 쪽으로 가서 세수를 하기 시작했으나 이화는 어느 때까지나 강과 마주 서 있었다.

인간사에서 떨어진 아름다움이 그녀를 감동시키고 있었다.

온갖 이렇게 오묘한 것을 사랑하며, 또 사람사람끼리 사랑하며—그렇게 살도록 인간도 원래는 만들어졌던 것이 아닐까?

지운의 얼굴이 물 위에 어른거렸다.

그때였다. 맞은편 산 뒤에서 비행기가 붕 떠올랐다.

몽땅한 기체를 가진 함재기는 검은 십자형의 배를 보이며 치솟은 다음 순간에는 이쪽을 향하여 일직선으로 돌진해 왔다.

이화는 선 채로 비행기를 쳐다보았다.

그 모양은 숨는 것을 잊었거나 어쩌면 숨기를 싫어하는 사람의 그것처럼 보였다.

요란한 폭음과 기총성이 한동안 찰랑이는 물소리를 말살하였다.

그리고 몽땅한 기체는 멀리 사라졌다.

갈대숲 새에서 김명식은 몸을 일으켰다. 그는 이화가 있는 곳으로 달려갔다.

숲에서 한 발짝 떨어진 자갈밭에 이화는 엎으러져 있었다. 그녀는 움직이지 않았다. 수없는 총탄이 그녀의 등을 꿰뚫고 있었다.

‘아아—.’

김명식은 이화의 옆에 무릎을 짚어버렸다.

의학적인 지식의 필요도 없었다. 이화는 죽은 것이다.

김명식은 그녀의 손을 잡고, 한동안 웅크리고 있었다.

또 어디에선지 폭음이 울렸다. 그는 이화의 몸을 안아 갈밭 속에 갖다 뉘었다. 그리고 그는 얼굴을 가리고 울었다.

시간이 흘러갔다. 임진강에, 그날의 마지막 햇살이 비끼었다. 물은 여러 가지 빛깔로 반짝이며, 둘레의 깊은 정적에 싸여, 그의 노래를 부르고 있었다.

하늘은 붉어졌다. 강물도 마지막으로 찬란한 주홍색 단장을 하였다.

이화의 의식이 문득 돌아왔다. 몽롱히 분명찮은 삼십 초가량의 호흡이었다.

그녀의 한 손 끝은 얕은 물속에 잠겨 있었다. 잔물결이 가만가만 쉬지 않고 출렁였다.

석양을 받으며, 노란 작은 꽃이 한 송이 물에 젖어 있었다. 꽃은 반짝반짝 빛을 반사하였다.

'아 민들레가 피었다.'
하고 이화는 생각했다.

그녀는 그것을 만져보려고 하였다.

그리고 그녀의 의식은 다시 끊어져 영원히 되돌아오는 일이 없었다.

가을의 들녘에 민들레가 피었을 까닭은 없었다. 그것은 노란 금속의 훈장이었다. 어느 군인인가의 군복 앞가슴을 장식하였을, 그것은 노란 훈장이었다.

김명식은 혼자서 그곳을 떠났다.

황량한 날의 동화

1

명순은 누워서 수녀(修女)들의 합창을 듣고 있었다.

그것은 어느 오페라의 한 장면이어서 책상 위에 놓여 있는 조그만 라디오로부터 흘러나오고 있었다. 세계의 종말이 다가왔도다…… 소리는 무겁고 어둡고 운명적인 비애에 싸여 거의 신음하는 것처럼 들렸다.

하나, 이상스러운 단순함이 선율을 처리하여 그것은 어쨌거나 앞을 향하여 나가고 있는 인간의 무리를 연상케 하였다. 그들은 가고 있었다. 자꾸만 나아가고 있었다. 세계의 끝이 거기 있는가?

거기에 천당이 열리는가?

수도원의 정경 속에 갑자기 이질적인 것이 뛰어들었다. 길게 떨리는 테너의 솔로였다. 그것은 현세적인 희비를 호소하는 너무나 육감적인 음성이었다.

명순은 라디오를 끄려고 손을 내밀었다.

그러자 째깍 하고 다이얼이 먼저 비틀어지며 아리아는 가느다란 여운을 남기고 중단되었다. 한수가 그렇게 한 것이다.

명순은 반 일어난 자세대로, 책상 모서리에 걸쳐져 있는 한수의 손을 보았다. 길고 모양 좋게 생겨 있는 손이었다. 그는 깊은 잠에 빠진 사람처럼 방바닥에 얼굴을 대고 엎드려 있었다. 오래전부터 그렇게 하고 있는 것이다.

그렇게 죽은 듯이 늘어져 있으면서 그래도 음악을 듣고 있었다고 명순은 생각했다. 책상 모서리에 걸렸던 한수의 팔이 시체의 그것처럼 털썩 떨어졌다.

명순은 일어나 앉아 한수의 전신을 내려다보았다.

코코아 색 반소매 셔츠를 입은 어깨는 벌어지고 넓적한 등은 남성다운 선을 부각하고 있었다. 좁은 양복바지에 싸인 작은 엉덩이와 긴 다리도 모양은 좋았다.

그러나 거기서는 기운이라는 것을 느낄 수 없었다. 짧은 소매에서 내어민 팔뚝은 갈색을 하고 있었으나 마른 나무의 표면을 생각게 하는 건조한 빛이었다. 있는 것은 형태뿐이었다. 명순은 알고 있었다.

그녀는 눈을 크게 뜨고 앉아 있었다. 자기가 태어난 이 우주 속의 일점을 최초로 인식한 인간의 눈과 같이 그것은 매우 크게 벌어진 동공이었다.

한수의 등이 꿈틀하고 움직였다. 그와 함께 명순의 눈 속에도 동요가 있고, 이번에는 조심스러운 빛을 담으며 그 꿈틀거린 부분에 고정되었다. 등이 그렇게 움직거린 의미를 헤아리기라도 하려는 듯 주의 깊은 태도였다.

그러나 한수는 다시 움직이지 않았다.

호흡을 따라 너부죽한 등판이 보일 듯 말 듯 오르내릴 뿐이었다.

명순은 무릎을 안고 벽에 기대었다.

옹색한 맞은편의 바람벽 위에 미로의 복제화가 붙어 있다.

여자의 동체(胴體)에서 밤(夜)이 뿜어져 나왔는가. 달과 별 같은 것이 빙 돌고 있다. 문어 대가리 같은 또 우주인 같아 뵈는 기분 상한 붉은 덩어리. 해와 바닷말……

수치와 회한과 혼란과. 모든 종류의 고뇌가 한꺼번에 폭발을 한 것 같은 색채와 모양이 거기 있었다.

그녀는 다시 수녀의 합창을 생각하였다. 검은 옷을 입고 들판을 그렇게 걸어가면 속이 후련해지는가?

모든 것을 버리고 가는 것이다. 들판 끝에는 무엇이 있을까. 과연 무언가가 있는 건가?

한수가 무어라고 웅얼거렸다. 입술이 방바닥에 너무 가까이 대어져 있어 언뜻 알아듣기 어려운 말소리였다. 명순은 되묻지도 않고 기다렸다.

"여보세요. 약 주세요. 안 계신가요?"

약간 짜증을 낸 것 같은 여자의 목소리가 이번에는 바깥쪽에서 울렸다. 아까 한수는 누가 왔으니 나가보라고 하였던 모양이다. 명순은 가게로 나갔다.

잿빛 하늘 밑을 무리져 가는 여자들의 환상은 아직도 그녀의 눈앞에 있었다. 그러나 한수의 귀가 또 예민해졌다는 생각도 한편으로 하고 있었다. 오관이 모두 둔해졌으면서 귀만은 어느 시기 날카롭게 살아나곤 하는 것이었다.

"APC 오 원어치요."

"네."

"미제루다요. 수효가 적어도 괜찮으니까 미제를 줘요."

“……”

“들으라구 먹는 약인데. 그렇잖아요?”

“네.”

명순은 스커트에서 열쇠를 내어 유리창을 열고 정제를 세었다.

“고맙습니다. 안녕히 가세요.”

여자와 엇갈리며 파리장 문을 밀치고 비대한 노녀(老女)가 들어섰다. 호르몬제를 사러 오는 노파였다. 노파가 질문을 할라치면 명순은 그렇게 강한 주사약을 자주 쓰지 않는 것이 좋으리라는 의견을 말할 밖에 없으나 노파는 그런 설명을 듣기 싫어했고, 그래 요즘은 그저 화난 듯한 음성으로 불쑥 약명을 가리킬 뿐이었다.

명순은 약장 아래쪽 서랍을 열었다. 가게는 좁고 세모가 져 있어 돌아앉아 그런 동작을 하자면 편안찮았다. 그녀는 서랍에서 서너 권의 장부를 들어내고 그 밑에 숨겨둔 약 상자를 꺼냈다. 수입 금지품이어서 감춰두어야 하는 것이었다.

비대한 부인은 호르몬 외의 영양제 두 가지와 플라스마를 샀다. 자식도 영감도 없고, 오직 자기 몸을 보하기 위하여 살아 있는 부인이었다.

“많이 파슈.”

“안녕히 가세요.”

방긋거리면서 순자가 와서 서 있었다.

“잘 있었니? 서방님두 안녕하시구. 테라마이신을 몇 알하구 찜질약을 줘. 큰 것이 또 헌데가 났지 뭐니. 그리고 알코파를 두 봉. 애들은 반 봉지씩 먹인다지? 그러니까 두 애한테 노나 먹이고 하나는 애들 아버지 드리지. 세 봉지 살까? 모두들 먹는 김에 나두 해치우게. 근데 요샌 온 집안 식구가 식욕이 없어서…… 요리를 만들어도 헛수고지. 여름철일수록 축이 안 가두룩 영양을 취해야만 하는 건데⋯⋯."

순자는 더도 없이 열심히 생활인이었고 너무나 여자였고 거기다가 매우 행복하다고 생각하고 있기까지 하였다. 명순은 참으며 듣고 있었다.

순자의 요설(饒舌)은 명순에게는 통틀어 그저 무의미했던 것이다.

겨우 순자가 가버리자 명순은 얼른 방으로 가보았다.

방바닥에 길게 누웠던 한수는 거기에 없었다. 날쌔게 몸을 놀려 또 무엇인가를 저질렀을지 몰랐다.

명순은 주방 문을 열고 선반 위, 찬장 앞, 마루 구석 하고, 순차례로 눈길을 달렸다. 한수는 물건을 잘 떨구었다. 요즘으로 아주 바보가 된 것처럼 조그만 속임수도 감쪽같이 해내지를 못하는 것이었다. 탈지면이나 작은 주사기 앰풀의 껍데기 등을 명순의 눈에서 감춘다는 것이 전 신경을 집중하는 유일의 일이면서 줄곧 실수하여 꼬리를 잡히는 것이었다.

주방에는 그러나 이번에는 아무것도 떨어져 있지 않았다. 명순은 방으로 돌아와 미로의 콤포지션 뒤에 손을 넣었다.

모르핀을 감출 장소 때문에 한수는 있는 지혜를 다 짜내었다. 그래서 명순은 경대 서랍까지 쇠를 채워두는 것이다.

세면실에서 물소리가 나고 변소에 갔던 한수가 돌아왔다. 왠지 매우 명랑한 낯빛을 하고 있다. 요 며칠간 주사를 끊는다는 서약을 지키느라고 그는 몹시 침울하고 기운이 없었던 것이다.

"오늘 저녁은 거리에나 나가볼까? 당신 언젠가 영화 보았으면 했었지?"

그는 곧추세운 두 무릎에서 손목을 늘여 건들건들 흔들면서 말하였다. 발등에 부챗살 같은 가는 뼈가 드러나 보였다.

"복자 수자의 쇼가 아주 인기라던데."

그런 소리를 한다. 명순은 움직이지 않는 눈동자를 그의 이마에 대었다.

'복자 수자와 그 일행의 쇼' 인가 하는 흥행은 몇 달이나 전의 것이었다. 그 광고가 난 신문지를 무엇엔가 사용했던 기억이 있었다. 그랬다. 변소에 가는 좁은 복도의 벽이 떨어져 내린 곳을 그것으로 발라두었었다. 신문지는 지금도 그 자리에 붙어 있을 것이다. 앞을 지나칠 적마다 여자들의 사진과 광고문이 눈에 띄었다.

'오늘 저녁 그걸 보러 가잔다.'

한수는 그저 입에서 나오는 대로 지껄이고 있는 데에 불과하였다.

명순은 복도로 나갔다. 한수는 구석에 있는 고장 난 선풍기를 만지작거리기 시작했다. 가끔 그 손이 멈추어지고 불안스러운 눈이 명순의 사라진 쪽에 쏠려진다.

명순은 엷은 갈색의 앰풀 꼭지를 들고 돌아왔다.

한수 앞에 내던지고,

"또 시작을 했어."

비굴한 눈초리를 지으며 고개를 비꼬는 양을 지켜보았다. 선풍기가 덜덜거리고 돌기 시작하여 좁은 방 안의 더운 공기를 휘저어 대었다.

"아니야!"

한수가 갑자기 지껄거렸다.

"공연한 지레짐작을 말어. 절대로 또 시작한 건 아니야. 내 몸을 뒤져보아. 맹세하지."

두 팔을 들어 보이며 어리석은 얼굴을 한다.

"내가 또 그것을 했다면…… 그렇다면 사람 아니게? 그렇다면 약을 또 숨겨 가졌을 것 아냐?"

명순은 아무 말도 안 하였다. 한수가 대학에서 늘 최고 득점을 하던 우수한 학생이었다는 생각을 하고 있었다. 또 한수는 플루트를 불었었다…….

선풍기가 멎었다. 소리도 죽었다. 바람 한 점 없는 날은 저물려 하고 있었다. 불붙은 듯한 하늘의 빛이 작은 창틀을 꽉 메우고 있었다.

2

금단 중상의 고비를 넘기고 나면 한수는 매우 잔인하여졌다.

심부름하는 계집아이를 회초리로 때렸다. 명순은 계집아이를 보내주었던 고모의 집에 사과하러 갔다.

"그거야 괜찮지만…… 네가 고생이겠다. 식모라고 붙어나질 않을 테니까."

명순은 채송화가 흩어져 핀 화단으로 가까이 갔다.

"색색가지로 섞여 펴서 참 이뻐요. 우리집에 가져간 건 왜 피질 않을까?"

"글쎄……."

고모는 잠깐 침묵하였다.

"너 그런 모양으루…… 살 수 있겠니? 어떻게 여기쯤에서 결단을 내리면 어떻겠느냐?"

명순은 그저 조금 웃어 보였다.

흰 나비가 화판 위에서 나래를 접었다 폈다 하고, 커단 모기가 날아갔다. 날개와 긴 다리가 금빛으로 반짝였다. 명순은 눈을 가늘게 뜨고 날아가는 벌레를 보고 있었다.

고모는 또 입을 열었다. 옥색물을 들인 모시치마를 입고 옥비녀를 찌른 그녀는 어울리지 않는 말을 입에 담았다.

“네가 그 사람을 사랑하고 있는 기분을 나도 짐작은 한다. 남녀 간의 사랑이란 이치루다 따질 게 아니니까 옆에서 이러구저러구 할 수는 없다만…….”

명순은 놀란 듯이 그녀를 쳐다보았다.

“사랑요? 사랑하고 있지 않아요.”

“그럼 무엇 때문에 그러구 있니?”

“무엇 때문인지…… 난 모르겠어요. 그렇지만 누구든지 다 그런 것 아녜요? 고모도 왜 살고 있는지 모르시는 거예요.”

“얘는 그건…… 그거야…… 나야 애들 기르고 너의 고모부도 도와드리고…….”

“그래서는요?”

“그래서라니…… 그러는 게 좋으니까…… 그러는 거지.”

“좋아도 그러고 안 좋아도 그러는 거예요.”

명순은 무표정하게 단언하였다. 그리고 또 채송화를 내려다보았다.

“겹이 돼서 이렇게 보기 좋아요.”

“들어가자. 들어가 저녁이나 먹자. 너의 남편 그새 약이나 집어낼는지 모르지만.”

“집어내도 그만이에요. 옆에 있을 때엔 나도 쇠를 채우고 경계하지만 소용없는 일인 것은 알고 있어요. 소용도 없는 걸 왜 그러는지 나도 모르겠지만.”

“제 일을 제가 모르면 누가 아니.”

명순은 고모의 방에 들어갔다.

맛나는 음식을 조금 먹고 몸을 편히 하고 누워 있었다.

‘돌아갈 때까지 조금만 편히 하구 있자.’

생각은 단순하였다. 한수로 인한 분노라든가 짜증 같은 것은 언제나 오래가지 않았다. 그것은 관용의 정신에서가 아니라 마땅한 감정으로 여겨지지 않는 때문이었다.

드리운 발밑으로 고모의 치맛자락이 오락가락하고 있다. 고모는 명순에게 얼마간 친절하고 얼마간 무심하였다. 정상적인 보통의 상태였다. 명순도 그녀를 좋아하지도 싫어하지도 않았다.

사람을 좋아하게 된다는 것은 쉽게 일어나는 일이 아니었다. 그러나 명순은 한때 몹시 그래 본 적이 있었다.

그녀와 한수는 약학대학의 교실에서 만났다. 한수는 중도에서 학업을 포기하였기 때문에 약제사 면허증을 갖고 있는 것은 명순 편이었다.

모르핀을 그가 시작한 것이 퇴학을 해버린 훨씬 뒤였는지 어떤지 명순은 지금도 알지 못했다. 둘의 사이가 친숙해진 것은 퇴학을 전후한 무렵이었다.

명순 편에서 꽤 적극적으로 접근하여 갔다고 할 수 있었다. 그녀는 고민에 싸인 사나이의 어두운 매력에 이끌려 갔던 것이다.

사랑이라는 것이 어떤 감정인지 명순은 지금 한마디로 규정지을 수 있다고 생각한다. 그것은 말하자면 섹스가 일으키는 트러블이고, 일종의 하찮은 시정(詩情)이었다. 모든 시(詩)가 그러하듯이 그것은 과장을 일삼고 우상을 만들기에 옆눈도 안 판다. '완전한 인생'을 꿈꾸는 것이다.

한수는 명순의 마음을 끄는 거의 완전한 형태를 갖고 있었다. 그러한 생김새는 아주 대수로운 것으로 그때 명순에게는 생각되었다.

그것은 명순의 감정을 자극하였고, 그와 함께 있는 시간을 즐겁게 만들었다. 그는 일반적인 교양으로도 명순을 만족시킬 만하였으나 가장 매혹적이었던 것은 실의의 구덩이에 빠져 있는 일이었다.

민감한 청년이 감정의 부당한 학대를 감수하고 있는 광경은 얼마나 가슴 저린 것이었을까.

그러한 학대는 한수의 끼끗함에는 비길 수도 없는 어떤 야비한 여자로부터 왔다.

자기의 가치를 액면대로 주장하지 않는 남자의 겸허함은 명순을 감상적이게 만들었다. 한수의 시정은 말하자면 특별히 정열적인 연소를 하고 있었던 것이다.

한수의 양친은 한수와 명순을 결혼시키고 나서 곧 별세하였다. 큰길 옆에 조그만 약방을 남겨주고 갔다. 그리고 한수는 아편 중독자였다.

"고모, 이젠 가겠어요."

명순은 고모의 집을 나와 어둑어둑한 거리를 걸어갔다. 바다 쪽에서 눅진한 바람이 불어왔다.

그녀는 버스를 기다리며 서 있었다.

맞은편 언덕 위에 거대한 플라타너스가 여러 그루 몰려선 것이 눈에 뜨인다.

나무는 미풍을 따라 천천히 술렁였다. 잎새가 팔랑대고, 검고 굵은 줄기는 미미하게 그러나 뱀처럼 연하게 꿈틀거리며 움직였다.

나무는 꼭 살아 있는 것 같았다. 무언가를 얘기하고 있는 것 같았다. 무언가, 사람은 이해하지 못하는 이야기를 하며 있는 것 같았다.

그것을 바라다보는 명순은 저도 모르게 평화로운 얼굴을 지었다.

……오늘밤도 또 잠을 잘 수 없을 것이다.

한수는 자기가 잠을 자지 못하니까 남이 자는 것을 시기하였다. 갖가지 술책을 써서 깨워 일으키고야 말았다. 딱…… 하고 날카롭게 파리채로 방바닥을 내려치는 일, 어떤 때는 명순의 귓밥을 때려놓고 모른 체하고 있기도 하였다.

모른 체하고 있더라도 바늘같이 뾰족한 그의 눈매가 잔인한 노여움을 말해 주었다.

"불을 끄면 파리가 안 붙지요."

그런 당연한 말을 그러나 명순은 하지 않았다. 방 안의 파리라고는 처음부터 있지도 않은 것이다.

그런 때 명순은 잠자코 있다. 그가 잠들기를 기다리는 것이다.

사람과 다른 생물이 세상에 있다는 일, 플라타너스를 보며 일어나는 그런 느낌 속에서 그녀는 평화로운 얼굴을 지을 수 있었는지 몰랐다. 잠깐 동안.

3

노란 물이 한 줄기 천천히 인중을 따라 굴러 윗입술에 멈추었다. 비공(鼻孔)에서는 그러나 또 노란 물이 나와 서서히 굴러내려 입술 위의 방울을 크게 하였다.

팥알만큼, 콩알만큼. 또 좀 커졌다고 보는 순간 콧물은 주룩 흘러 일직선으로 무릎에 떨어졌다. 그러자 한수는 팔꿈을 쳐들었다. 얼굴로 가져가다 중도에서 집어치운다. 대신에 눈꺼풀을 반쯤 들고 거슴츠레한 동자를 이편에 던졌다.

명순은 그의 앞에 다가앉았다.

"무엇이 보여? 응, 어떤 것들이 눈앞에 있어?"

"으."

한수는 도로 눈꺼풀을 내리고 모로 누워버렸디.

"알구 싶어. 뭐가 보이는지. 누가 있어? 여기 사람들하구 다른 사람들이겠지?"

대꾸는 없었다.

“그럼 말해 줘. 무슨 생각을 하고 있는가를.”

둥실 구름을 탄 것 같은 감각 속에서 어떤 색다른 사색을 이들은 더듬고 있는 걸까. 명순은 궁금하고, 이 이상 상황에 놓인 인간의 머릿속을 세밀히 살펴보고 싶다고 느낀다.

한수는 등을 꼬부리고 팔다리를 오그려 붙이며 눈을 감았다. 입이 맥없이 벌려져 있고 침이 흘렀다.

그는 또 잠을 잔다. 깨면 거짓말을 늘어놓을 뿐이다.

아편 속에는 결국 아무것도 없는 듯하였다. 인간 이상의 것도, 인간 이하의 것도, 아무것도 없다고 볼 밖에 없을 듯하였다.

숨소리가 편안하게 들린다. 그는 요즘은 몹쓸게 표독을 부리지도 않았다.

한동안 내려다보다가 명순은 상을 찌푸렸다. 한수의 뒤범벅이 된 침과 코는 그 유달리 수려한 용모 위에 매우 추한 부조화를 이루고 있기 때문이었다. 환한 등불에 비친 너무 잔혹한 그림이었다.

그녀는 일어나서 다락 옆의 층층다리를 올라 지붕 위로 나갔다.

빨래를 널어 말리기 위해 마련된 네모나고 좁은 옥상이었다. 한 길 쪽은 커다란 간판의 뒷면이 가려주고 있다.

나무 걸상에 앉아 명순은 먼 곳을 바라보았다.

항구의 등불이 차갑고 영롱하게 빛나고 있다. 몇 개씩이나 옆으로 잇닿아져 나가며, 불규칙한 단층을 이루고, 군데군데에 유난히 밝고 흰빛이며 빨간 등이며 네모진 파란 일루미네이션 등을 섞어가지고 있다.

검은 하늘과 한빛이 된 바닷자락은 보이지 않았으나 물 위에 떠 있어 불은 더 영롱해 보이는 것일 게다.

명순은 언제까지나 앉아 있었다.

아무 생각도 하지 않는 물건은 아름다웠다.

아무 의미도 없고 곱게 생겨 있는 물건에는 위안이 있었다.

별이 없는 하늘로 부드러운 진동음을 울리며 순찰기가 선회하고 있다. 날개 끝에서 진초록과 빨강의 구슬 같은 등불이 명멸하였다. 크리스마스의 납종이처럼 반짝이는 빛깔이다. 그 위로 어두운 하늘이 막막하게 영원의 침묵을 지키며 펼쳐져 있었다.

걸상에 기대서 명순은 잠깐 졸았다.

그리고 싸늘해진 야기(夜氣)에 둘러싸여 곧 눈을 떴다.

그녀는 날이 샐 때까지 그렇게 앉아 있었다.

어둠이 걷히기 시작하니까 등불들은 색이 바래고, 그리고 꺼졌다.

4

길 건너 시장에 가서 무와 파, 생선 같은 것을 사서 바구니에 넣어 들고 명순은 약방으로 돌아왔다.

한수는 유리창 앞 좁은 공간에 비스듬히 옆으로 서 있었다. 몸을 일직선으로 하여 15도쯤 앞으로 기울이고 있다. 무엇을 보고 있는지 무엇을 하고 있는지 도무지 알 수 없는 자세였다.

명순은 옆눈으로 바라보며 그 곁을 지나갔다.

그러자 한수는 별안간 입을 열었다.

"도둑을 맞았어."

꼿꼿이 한 몸을 앞으로 기울인 채 얼굴만 이편을 향하였다. 표정이 없어 오히려 섬뜩한 그런 얼굴이었다.

"잠깐 옆집에 갔었어. 당신이 잘못이야. 왜 그렇게 오래 시장에 있었냔 말야. 그새에 유리창을 깨뜨리고 약을 훔쳐냈지. 잠깐 옆집에 갔드랬어. 당신이 모두 쇠를 채워놨기 때문에 유리를, 저것 봐,

저렇게 깨뜨리고…….”

그는 진열장 뒤에까지 걸어 들어가 깨어진 자리를 손으로 가리켰다.

“봐, 내 말이 거짓인가.”

그의 오른편 주먹에는 옥도정기가 칠해져 있었다. 바닥에 떨어진 유리조각은 말끔히 비로 쓸려 있었다.

명순은 화가 나서 장바구니를 방에다 내던졌다. 그리고 수영복을 꺼내 들고 밖으로 나왔다.

한수가 모르핀을 했다가, 죽을 고생을 하며 끊었다가, 또 져서 다시 시작했다가 하는 되풀이가 그녀에겐 번거롭다. 그녀는 한수가 소위 성실한 남편이 되어, 팸플릿을 읽고 외국에 약을 주문해 준다거나 일요일이면 함께 거리에 나간다거나 하게 되는 일을 그다지 좋다고는 생각하지 않게 되어 있었으므로 변동은 그저 뒤숭숭하기만 한 것이었다.

그녀는 바다로 갔다.

사람들이 많이 모인 모래사장을 피해 외딴 바닷가에서 버스를 내렸다.

울퉁불퉁하여 발바닥이 아픈 바위 그늘에서 옷을 바꾸고 물속으로 걸어 들어갔다.

차가운 물은 육감적이고, 넘실대는 압력은 징그럽지 않을 정도로 욕정적이기까지 했다. 명순은 바다에다 몸을 맡겼다.

한수는 중독 상태에 들어가면 한 달이고 반 년이고 그 이상이고, 명순의 육체를 잊고 말았다. 그녀는 바닷물에서 오는 전신적인 압박에서 흘깃 남편의 애무를 감각하기도 하였다.

그러나 이윽고 모든 사념은 그녀의 머리에서 사라졌다. 그녀는 다만 운동의 쾌감을 느끼며 깊은 곳으로 헤엄쳐 나갔다. 수평선을

272

바라보며 멀리멀리까지 갔다. 온몸에 힘이 넘쳐흐르는 것을 느꼈다.

물의 차가움이 두세 번 달라졌다. 그녀는 나가기를 멈추고 몸을 뒤쳐 등으로 둥실 떴다. 구름이 눈부시다. 갈매기가 날아간다.

인간이 인간임을 완전히 망각할 수 있는 순간이란 얼마나 좋은 것일까. 고독을 죄처럼, 무슨 잘못처럼 버젓잖이 느끼지 않아도 되는 순간이란…….

그녀가 옷을 벗어논 물가로 돌아왔을 때 어떤 남자가 가까운 바위 위에 앉아 있는 것이 보였다. 보릿짚 모자 밑에서 줄기찬 시선을 명순에게 보내고 있다.

명순은 지나갔다. 그러자 젊은 남자는 따라 일어났다.

"명순이지, 역시 그랬었군. 그새 잘 있었어?"

명순은 사나이를 쳐다보고 퍼래진 입술로 웃어 보였다.

"난 누구라구."

그러고는 바위 그늘로 가 타월을 어깨에 걸쳤다.

"아까 버스에서 내릴 때부터 보고 있었어. 아무래도 명순이 같다고 생각했었지."

세연은 조금 더 가까운 바위로 옮아와 걸터앉았다.

"옷 벗는 것도 봤어."

"바보 같은 소리."

"한수는 잘 있어?"

이것은 좀 특이하게 들리는 어조였다. 그는 아니 그들 동창생은 아마 누구나 다 한수의 상태를 알고 있는 것이다. 명순은 수건으로 젖은 머리를 문질렀다.

"얼마 잘 있지도 않아."

"그래? 그거 야단이로군."

세연은 따뜻한 눈초리로 명순을 지켜보았다. 잠시 침묵이 흐르고 단조로운 파도 소리만 되풀이하였다.

"결혼했느냐는 인사쯤 있을 법도 한데?"

"그런 것 물어서 뭘 하려구."

"여전히 냉담한데?"

옛 클래스메이트는 쓴웃음을 지었다.

"외국에나 갈까 하구 있어. 여기 있어봐야 별 재미두 없구……."

명순은 햇볕을 흡수하여 따가워진 바위에 가슴을 대고 엎드렸다.

"명순인 지금 행복할까? 정직히 말해서……."

명순은 머리만 조금 들고 간단히 고개를 저어 보였다.

"그렇지만 아직도 한수를 사랑하고 있군?"

갑자기 명순은 소리를 내고 웃었다.

세연은 잠자코 그녀를 바라보고 생각에 잠겼다.

이윽고 그는 바위에서 일어나며 말하였다.

"약방에 한번 놀러가도 괜찮겠어?"

"앉을 데도 없는걸. 한수는 그 모양이고."

"그 병은…… 좋지 못해."

세연은 어두운 소리로 낮게 뇌었다.

"그 병은 아주 좋지 못해. 명순에게도."

"알고 있어."

명순은 끄덕였다.

"그렇지만 난 아무 일도 또 새로 시작하지는 않을 테야."

그리고 그녀는 약간 확신이 없는 얼굴이었으나 덧붙였다.

"다 알아버렸으니까."

이번에는 세연이 웃을 차례였다. 그리고 그는 푸르게 반짝이는 바다로 고개를 돌려 먼 시선을 지었다.

"물에 또 들어가나?"

"조금 있다가……."

"난 그럼 갈 테야. 안녕."

"안녕."

세연은 느릿느릿 사라졌다. 조금 슬픈 것 같아 보였다.

명순은 잠시 그의 뒷모습을 지키다가 돌의 따뜻한 부분으로 돌아누웠다.

저녁때 명순은 싱싱한 낯빛이 되어 드라이브웨이로 올라왔다. 시내를 향한 차가 달려오기를 기다리며 가볍게 걸어갔다.

한편에서 바다는 진줏빛 섞인 옥색으로 부드럽게 빛나고 있었다. 기운찬 바람이 그녀의 깡뚱한 옷자락과 머리칼을 날렸다.

'기운이 돌아왔다.'

'나는 언제나 즐겁지는 않지만 그러나 기운은 돌아왔다.'

걸으며 명순은 문득 어떤 공상을 하고, 미소하였다.

공상은 때때로 조금은 즐거울 수 있었고, 그 대신 아무 의미도 없는 것이기는 하였다.

한수가 죽어버린다는 일.

한수가 죽어버리고 그의 옆에 노트가 펼쳐져 있다면…… 노트에는 흘림 글씨로 몇 자 적혀 있을 것이다.

'정신이 맑은 새에 결행하겠다. 당신을 사랑한 증거라고 알아준다면 다행이다…….'

사랑?

그것은 얼마간 우스운 말이기는 하였지만 나쁜 말은 아니었다. 동화를 읽고 난 어른처럼 그녀는 미소했다.

세연 같은 청년은 그런 것을 소중히 알고, 언제까지나 밥 굶은 소년처럼 가엾은 눈을 하고 있는 것이다…….

젖은 물옷을 무릎에 놓고 차에 흔들려 명순은 집에 돌아왔다.

약방의 유리문은 잠겨 있었다. 그녀는 뒷문으로 돌기 위하여 옆 건물과의 새의 좁고 습기 찬 틈으로 들어섰다.

부엌문은 열려 있었다. 모든 것을 팽개쳐두고 한수는 나가버린 모양이었다.

정말 도둑이 들었었을지도 모르지만 명순은 그다지 개의치 않았다. 그녀가 살아가기 위해서는 그런 일들은 차라리 필요한 조목들일지 몰랐다.

방으로 올라갔다.

한수는 외출하지 않고 거기 누워 있었다.

베개도 없이 턱을 높이 쳐들고, 마치 턱으로 솟구쳐 오르려는 듯한 자세로 누워 있었다.

크게 벌어진 입은 바싹 말라 침도 안 흐르고, 석고같이 하얀 살갗을 하고 있었다. 그는 호흡을 안 하였다. 그는 죽어 있었다.

명순의 동공은 크게 벌어져 갔다. 점점 더 크게 벌어져 갔다. 자기가 태어난 이 우주 속의 일점을 다시 놓친 사람의 그것같이, 그것은 매우 크게 떠진 눈이었다.

해방촌 가는 길

가랑비가 아직도 부슬거리고 있었다. 뒤꿈치가 삼 인치나 되는 정신 나간 것처럼 새빨간 빛깔의 구두를 신고, 그 까맣게 높다란 비탈길을 올라야 한다는 것은 정말 우스꽝한 고역이 아닐 수 없었다. 기애는 뒤뚝거리면서 그 길을 올라가고 있었다.

그악스러운 폭우가 서울에도 퍼부었던 모양이었다. 좁다란 언덕길은, 굴러내려 데굴거리는 돌멩이들로 하여 어느 험한 골짜기와 비슷하였다. 맑은 물이 돌돌 흘러내리고 있다. 뾰죽한 돌부리들은 짓궂은 악의를 가진 것처럼 한사코 기애의 발목을 젖히려 들거나 호되게 복사뼈를 때리거나 하였다. 그런 때마다 눈에서 불이 튀어 나도록 아팠다. 그렇게 눈에서 불이 튀어나도록 아픈 순간이 단속적으로 이어져 나가니까 아픔은 지긋한 어떤 다른 감각으로 변하여 가는 것처럼도 느껴졌다. 그리고 그 지긋한 한 줄기의 감각은 곧 울상이 되려다 말곤 하는 기애의 마음속과 썩 잘 어울리는 것이었다.

마음속에 쌓인 갑갑하고 침침한 무엇 때문에 더 이상 견딜 수 없다는 듯이 기애는 고개 중턱에서부터 끝내 눈물을 굴려뜨리고 말았다. 그리고 우산도 쓰지 않은 뺨 위로 가랑비가 흐르는 차가운 감촉과 뜨뜻한 눈물의 이물(異物)다운 느낌에 조금 마음속이 후련해지는 것같이도 생각했다.

좁다란 골목이 뻗어 올라간 남산께로부터는 짙은 안개가 흘러내리고 있었다. 그것은 마치 구름뭉치처럼 희뿌옇게 뭉게뭉게 퍼지면서 기애의 주위를 둘러싸는 것이었다. 그것은 어려서 잘 따라가곤 하던 깊은 산속의 어느 온천이나 약수터의 새벽과 흡사하였다. 기애는 걸음을 멈추고 두꺼운 베일을 쓴 남산의 검푸른 모습과 머리 위를 지나가는 구름들의 어둡고 산란한 움직임을 바라보았다. 비는 아직도 한참을 더 내려야 할 모양이었다.

대구의 하숙방을 나오면서부터 몇 차례를 젖었다 말랐다 한 레인코트는 또 홈빡 물이 배어서 거진 검정색처럼 보이면서 기애의 가느단 허리께에서 잘룩 죄어 매여 있었다. 이 레인코트를 다른 옷이랑 구두랑과 함께 불 속에 처넣어버릴까 말까 하고 한참이나 망설였던 일을 기애는 지금 마음속에 되살려보았다. 그때 마음을 돌려먹었다기보다 초조와 자학에 지쳐버린 나머지 그만 방바닥에 내동댕이쳤던 까닭에 그것은 그나마 오늘 기애의 몸에 걸쳐져 있는 것이었다. 이 정신 나간 것 같은 구두를 신고 드레스 바람으로 우중을 돌아다녔어야 하였다면 분명히 기애는 좀 더 비참한 기분을 맛보아야만 했을 것이다.

그러나 그렇게 사리를 따지고 보더라도 기애는 자기의 광태를 뉘우치거나 후회스러운 마음이 들지는 않았다. 기애의 마음속 밑바닥에는 아직도 줄기찬 분격이 가시지 않고 흐르고 있었다. 그 흐름의 반의반만치도 표현을 못했다는 원통함 같은 것이 어린애가 발을 실컷 구르지 못한 듯이 뱃속에 남아 있다면 있는 것이었다.

'죽음만이…….'

하고, 기애는 그때도 지금도 생각하는 것이었다.

'아마도 그것만이 이 일의 결말로써 그리고 보복으로써도 가장 적당한 것일 테지…….'

그러나 기애는 비참한 심경이기는 하였지만 그곳까지 굴러 들어가지는 않고 배겼다. 그것 이상의 더 합당한 귀결을 발견할 수는 없었음에도 불구하고 그것은 어쩐지 구시대적인 따라서 어느 정도 난센스한 일인 것같이 여겨졌기 때문이었다.

그러나 여하간 기애는 죽음과도 못지않은 괴로움을 맛보았다고 생각하고 있었다.

굴욕감과 절체절명감에 압도되어서 거의 자기를 잃었던 수술과 입원의 기간. 특출한 수술도 아니었건만 기애의 경우는 유달리 불운함을 면치 못하였다. 수상쩍은 의사의 솜씨 탓이었는지 혹은 기애의 몸 그것에 원인이 있었던지, 수술은 위험상태에 빠진 채 장시간을 끌었다. 그처럼 위급한 환자의 상태를 아마도 처음으로 당하는 눈치인 그 젊은 무면허 의사는 숨이 끊어질 듯한 기애의 고통의 호소에는 거의 일고의 주의도 베풀지를 않았다. 기애는 몇 시간을 내리 야수처럼 비명을 질렀을 뿐만 아니라 실상도 인간적인 모든 것을 그 몇 시간 동안 완전히 상실해 버렸었다.

수술 후의 경과도 좋지는 않아서 기애는 보자기 하나를 들고 급자기 얻어 든 낯모르는 하숙집 방바닥에서 소리도 못 내고 뒹굴며 아파했다.

그러나 육체의 고통은 그 시간이 사라지면 잊혀질 수도 있는 것이었다. 그리고 또 임신을 하고 그 중절의 수단을 취하였다는 정신적인 쇼크도 그녀의 괴로움의 전부는 아니었다. 기애는 조오가 그처럼 깨끗하고 완전하게 자기 곁을 떠나버린 그것처럼은, 조오의 일을 청산할 수 없었던 것이다. 조오는 군인이며 명령에 따라서는 즉시로 귀국해야 할 사람이었다. 따라서 그에게는 아무 잘못이 없었으며, 그에게 명령을 내린 그의 국가에도 아무런 잘못이 있을 수 없었다. 그리고 그 일을 조오나 기애가 미리 계산에 넣지 않았었다고 할 수 있을까?

그러나 그럼에도 불구하고 기애는 마음 밑바닥으로부터 치밀어오르는 노여움을 어찌할 수 없었다.

조오는 결코 냉담한 사나이가 아니어서 그는 그 바닷빛 두 눈에 눈물을 그득 담고 괴로워하였지만 그러나 결국 그는 떠나갔고, 그리고 기애는 그의 정성의 전부인 달러로써 수술을 하고, 몰라보게 사나워진 성질을 가지고 혼자 남아난 것이었다. 그녀는 그 성미를 자기로도 주체할 수가 없어서 부대의 동료나 GI들과 닥치는 대로 싸움을 하고, 결국은 우두머리인 커널에게 타이프 종이를 찢어 던지고 그 자리에서 파면이 된 것이었다.

직장을 그만두고 나서도 기애는 두 달이나 대구에 머물러 있었다. 어두운, 산란한, 창문에 빗줄기가 흐르는 듯한 날과 날이 지나갔다. 기애는 이불을 뒤집어쓰고, 혹은 종일토록 엎드려서 울음과 노여움과 그리고 바람같이 가슴을 휩쓰는 허무감과 싸우고 있었다. 조오는 기애의 심장을 너무나 깊이 깨물어버린 것이 분명하였다. 그리고 여기 대하여 기애가 전신으로 의식하는 감각은 '노여움'이었다.

어느 날 파리한 얼굴에 눈만 이상히 빛나는 기애는 그때까지 하지 않았던 생각을 하였다. 어머니와 동생이 있는 서울집으로 돌아갈까 하는 생각이었다. 그 일은 조오와의 동서가 시작되면서부터 무의식중 자기에게 금해 온 일이었다. 어머니 장씨는 필경 딸을 버렸다고 가슴이 무너져 내릴 것이었고, 그러한 어머니의 윤리관에 그대로 동조할 수는 없는 기애로도 또 그리 버젓하게 나설 용기도 미처 없는 것이었다. 여하간 모친에게 그것은 너무 잔인한 결과일 것이고, 기애 편에도 일종의 본능적인 수치감이 있었다. 외국 군인과의 동서생활이 별 거리낄 일로 치부되지 않고 때로는 오히려 어떤 긍지조차 부여하고 있는, 거기는 또 그런 윤리가 지배하는 부대 안에서라도, 어떤 사소한 사건이 기애로 하여금 맹렬한 동요를 갖게 하지만 않았던들, 그는 낡고 완고한 종래식의 사고방식에서 그처럼 쉽게 뛰쳐나올 수는 없었을 것이었다. 어느 날 기애는 '제비'라는 한마디의 단어에 주의를 이끌렸다.

'제비', '미스 제비' 그렇게 불리고 있는 것이 바로 자기이고, 그리고 그것은 취직 이래 하루같이 입고 다니는 자기의 곤색 옷에서 연유하는 별명이라고 알았을 때 기애는 부끄러움으로 사지가 빳빳해지는 것을 느꼈다. 부지런히 빨아 다리는 흰 블라우스와 함께 내리 석 달은 입어온 기애의 진곤색 수트는 부대 내에서 바야흐로 하나의 명물로 화해 가고 있은 것이었다. 기애의 자존심은 분쇄되었다. '친구'를 만들지 않고, 그래서 초라하게 하고 있다는 것은 조금도 자랑이 될 수 없는 세계가 거기 있었다. 검소는 곧 무교양과 연결되었다. 그것은 견딜 수 없는 일이었다.

기애는 몸가짐을 달리하였다. 조오의 접근을 용서하였다. 그리고 당연하게도 그를 이용하였다. 기애는 아름다워지고 군인들은 그의 앞에 공손하였다.

그런데 그러다가 보니 조오는 퍽이나도 순진한 청년이었다. 내일이 있을 수 없는 것은 명백하였지만 이 금발에 비닷빛 눈을 기진 젊은 외국인은 현재로 보아 기애 자기보다 훨씬 순수한 것이 사실이었다. 현재로 보아서 그랬다. 그리고 내일이라는 것을 진실한 의미로 누가 알 수 있을까?

　　조오보다 자기가 불순하다는 생각은 기애의 마음에 들지 않았다. 먼 날의 자기의 '거래'를 위하여 저울질한 애정을 내민다는 것이 기애는 차츰 싫어져왔다.

　　기애는 무모한 짓을 하였다.

　　그리고 그 대가의 하나로써, 언제나 어떤 종류의 비감함과 결부되어서만 생각되는 서울의 가족과의 결별이 있었다.

　　그러나 그날 기애는 수척한 머리를 들고 그 집으로 돌아갈 생각을 한 것이었다. 늘 피하려고만 하고 있던 두 육친의 환상을 가슴속에 똑똑히 떠올려보았을 때 기애는 여지껏과는 맛이 다른 뜨거운 눈물을 두 볼 위에 흘렸다. 눈물은 슬펐지만 달콤하였고 푹신한 무엇이 그 속에는 있었다. 한밤중에 기애는 대구를 떠났다.

　　빗줄기가 차츰차츰 굵어져 오는 것 같았다. 기애는 앞이마에 들러붙은 머리카락을 손끝으로 떼어서 젖히고는 그편 손에 트렁크를 옮겨 쥐었다. 그 어느 날 밤인가의 처사 때문에 그녀의 재산은 온 세상에 그 트렁크 하나로 줄어든 것이었다. 그 속의 것들도 정밀히 따진다면 과연 조오와 관련이 없는 것뿐이었는지 모호한 일이기도 하였지만 이제는 그런 것을 따지기도 싫었다. 조오는 간 것이 분명하였다. 그리고 자기는 이 년 전 이 골목을 뛰어 내려가면서 어떤 일이 있더라도 움켜쥐고 오려고 생각했던 아무것도 손에 쥐지 않은 채 돌아오고 있다고 깨달았다. 공기처럼 바람처럼, 무엇인가가 지나간 것이었다. 시간이 그저 흘러갔을 뿐이었다.

　　기애는 희뿌연 남산을 바라보고 이 년 전, 그 중턱의 판잣집으로 이사를 오던 날 서글픈 감정을 서로 감추느라고 세 식구가 미묘한 고통을 겪은 일을 지금도 생생히 마음속에 되살려 올렸다. 초라한 판잣집은 정말 너무도 형편이 없었다. 그것을 보는 순간 가슴이 쩌릿하게 아파오도록 그것은 그냥 닭장이나 헛간과 다를 바 없었다.

자기의 안색을 살피는 장씨의 눈길이 기애는 아팠다. 그리고 그렇게 아파하는 기애의 마음은 또 반사적으로 장씨의 심장을 다치는 것이었다. 어색한 웃음소리나 공연히 높은 음성이 그럴 적마다 더욱 견디기 어려운 공기를 자아냈다. 국민학교의 육 학년생인 욱이만이 비교적 무관심한 듯 드나들며 이삿짐을 나르고 있었다.

그러나 기애가 그 신문지로 초배를 한 방바닥에 앉아서 쉴 수 있은 것도 잠깐 동안뿐이었다. 빚을 받으러 왔다는 여자가 웬 볼품사나운 사내들을 네댓이나 몰고 와서 이삿짐도 덜 푼 마당에서 야료를 부리기 시작한 것이다. 집을 팔고도 감쪽같이 옮겨 앉는 그 마음보가 고약하다. 다만 얼마라도 수중에 남은 것이 있을 것 아니냐. 사람의 형상을 하였으면 체면이 있어야지.

구경꾼이 늘어섰다. 사내들은 눈을 부릅떴다. 장씨는 손발을 가눌 수 없을 만치 극도로 흥분하고 있었다. 그러면서 그녀는 일언반구의 대꾸도 못하는 것이었다. 성이 나면 날수록 말문이 꽉하니 막히는 것은 본래의 버릇이기는 하였지만, 여지껏은 그래도 학교에 보내느라 별로 이따위 꼴을 보인 적이 없는 기애의 앞이라는 생각에, 장씨는 그만 그들의 욕설도 제대로 들리지가 않는 것이었다.

기애는 새파랗게 질려서 떨고 있었다. 이 동리로 발을 들여놓으면서부터 누르고 달래고 하던 수치감이 일시에 폭발을 하는 느낌이었다. 기애는 장씨를 밀어내고 앞으로 나섰다. 그녀는 그들에게 당장에 나가라고 명령하였다. 높은 음성도 아니었다. 그러나 조금도 궁기(窮氣)가 흐르지 않는 미모의 소녀의 새파란 서슬에 그들은 잠깐 멈칫히 였다. 기애는 자기가 그것을 갚는다고 단언하고 날카로운 어조로 빨리 나가라고 되풀이하였다.

그들이 사라진 뒤를 이어서 기애는 이 고갯길을 힘껏 달려 내려갔다. 부글거리는 격정을 삭이느라 무거운 것도 무거운 줄 모르고 번쩍번쩍 짐을 들어 옮기고 있던 장씨의, 그 순간 휘둥그레진 커단 눈이, 오래도록 기애의 망막에 남아 있었다. 그리고 서글픈 듯이 귀를 잡아당기면서 판자문 앞에 서 있던 욱이의 모습도…….

그 집은 아직도 그곳에 그 모양으로 있을 것인가. 어머니와 욱이는 다 무사할까. 거리가 조금씩 다가옴에 따라 그곳에 사는 사람들의 현실성은 기애의 맘속에서 반대로 차차 희박해져 오는 것이 이상하였다. 잠깐 사이이기는 하나 기애는 그곳에 아무 사람도 있지 않고 따라서 자기의 이러한 모습도 보이지 않고 말았으면 하는 욕망이 가슴에 괴어오르는 것을 느꼈다. 그러나 물론 그들은 거기 있을 것이었고 그 주소에 대고 기애는 꼬박이 송금을 하여 온 터이었다.

고갯길은 다하였다. 남산 허리를 돌며 뻗어온 널따란 길이 한참을 그대로 탄탄히 펼쳐져 나가고 있었다. 길 양옆에는 큼직한 집들이 여유 있게 들어앉고, 비에 젖은 정원의 초록이 눈에 새로웠다. 기애는 트렁크에 걸터앉아 조금 쉬었다. 그리고 일어서는데 곁의 철망 안에서 개가 사납게 짖어대기 시작했다. 무엇이 그렇게 비위에 거슬렸던지 개는 미친 듯이 껑충대며 더할 수 없이 포악하게 으르렁대었다. 보고 선 기애는 별안간 그 개에 못지않게 격렬한 감정이 자기를 휩쓸려고 하는 것을 느꼈다. 개가 힘껏 성미껏 악을 쓰고 있듯이 어딘가에 대고 가슴속을 폭발시키고픈 어리석은 욕망을 그녀는 억제할 수가 없었다. 기애는 돌멩이를 집어 들었다. 셰퍼드의 코를 향해 힘껏 내리쳤다. 그리고 폐부를 찌르는 듯한 짐승의 비명과 슬프고 비참한 긴 신음소리 가운데 신경이 산산조각이 나는 것 같은 현기증을 느끼면서 비칠비칠 걸어갔다.

편안치 못한 잠으로부터 기애는 깨어났다. 눈을 뜨니까 곧 잡지책을 뜯어 바른 천장과 벽의 괴상스러운 얼룩이 시야에 들었다. 얼룩은 잠들기 전에 쳐다볼 때보다도 훨씬 더 그 영역을 넓히고 있었다.

누운 위치가 조금 바뀌어 있었다. 두어 칸 넓이 방의 삿자리가 깔린 한구석으로부터 가운데로 이불이 옮겨져 있었다. 애초에 누웠던 부근에는 세숫대야와 뚝배기가 대신 널려 있었다. 세숫대야와 뚝배기 속으로는 또닥 딸랑 하고 이상스레 동화적인 소리를 내면서 빗방울이 떨어져 내리고 있다. 윗목으로는 조금조금한 자루가 네댓 개 바리케이드처럼 포개 놓였다. 조금 입을 벌린 그 하나에서 수수알이 흩어져 나와 있었다. 삼각형으로 깨어져 나간 손바닥만 한 거울. 반이 부러진 빨간 빗. 이 방에 그득 차 있는 것은 가난 그것뿐이라 느껴졌다. 기애는 눈을 감았다. 굴욕적인 정상이었다. 사람이 사람에게보다는 동물에 가깝도록 궁핍에 인종하며 살고 있다는 것은 기애에게는 부끄러운 일 이외의 아무것도 아니었다. 이사올 때 누르고 달래던 굴욕감은 여전히 그대로 굴욕감이었다. 그것 자체가 죄악처럼 피해야만 하는 일이었다. 그리고 그것이 죄악과 비슷한 것이라면 그 죄는 바로 기애의 것이었다.

부친의 생존 시에 그들은 이런 생활을 하지 않았고, 장씨가 지주였을 때만 해도 그들은 체면을 유지하며 살았다. 지금은 기애의 책임인 것이었다.

머리맡을 바람결같이 연달아 지나가는 것이 있어서 그녀는 본능적으로 목을 움츠렸다. 눈을 뜨고 그것의 행방을 바라보았다. 그것은 커다랗고 시꺼먼 쥐들이었다. 두 마리의 쥐가 자루께에 가서 살살대고 오르내리는 것이었다.

기애는 오싹하고 온몸의 솜덜을 일으거 세웠다. 횡급히 일어나 앉으니까 그 서슬에 쥐들도 놀랐는지 기애의 다리를 스칠 듯이 뒹굴어 와 이부자리 가녘을 미끄러지며 달아났다. 생리적인 혐오감을 누르느라고 기애는 한참동안 애를 써야만 했다. 이가 달달 마치도록 떨고 있었다.

이윽고 그녀는 세모난 거울을 집어 눈언저리가 꺼멓게 꺼진 얼굴을 들여다보고 일어서서 마당으로 나왔다. 멎는다는 것을 잊어버린 듯이 소리도 없는 가는 비가 아직도 한결같이 내리고 있었다. 국방색 몸뻬에 흰 당목 적삼을 입고 비를 맞으며 돌아앉아 무엇을 씻고 있는 장씨를 기애는 뒤에 서서 바라보았다. 진일을 하는 어머니의 모습을 보는 것이 기애는 제일 싫었다. 예전부터 그랬다. 그렇다고 도울 염을 하는 것도 아니었다. 지금도 다만 싫다고 느꼈다. 그녀는 상을 찌푸린 채 판자문을 밀치고 골목으로 나섰다.

이 년 전보다 말이 못 되게 쪼그라지고 새까매진 노모는 기애의 기색만 살피고 있다가 끝내 이렇게 한마디 문 밖에다 던졌다.

"얘야 방에 들어가 누워 있으려무나. 피곤할 텐데 응?"

응 소리는 사뭇 애원하듯 한다.

기애는 장씨가 자기의 더부룩한 머리 모양이며 너덜너덜 늘어진 플레어스커트며 어깨까지 헤벌어진 얼룩덜룩한 블라우스며를 남들에게 보이기 싫어하는 것을 알고 있었다.

그러나 대꾸도 하지 않았다. 기애는 장씨의 노쇠한 얼굴을 보고, 심약하게 자기의 낯빛만 엿보는 습관이 전보다 더 심해진 것을 보자 반대로 이상하게 배짱이 생겨난 것이었다.

'이 집에서 기운을 낼 사람은 나 혼자뿐이야.'

그런 결론이 주는 용기이기도 했다.

기애는 삼사 일만 더 휴양을 취하고는 얼른 일자리를 구해야겠다고 생각하는 터이었다. 장씨가 자기보다 더 비참한 것 같아 그 곁에 머리를 싸매고 누워 있기 싫었다.

기애가 돌아오던 날 개울에서 방망이질을 하다 마주 일어선 장씨의 얼굴에는 확실히 당황한 빛이 짙었다. 딸의 돌연한 귀가가 놀랍기도 하였겠지만 기애를 일별한 그 찰나에 모성의 본능이 무엇인가를 직감한 탓인지도 알 수 없었다. 단정하지 못한 기애의 차림새에 남의 눈을 꺼리고만 싶은 장씨의 기분은 무의식중 그런 데에까지 걸쳐져 있는 것이었다.

장씨와 욱이의 생활은 기애가 조금 의외하였으리만치 극단히 궁색한 것이었다. 기애는 자기의 송금도 있었고 조금은 나아졌으려니 믿고 있은 위에 장씨의 편지 같은 것으로 미루어서도 그런 느낌을 가졌었기 때문에 궁한 모양에 한층 더 마음이 어두웠다. 하룻밤을 자고 난 다음날 아침 욱이가,

"누나, 학교 갔다 올게."

하고 중학교 교모를 눌러쓰고 나간 다음에 기애는 트렁크를 열고서 돈이 될 물건들을 끄집어냈다. 정가표가 붙어 있는 라이카니 필름이니 녹음기의 테이프니 하는 것들이었다. 장씨는 눈이 둥그레지며 놀랐다. 놀라면서도 재빨리 그것들을 보자기에 싸서 옷궤짝 밑바닥에 집어넣었다. 그러고 나서 비로소 만족한 듯이 미소를 띠우고 말문을 열더니,

"저게 값이 얼마나 나갈까, 시세를 잃지 않구 잘 팔아야 할 건데."

하고 수군대며 또 곧 근심스러운 얼굴이 되는 것이었다.

장씨는 그것을 작게 꾸려서 치마폭에 감추듯이 해가지고 나가서는 돈과 바꾸어 들이곤 하였다. 하루에 몇 차례나 들고 나갔다 들어왔다. 거의 입을 열지도 않고 온 정신을 팔며 그 일을 하였다. 돈도 역시 치마폭에 감추어 가져오고 보자기를 끄를 적에는 문고리를 몇 번이고 흘낏거려 보았다.

그러한 장씨에게서 기애는 뭔지 비굴한 것을 느끼지 않을 수 없었다. 그것은 묘하게 돌아가는 일이었다. 장씨 자신 돈은 반갑고 귀하면서 돈이 되는 그 물건에는 왠지 떳떳치 못한 것을 느끼듯이, 딸

에 대하여도 기특하고 고마운 반면에는 낙담이 되고 꺼려하는 무엇이 없지 않았다. 장씨의 이런 기분은 또 그냥 기애에게 반영되고 그러니까 장씨에게 느끼는 뭔지 비굴한 그 느낌은 곧 기애가 기애 스스로에게 느끼는 비굴감이기도 하였다.

그리고 장씨는 기애에게 더 근본적인 문제에 관한 의혹을 품고 있는 까닭에 시시각각 가슴속에서 자문자답을 하고는 결국 '우리 아이가 그럴 리가 없지.' 하고 일시나마 단정을 내림으로써 기분을 돌리곤 하는 것이니까, 기애로 보면 자기의 실태가 끊임없이 그리고 전면적으로 모욕당하고 있는 셈이었다.

그러기에 기애는 장씨의 감정에는 일체 개의치 않을 배짱을 세운 것이었다. 장씨와 함께 온갖 주위만 살피다가는 헛간 생활을 면할 길은 영영 없으리라 싶었다.

그래도 순간적으로 장씨에게 동정적인 기분이 되기도 하여 사흘째 되는 엊저녁에는 머리도 감아 빗어 동여매고 꺼내주는 치마저고리로 얌전하게 꾸며 보이기도 하였다. 등불 아래서 풋콩을 까면서 장씨는 졸지에 환해진 것 같은 얼굴에 안심한 빛을 감추려고도 않고 이런 소리를 하는 것이었다.

"네가 애써 벌어 보내는 게거니 하니 어디 어영부영 써버릴 맘이 나더냐. 돈 들여 고치면 그야 이런 집이라두 좀 나아질 테지만 난 그저 눈 딱 감구 지냈다. 욱이더러두 중학교 들어서 다니는 것만 고마운 줄 알구 매사 참어라 참어라 했지. 누이는 인제 시집보내야 할 나인데 한 푼이라두 아껴 써야 하느니라구. 그렇지 않냐. 다 점잖은 걸 객지에 놔두구 늘 걱정이었더니라."

장씨는 이제서야 그런 소리도 해 들릴 심정이 되었다는 듯이 대견한 표정을 지어 보이는 것이었다. 건강도 안 좋아 그만두었노라는 설명만으로는 부족하였던 안타까움을 장씨는 어지간만 하면 그만 내어던지고 시원해지고 싶었는지도 몰랐다. 그러나 기애는 탐탁잖은 얼굴로 잠자코 있는 수밖에 없었다. '결혼? 흥.' 하고, 그러나 그 코웃음을 어디로 가져가야 할지는 알 수 없었다. 장씨는 또,

"애, 그 근수가 제대했더구나, 접때 여길 오지 않았겠니. 아 예배당엘 갔다 오는데 웬 장정이 떡 마주 서길래 깜짝 놀랬더니 그게 바루 근수야. 가엾더라. 무척 고생을 하는가 봐. 것두 그렇잖겠니. 왼 천하에 제 한 몸이니. 쉬이 또 오마구 하더니만 오늘이라두 안 오려는지."

한참 수다스럽기까지 하던 그녀는 슬며시 무언가 마음에 걸리는 듯한 눈초리가 되었다.

"참 어머니, 누나 오기 바루 전날 근수 형님 왔었어요. 삼일예밴가 뭔가 보러 가신 뒤에요. 내가 그 소릴 안 했었네."

소반 위에다 노트를 펼쳐놓고 앉았던 욱이가 그렇게 이야기 속에 들어왔다.

"그래? 그래 속기학교엔 들어갔다던?"

"네, 들었대요. 그건 됐는데 낮의 일자리가 좀체 구해지지 않는가 봐요. 우울한가 부던데."

끝의 소리는 기애를 쳐다보며 건네었다. 기애는 못 들은 체하고 있었다.

"하긴 팔이 부자유하니 아무래두 더 힘이 들 노릇이지, 똑똑한 총각이지만……."

"팔요? 팔이 어쨌어요?"

기애는 저도 모르게 소리를 질렀다.

"아냐. 보매는 뭐 아무렇지두 않은데 힘줄을 다쳤다나 어쨌다나 팔꿈을 잘 놀리지 못하더구나. 왼편인 것이 천행이긴 하더라만……."

기애는 제대하였다는 근수의, 좀 싱거운 듯이 입가로 웃는 샌님

답던 얼굴을 그려보았다. 그는 기애의 아버지와 친숙하던 부호의 아들로서 기애의 집이 몰락한 이후로도 여전히 허물없이 드나들고 있었다. 더러 조심스럽고 어렵게 여기기 시작한 것은 장씨뿐이었고, 여학생인 기애는 전락하는 환경에 반비례하듯 점점 더 그에 대해 오만한 자세를 취하였고, 그러나 그것은 근수를 싫어해서는 아니었었다. 욱이는 말할 것도 없이 친형이나 된 것처럼 그를 졸라서 여전히 온갖 데를 따라다니곤 하였다. 사변 때 근수는 기애네 집 다락에 숨어 있었다. 그리고 남성으로서 성숙해 가던 그는 확실히 연정의 표시라 볼 수 있는 태도를 기애에게 보였었다. 그러나 그 사랑은 꽃을 피우지 못하였다. 근수의 가족은 근수만을 남기고 전멸하였고, 피난, 근수의 입대, 환도, 기애의 대구행, 하고 너무나 어지러운 변천 가운데 서로의 얼굴조차 보지 못하는 세월이 흘렀다. 한번 장씨가 일선에서 온 편지를 전송해 주었으나 기애는 그것을 뜯지도 않은 채 난로 속에 집어넣어 버렸다. 크리스마스의 무렵이었다. 화려한 의상과 불빛과 흰 눈과 그리고 조오와 더불어 소음 속에서 보낸, 기애에게는 앞에도 뒤에도 없을 암담한 크리스마스였다. 지금 그 샌님이 다시 눈앞에 나타난들 나와 무슨 상관이 있으랴. 작은 일에는 신경이 안 미치던, 덤덤하기만 하던 그가 지금은 고생을 한다지만 그렇다고 자기가 동정을 할 계제도 못 되는 것은 뻔한 이치였다.

그런 일보다는 비나 이제 개어주었으면 싶었다. 주위가 온통 안개에 두루 말려서 산등성이에 밀집해 산다는 감이 더한 것 같았다. 기애는 장씨의 고무신을 끌고, 문마다 빼꼼빼꼼 내다보는 까만 눈들을 곁으로 흘리면서 총총히 들어앉은 판잣집 곁을 지나쳤다. 찔꺽찔꺽 미끄러지는, 본래는 층계처럼 깎이었던 모양인 황토 샛길을 기어오르니까 뭉클하고 풀향기가 몰려들었다. 꽃을 떨군 아카시아의 싱싱한 초록, 우거진 잡초. 다리와 치마를 폭삭 적시면서 함부로 쏘다녀보았다. 벌써 어스름 저녁때였다.

산록을 돌면서 곧장 뻗어온 넓은 길은 여기서는 실낱처럼 가늘어져 가지고 그대로 산허리를 감싸며 기어오르고 있었다. 해방촌의 주민들이 그 길을 따라 속속 돌아오고 있다. 그것은 멀리서 바라보면 일렬의 길고 가는 행렬이 서서히 앞으로 나가는 것 같았다. 기애는 그 길께로 다가가서 젖은 바위 위에 기대어 섰다. 안개 같은 보슬비를 기애가 비라고도 느끼지 않듯이 그들도 한결같이 우장을 갖고 있지 않았다. 그 대신처럼 반찬거리들을 들었다. 지푸라기에 엮어 든 생선 마리, 파, 배춧단. 여인네들 머리 위에는 또 으레 조그만 자루, 상자, 보자기. 놀랍게 빠른 걸음새로 미끄럽고 좁은 산길을 휙휙 지나간다. 그러면서 동행끼리는 열을 올려 사업 이야기, 장사 이야기를 하는 것이었다. 파고드는 듯한 눈길, 여자고 남자고 힘찬 걸음걸이. 거친 호흡. 똑같은 표정이 어느 몸에나 있었다. 기애는 자기도 그 길로 들어서서 반대쪽으로 거슬러 내려갔다. 길 한편이 깎아지른 듯한 벼랑을 이루어, 까마득한 아래쪽에서 연기같이 안개가 피어오르고, 또 더욱 멀리 펼쳐져 가라앉으면서 시가지의 지붕들이 내려다보였다. 겨우 한 사람 지나다니리 만큼 산허리로 다가붙으며 휘어진 그 길이 홱 꼬부라지며 잘쑥 끊기운 모서리는 아슬아슬하게 위험하여서, 기애는 늘어진 나뭇가지를 휘어잡고 간신히 옮겨 서는 것이었으나 책보를 낀 이 동네 아이들은 장난을 치며 예사로 뛰어넘는 것이었다.

문득 기애는 협곡 사이로 주의를 이끌렸다. 시냇물이 소리치며 굴러내리는 까마득한 골짜기를 한 소년이 날쌔게 뛰어내리고 있는 것이었다. 바위에서 바위로 원숭이처럼, 아니 마치 용수철을 튀기듯 갈지자로 뛰더니 어느 바위 그늘로 숨어버렸다. 기애는 서서 보고 있었다. 바위 그늘 쪽에서는 물통을 진 사람들이 걸어 나왔다.

동이를 인 계집애도 나타났다. 그들은 조금 더 평탄한 길을 택하려
함인지 한참을 아래로 내려갔다가 삥 도는 오름길로 들어서는 것이
었다. 식수 때문에 야단이라고 언젠가 장씨의 편지에 적혔던 일이
생각났다.

기애는 그냥 서 있었다. 용수철을 튀긴 듯이 민첩하던 소년이 궁
금하여서였다.

이윽고 소년이 바위 그늘에서 나왔다. 양철통에 물을 담아든 모
양이었다. 반바지하고 언더셔츠만을 입은 그 소년은 팔에 걸린 중
량에도 그다지 제약을 받지 않는 듯 협곡을 똑바로 위로 올라왔다.
돌음길을 위하여 한참을 아래로 내려가지도 않고 곧장 올라왔다.
기애는 혼자 미소하였다. 예기했던 대로였기 때문이었다. 좀 더 자
세히 소년을 보았다.

그리고 그녀는 반갑게 소리를 질렀다.

“애 욱아! 너로구나.”

상수리 숲께로 꺾어들려던 욱이는, 응 누나로군, 하는 듯이 흰 이
를 보이고 웃더니 기애가 서 있는 길 위에로 성큼 뛰어올랐다.

“저리루 가는 게 훨씬 가깝지만 엣다 누나하구 같이 가줬다.”
한다.

“그래 애. 난 너처럼 원숭이가 아니니깐.”

기애는 뒤에서 따라가면서 그렇게 지껄여댔다.

욱이와 이야기를 하고 있으면 어느 때고 마음이 밝아지는 것이
었다. 욱이에게는 장씨 앞에서처럼 허세를 부릴 필요가 없었다. 지
나치게 남의 눈을 의식하고 남의 맘을 이리저리 미루어보며 행동을
하는 장씨이기 때문에 반동적으로 이편은 허세를 부리게 되는데 욱
이에게는 어느 모로 보나 과잉한 감정이라곤 없는 것 같았다. 그는
모든 일에 적당히 무관심하고, 밝고 건강하였다. 수학에 썩 자신이

있어하는 그의 두뇌 구조는 수학적으로 치우쳐 있는지도 알 수 없었다. 혹은 드물게 단순 명쾌한, 축복받은 천질을 타고났을까, 하고 기애는 생각하기도 하는 것이었다.

"무겁겠구나. 좀 붙들어주었으면 좋겠는데."

"아니, 아니 무겁잖어."

"만날 물 긷기 힘들겠다. 정말 미안한걸."

흥 흥 하고 욱이는 코로 웃고,

"어제 체육시간에 장애물 경줄 하는데 아 내가 일등을 했겠지. 나아 원."

하였다.

기애는 깔깔거리고 웃었다.

걸음걸이가 잽싼 사람들이 몇이나 옆을 빠져 앞서 갔다. 기애는 진정으로

"내가 얼른 또 취직을 해야겠는데."

하면서 어느새 빗발은 걷혔지만 보오얀 수증기로 더욱 축축해진 것 같은 산마루께를 바라다보았다.

"취직도 좋지만 누난 얼른 근수 형님하구 결혼이나 하는 게 좋을걸."

중학교 이 학년짜리가 건방진 소릴 한다.

"어머니랑 너랑 어떻게 살래?"

그런 소린 하지두 말아 하는 대신 기애는 놀리듯이 말을 하였다.

"으응 그야 당장 곤란하지만."

하고 돌아보고 웃더니,

"누나랑 근수 형님이랑 다 취직하면 그게 그거지 뭐. 근수 형님은 지금 집두 없거든."

엉뚱한 방향으로 이야기가 빗나갔다. 흥 흥 하고 이번에는 기애

가 코로 웃었다.

"나두 어쩜 야간중학으로 옮기구 낮엔 일할까 생각하구 있어."

쪽 곧은 소년의 뒷다리가 번갈아 앞으로 내어딛는 것을 기애는 멍하니 내려다보면서 아무 소리도 하지 않았다. 집께에까지 와서 한꺼번에,

"불가능한 일이야."

하고 혼잣소리처럼 여러 가지 대답을 해치웠다.

욱이는 기애의 눈 속을 흘낏 들여다보고 찔걱거리는 황토 막바지를 뻔질나게 달려 내려갔다.

취직 자리를 알아보려고 시내로 들어갔다 나온 기애는 손끝을 새빨갛게 매니큐어하고 화장도 옷차림도 눈에 띄게 하고 있었다. 근수의 앞이라서 그것에 신경이 쓰인다기보다도 초라한 판잣집 안에 그렇게 하고 앉아 있는 걸맞지 않음이 자기를 괴롭힌다고 기애는 생각했다. 근수의 눈을 감기고 옷을 갈아입을 수도 없지는 않았지만 그런 동작의 유희다움이 지금은 역겨웠다. 근수를 만나면 한 번은 맛보아야 한다고 이미 각오하고 있던 스스러움이나 상심의 뒷그림자 같은 것이, 오늘 실지로 그를 대하고 보니까 의외에도 격심한 동요를 자기에게 가져왔다는 그 사실에 기애는 초조와 역정까지를 느끼고 있었다. 그는 산에나 올라가 보자고 꽤 퉁명스러운 어투로 말하였다.

아카시아 숲 그늘의 가느단 길을 걸었다. 무성한 숲은 외계의 모든 것을 시야에서 가리고 푸른 잎새와 땅 위에 떨어진 동전 무늬의 고요한 햇빛이 있을 뿐이었다. 새소리가 들렸다.

거추장한 페티코트와 귀걸이는 그래도 얼핏 떼어놓고 나왔지만, 예나 지금이나 근수에게는 그런 일에 신경이 통 안 미치는 모양이

었다. 여자의 옷차림 같은 것에는 여전히 무관심한 근수이지만, 그의 속에서 더 중요하고 근본적인 것에 관하여서는 대단한 변혁이 있었다는 것을 기애는 그의 얼굴과 그의 몸에서 느끼고 있었다.

너그럽고 무던하고 낙천적인 구석이 싹 하니 없어져버린 것 같았다. 그는 고뇌의 실체를 보았는지 몰랐다. 그는 사람이 그것에게 이기지는 못하는 것이라고 깨달아버렸는지 알 수 없었다. 그의 몸과 그의 얼굴의 표정은 '절망'인 것 같았다. 기애의 마음을 날카롭게 움켜잡고 놓지 않는 것도 그것이었는지 알 수 없었다.

'이 사람에게는 내가 필요했나 본데 그런데 나는……'

근수의 왼팔은 말을 잘 듣지 않고, 그는 그것을 쳐들 적에나 쭉 뻗어야 할 적에는 나머지 손으로 받쳐야 하였지만 그래도 그의 균형 잡힌 몸집의 아름다움은 상하지 않고 있었다. 염색한 작업복 소매를 걷어붙이고 있었으나 길쭘길쭘한 사나이의 육체는 매력적이었다.

"대구서는 5공군에 근무했었다구?"

"응."

근무라는 용어가 기애의 귀에 따가웠다.

"난 미군 기관은 싫어."

앞을 본 채 근수는 꽤 세게 그 말을 잘라 하였다. 그것은 기애의 이야기라기보다는 자기 자신 미군기관에 취직하기는 싫다는 뜻인 모양이었다. 어느 편이건 기애는 화가 나지도 않아 웃고 있었다.

"그렇지만 일자리를 구하기란 퍽 힘든걸."

컴컴한 목소리로 그는 그렇게 말하였다. 괴로움이 몸에 밴 듯이 그의 낮은 음성은 몹시 컴컴했다. 기애는 반발을 느꼈다.

'미군기관이 좀 쉽거들랑 거기 하면 어때서……'

그렇게 내쏘고 싶어졌다. 그러나 잠자코 있었다.

나무숲이 중단되며 동그란 잔디밭이 한쪽에 나타났다. 오랜 비에 씻긴 신선한 연두색이 기운찬 햇살 아래 화안하게 펼쳐 있었다.

잔디밭에서 근수는 문득 발을 멈추었다. 기애를 향해 서며, 자기의 마음속을 거기서 헤아리듯 기애의 얼굴을 물끄러미 건너다보는 것이었다. 그러다가 눈이 부신 듯이 깜박거리고 고개를 갸웃하며 웃어버렸다. 좀 싱거운 듯이 입가로 웃는 옛 버릇이었다.

풀밭 가운데로 걸어 들어갔다. 근수는 또 멈추고 기애의 얼굴을 건너다보았다. 입가로 웃지 않고 눈빛도 아까와 같지 않았다. 그는 두 손으로 기애의 손목을 감싸 쥐었다.

"기애, 그동안 나를 잊었었겠지?"

부드럽고 따뜻한 음성이었다. 넓고 든든한, 기애 가운데의 여성이 저도 모르게 기대어버릴 듯한 근수의 음성이었다.

"기애, 기애가 알듯이 나는 여러 가지 것을 잃어버렸어. 생각도 전과 달라져서 어떤 신념에 따라 한 노선을 간다는 일도 못 하고 있는 형편이야. 말하자면 비참한 지리멸렬이지. 그렇지만 내게도 단 하나 꼭 가지고 싶다고 생각해 온 것이 있어. 기애, 알아줄 터이지, 내 곁을 떠나지 않겠다고 약속해 줘. 기애, 날 격려해 줘. 내게는 아직도 아마 용기가 있을 거야."

"……."

"기애! 기애!"

근수의 억센 한 팔이 기애의 등을 끌어당겨 자기의 가슴팍에 묻어버렸다. 목 언저리에 그의 입김이 뜨거웠다. 기애의 머리는 그의 말을 분석하고 있지 않았다. 그녀는 자기를 마비시킬 듯한 이상한 감각 속에서 숨 가쁘게 허덕이며 혼자 생각을 더듬고 있는 것이었다.

'이건 무얼까, 이건 무얼까.'

남자의 육체를 알고 있다고 생각하고 있었지만 여기에는 판이한 무엇이 있었다. 언젠가 오랜 옛날에, 그렇다, 아마도 사변 그때에 다락 속에 숨은 근수에게서 받은 어떤 강렬한 느낌과 이것은 상통하는 것이었다. 그리고 그때는 온전히 깨닫지 못한 이 느낌은 인생의 진실과 어떤 절대적인 관련이 있는 것인지 몰랐다…… 기애의 머리는 빙글빙글 도는 것이었다. 무슨, 꿈에도 생각지 않은 오산이, 막대한 인생의 가치에 대한 오산이, 자기에게는 있었던 것이 아닌가?

'그렇지만 어차피 일은 죄다…….'

기애는 몸을 비꼬아 근수의 가슴을 떠밀쳤다.

"기애, 나를 밀어 던지면 안 돼! 날 사랑해 줘."

목소리가 되지 않는 목소리로 속삭이며 근수는 자기의 얼굴로 기애의 그것을 덮었다.

꼭 무례한 짓을 당하고 화를 낸 사람처럼 기애는 어디다 분풀이를 해야 할지 모르는 표정이었다. 그리고 사실 기애는 화가 나 있기도 했다.

바보! 바보! 난 자격이 없어요, 하고 내 입으로 설명을 안 하면 못 알아보나. 바보, 바보. 그렇잖으면 날더러 내가 그 모양이었었데도 아마 괜찮을 게라는 기대를 가져보란 말인가. 바보. 등신!

집에 돌아왔으나 방에 들어가지도 않고 담장 앞 평상 위에 두 다리를 내던진 기애는 내내 외면을 한 채로였다. 실오라기 같은 무궁화나무 곁에 버티고 선 근수는 그런 기애의 옆얼굴을 깜빡도 하지 않고 뚫어지게 바라다보고 있었다.

나를 경멸하고 있는가? 아무것도 사시시 않은, 팔조차 이렇게 되어버린 나를. 흠, 그럴 테지, 그것은 당연한 노릇이다.

근수의 입가에 눈물보다 더 아픈 미소가 어리는 것을 기애는 보았다. 기애는 더 이상 견딜 수 없었다. 그의 초라함, 그의 설움이 가

슴에 저릿저릿 애달파서, 그 새까맣게 타고 수척한 얼굴을 가슴에
안고 실컷 울고 싶었다. 기애는 평상에서 벌떡 일어났다. 그러나 그
녀는 고작 방으로 들어가서 양말이며 스커트를 난폭하게 벗어 던진
따름이었다. 그리고 다른 옷들을 주위 걸쳤다. 그 모양은 마치 근수
의 손에 닿았던 모든 것을 일시라도 빨리 몸에서 벗겨버리려고 하
고 있는 것 같아 보였다.

무궁화나무께에서 근수는 옷자락이며 기애의 팔다리가 힐끗힐
끗 나타나는 방문 쪽을 여전히 옴짝도 안 하고 응시하고 있었다. 그
의 입가에는 이제 미소도 떠 있지 않았다. 그는 다만 기애의 모든
모습을 뇌리에 깊이 새길 필요라도 있다는 듯이 응시를 계속할 따
름이었다.

그들의 서슬에 가슴이 무너지게 놀란 것은 장씨였다. 그녀는 찾
아온 근수가 무한히 반가웠고, 산에랑 함께 나가는 것을 보고는 분
주히 음식상을 마련하면서 이것들이 언제 오나, 욱이도 그만 돌아
왔으면 하고 언제 없이 마음이 화안했던 것이었다. 장씨는 기애더
러 제발 웃는 낯을 보여달라고 간청하고 싶었으나 그러지도 못하고
근수 편만 몇 번 살피다가 그것도 어려워 그만 부엌 속으로 들어가
버렸다.

"이 애가 왜 여태 안 오누."

장씨는 부뚜막 앞에 서서 공연히 큰 소리로 그렇게 투덜대듯 하
였다.

마침내 근수는 좀 진정이 된 낯빛으로 방문 앞으로 걸어왔다. 그
는 기애에게 하여간 화는 내지 말아달라고 상냥한 인사말이라도 남
기고 싶었는지 알 수 없었다. 그러나 방 안을 들여다본 그는 아무
말도 하지 못했다. 욱이의 책상 위에 버릇 사납게 걸터앉은 기애는
담배연기를 후욱 내뿜고 있은 것이었다. 담배를 끼고, 저리 본 턱을

298

긴 손가락 끝에 길고 빨간 손톱이 표독스러웠다.

근수는 말없이 돌아섰다.

외면을 한 기애의 두 뺨 위로 굵다란 눈물이 흐르고 있었으나 물론 근수에게 그것을 알 필요는 없었을 것이었다.

장씨는 기애와 이야기를 하는 일이 거의 없어졌다. 그녀에게는 딸의 일이 결국 알 수 없어진 것이었다. 무언지 서글프고 믿을 곳 없는 허전함이 예전부터 변함없는 그녀의 차지였다. 운명에 따라 모든 것이 진행되느니라고 그녀는 진작부터 체념하고 있었다. 그리고 그녀 자신의 운명은 남과 같이 밝은 것일 수는 결코 없었고 그 운명에 불만을 품지 말아야 할 것이 하느님의 뜻이었다. 장씨는 더욱 부지런히 교회에 다녔다.

욱이는 슬픔이 깃들인 눈초리로 기애를 가만히 보고 있을 때가 없지 않았지만 말을 걸면 언제나 적당히 명랑한 목소리로 응수하는 것이었다. 어려움에 두루 말리지 않는 사기그릇 같은 매끄러움이 그의 구원일지도 몰랐다.

단지 이만 오천 환의 일자리였지만 기애는 취직을 하였다. 어째서인지도 모르는 도가 넘친 진지함을 가지고 기애는 그 무역회사 일을 열심히 보았다. 어느 날 욱이의 도시락을 쌌던 신문지 구석에서 기애는 조그만 기사를 발견하였다.

'청년이 염세 자살. 넉 달 전에 제대한 육군 중위가.'

이런 제목이었다.

그의 체취도 그의 입김도 느껴볼 길 없는 무정하고 생경한 전갈이었지만 그것의 주인공은 근수가 틀림없었다.

기애는 기사를 찢어서 백 속에 넣었다.

조금 후에 그녀는 눈이 부시게 난한 차림으로 용산에 있는 미군

장교 구락부 앞에 나타났다. 다짜고짜로 책임자를 찾아 자기에게
일거리를 달라고 부탁하였다.

노래도 하고 춤도 곧잘 추지요. 타이프는 물론 비서의 경험도 없
지 않아요. 신체검사표를 내일 가져올까요?

술 취한 것처럼 대어드는 기애에게 능글능글한 미국인은 배를
흔들며 웃었다. 그 밤으로 취직이 되지는 않았지만 기애는 그 장교
와 스윙을 추었다. 그리고 마티니를 반병이나 마셨다. 굽이 삼 인치
나 되는 금빛 구두를 그녀는 신고 있었다.

"보아, 보아."

창턱에다 팔꿈치를 짚고 앉아 기애는 개를 불렀다. 까만 셰퍼드
인 보아는 기애가 여지껏 본 개 중에서 으뜸 사나운 짐승이었다. 담
밖에서 부스럭 소리만 나도 공연히 날뛰면서 으릉대었다. 뜯어물
듯이 날뛰는 그 사나운 소리에는 타협도 자비도 있을 수 없고 그저
무정한 맹렬함이 있을 뿐이었다. 기애는 그놈의 흉포한 모습을 보
고 그 소리를 듣기를 좋아한다.

"당신은 언제든지 명령이 내리면 본국으로 휘딱 날아가 버릴 테
지만 나중 일을 두려워할 건 조금도 없어요."

하얀 데이지가 흩어져 핀 정원으로 내려서면서 기애는 뚱보 미
국인 장교구락부의 하리에게 웃어 보이는 것이었다.

"보아가 날 지켜줄 테니깐요. 도적으로부터 못난 녀석들로부터
그리고 꼬부랑 할머니들 눈과 입으로부터……."

뚱뚱보 하리는 이런 소리를 들을 때면 짐짓 성실한 낯빛을 지으
면서 오오 자기가 그럴 수 있으리라고 생각해서는 안 된다고 하는
것이었다. 기애는 손가락을 하나 세우고서 애당초 곧이듣지 않는다
고 말하지만 그러한 그녀의 눈 속은 조금도 그늘져 있지 않았다. 앞

가슴만을 조금 가린 선드레스의 두 다리를 쭉 펴고 보릿짚 샌들로 힘차게 땅을 딛고 서 있는 그녀는, 투명한 남빛 유리 같은 여름 하늘 속에 자기의 투지(鬪志)를 바라보고 있는지도 알 수 없었다. 기애는 튼튼해지고 어여뻐져 있었다.

어머니 장씨가 검버섯이 새까맣게 돋은 얼굴로 기어오듯 맥없이 돌아오고 있는 것을 하리와 함께 탄 차 속에서 보는 일도 있었다. 무슨 산엔가 기도한다고 올라가면 며칠씩 돌아오지 않는다는 장씨였다. 작은 책보를 옆구리에 낀, 그날도 기도하러 갔다 오는 걸음인지 몰랐다.

길을 가득 차지하는 자동차 때문에 한옆으로 우두커니 비켜섰으나 눈은 먼 곳을 향하고 있었다.

하리가 그렇게 주장한다고 해서 해방촌 가는 길목집을 사게끔 버려둔 무신경의 탓으로 장씨가 항용 그 앞의 큰길은 피하여 멀고 가파른 돌음길을 다니고 있다는 소식은 기애의 마음을 자극하였다.

그러나 기애는 웃었을 뿐이었다.

욱이는 간혹 가다 들러주었다. 지나치게 촉각을 움직이지 않고, 그저 반갑게 누이를 보고 간다는 그의 태도는 여전히 단순한 것이었다.

"어머니는 그게 좋아서 만날 가시는 걸 테니까 넌 별 걱정은 말려무나."

"응 그다지 걱정은 안 해. 해도 소용이 없으니까. 그런데 말이야, 닌 학교두 멀구 밤낮 이머니기 안 계셔서 점심두 못 씨기지구 기구, 그래서 기선이 할머니 집에 하숙이나 할까 생각하구 있는데……."

그런 소리를 하는 욱이는 그러고 보니 좀 여위고 혈색이 안 좋았다.

“기선이 할머니? 기선이는 지프차에 치어서 죽었다며?”

“응 버얼써 전에. 일 년두 넘었지. 기선이 할머니가 자꾸 와 있으라는데 어쩔까?”

기애는 어머니만 오케이하거든 그러려무나 하였다. 기선네는 설마하니 판잣집에서는 안 살 터이고 그것만으로도 욱이에게는 이로우리라 생각되었다.

“응, 어머니는 좋을 대루 하라구 그러셔. 지금 예배당 생각밖에는 없으시거든.”

그렇게 말하고 욱이는 조금 웃었다.

“그럼 됐네.”

“그런데…… 아마 한 육천 환 하숙비를 내야 할 거야. 안 받는다구 그럴 테지만.”

“그럼 내야 하구말구. 내지 뭐.”

“그런데…….”

욱이는 판단을 지을 수 없다는 듯이 망설이는 눈초리로 기애를 쳐다보았다. 기애는 그의 맘속을 이해하였다. 그것은 옳은 일일까 하고 욱이의 머리가 궁리를 하고 있는 것이었다. 부모에게서 떳떳이 받아 쓰는 학비도 아니요 말하자면 색다른 생활을 하는 누나가 주는 돈이었다. 학교에 드는 것은 어쩔 수 없다 치고 그 이상의 요구가 자기로서 옳은 일일까 그른 일일까. 이런 주저로움이 그러나 욱이의 경우에는 그저 의문으로 떠오르는 것이었다. 억압된 수치감이나 이지러진 자존심을 동반하지 않는 까닭에 진흙 구렁에 빠진 것 같은 부담을 쌍방에 주지 않는 것이었다.

기애는 조금 생각하고 나서 대답했다.

“하리한테 의논해서 네 한 달 학비를 정하기루 하자. 저두 꼭 너만 한 동생이 있다나. 자꾸 널 이리 데려오라구 그러길래 어림두 없

302

다구 기숙사에 넣어야 한다구 그래 두었지.”

기애의 이야기는 정말이었다.

그러나 정말이 아니라도 무방하였다. 욱이가 똑바로 자라나 줄 것만이 여기서는 필요한 일이었다.

똑바로 자라나 다오. 그것은 누나처럼, 근수처럼, 그리고 어머니처럼 되지 않는 일이다. 다른 무슨 방법을 발견하는 일이다. 너는 그것을 해낼 소질이 있을 듯해 보인다…….

보아와 잠깐 장난을 치다가 돌아가는 욱이의 뒷모습을 보면서 기애는 이번에는 또 뚱딴지같은 생각을 하는 것이었다.

'하리가 지금 당장 어디루 가버린댔자 나는 꿈쩍도 하지 않을걸. 백 번 팽개쳐진댔자 꿈쩍도 하지 않을걸…….'

달오는 산으로

  민달오(達五)의 생애의 우스꽝함은 그 포인트가 어디에 있었다고 할지 얼른은 말하기 어렵다. 가지가지의 요인이 합쳐져서 결국은 '그'라는 인물이 우리 앞에 있었던 것이겠지만 그의 언동뿐 아니라 형편 그 자체도 늘 뭔가 우스운 느낌을 수반하던 것은 그 외관의 탓도 있었다는 말은 적어도 해도 좋지 않을까 한다.

  인간은 만물의 영장이라는 설이 있어서, 과연 그래서인지, 심각해 보인다든가 아름답고 고상한 감이 흐른다든가 사려 깊고 슬기로워 유능함직하다든가 하는 풍모가 더러더러 엿보이는 법이었으나, 달오는 전혀 그렇게 생겨 있지가 않았다.

  오직 초라하니 보잘 것이 없어서 공연히 누구에게나 우월감을 가지게 만들었다. 그가 이십 안팎일 때 코밑에 돋아나서, 이래 주욱 변함없는 모양을 유지해 온 노랗고 약간 연두색이기도 한, 꼭 옥수수털 같고 성깃성깃한 수염이나, 같은 질감의 다만 조금 검고 푸석푸석 마른 머리터럭이나, 왠지 늘 꾀죄죄한 눈이나 납작한, 있으나 마나한 크기의 코 같은 것은 인간의 위엄이라는 것을 전혀 외면한 모양새를 하고 있어서, 보는 쪽이 슬몃 무안해지기까지 하는 것이었다.

그 탓인지 어떤지 그가 등을 비기고 사는——좀 더 구체적으로는 달오네 판잣집이 그 뒷 담장 밑 축대에 한 면을 의지하고 있는 S장관네 엽견은(이것은 매우 기품 있게 잘생긴 개이고 이름도 에드워드라고 왕 같은 것이 붙어 있었는데) 장관이 사냥을 가려고 해서 집 밖에 내놓여지는 때면, 포도 위에서나 승용차에 의젓이 실려 앉아 주인을 기다리면서, 구경 나온 달오를 사뭇 신기해하며 바라다보는 것이었다. 다른 사람이 있어도 달오만 보았다.

하나 무엇보다도 결정적이던 것은 그의 입모습이 아니었던가 싶다. 이가 잘못 났는지 잇몸 탓인지, 그의 좀 튀어나온 입은 그의 감정을 정당하게 전달하지 않아서, 그가 뭔가 말을 하려고 입을 벌리면 어느 때를 막론하고 헐렁헐렁 웃고 있는 것 같은 형상이 되는 것이었다. 열다섯 살 때 그는 하나 남은 혈육인 모친을 잃고 퍽이나 섧게 울었는데 그때 그의 고용주인 자전거포 주인은 녀석이 잘못되어 실성을 한 줄로만 잠시 동안 알았었다.

여러 가지 불운에 시달리면서 그가 맛본 비참은 결코 누구 못한 것이 아니어서 그 설움이나 절망을 그도 역시 표정에 나타내었는데, 많은 경우 그가 얻은 것은 위로와 격려이기에 앞서 실소(失笑)들이었다는 일은 이리하여 어느 만큼은 하는 수 없는 노릇이기도 하였다.

외모도 그중의 하나겠지만 누군가의 생존의 여건으로 주어진 조목들이 너무도 안 좋고 불리하기만 할 때 보기에 딱하고 한심하고, 그 한심함은 지나치면 우스꽝함으로 통한다. 사람의 성이 잔악해서만이 아니라 어이가 없으면 끝에는 웃어버리게 마련이니까. 달오가 그 밑에 태어난 별은 필시 꺼먹꺼먹 꺼져가는 빈약한 돌부스러기였을 것이 틀림없어서, 이 일에도 인간의 자랑스러움보다는 그 반대의 것을 맛보기 십상인 것이었다.

민가라는, 정승판서나 영의정 정도가 문제가 아니었을 귀족적인 조상들을 가졌음직한, 뼈대라는 훌륭한 것이 있음직한, 성씨를 소유했음에도 불구하고 달오는 가난뱅이 막일꾼의 아들이었을 뿐이었고, 뼈대니 살점이니에 관해서는 들어본 적도 없었다.

그의 양친은 목에 거미줄을 치지 않게 하기 위해 죽기를 한하고 버틴 것이 고작인 그런 인물들이었다. 자식만 더럭더럭 아홉이나 낳았으나 달오 말고는 한 명도 건지지를 못하였고, 그러고는 고생스러운 나머지 자기들도 차례로 죽고 말았다. 달오는 열 살이 채 되기 전에 남의 집 밥을 얻어먹는 쓰라림을 배웠고, 학교에도(국민학교에도) 제대로 다니지를 못하였고, 호강이라는 것은 하나도 못 해 보고 어른이 되었다.

어른이 되고 나서는 막걸리 맛을 익혔다느니 장가를 들었다느니 가끔은 노름도 했다느니 해서 경험의 범위가 늘기는 하였지만, 막걸리라는 것은 술 중에는 최하급의 물건이요, 여편네는 살짝 곰보인데 심통이 사나워서 도무지 그의 심신을 기쁘게 해주지 않는 위에, 그녀가 십 년이나 벼른 끝에 낳아놓은 애녀석은 지지리 못나 학교 성적은 꼬라비요, 일주일이면 닷새는 애들에게 얻어맞고 킹킹 울며 돌아왔다.

노름에서는 지기만 하였고, 요컨대 이리저리 채이고 짓밟히며 밑바닥을 기어기어 살아가야 하는 그의 형편에 대차(大差)는 생기지 않았던 것이었다.

누구 하나 도와줄 만한 사람도 없고 돈도 없고 재간도 없고——하는 것이 그가 이 땅덩이 위에 내던져진, 말하자면 여건이었지만 다만 한 가지 그의 성질 자체는 매우 활발한 바 있어 감정 상태는 항상 지나칠 만큼 탄력을 지니고 있었다.

쓸모짝 있는 일 없는 일에 달오만큼 매한가지로 흥미를 느낀 인물은 드물었을 것이다. 그는 그 인생의 많은 부분을 시덥잖은 호기심으로 할애하였다.

대연각이 불났을 때 그는 어린이회관 앞에 통금 팔분 전까지 지키고 서 있었고 다음 날 새벽에는 자기가 내무장관이기라도 한 것처럼 현장을 순찰하였다.

경비원이 발견하고 그를 끄집어내어 줄 밖에 밀어 던졌지만 그 뒤에는 소사한 시체를 안치한 병원들을 몇 나절 일도 쉬고 찾아다녔다. 시체를 둘러싸고 인수인계에 말썽이 생겼다는 소문을 듣고 그 진상이 궁금하였던 것이다.

뭔가가 잘못되어 잘못 지어졌다는 건물 때문에 억울하게 식구를 죽인 사람들이 그 유해나마 제대로 찾아갔는지, 조위금을 탐낸 깡패 같은 것들 손에 떨어졌는지 알아본다는 일은 그에게는 매우 중요한 문제였다.

전에 학생들이 데모를 했을 때는 끌려가는 광경이 참혹하더라는 한길 쪽의 말소리를 귀에 담고, 점심 숟갈을 내려놓고 보러 갔다. 이때는 장소를 잘못 알아서 동대문 밖 쪽으로 냅다 뛰었던 탓으로 아무것도 못 보고 허탕만 쳤었지만.

그가 그 사십오 세의 평생을 통하여 적잖은 수의 각종 직업에 종사했었으리라는 일은 쉽사리 수긍이 가는 바지만 그중에서 가장 그의 구미에 알맞고 몇 번 그만둔 일은 있었으나 다시 또 붙잡고 마지막까지도 해온 직종은 리어카를 끌고 다니며 외치는 '파쇠나 고물' 장수였다.

그는 눌러 찌부러진 듯한 낮은 목청밖에 갖고 있지를 않다. 그렇

지만 기운껏 뽑아 올려 볼라치면 동네 사방으로 울려 퍼지지 않는
것은 아니었다. 때때로는 아주 멋지게 가락이 풀려나기도 하였다.
그러면 그는 기분이 좋은 나머지 스르르 반쯤 눈을 내리감고 장단
맞춰 소리를 내는 일에 열중하여, 신문지 사가라고 부르는 소리도
못 듣고 대고 리어카만 밀고 가는 것이었다.

진종일 여기저기를 돌아다니며, 남들 사는 형편을 구경하고 헐
값에 내놓는 구지레한 파물들에도 이루 흥미가 생기는 그 장사는
그의 취미와 일치했다.

어느 해 여름 그 날벼락 같은 판잣집 철거의 소동만 일어나지 않
았던들 그는 그런 모양으로 그런 대로 자족한 마음으로 그날그날을
보내며 아직 무사히 살아 있었을지도 모를 일이었다.

때때로 탁배기쯤 마시거나, 거나한 김에 심술통 마누라에게 나
가라고 큰소리쳐 보았다가 나중 혼이 나 울기까지 하거나, 고물에
휩쓸려 나온 양담배를 만족스레 피워 물어본다거나 하며 지내고 있
을지도 모를 일이었다. 혹은 상품을 정리하면서 행여나 무슨 희한
한 물건이——이를테면 두 돈짜리 금반지 같은 것이 뚝 떨어져 나오
지나 않나 하고, 한 번도 들어맞아 본 적은 없으나 또 한 번도 저버
리지도 않았던 기대 같은 것을 즐기면서, 벌어먹고 살았을지 모를
일이었다.

남방셔츠를 빨아 입고 이발도 하고 애녀석의 학교에 ‘참관’을
하러 가서,

“민학구!”

하고 선생님이 호명을 해도 미적거리고만 있는 애놈 대신,

“네에!”

큰소리로 대답을 해놓고는,

“야 인마, 민학구야. 선상님이 부르시는데 예 하지 못해?”

복도 밖에서 창 너머로 주먹을 내밀어 자모들을 웃기기도 하였을 것이었다.

한데 그날의 철거 소동은 달오의 인생 항로를 대폭 바꾸어놓았다.

첫새벽부터 기동경찰대와 옥신각신 충돌이 벌어져 다치는 사람도 생기고 하는데, 달오도 갈쿠리를 들고 분투를 하였지만 저녁 무렵에는 트럭들에다 뜯어낸 널빤지, 솥, 독개그릇들을 실어얹고 인간들도 한켠에 올라앉아 부릉부릉 떠나는 대열 속에, 불가불 그의 일가 세 식구도 끼어들어 있었다. 시에서 마련해 준 '보금자리'로 향해 가는 것이었다.

"빌어먹을 놈들, 죽일 놈들."

하고 종일 욕을 하고 있었지만 산비탈 아래를 실리어 가면서는 그러기를 그치고 앞날에 뭔가 좋은 일이 있을 듯한 희망을 가슴에 품었다.

"징징거리지 마. 거기가 더 좋은 델지 누가 알아?"

그는 퉁퉁 부어 앉아 있는 마누라에게 타일렀고 여편네는,

"이이그 주책바가지, 좋은 데 좋아하네."

눈을 허옇게 흘겼다.

외딴 산을 깎아 그래도 택지랍시고 대충 다져놓은 황토 바탕 위에 수백 세대는 내려놓여졌다. 뜯어 갖고 온 널빤지들과 시에서 보조해 주는 물자로 집을 지을 판이다.

달오는 경치 좋은 데를 골라잡는다고 산 너머 가상이에다가 터를 정했다. 북향이라고 모두 싫어들 하여, 너무 늦게 며칠 뒤 도착한 서너 세대 말고는 이웃도 없는 형편이었다. 여편네는 미쳤지 미쳤어 하고 며칠을 두고 투덜대었다.

그리고 이 년, 달오의 예감 비슷한 것은 적중해 떨어졌다.

그는 심술만 부리는 여편네를 얼마 신뢰하고 있지 않았으므로

벌이 가운데에서 조금씩 떼낸 돈을 노상 몸에 숨겨 지니고 다녔었
다. 그것으로 반년에 칠천 원씩 내라는 땅값을 어렵지 않게 지불해
왔다. 뿐만 아니라 다소 무리는 하였지만 옆집과 옆옆집의 터값까
지 물어내 준 것이었다.

물어내 준 것이 아니라 정확히는 그것조차 죽인대도 낼 힘이 없다
고 사정사정 매달리는 그들 때문에 결국 권리를 떠맡은 폭이었다.

그 일이 추진되어 나갔을 때 달오는 복덕방 출신인 유영감을 입
회시킨 자리에서 조건을 내었다.

"그 집에서들 그냥 눌러 살라구. 사는 동안은 살아도 좋은데 단
지 말이야, 우리집 저것한테 이 소리는 말아요. 그럼 집세 내놓으라
고 지랄일 테니까."

유영감이 그 취지의 각서를 써서 교부하였다. 사람 셋이 하나 앞
에 이백 원씩 구전을 내었고, 모두 각기 흡족스럽게 생각하였다.

한데 이 년이 지나자 변혁이 일어난 것이다. 볕 바른 남향 판으
로가 아니라 산 너머 이쪽에 기적이 생겼다.

고속도로가 멀지 않은 지점을 통과하리라는 소식은 진작 전해지
고 있었지만 바로 달오네 집 앞 저만큼에 '인터체인지' 라는 것이
생긴다는 것이었다.

"그런 게 생기면 벨수 있을라구."

"아니 이 사람아, 그걸 말이라고 하나? 인타첸이 생기면 요기 바
로 요 모퉁인 달걀 노란자일세. 한강으로 바로 빠지는 길목이것다,
값이 다락같이 오를 거니 두고 보아."

유영감은 흥분해 풀풀 뛰었다.

정말 땅값이 올랐다. 놀랍게 껑충 올라갔다. 영감이,

"이때다!"

하고 소리친 순간, 서울의 부동산 업자라며 나선 작자에게 팔아넘

졌다.

"오름세가 있는 법이고 또 내림세가 있는 법이네."

"거야 그럴 테지요."

"거야 그럴 테지요가 아니라구. 오른다 오른다 하고 보고 있으면 언제까지 무한정 오르는 줄 아나? 그렇게 안다면 큰 오핼세."

"그럼 어째야 옳지요?"

"그러기 앞으로 한 뼘만큼 오를 기세가 남아 있더라두 눈 딱 감구 턱 내놓아야 하는 법이다 이 말이지."

"그래서 팔았지 않우."

"그게 잘한 노릇이지. 썩 잘한 노릇이지."

"그럼 그런 거겠죠."

"정말이라구."

유영감은 부동산 업자로부터 섭섭잖을 만큼 구문을 먹었고, 그래서 그만 마다고 하는데도 달오가 또 좀 쥐어주었고 하여 만족해 있었고, 집 얻어 들어 있던 치들도 이렇게 된 이상 군소리는 않겠다고 눈물을 머금고 물러날 각오를 세웠는데 달오는 그들에게도 집을 뜯어 옮기라고 비용을 넉넉히 나누어 주었다.

사실 그렇게 선심을 썼더라도 그의 수중에 굴러 떨어진 돈은 삼십칠만 오천 원이나 되었으니 세상이 뒤바뀐 듯 느껴지지 않았을까?

살림을 산 너머로 옮겨놓고서 달오와 유영감은 매일 쑥덕공론을 하였다.

한판 크게 치자고——다시 말해 요즘 값이 뛰고 있는 토지 중에도 특히 폭등함 직한 '알맹이'를 골라 투자를 해두었다 한 뙈기 단단히 잡자고 계획한 것이었다.

"토지가 이제부터라도 한참 재미있을 거로구만. 재미있을 거야."

"재미있을까요?"

둘이 안 간 데가 없을 만큼 서울 주변을 돌아다녀 보았다. 몇 십 정보의 임야라느니 평당 십오만 원 이상의 택지라느니 하는, 보아야 소용없는 물건들까지 훑으며 돌아갔다. 시청에도 몇 차례나 갔었고 무슨 전시실, 안양 군청에까지 들렀었다.

그러고는 드디어 유영감이 결단을 내렸다. 틀림없이 달걀노른자일 것이라는 지점을 가리켰던 것이다.

"내 생각은 그렇네. 하지만 작정은 자네가 하게. 자네 재산이니까."

"합시다 해. 무조건 해요."

아담한 야산 반쪽이 민달오의 명의로 등기가 났다.

이제는 값이 뛰기를 기다릴 뿐이다.

뛰었다. 세 배, 네 배, 다섯 배로까지 뛰어올랐다. 그러고도 멈출 줄을 몰랐다.

신문에 조사되어 나온 것을 본즉 일 년인가 그 어간에 일곱 배 내외로 앙등하였다는 지역 안에 달오의 야산은 끼어 있었다. 그렇다면 이백만 원 이상으로 둔갑을 했다는 이야기이다. 팔려 들면 작자를 만나기도 어렵지는 않을 것 같았다.

달오가 그간 시내까지 '통근거리'가 먼 탓도 있고 하여 끌다 말다 하던 리어카를 아주 버려버린 것은 이때였다. 신분이 이제는 그렇잖이 되었다고 생각한 것이었다.

남겨 가지고 있는 현금 얼마인가를 곶감 꼬치 빼먹듯 다 먹어 치우면 그 뒤의 생활은 어떡헌다? 하고 그런 맘도 들기는 들었지만 아무튼 고물장사를 하고 있을 수는 없었다.

"야, 학구야아."

하고 그는 아들을 불러 앉혔다.

놈은 시적시적 마주 오더니 삐뚜름히 돌아앉아 코를 빼고 아래만 내려다보고 있다.

"인마, 너 대핵교 가구 싶지 않어?"

"……."

흐릿한 동자를 잠깐 들었다가 도로 떨군다.

"크면 대핵꼴 들어가야 할 것 아니냔 말이다, 인석아. 남방 소매를 턱 걷어붙여 입구 공책을 몇 권, 웅, 이렇게 손에 들구설랑……."

"……."

"아부지가 보내주마. 보내줄 거니까 공부 자알 하라 이 말이다. 숙제도 하고. 알겠냐?"

녀석은 씨익 웃고 이마 너머로 아비를 치올려보는데 눈깔 모양이 한결 친숙한 빛을 담고 있었다.

"대핵교는, 에이그 주책이지, 주책."

여편네가 또 멋대가리도 모르면서 비웃었다.

'재산'이 이만큼이나 불어났으니 한 바퀴 더 돌려 바꿔치기를 하면 어떨까 하는 궁리가 떠올랐다. 꼭 그래야 될 것 같아졌다.

유영감네로 건너가 보았다. 명참모는 앓아누워 있었다.

"웬일이시우, 아저씨."

"내가 고뿔이 난 모양이야. 한 이틀 지나면 나을 테지. 일어나거들랑 그 땅, 내가 천거해 자네가 산 그걸 나가 보고, 시세 돌아가는 기미도 알아보고, 그리고 이참에 자알 생각을 해보굴랑……."

한 번 또 움직여보자고 말하였다. 영감은 음성이 목에 잠기고 얘기를 하기가 힘들어 보였다.

"급할 것 없으니께 천천히 합시다요. 누가 목덜밀 잡으러 오는 것도 아니고. 조리 잘 하세요."

"목덜밀 안 잡아도 물건에는 오름세가 있고 또 내림세가 있고……."

“알았에요. 조리하시라니깐요.”

돌아오다 닭 한 마리를 사서 들여보냈다.

다음에 가보니까 영감은 닭을 고아 먹었노라고 하였지만 얼마 기운이 돋아난 것 같지도 않았다. 노인네니까 고뿔도 선선히 물러가지를 않나 보다고 그렇게 여기고 있었더니 영감은 그냥 죽고 말았다.

원 세상에, 이런 놈의 일이 있나.

허무맹랑해, 장사를 치르고 날이 흘러가도 자꾸 그 생각만 하고 있는데 '부동산투기 억제세' 라는 것이 시행된다는 소리가 들려왔다.

달오는 귀 하나는 밝아서 소식을 얻어듣기는 잘하였고, 또 신문 같은 것은 애써 뜯어 읽어봐도 세세한 영문을 못 알아차리는 수가 많았지만 이상하게도 사람이 입으로 말하는 것을 들으면 웬만큼 어려운 전문용어 같은 것이라도 눈치로 때려잡아 가며 얼른 내용을 파악하였다. 땅값이 이제 오르지를 못하고, 오르기는커녕 뚝 떨어져 내릴 것이고, 매매도 어려워진다는 거로구나 하고 대뜸 짐작을 짚었다.

'그 아저씨가 살아 기셨으면 좋은데…….'

달오는 그 언뜻 보면 빙긋대고 있는 것 같은 얼굴로 슬퍼하면서, 재산 문제도 문제려니와 유영감을 새삼 그리워하였다. 유영감은 이 세상에서 달오를 이롭게 해준 아마도 단 한 명의 인물이었던 것이다.

'억제세' 로 마음 한 귀퉁이를 눌린 채 그는 다시 일을 하기 시작했다. 도로공사를 하는 노동판에 나갔다.

'그건 저금해 둔 셈이나 치자. 백만 원, 아니 한 오십만 원짜리야 언제라도 안 될라구.'

그것으로 학구를 중학, 고등학교에 보낸다…… 저 먼저는 대학교 이야기를 했었지만 그건 아직 먼 훗날 일이고…….

유영감이 불러준 것이라는 생각도 있고, 그런대로 반쪽짜리 야산은 그의 마음을 밝혀주는 등불이었다.

세월이 흘렀다.

갑자기 '개발제한지구'라는 것이 나라 이름으로 발표되고 그 지역 안에 들어 있는 한은 그 위에 건물도 못 세우고 무엇을 어쩌지도 못하고 단지 푸른 나무가 자라 있는 그대로 들이 펼쳐 있는 그대로 바라다보고만 지내야 한다는 것이었다.

"그렇담 땅으로서의 명맥이 뭐냐? 국유지는 괜찮을 거다만 개인 소유루다는 우거지 값도 못 받게 됐다 이거 아니겠어?"

빈민촌 사람들은 라디오를 들었다며 떠들어대고들 있었다.

"그게 그러니께 아마 그리 되는 거겠지."

"그래두 그럴 리가 있나? 내 땅이 내 땅인데 거기서 닭도 치지 마라, 밭도 부쳐 먹지 마라, 집을 짓고 살아서도 안 된다, 그럼 그게 어디 내 땅인가?"

"내 땅이고 네 땅이고 나라에서 큰눈으루 보아보니깐 두루 넙다 지저분한 집들만 늘어나지 녹지대는 부족하지 하니까 정부 시책상 그렇게 하는 것 아니겠는가. 그걸 알아야지. 내 생각만 해서덜 쓰나."

"하긴 내가 임야를 가졌으니 답답할까 산을 덩어리째 먹었으니 걱정일까."

개발제한지역에 관한 조치의 내용을 깡그리 이해한 때 달오는 이를 내놓고 히히 웃었다.

실은 웃은 것이 아니라 충격을 받은 나머지 신음소리를 낸 것이었다. 유영감이 점지해 준 그 장소는 그린벨트 가운데서도 옴짝달싹할 수 없는 아주 한복판에 박혀 있었던 것이었다.

"그런 데에 걸린 눔으 땅은 아무도 사려들지도 않을 테지?"

“거저 준들 뭐하겠어.”

“아니 그게 그렇지만…….”

사람들은 법령을 신기해하고 있는 것 같았다.

달오는 이번에야말로 팍삭 기력을 잃고 말았다. 끙끙 앓는 소리
를 하며 끈으로 이마를 동이고 누웠다.

“어디서 무슨 병이 걸려와 가지고 이 꼴유? 어서 벌이를 해야 먹
고 살죠, 벌이를.”

옆에서 바가지를 긁어대는 것을 들어도 히 하고 이빨을 내밀 뿐
으로 대꾸도 하지 못하였다. 이럴 수가, 이럴 수가, 하고 유영감이
죽었을 때 모양 속으로 중얼대기만 했다.

학구가 가끔 놀다 말고 방에 뛰어 들어와 앞짱구의 머리통을 기
울이고서 아비를 내려다보고 있곤 하였다.

월여의 신고에 찬 시일이 흐른 뒤 달오는 그러나 다시 털고 일어
났다.

단념하려야 단념하기 어려워 뿌우뿌우 한숨을 내뿜고 여편네에
겐 지천으로 수모를 받아가며 골병을 앓았었지만 간신히 제 마음을
가라앉힌 것이었다.

‘오냐 억울은 하다만 원체 내 주머니에서 나간 돈은 팔만여 원뿐
이거든. 나머지는 일테면 공꺼였지. 공꺼였으니까 그쯤 알고, 꿈 한
자루 꾼 셈치고 그러니께 잊어버리는 놈의 수밖에 더 있겠어?

고물장사를 착실히 할 셈으로 시내에 이사를 하였다.

S장관네 뒷담 밑 축대에 붙은 판잣집을 만 이천 원 주고 사서 들
었다. 널빤지들이 세워진 땅은 시 소유요, 주택가인 이 동리에 이
따위 집은 또 없었지만, 환도 직후부터 그러니까 장관네 건물도 들
어서기 전부터 벌써 거기 그렇게 서 있었다는 권리(?)가 있었고, 또

고관네쯤 되고 보면 뜯어가라고 흩두들겨 내기도 오히려 어려운 면이 있어, 그리고 또 뒷담 밑이라 실지로는 장관의 눈에 뜨이지도 않고 하여, 그럭저럭 안전히 지낼 수는 있었다.

방문 앞에 선 전주에서 선을 끌어 등불도 켜 있었고 수도물을 대어주는 집도 먼저 살던 사람 말대로 이웃에 있었다. 달오는 부지런히 일했고——호기심이 매우 세게 발동하지만 않으면 언제든지——생활비를 아껴서 몸에 품고 다니는 액수를 기쓰고 늘렸다. 이사 오던 날 학구란 놈이,

"아부지, 나 대핵교 보내준댔지?"

당최 말이 없는 놈이 희귀하게도 제 편에서 한마디 말을 걸어온 일이 뼈에 사무쳐 있었던 것이었다.

늘 비슷한 시각에 리어카를 세워놓고 한숨 돌리기로 하고 있는 버스 종점 은행나무 밑에서 그는 가끔 그 돈 셈을 해보았다. 물론 현금을 꺼낼 것까지는 없고, 공중 외웠다.

어느 날 길 건너편을 보니 은행이 새로 개점을 하고 있었다.

알루미늄과 유리와 대리석으로 만들어진 언저리가 기분 좋게 산뜻하였다.

깍듯이 신용도 있을 것이었다.

다음 주일 달오는 유리문을 밀치고 들어가 예금통장을 받아 쥐고 나왔다.

그러기로 정한 것은 참 잘한 노릇이었다. 예금을 하면 이자가 붙는다. 돌아다니다 떨굴 염려도 적고.

하루가 멀다 하고 달오는 은행에를 드나들었다. 창구에다 이삼백 원, 오백 원, 천 원씩 들이밀었다. 유리문을 나설 때에 그는 흰 이를 드러내고 있었지만 그것은 슬퍼하고 있는 얼굴이 아니고 진짜 웃고 있는 얼굴인 것이었다.

팔월 삼일에 사채(私債) 동결 긴급명령이 내리고 사흘째인가 되던 날 달오는 세무서에 가서 신고를 마쳤다.

이자라는 문제에 눈을 뜨고 보니까 은행 예금보다는 사채를 주는 편이 훨씬 낫겠으므로 있는 것 전부를 긁어모아 십만 원을 귀를 맞춰 남을 빌려주었던 것이었다.

유영감의 영향인지 그는 복덕방을 하는 사람에게 호의가 기울어, 상대방도 복덕방 주인인 진주사였다. 은행나무가 있는 종점 근방에서 복덕방 그러니까 소개업을 벌이고 있을 뿐 아니라 가락국수집도 경영을 하였다. 하니까 훌륭한 기업체이다.

진주사는 사귄 지는 그리 오래지도 않았지만 사람이 무던해서 이런 일을 기화로 남을 망쳐놓자든가 하는 심보를 갖고 있지는 않았다. 하지만 신고를 않으면 채무자도 채권자도 함께 처벌을 한다니 어찌 법을 거역할 수 있겠는가.

"삼 년 거치 오 년 상환. 삼 년 거치 오 년 상환……."

달오는 걸어가면서 중얼중얼하였다. 다리가 후드르르 떨렸다.

죽자고 벌이를 하면 굶어죽을 지경은 그야 아니다. 지금까지도 살아는 왔다.

하지만 그는 그의 기쁨을, 그의 보람을, 여러 번 너무도 세찬 손길로 박탈당하곤 하였으므로 이제 여기에 이르러서는 앞이 캄캄하고 가슴이 꽉 막혀버린 것이었다.

걸음을 옮겨놓기가 몹시 힘들었다. 식은땀이 주룩주룩 흘러내렸다.

사흘 밤 사흘 낮을 잠도 안 자고 먹지도 마시지도 않고 장사도 물론 안 나가고 달오는 고민에 싸여 웅크리고 있었다.

"신경쇠약."

이라고, 만약 의사가 진찰을 하였다면 말하였을 것이었다.

급격한, 위험을 동반하는 신경증세라고.

하나 달오는 의사의 진찰을 받지는 않았고 대신에 여편네의 악다구니만 들으며 쭈그리고 있었다.

여편네는 들락날락하면서 생각나는 대로 잔소리를 퍼부었고 어떤 때는 바빠서 입을 닥치고 있기도 하였지만 기실 달오가 그 몇 마디에라도 귀를 기울였었는지 어떤지는 의문이다. 그는 한 번도 입술을 덜썩하지도 않았고 여편네 쪽을 보지도 않았다.

하룻밤 달오는 집을 나가 돌아오지 않았다. 마지막 나가던 때 문지방 앞에서 학구를 만나, 놈은 씨익 웃고 쳐다보았지만 여기에도 달오는 시선을 주지 않았다.

버스길 약방에서 쥐약을 사가지고 남산으로 올라간 달오의 일을 개의한 사람은 사실 이때 아무도 없었다.

민달오의 생애의 민망쩍음을 한마디로 말하기는 물론 힘들지만, 굳어 뻗은 그의 몸뚱이가 상금 숲새에서 발견되지도 않고 있던 십일, 달오의 사채 따위 삼십만 원 미만짜리는 즉각 동결을 해제하여 문제 밖으로 내놓는다는 특례조치가 취해졌다는 공교로움에서도 느껴지듯이, 첫째로는 물론 그 자신의 못났음에 연유하는 일이었겠다.

못났으면서, 그러면서 또 감정은 팔딱팔딱 뛰고 있었다는 거기에 연유하는 일이었겠다.

그와 같이 우스꽝하게 생기지 않았고, 그와 같이 바보스럽게 죽지 않은 사람들이 세상에 가득 차 있는 것만 보아도 이 일은 쉽사리 이해할 수 있는 노릇이다. 하기는 물론 그것만이 이유의 전부는 아니었겠지만……

상(像)

　　문야(文也)가 아침에 눈을 떴을 때 노란 햇살은 이미 환하게 세상을 내리비치고 있었다.

　　그는 곧 방문을 열고 밖으로 나왔다. 마당 끝 낭떠러지에서 저 건너편 솔밭까지 널따랗게 펼쳐져 있는 하상(河床)으로부터 엷은 김이 올라오고 있었다.

　　둥글고 데글거리는, 더러는 문야의 이불을 펴도 넉넉할 만큼 큰 돌이 가득 깔려 있는 하상은, 한가운데쯤에 물이 흐르고 있어, 김은 거기서 올라오고 있는 것이다. 물은 뜨뜻미지근하고, 바로 바닥에서 더운 물이 솟는 근방은, 깜짝 놀라도록 따가운 데도 있었다. 그런 장소는 발을 담가보지 않아도 이내 알 수 있었다. 둘레의 돌멩이가 퍼런 이끼를 뒤집어썼거나 맑고 잔잔한 모래가 바닥으로부터 뱅뱅 돌며 솟구쳐 오르는 것이 환히 보이기 때문이었다.

　　뒷산이 어떻게 되어 있나 보려고 그는 몇 발짝 앞으로 나갔다. 그리고 눈을 찌푸려 깜박이며 토끼 할멈네 지붕 너머로 그 편을 보았다.

가는 소나무가 듬성듬성 자라난, 그런데도 언제나 침침해 보이는 뒷산은 흐릿한 안개 같은 것에 덮여 있었다. 조금 있으면 아지랑이같이 아물거리는 것이 거기서도 오르기 시작하고, 땅 위의 모든 것은 그 아지랑이 같은 열기와 노란 햇살에 눌려 숨도 제대로 못 쉬게 되는 것이다.

낭떠러지 밑에서 닭이 울었다.

홰를 치고는 꽤꽤애 하고 한 번 더 길게 뽑아낸다.

문야는 아직 잠이 덜 깨어 중심이 안 잡히는 걸음걸이로 마당 끝에 가 닭을 내려다보았다. 그가 짐작한 대로 홰를 치고 운 놈은 갈색에다 빨강과 남빛의 털이 섞인 수탉이었다. 허연 놈은 멀찌감치 떨어진 데서 모이를 주워 먹고 있었다.

'누런 놈이 거만하긴 제일이야. 장군처럼 가슴을 턱 내밀고 있지. 그렇지 목소리는 허연 게 더 멋있어.'

문야는 그런 생각을 하며, 밤에도 입고 잤기 때문에 옆으로 주름이 잡히고 말려 올라간 짧은 바지 주머니에 두 손을 찔렀다. 여기 와서 그는 그렇게 손을 찔러넣고 섰는 버릇이 생긴 것이다.

모이를 쪼던 흰 수탉은 무슨 생각에서인지 냇물 쪽으로 띠룩거리며 달려갔다. 장군 같은 갈색 것은 한동안 빨간 눈으로 그쪽을 보고 있다가 갑자기 자기도 따라갔다. 그것은 어제 문야가 앞장서 뛰어넘던 돌들이었다.

어제 아침 뚱뚱한 목사님과 또 다른 한 사람이 문야의 할머니를 보러 왔을 때 내까지 내려가 보자면서 문야에게 어디로 가야 하느냐고 물었던 것이다.

목사님은 단장 끝으로 흐르는 물을 가리키면서

"물이 더우니까 고기는 살고 있지 않지. 너 그런 이칠 아니?"

그런 말을 했었다.

목사님은 한마디를 할 때마다 온 얼굴로 웃었다. 뚱뚱하고 컸지만 살이 평평하지는 않았으므로 그 웃음은 얼굴의 주름 속에 접혀 들어가 거기서 흔들리고 있는 것처럼 보였다.

맑고 깨끗한 냇물이라도 고기가 살고 있지 않는 까닭을 문야는 저절로 알고 있었지만 듣고 보니 정말 더욱 그럴듯하게 여겨졌다.

'그렇지, 물이 더우니까 고기는 살고 있지 않지…….'

담뿍 웃음을 담은 목사님은 말을 다 하고도 그대로 문야의 얼굴을 주시하고 있었으므로 그는 당황하여 시선을 피하였다.

"이 사람, 어머니가 편안치 못하신 것 같던데 어서 집엘 가서 보아드려야지……."

목사님의 매끌매끌한 음성은 또 울렸다.

문야는 난처해지고 다음 찰나에는 왈칵 눈물이 솟아올라 급히 그에게서 등을 돌렸다.

"이름이 문야던가? 문야는 착한 어린이로다……."

왜 칭찬을 하는지 알 수 없었으나 목사님은 혼자 웃고 있었다.

사람들이 토끼 할멈 집 쪽으로 올라가 버린 뒤에도 문야는 오랫동안 냇가에 웅크리고 앉아 있었다.

'엄마가 아프다…….'

그것은 감기가 걸렸다거나 열이 오른다거나 하는, 그런 보통 뜻으로 말하여지는 것이 아님을 그는 알고 있었다.

문야가 돌연 이곳에 보내어진 이유로써 그가 막연히 예지했던 것, 술렁이는 불안으로 감각했던 그런 상황은 결국 실지로 일어나기 시작한 것이다.

목사님들이 점심을 잡숫고 돌아갈 때까지 할머니는 문야를 부르지도 않았으므로, 그는 뜨거운 태양에 머리를 쬐면서 돌 위에 쭈그리고 있었다.

천천히 흐르는 미지근한 물 위에 독약을 먹고 허우적이는 사람의 모습이 떠올랐다. 자살 미수로 병원에 실려 온 사람을 그는 몇 번 본 일이 있었다. 문야의 아버지는 흰 가운을 입고, 이마에 반사경을 번득이며 간호부와 약제사에게 큰소리로 호령을 하였다. 그러다가 창밖에 문야의 얼굴이 있는 것을 보고는 저편으로 가라고 비교적 상냥하게 손짓을 해 보였다.

문야는 우연히 그곳을 지나던 뿐이므로 급히 그 자리에서 사라지는 것이었으나 괴상한 신음소리는 한동안 귀에서 떠나지 않곤 했다.

또 그는 그 죽으려고 했던 사람들의 머리카락 같은 것들도 상기하였다. 그것은 젖어 있었고, 얼굴과 옷자락에 철썩 붙어 있었다.

그를 부르러 사람이 내려왔을 때 문야는 해쓱해져 가지고 땀을 조록 흘리고 있었다.

"할머니, 나 머리 아퍼. 탕에 안 들어갈 테야."

문야는 그렇게 말했으나 할머니는 아무 말 없이 젖은 수건을 내밀었다. 그녀는 문야가 지껄이는 말에 아무런 의미도 인정하지 않는 습관이었다. 그녀는 엄마와 같지 않았다.

"목사님은 가셨어?"

하고 문야가 물었다.

"그래."

탕으로 가는 길섶의 도랑도 민들민들한 이끼에 뒤덮여 있었다. 저 물이 싸늘하게 차면 얼마나 좋을까 하고 그는 늘 생각한다.

진옥색의 가슴패기를 한 큰 잠자리가 풀 위에 꼬리를 스척스척 하더니 내려앉았다.

'굉장히 큰 놈이다! 야아, 게다가 암놈이다!'

잡아서 실에 매어 나무 꼬챙이 끝에 달고 뚜우뚜 따라아, 하며 휘저으면 수놈이 따라와서 멋지게 잡힌다.

그는 그것을 잡으려고 허리를 굽혔으나 중간에서 그만두었다. 맘속에 무쇠 같은 것이 가라앉아 있었다.

"목사님은 왜 오셨을까?"

문야의 목소리는 약간 떨렸으나 할머니는 저만큼 앞길에 나타난 퍼런 칠의 목조건물을 바라다보느라고 대답을 안 하였다.

퍼런 칠을 한 양철 지붕은 양쪽으로 크게 뚫어져 그리로 흰 김이 펄펄 나오고 있었고 벽에는 C온천이라고 커다랗게 쓰인 밑에 온천 마크가 그려져 있었다.

"목사님은 우리집에 가봤을까? 우리 동네에서 언제 오셨대?"

문야가 또 물었다.

"접때 오셨지."

할머니는 건성으로 대답하였다.

날은 지리하게 길고, 슬픔과 불안에 흔들리며 적막하게 지나갔다.

그러나 이제 한 밤 자고 났다.

아무 일도 없이 한 밤 자고 난 것이다.

문야는 포켓에서 손을 빼고 집 쪽으로 뛰어갔다.

"에구 벌써 일어나셨네. 착하기도 하여라."

할멈은 까맣게 찌그러진 바구니에서 토끼풀을 한 줌씩 꺼내 우리에 밀어 넣어주며 말하였다. 한옆에 놓인 말짱한 바구니에는 밭에서 캐낸 감자와 털이 비죽 나온 옥수수가 담겨 있었다.

아무리 늦게 일어나더라도 할멈은 그렇게 말했으므로 문야는 그녀를 믿지는 않았지만 친절하고 좋은 사람이었다. 다만 문야의 마음에 예전만큼 그녀가 달갑지 않은 것은 그녀가 지저분하여졌고, 깃광목 옷에다 허연 나무 비녀를 찌르고 있는 때문이었다.

문야에게 줄 옥수수랑 오이를 밭에서 따 들이던 할아범은 올해 와보니 죽어버리고 없었다.

체해서 그렇게 되었다면서 할멈은 문야들을 보자마자 접시꽃 그늘에 앉아서 땅을 치며 통곡을 하였다.

문야는 그래서 그 할멈이 약간 꺼림한 것이었다. 그렇게 듣기 싫고 슬픈 소리로 울었다는 기억이 머리에서 사라지지 않았다. 그뿐 아니라 집 안팎을 정갈하게 치우고 정답게 할멈과 지내던 할아범은 집 안 어느 구석엔가 귀신 같은 것이 되어 머물러 있을 것 같았다. 밤이 되면 그런 생각이 났다. 혼자 남은 할멈은 암만해도 약간 꺼림한 것이었다.

"할머니는 새벽에 탕에 가셨다가 아침 잡숫고 또 나가셨지. 되련님두 밥 먹어야지."

"응."

하였으나 문야는 별로 식욕이 없었다.

까실까실한 좁쌀이 섞인 밥을 그는 삼키기가 힘들었다. 엄마가 있으면 여러 가지 반찬을 만들어주고 또 달걀을 삶으러 뜨거운 우물에 데려가주기도 하겠지만 지금은 그럴 사람은 없다.

그 조그만 우물은 탕 마당에 있어서 거기에는 언제나 동이를 든 동네 처녀들이 몰려 서 있었다. 동그란 우물의 안팎은 아름다운 초록색의 비로드 같은 이끼로 둘러싸여 햇볕에 반짝반짝 빛났다.

더운 물은 아주 센 힘으로 풍풍 솟기 때문에 달걀은 던져 넣자마자 뱅글뱅글 돌면서 분주히 떠올라왔다.

"자아, 삶겼다. 이것으로 건져봐."

"아직 생거야!"

문야는 벌쭉거리고 보고 선 시골 처녀들이 낯설어 그렇게 큰소리로 반대를 하면서 그래도 솜씨 좋게 꺼내려고 하곤 했던 것이다.

문야는 찌그러진 바구니에서 풀을 집어내어 토끼의 입에 대어
주었다. 토끼는 모두 세 마리고 흰 것과 노랑과 까만 것이었다.

"토끼 많던 거 다 어디 갔어?"

그는 처음 오던 날부터 궁금하던 일을 물어보았다.

"할부지가 돌아갔으니 다 없어졌지."

할멈은 알쏭달쏭한 대답을 하였다.

뻘겋고 넓적한 꽃을 피우는 마당 끝의 접시꽃도 올해는 다섯 그
루밖에는 피질 않았는데, 모두 같은 이유에서일 거라고 문야는 궁
리했다.

"되련님은 학교에 들어갔다지?"

"응, 사월 달에 들어갔어."

문야는 약간 자랑스러움을 느끼며 대답하였다.

"착하기도 하여라."

할멈은 토끼풀을 그에게 맡기고 안으로 들어가 버렸다.

토끼에게 풀을 먹이는 것은 신나는 일거리였다. 토끼는 분홍빛
코를 오물거리면서 풀을 베어 먹었다. 때로는 목을 비꼬아 쓱 하니
풀을 잡아당겨 안으로 가져가기도 했다.

그것이 다 끝난 뒤에 문야는 토벽에 삿자리를 간 부엌방에 가서
아침을 먹었다.

방 한쪽 가장자리에는 큰 솥이 두 개 걸렸고, 그 밑은 바로 토방
이었다. 겨울에 올 때면 언제나 뜨거운 물이 설설 끓고 있는 것이었
지만 지금은 말끔히 닦여서 까만 솥뚜껑에 반드르 윤이 흐르고 있
을 뿐이었다.

울퉁불퉁하나 하도 빗자루로 쓸어 매끄러워진 토방에는 알을 품은
암탉도 지금은 없었다. 암탉이 병아리를 깔 때에는 사나워져서, 앞을
지나가려면 쪼려고 하기 때문에, 문야는 언제나 겁을 냈던 것이다.

지금 그는 그 토방과 가마솥 둘레를 맨발로 실컷 오르내리며 놀고 싶다고 생각하였다. 그곳은 그늘지고 시원한 장소였다.

그러나 할머니는 밥을 먹는 대로 탕에 가야 한다고 말하였다.

지면(地面)에서도 도랑에서도 풀에서까지 더운 기운이 올라오는 듯한 숲샛길을 그는 잠자코 할머니 뒤로 따라갔다. 그것은 펑퍼짐한 풀밭이었고 끝에 가서는 약간 비탈지며 내려가 있었다. 읍의 인가와 여관 등속은 욕장의 반대쪽에 좀 떨어져서 펼쳐지고 있었다.

문야는 고개를 떨구고 걸어갔다.

노란 태양은 모든 것 위에 범람하고, 그 더위와 밝음과 깊은 정적은 그에게 어떤 압박감을 주었다.

그것은 그의 힘으로 항거할 수 없는 것, 무겁고 거대한 것이었다.

'집의 일은 어떻게 되었을까…….'

그는 또 포켓에 손을 찔러넣었다.

목욕탕에 오자 할머니는 문야의 옷을 벗기고 자기도 수건을 두르면서 깊숙한 돌층계를 밑으로 내려갔다. 그곳은 그다지 어둡지는 않았지만 축축하고 기분이 좋지는 않았다.

나무 홈이 벽을 뚫고 들어와, 더운 물이 콸콸 쏟아져 내렸다.

탕에는 아무도 없었다.

할머니는 나무통에 물을 떠서 문야의 등에 끼얹었다.

"뜨거워요!"

하고 소리쳤으나 할머니는 아랑곳이 없다.

할머니의 몸은 아주 보기 싫게 생겨 있었다. 키가 크고 꺼꺼부정하고, 나뭇가지처럼 마른 피부는 새까맣다.

쾡한 눈이나 긴 앞니가 건들거리는 얼굴도 문야는 좋지가 않았지만 줄이 졸졸 간 팔이며 다리는 더욱 보기 흉했다.

문야는 그들의 뒤로 들어온 젊은 색시 쪽만 보고 있었다. 그녀의 살갗은 복사꽃처럼 밝았다. 문야들처럼 도회지에서 온 것 같았다.

그녀는 물이 뜨겁다면서 곧 비누질을 시작했다.

문야에게는 그런 자유는 허락되지 않았다.

"자, 어서 들어와. 뜨겁거든 이 수건으루 발을 처매구……."

문야는 타월로 발끝을 동였다.

그러나 손을 넣어보고는 그냥 서 있기만 하였다. 짜릿하고 아프게 말고는 아무것도 느낄 수 없을 만큼 그것은 뜨거웠다. 넘어서 흐르는 물이 발바닥을 스쳐 그는 발가락을 오므락거렸다.

"어서 들어와!"

할머니가 재촉했다.

문야는 그 시멘트로 칸을 막은 물통을 절망적인 눈초리로 바라보았다.

"아이 할머니두…… 이렇게 뜨거운데 애기가 들어가겠어요?"

도회지에서 온 여자가 상냥히 말하였다.

"안 뜨겁소!"

하고, 할머니는 퉁명스레 내쏘았다.

"저도 못 들어가겠는걸요, 호호호."

할머니는 아무 말도 없이 눈을 감고 있다가, 나와서 바닥에 누웠다. 문야는 통으로 장난을 시작했다.

하나 할머니가 몸을 일으켰을 때 그는 그의 운명을 아무도 변경시킬 수 없었던 것을 깨달았다.

할머니는 그를 물속에 끌어넣었다.

절체절명의 궁지에서 그는 고통의 비명을 지르고, 다음 찰나에는 나뭇가지 같은 팔에 전신을 억눌린 채 딸국질하듯 흐느끼고 있었다.

328

“노서아 사람들이 사는 걸 보러 간다.”

목사님과, 어제도 따라왔던 남자와 또 네댓 명의 어른들이 토방 앞에 모여 서 있었다. 삶은 감자를 젓가락에 끼워 들고, 그것을 다 먹고 난 뒤에는 떠날 것이라 하였다.

“길이 머니까 식전 새벽에 떠나야 하는 거지만, 그러나 목사님이 시간이 없으시다니 별수 없어요.”

문야는 시원하고 그늘진 토방에 남아 있었으면 싶었다. 저녁때 할멈을 따라 감자밭에나 나갔으면.

한없이 멀 것 같은 그 하얀 길을 생각해 보면 문야는 코허리가 메슥메슥한 현기증의 맛 같은 것이 머리에 떠올랐다. 그리고 또 거기 모여 선 사람들이 자기와 아무 인연이 없는 남들인 것을 그는 느끼고 있었다. 하지만 가야 했다. 할머니가 그렇게 얘기한 것이다.

문야는 방에 들어가 트렁크를 열고 하늘색 깃이 달린 흰 셔츠로 갈아입었다.

집에서 입고 떠난 옷을 나흘이나 바꾸지 않고 여러 사람과 가는 것은 좋지 않으리라고 생각한 것이다. 그러나 그다지 신이 나지 않았으므로 꼬기꼬기 말려 올라간 짧은 바지는 그냥 입어두기로 했다.

“자아 떠나십시다.”

목사님이 단장을 짚고 일어나며 미소했다. 일행은 한길로 나섰다.

문야의 할머니는 낮수건을 머리에 얹고 있었다. 다른 여자들도 그렇게 하고 양끝을 이 사이에 물었다.

“너 모자를 안 쓰고 와 어쩌니? 그날 왜 잊어버렸어.”

할머니는 괴춤에서 손수건을 꺼내 주며 이거로라도 머리를 덮으라고 하였다.

집에서 떠날 때 그의 새 모자는 안방의 탁자 위에 놓여 있었다. 그는 그것을 보았지만 마음이 내키질 않아 그냥 자동차에 올랐던 것이다. 모자 따위가 문제가 아니었고, 그의 가슴을 무겁게 사로잡는 일은 따로 집에 남아 있었기 때문에, 그는 차 안에서도 언제까지나 근심스러운 듯이 집 쪽을 돌아다보았었다.

지금 할머니와 또 다른 모르는 사람들과 어디론가 가야 한다는 일도 그때 자동차에 실리던 때와 같은 감을 그에게 가져왔다.

그는 남아 있고 싶었다.

그 그늘진 토방에서, 무엇이 일어나는가를 적어도 지키고 앉아 있고 싶었다.

하지만 그는 걸어갔다. 길 위에 버려지면 큰일이므로 부지런히 발을 놀렸다.

사람들은 부채질을 하고 지껄여대며 과히 서둘지는 않고 앞으로 나갔다.

길은 산모퉁이를 감돌며 끝없이 뻗어나 있었다. 물에 씻긴 듯 희고 맑은 길이었다. 왕모래 같은 화강암 부스러기가 발에 밟혔다.

산에서 새가 울고, 가다가다는 실개울이 앞을 가로질러 가기도 했다.

하늘은 파랗고 모든 것은 빛나고, 몹시 더웠다. 그러나 때때로 상쾌한 바람이 산에서 불어 내렸다.

문야는 기운이 나서 모든 사람들의 앞으로 뛰어 달리기도 하고, 길섶에서 빨간 꽃을 꺾기도 하였다.

어느 갈림길 어귀에서 일행은 잠시 쉬었다. 작은 소나무의 엷은 그늘에 앉아, 신작로 쪽을 보고들 있었다.

밀짚모자를 쓴 노인과 가랑머리를 땋아 내린 계집아이가 그 길로 걸어왔다. 일행은 그들을 기다리고 있었던 거라고 알았을 때 문야는 몹시 기뻤다.

계집아이는 그와 동갑쯤으로 보였다. 콧등에 넓적한 주근깨가

나고 입은 주욱 찢어져 조금도 예쁘게 생겨 있지는 않았다. 여덟 팔
자로 치켜 올라간 눈썹은 사남스럽고, 머리 꼬랑이는 뻣뻣한 말라
깽이였다. 그래도 문야는 무언가 이야깃거리를 찾아낼 수 있으리라
는 기대로 가슴이 두근대기까지 하였다.

　계집아이는 코를 쳐들고 문야를 보더니 곧 고개를 옆으로 꼬아
버렸다.

　일행이 출발하자 그녀는 어른들 속에 섞여 걷기 시작했다. 문야
는 그녀의 주의를 끌어보려고 그 주위를 빙 돌았다. 그러나 반응은
조금도 없었다.

　그녀는 걷는 일에 열중하고 있는 듯하였고, 어른들의 이야기에
흥미를 가져, 말하는 사람을 일일이 빤히 쳐다보곤 하였다.

　한 손에 사탕 봉지를 쥐고 다른 손에는 퍼런 토마토를 갖고 있
었다.

　문야는 그녀가 길로 나왔을 때,

　"여기다 싸서 들구 가라."

하고 손수건을 내밀었다.

　머리에는 쓰지 않고 포켓에 찔러두었던 것이다.

　계집아이는 입을 좀 벌리고 문야를 보았다. 뭔가 몹시 의심쩍다
는 얼굴이었다. 그러더니 가면처럼 무표정해지면서 쓰다 달단 말도
없이 돌아서 버렸다.

　그 너무나 무미한 탯거리가 문야를 실망시켰다. 그의 마음은 식
었다.

　뒤에서 오던 몇몇이,

　"그 여자애는 참 귀염성도 없다."

　"그러기 말이야. 영감님두 양녀를 하시랴거든 좀 예쁜 애루다 고
르시지."

그러고는 킬킬 웃고들 있었다.

"귀엽기야 문야 같은 애가 없지. 품이 있구 착하구."

"정말야, 저 목덜미의 선을 좀 봐."

일행 중 단 한 명인 젊은 여자가 웃으며 손가락질하였다. 문야는 지금은 아무런 감동도 없이 듣고 있었다.

계곡이 차차 험준하여지며 물소리는 높아졌다.

"이제는 온천은 없어. 맨 찬물뿐이지."

문야의 발바닥은 부르트기 시작했다. 그는 발을 끌며 고개를 깊이 수그러뜨렸다.

그는 불안하였다. 그 불안은 그의 운명이라고나 할 확고한 것의 흐름과는 상관이 없는 곳——사물의 외곽을 향해, 지금 걷고 있다는 초려와 통한 것이었다. 그는 토끼 할멈의 토방에 남아 있어야 옳았다. 더 정당히는 집에——양친의 곁에 머물러 있어야 마땅했던 것이다.

'엄마' 라는 관념은 그에게 있어서는 사랑이라거나 따뜻함을 뜻하는 것이기 전에 더욱 절대적인 의미를 갖고 있었다. 생명을 보호해 주고 있는 것, 생존의 방법——그것이 그녀였다.

양친의 가정이 어디서부터 미미한 흔들림을 갖기 시작하였는지, 그래서 급기야 문야에게 본능적인 위협을 가하기 시작하였는지 그는 자세히는 몰랐다. 어쨌든 그것은 문야가 때때로 그리고 매우 열심히 희구한 듯이 꿈결같이 사라져주지는 않고 반대로 생동하고 확대되어, 점점 더 불길한 지점으로 다가왔다.

'어떻게 이런 모양으로 되고 말았을까……?'

하고, 그는 하얀 길을 지쳐서 허덕이고 걸으면서 생각하였다. 그리고 수심에 잠겨 중얼대었다.

'아마 아버지가 나쁠 거야…….'

아버지는 문야에게 비교적 다정하였고, 그래서 그는 부친을 크게 탓할 마음은 일어나지 않았지만, 그러나 남자와 남자 사이에 통한 어떤 비밀스러운 공감 같은 것에 따라 그는 아버지가 나쁜 것을 알고 있다고 생각했다.

분명치 못한 기억이기는 하나 양친의 불화는 아버지의 외박에서 비롯했던 것 같았다. 그런 일은 몇 번이나 일어난 것은 아니었다. 뿐만 아니라 문야는 그런 때마다 그 일이 설명되는 것을 들었다.

"아버지는 환자 때문에 못 오셨어."

"선생님은 왕진 가셨습니다."

하나 문야에게는 그 자신의 직감이 더 미덥게 여겨졌다.

'그렇지만 어쩌면 엄마에게도 뭔가 잘못이 있을지도 몰라…….'

고통 속에서 그는 또 궁리하였다.

그의 모친은 다른 보통 아낙네들보다 아름다웠다. 그녀의 몸은 향기로웠고 웃을 때는 하얀 꽃 같아 보였다. 그 죄악의 내음 같은 것은 그녀의 아름다움과 전연 연관이 없는 것이었을까…….

"도대체 당신이 결혼할 자격이 있던 여자라고 생각하오? 어떻게 알구 있는 거야!"

언젠가 부친이 그녀에게 그런 말을 던진 것을 들은 일이 있었다. 그 내용의 중대성은 문야에게는, 그것을 듣던 모친의 표정에 의해서만 감촉할 수 있는 것이었다. 모친은 창백해지고, 책상 모서리를 잡은 손은 떨렸다.

'저기 저 보기 싫게 생긴 계집아이도 나 같은 근심을 해본 적이 있을까?

절망하며 문야는 앞길로 눈을 들었다.

먼 산모퉁이를 돌아 모든 사람은 사라졌고, 의미 없이 밝은 천지만 거기 펼쳐져 있었다. 그는 걸음을 재촉하였다.

사람이 하나씩 건널 때마다 줄다리(吊橋)는 좌우로 몹시 흔들거렸다.

깎아지른 산과 산 사이에 매달린 그 밑은 급류가 흰 거품을 물며 맴돌았다.

"그 물결 사납다."

"시퍼렇다! 꼭 금강산 같아!"

다리 이쪽에 남은 사람들은 그런 소리를 했다.

"어지러워. 밑으로 굴러 떨어질 것만 같은데…… 다른 길은 없나?"

"없대요. 할머닌 나하구 같이 건넙시다. 나두 혼자는 못 가겠어."

"무얼, 일없습니다. 양 가녘의 밧줄을 붙드세요."

"쇠사슬인 것 같아. 동아줄이면 좀 나을 텐데."

아무리 가만히 걷더라도 오륙 미터쯤 나가놓으면 줄다리는 양옆으로 그네처럼 너울댔다.

절겅절겅 하는 쇠사슬에 매달려 겁을 내면 낼수록 진동의 폭은 넓어지는 것이었다.

죽는 줄 알았다가, 마지막 힘을 내어 내달으면 이상히도 다리는 오히려 잠잠해졌다.

먼저 건너간 사람들은 앞가슴을 헤치고 서늘한 바람을 들이면서 이편을 보고 웃고 있었다. 문야가 다리턱에 닿았을 때 계집아이는 벌써 그 축에 끼여 앉아 있었다.

그 작업은 문야를 흥분시키고, 원기를 회복하게 하였다. 여기까지 오고 말았으니 집의 일을 걱정해도 소용이 없다고, 그는 둘레의 광경에 관심을 돌리려고 하였다.

험준한 벼랑의 여기저기에 새둥지같이 매달린 조그만 집들이 보였다. 여러 가지 색깔의 페인트로 칠해졌고 옆에는 화초가 심어져 있었다.

"백계 노서아인의 대가족이 고국을 쫓기어서 달아나 들어왔지. 자급자족의 생활을 하느라고, 저기 저 옥수수 밭에서 김을 매고……."

좁고 급한 비탈을 오르면서 목사님은 단장으로 가리켰다.

옥수수 밭은 매우 넓고, 양지 쪽 사면(斜面) 일대를 차지하고 있었다. 밭 둘레에는 해바라기가 피어 있었다.

"귀족으로부터 근로하는 사람으로, 일조에 변해 버린 거지요."

목사님은 그렇게 말하고 예의 주름 주머니에서 웃음이 흔들리는 듯한 얼굴을 지었다. 사람들은 서로 고개를 끄덕였다.

백계란 무엇일까 하고 문야는 생각했다. 여하튼 먼 데서 쫓겨 온 사람들인 것이다.

"목사님은 노어를 아시지요? 저기 저 내려오는 사람하구 말씀을 좀 하세요."

"그럽시다. 핫핫핫……."

검은 옷을 입고 머리와 수염이 하얀 이국(異國) 노인이 목사님과 이야기를 하였다. 새파란 눈이 매처럼 날카로운, 그러나 지쳐 보이는 노인이었다. 문야는 무언지 모를 공포를 느끼고 사람들의 뒤에 서 있었다.

그것은 크고 낡은, 한 목조 건물의 앞이었다. 기둥은 초록으로 칠하여지고, 이 층인데 곧 무너질 것같이 허술하게 생겨 있었다.

기둥만 있는 넓은 마루방이 꽃밭을 향하고 있었다. 테이블이 놓이고 까만 씨앗 같은 것이 그 위에 흩어져 있었다.

계집아이가 거기 올라가 두리번거리고 있는 것을 문야는 보았다. 그래서 용기를 내어 자기도 그 편으로 다가갔다.

들어가지는 않고 꽃밭 옆에 서 있었다. 여린 꽃잎을 가진 빨간 꽃이 흔들리고 있었다.

그때 안쪽 문이 찌걱 열리더니 노란 머리를 한 사내아이가 걸어 나왔다.

문야보다 조금 크다. 빨아서 바랜 다 낡은 무명옷을 입고 있었다.

그는 테이블 앞으로 다가와 까만 씨앗을 집어 까먹으면서 낯선 계집아이를 바라보았다. 어딘지 냉랭한 표정이었다. 밀짚모자를 쓴 영감님의 양녀는 치켜 올라간 굵은 눈썹을 점점 더 높이 치떴다.

사내아이는 이편으로 나왔다. 문야를 보고 걸음을 멈춘다. 망설이는 빛이 그 눈 속을 스쳤다. 그러더니 매우 침착한, 그러나 무엇을 생각하는지 알 수 없는 얼굴로 이편을 지켜보면서 호주머니에서 무언가를 꺼냈다.

그것을 문야의 앞에 내민다. 둥그런 해바라기였다. 꽃잎은 마르고, 까만 씨앗이 여물어 있었다.

문야는 주저하고, 그러나 손을 내밀어 해바라기 줄기를 받아 쥐었다. 사내아이는 어디론지 가버렸다.

사람들은 기웃거리며 집 앞을 지나갔다. 사슴이 있는 데를 가고 또 폭포를 보아야 한다는 것이었다.

하얀 레이스 같은 가느단 물줄기는 여러 군데에서 수직으로 떨어지고 있어, 그것들은 여기서도 보였지만, 노서아 사람들이 멱을 감는 큰 폭포는 얼마를 더 가야 있다고 하였다.

문야는 왠지 마음에 걸려 뒤를 돌아다보았다.

누군가가 자전거를 끌고 줄다리께로 오고 있다. 이편을 쳐다보며 잠깐 서 있더니 자전거를 두고 다리를 건넜다.

겁도 내지 않고 똑바로 걸어온다. 다리는 그다지 흔들리지 않았다.

문야는 숨을 죽이고 기다리고 있었다.

사람은 곧장 비탈을 올라왔다.

‘약제사다. 우리집 김군 아저씨다.’

문야의 가슴은 무겁게 내려앉았다.

‘김군 아저씨가 집에서 왔다…….’

‘온천에 갔다가 토끼 할멈에게 물어가지고 이리 찾아온 것이다…….’

김군은 빨간 얼굴을 하고 가슴에서 김이 뭉게뭉게 오르고 있었다.

문야에게,

“할머니는?”

하고 묻는다.

문야는 해바라기 꽃으로 건물 저쪽을 가리켰다.

김군은 그쪽으로 몇 발짝 걸어가더니 문야에게로 되돌아왔다. 앞에 서서 문야를 내려다보았다.

“어머니가 돌아가셨다.”

그는 그렇게 말하였다.

어머니가…….

뭔가 자욱한 것이 문야를 둘러친 것 같았다.

‘정말 죽었다…… 그때 그 환자처럼 살아나지 않고…….’

몸이 잦아드는 듯했다.

아이는 높은 벼랑 위에서 빈 줄다리를 내려다보았다.

그는 혼자 서 있었다.

강물이 있는 풍경

강물은 검고 어둡게 빛나고 있었다. 너비로도 길이로도 바다처럼 시야에 꽉 차서, 크고 무겁게 보였다. 어느 편으로 흐르고 있는지는 알 수 없었다.

여자는 신을 모래에 파묻히면서 걸어와서, 기다란 선창에 올랐다. 완강한 나무판자로 만들어진 그것은 굵은 밧줄로 풀숲에 박혀 있는 말뚝에 잡아 묶여 있고, 가냘프게 생긴 여자가 하나쯤 걸어가도 움쩍 요동이 없다.

여자는 중간에 멈춰 서서 신을 벗어 거꾸로 들어 모래를 털어내고 다시 발을 그 속에 집어넣었다. 그러고는 그녀가 쏟아논 것뿐이 아닌 원래부터 얼마간의 모래가 부스럭대는 투박한 판자 위를 끝까지 걸어갔다.

거기서 그녀는 좀 두툼하게 둘러쳐진, 배다리의 가녘에 걸터앉았다. 아무것도 분간할 수 없이 아주 새까만 건너편 나루터에 등불이 반짝 비쳤다가 꺼진다. 노란 그 빛깔은 서치라이트처럼 일순간

강물 위에 세모꼴의 공간을 띄워 올렸다가, 다른 방향으로 틀리었
는지, 이쪽과 비슷한 선창 모서리에 뭔가가 움직여 가는 모양을 가
물가물 잠깐 비치더니 그것도 소리 없이 꺼지고 만다.

소용돌이치며 흐르는 물소리가 높지는 않으면서도 어딘가 위협
적이다. 여자는 옷자락을 당겨 올리고 어깨를 움츠렸다.

투닥투닥 발소리를 내며 사나이가 달려온다. 모래사장에서 엇비
슷이 뻗어난, 마을로 통하는 길에서 뛰어오고 있었다.

그가 단걸음에 뛰어오르니까 선창은 아주 조금 흔들거렸다. 여
자 앞에 와 서서,

"춥지 않어?"

난폭하지만 다정하게도 들리는 목소리로 묻는다. 목이 밭은 스
웨터를 입고 무명의 짧은 코트를 아무렇게나 걸쳤는데 여자의 봄옷
은 얇고, 하얀 얼굴은 추위를 타는 것처럼 보였다.

여자는 고개를 저었다. 그리고 두 손으로 천천히, 마치 세수하는
때처럼 얼굴을 가리고 문질렀다.

"이거 좀 먹음 어때요? 배고플 텐데."

사나이는 방금 사가지고 온 싸구려 카스테라를 주스병과 함께
내밀었다.

몸 모양의 실루엣만이 떠올라서, 하나 그것은 이상히 생생하게
젊은 사내의 분위기를 주위에 흩어뜨렸다.

여자는 또 고개를 흔든다. 사나이는 종이를 벗기고, 혼자 과자를
한 입 베어 물다가 생각난 듯이 그것들을 선창가에 내려놓고, 짧은
코트를 벗었다. 여자의 어깨에 들씌워준다. 앞을 잘 여미어 단추를
위까지 다 끼워주고 나서 먹고 마시는 일을 계속하였다. 그러면서
그는 어두운 강변이나, 나룻배의 사공이 사는 듯한 풀숲 저편의 오
두막집이나 또 별도 몇 개 뜨지 않은 하늘이나를 두루 둘러보았다.

그리고 시선은 역시 여자에게로 와서 멈추었다.

'이 여자는 왜 오늘밤 내게 몸을 맡겼을까?'

사나이는 그 이유를 찾아내 보려고 잠시 궁리하였다. 그리고 이내 그러한 수고를 집어 내던지고 말았다.

그는 여자 곁에 바싹 붙어 앉았다.

머리카락에 자기의 볼을 기대고 그녀의 냄새를 맡는다. 온몸에서 다정함이 번져나는 것을 느끼며 그녀의 볼을 쓰다듬었다. 그녀는 거의 움직이지 않았다. 오늘밤 줄곧 그녀는 표정을 갖고 있지 않는 것이었다.

'하지만 내게 몸을 맡겼어. 이 년이나 삼 년이나 그렇게도 완강하게 내 애무를 거절해 오던 사람이.'

그는 조금 전에 동산 위에서 있었던 일을 상기하였다. 잡목림은 아직도 나뭇잎을 달지 않아 엉기성기하였고, 동산 꼭대기 펑퍼짐한 자리는 돌이 불퉁거렸다. 가느단 솔바람 말고는 아무 소리도 없고, 캄캄하고, 인가는 멀리 떨어져 있었다.

그는 언제나와 같이 맹렬한 힘으로 상대를 끌어안으려고 하였다. 여자는 웃어대지 않았다.

늘, 매양, 그를 물리치는 최대의 무기였던 웃음소리를 내지 않았던 것이다. 저항 없이 감기어 들었다.

"왜 그래? 무슨 일이 있었어?"

사나이는 오히려 놀라서, 여자의 어깨를 잡아 떼놓으면서 물었다.

"응? 말해 봐요. 뭐가 있었지?"

"……."

"응? 응?"

"아니……."

눈물이 괸 눈과 여린 입술을 어둠 속에서도 사나이는 아름답다고 느꼈다.

'무슨 일이 있었거나 없었거나…… 하긴 무슨 상관야.'

사나이는 땅이 좀 부드러운 곳을 골라 여자를 안아 뉘었다.

그렇게 오랫동안 여자는 거절만 해왔지만 그러나 자기를 사랑하
지 않는다고는 그는 한 번도 생각하지 않았다. 그러므로 지금 이 변
화를,

'이유 따위 아무래도 좋아.'

그는 마구 자기를 폭발시켜 갔다.

여자는 가만히 있었다. 아마 가만히 있었을 것이다. 사나이는 아
무것도 헤아릴 수가 없었다.

솔바람 소리가 다시 귀에 들려왔다. 파도같이. 그는 여자가 하고
있듯 자기도 풀 위에 반듯이 누워 하늘을 올려다보았다.

"별……."

여자의 말소리는 목에 잠겨 있었다.

"뭐라구?"

그는 고개를 반쯤 들고 물었으나 대꾸가 없으므로 호주머니를
더듬어 담배를 찾았다. 째깍! 하는 작은 소리와 곧 스러진 작은 불
꽃이 이상하게 인간 세계를 느끼게 하였다. 자기들은 지구 바깥으
로 멀리 나와 있기라도 한 것처럼.

별안간 남자는 벌떡 몸을 일으켜 무릎을 짚고 다가가며 격렬한
투로 말하였다.

"오늘밤 죽으려고 생각한 건 아니겠지? 설마 오늘밤……."

"……."

"대답을 해봐요. 어서!"

그는 여자의 상체를 안아 일으켜서 마구 흔들어대었다.

"응? 응?"

“…….”

새로운 정욕이 그를 엄습하였다. 아까와 다른, 영혼의 아무것도 개입하지 않은, 동물적인 환희가 폭풍처럼 그를 휩쓸어대었다. 그는 거친 숨을 내쉬며 굼틀대는 여체를 가혹하게 다루었다.

그가 땅바닥에 엎드려서 허덕이고 있는 동안 여자는 조금 눈물을 흘린 것 같았다. 사나이는 상대에게 늘 품어오던 생각, 가슴이 저리도록 사랑스럽고 애처롭다는 느낌을 이때에도 가졌다. 그가 지금까지 겪어온 일 가운데서 그의 가슴에 서늘한 환멸의 바람을 불어넣지 않고 감동을 안겨주어 오는 것은 이 여자의 존재뿐이었다.

어디선가 아주 미미하게 이른 봄의 향기가 흘러왔다. 흙과 풀의 입김 같은.

이 나직한 산꼭대기에서는 도시의 불빛이 하나도 보이지 않았다. 마을은 어디쯤에 붙어 있는지 다른 동산과 산등성이에 가려 그런 것도 알 수 없었다. 두 사람은 날이 저문 뒤에 나룻배를 타고 와서, 발 내키는 대로 걸어 여기까지 왔을 때 여자가 이제 더 못 걷겠다고 하였던 것이다.

잠들고 있지도 않으면서 완전히 무심하게, 투명한 시간의 흐름을 감촉하고 있는 것은 때로는 기분 좋은 일이었다. 그러나 여자는 아마도 그 반대의 상태에 놓여 있는 것으로 보였다. 모든 생각이 최대한의 진폭을 가지고 그녀의 속에서 흔들리고 있는 것 같았다. 그녀의 정신은 아마 육체의 피로에도 불구하고, 아니 거기에 겹친 정신 그 자체의 피로로 하여 더욱, 극도로 팽창해 있는지 알 수 없었다.

몇 개 나돋아 있지 않은, 그러나 유난히 새파랗고 큰 별을 쳐다보며 여자는 무표정하게 중얼거렸다.

“사랑했습니다. 사랑했어요…….”

이번에는 남자가 묵묵히 밑을 보고 있었다.

'알고 있어. 그런 소린…… 하기는 한 번도 들어본 일은 없었던 것 같지만.'

트랜지스터라디오를 가진 사람이 가요곡을 들판에 울리게 하면서 동산 밑을 지나갔으므로 그들은 자리를 떠서 먼저 온 길을 되돌아 걷기 시작했다. 어째서 그런 일이 행동의 계기가 될 수 있는 건지 그런 것은 아무도 알 수 없었다.

손을 꼭 잡고 걸으면서 남자는, 자기에게 있어 이보다 더 소중한 것은 없으리란 생각을 거듭거듭 하였다. 머리와 가슴에뿐 아니라 지금은 전신의 세포의 하나하나에까지 그녀가 옮아와 있다고 느껴진다. 그러므로 이처럼 애달프게 사랑한다 느끼고, 이담에는 다시 그녀를 애무할 수도 없으리라 어렴풋 예감하면서도 그는 유쾌한 것이었다.

지나간 괴로웠던 날을 생각하면 울컥 기쁨이 솟구치곤 한다.

하나 그는 아무 말도 하지 않았다. 다만 때때로 여자의 옆얼굴에 깊은 시선을 갖다 대었다.

여자는 그러나 도저히 들뜬 기분일 수는 없는 모양 같았다. 고개를 숙이고 무표정하게 느릿느릿 걸었다.

선창가에 바싹 붙어 앉아 사나이는 여자의 어깨에 팔을 감았다.

이 여자와 지금 죽어도 좋다고 생각한다. 다른 아무 일도 머릿속에 집어넣고 싶지 않았다. 사랑으로 가슴이 쩌릿했다 전신이 더워졌다 하였다.

"무얼 생각해?"

귀에 대고 나직이 속삭인다.

여자는 오늘 만나서 처음으로 애정이 슬프도록 서린 얼굴이 되며 사나이를 올려다보았다. 그리고 손을 그의 볼에 갖다 대었다. 네 개의 동자가 어둠 속에서 영원처럼 깊이 맞물리었다.

사나이는 견디기 어려워진 듯 여자의 싸늘한 손끝을 끌어다가 이빨로 깨물었다. 눈을 감은 채.

"오늘은 내가 바래다 드리지, 끝까지…… 중간에서 혼자 보내지 않을 테요."

"아니…… 그러지 마세요."

그것은 언제나 되풀이되는 똑같은 대화였다. 그것을 말하는 사람들의 안색이 사자(死者)들처럼 굳어가는 것도 같았다.

"이번엔 내 맘대로 할래."

"……"

"더 말하지 말어."

뱃사공의 집 문이 덜그럭 열리고 사람이 서넛 걸어나왔다. 무엇을 하려는지 토막나무에 가솔린을 들이붓고 불을 질러 주위를 환하게 만들었다.

불은 활활 타오르고 노동자들은 목청을 뽑아 잡가(雜歌)를 불러댔다.

외에롭고 스을프면 하늘만 바라보면서어…… 내애 생전 처음으로 바아친 순정으은 머나아먼 천국에서 그대 옆에 피어나리이이…….

작업복의 총각 하나는 휘파람으로 멋지게 따라가면서도 주머니에 손을 찌르고 이편을 유심히 바라보았다.

"뭘 봐, 인마. 저런 거 처음 구경허니?"

노래를 부르지 않는 중늙은이가 자기도 이쪽을 보면서 빙긋거렸다.

사나이와 여자는 얼굴을 떼었다. 활활 타오르던 불은 차츰 스러져 다시 서로의 윤곽은 희뿌옇게 흐려왔다.

"여보쇼, 나룻배루 건너가시는 거요?"

중늙은이가 집 안에 들어가 토막에서 얼굴만 내밀고 소리 지른다.

사나이는 여자를 건너다보았다. 여자는 잠자코 있다. 사나이는 하는 수 없는 듯,

"예에."

하고 굵직하게 대꾸하였다.

"저쪽 배가 건너오자면 시간 남짓이나 기다려야 할 거요. 따루 또 작은 놈을 낸다면 모르지만."

중늙은이는 목을 빼고 기다리고 있었으나 사나이는 이번에는 대답을 안 하였다.

주위는 다시 캄캄하다. 여자는 으스스 몸을 떨었다. 사나이는 가슴에다 꽉 감싸 안고,

"언제까지나 이렇게 하고 있고 싶다. 그럼 안 되나?"

젊은 목소리에 미련이 서려 있었다.

"바래다주심 안 돼요. 오늘도 마찬가지죠."

여자가 밑을 본 채 말하였다.

또렷한 음성이나 다시 표정이 없다.

멀리 떨어진 곳에 세로로 기다란 불기둥이 나타났다. 레몬 빛으로 하늘하늘하는 그 두 개의 원통형의 불덩이는 언제까지나 꺼지지 않았다.

두 사람은 오랫동안 그것을 지켜보고 있었다.

여자가 입을 떼었다.

"저건 무얼까요?"

"쇠가 타는 서겠지."

"무엇 때문에."

"사람들이 일을 하고 있나봐."

"일을……."

회화에도 풍경에도 그 밖의 아무것에도 이제 이들에게는 의미가 없었다. 그랬지만 그들은 또 한동안 레몬 빛의 불길을 보고 있었다.

대안(對岸)에서 등불이 움직거리고 모터 소리가 나며 거창한 나룻배가 트럭과, 자전거를 끈 사람과, 또 농부 같은 남자 몇을 싣고 건너왔다. 선창가를 스치고 바로 모래사장에 갖다 댄다.

이편 길에서도 어느 사이엔가 승객 몇이 모여 와서, 그 배는 중늙은이가 말한 것보다는 훨씬 빨리 되돌아갈 기세였다.

"어여 일루 옮겨 타슈, 곧 떠납니다."

쉰 목청이 서치라이트 같은 불빛을 들이대며 소리쳤다. 사나이와 여자는 선창에서 일어났다.

그러나 배가 또 검은 강면을 미끄러져 건너갔을 때 그들은 거기 타고 있지 않았다.

새벽 일찍 멀리 떨어진 모래사장에서 자는 듯 누워 있는 여자를 발견한 것은 작업복에 비틀즈 같은 머리를 하고 어젯밤 휘파람을 불던 총각이었다.

여자는 혼자였다. 그러나 몹시 고운 자세로 누워 있었고, 남자의 짧은 코트로 잘 감싸여 있었다. 위에서 덮고 도닥거려 준 것 같다. 잎을 달지 않은 백양나무 숲이, 암회색 안개를 흘러보내고 있었다. 주스병은 거기에 다 못간 곳에 버려져 있었다.

조금 뒤늦은 시각에, 건너편 드라이브웨이의 벼랑 밑에는 교통사고가 일어났단다고, 떠들기 좋아하는 뱃사공이 오두막 앞에서 외쳐대었다.

더벅머리 총각은 일부러 구경을 하러 갔다. 그리고 양 포켓에 손을 찌르고 돌아와서 말하였다.

"승용차가 굴러 떨어져 깨져 있었어. 새나라 따위 쩨쩨한 거가 아니고 집채만치나 큰 근사한 놈이던걸. 앞이 박살이 났어, 바위에 부딪쳐서. 순경이 옆에 못 오게 했지만 그래두 난 봤지. 어젯밤 저기 앉았던 그 사람이 틀림없어. 회색 바지하구 스웨터를 입은……."

그리고 그는 고개를 젓고 휘파람은 불지 않고 또 여자의 시체를 보려고 걸음을 옮겼다.

모래 위에 불그레한 아침 햇살이 퍼지고 그것은 이미 그 자리에 있지 않았다. 이편에도 '근사한' 자동차가 앰뷸런스와 경찰차와 함께 나타나서 실어갔다는 것이었다.

뱃사공의 오두막에서 밤을 자는 노무자들은 며칠 동안 열심히 신문을 받아보았다. 서로 빼앗듯 하며 머리들을 부딪고 그 사건에 관한 기사를 찾았다. 하지만 사흘이 지나도 일주일이 지나도 단 한 줄의 글도 실리지는 않았다. 마을에 가서 다른 사의 신문을 얻어다 뒤져도 마찬가지였다. 어떤 강력한 힘에 눌려 사건은 결국 어둠에서 어둠으로 묻히고 만 모양이었다.

배는 운전하지 않고 늘 소리만 지르는 중늙은이는 원통해하였다. 그는 첫날, 수첩을 펴들고 그를 심문한 순경에게 그가 했던 말이, 인쇄되어 나올 것을 몹시 기대하고 있었던 것이다.

그는 그때 이렇게 말하였다.

"글쎄 어두웠지만서도 불도 피웠고 그런 관계루다 잘 보았다면 보았다고 할 수 있는뎁쇼. 젊었어요. 그리구 예쁘장들 했어요. 둘이 다……."

신문에 실밍하였으므로 그는 더벅머리 총각에게 그 말을 끄집어내었다.

"야 이눔아, 네 생각은 어떻데? 왜 죽었을 성싶으냐, 그 사람들이."

"아저씨가 말하셨지 않아요? 젊구 예쁘게들 생겼더라구. 그래
죽은 거죠."

"딴은 참, 복잡한 사정이 다 그 속에 있다. 옳다."

돈과 시간이 남아나서…… 하는 소리는 그는 하지 않았다. 그는
그 자신의 딸에 관해서도 쓴 기억을 하나 갖고 있었던 것이다.

그날 밤에도 레몬 빛의 불기둥은 멀리 가물대었고 선창에는 배
를 기다리는 사람이 두셋 서성거렸다.

작업복의 총각은 휘파람을 불고 있었다. 자꾸 같은 곡조만 불고
있었다.

작가 연보

1924년   서울에서 태어남.

1942년   경기여고 졸업.

1945년   이화여전 졸업.

1949년   「얼굴」, 「정순이」로 《문예》의 추천 완료.

1958년   단편집 『희화(戱畵)』 출간.

1959년   단편집 『여정』 출간. 한국문학가협회상 받음.

1960년   장편 『청춘의 불문율』 출간.

1962년   장편 『임진강의 민들레』 출간.

1964년   장편 『이 찬란한 슬픔을』 출간.

1965년   장편 『그대의 찬 손』, 『바람의 선물』 출간.

1966년   장편 『오늘과 내일』, 수필집 『사랑의 아픔과 진실』 출간.

1967년   장편 『신설(新雪)』 출간. 제3회 한국어류문학상을 받음.

1969년   장편 『숲에는 그대 향기』 출간.

1970년   장편 『유리의 덫』, 단편집 『젊은 느티나무』 출간.

1972년   장편 『파도』 출간.

1973년 장편『북위 38도선』출간.

1974년 『강신재 대표작 전집』(전 8권), 수필집『모래성』출간.

1975년 장편『레이디 서울』출간.

1976년 단편집『황량한 날의 동화』, 장편『서울의 지붕 밑』, 수필
        집『거리에서 내 마음에서』출간.

1977년 창작집『그래도 할 말이·이 겨울』, 장편『마음은 집시』,
        『밤의 무지개』출간.

1978년 장편『천추태후』,『불타는 구름』(전 2권),『우연의 자리』
        출간.

1979년 장편『모험의 집』출간.

1981년 장편『사도세자빈』(전 3권) 출간.

1982년 한국여류문학인회 회장이 됨.

1983년 대한민국예술원 정회원이 됨.

1984년 중앙문화대상을 받음.

1986년 장편『사랑의 묘약』(전 2권), 수필집『무엇이 사랑의 불을
        지피는가』출간.

1987년 중편집『소설 신사임당·문정왕후 아수라』출간.

1988년 예술원상을 받음.

1989년 중편집『간신의 처·풍우』, *The Waves*(「파도」 영역본) 출간.

1990년 소설가협회 대표위원이 됨. *The Dandelion on the Imjin
        River*(「임진강의 민들레」 영역본) 출간.

1991년 장편『명성황후』(전 3권) 출간.

1992년 장편『혜경궁 홍씨』(전 4권) 출간.

1994년 장편『광해의 날들』출간.

1997년 삼일문화상을 받음.

2001년 향년 77세를 일기로 별세함.

오늘의 작가총서 4

젊은 느티나무

1판 1쇄 펴냄 1996년 1월 3일
1판 11쇄 펴냄 2005년 4월 1일
2판 1쇄 펴냄 2005년 10월 1일
2판 16쇄 펴냄 2025년 10월 15일

지은이 · 강신재
발행인 · 박근섭, 박상준
펴낸곳 · (주) 민음사

출판등록 1966. 5. 19. 제16-490호
서울특별시 강남구 도산대로1길 62(신사동)
강남출판문화센터 5층(우편번호 06027)
대표전화02-515-2000 팩시밀리 02-515-2007

www.minumsa.com

© 강신재, 1996, 2005. Printed in Seoul, Korea

ISBN 978-89-374-2004-7 04810
ISBN 978-89-374-2000-9 (세트)

* 잘못 만들어진 책은 구입처에서 교환해 드립니다.